Petros Markaris

Offshore

Ein Fall für Kostas Charitos

ROMAN

Aus dem Neugriechischen
von Michaela Prinzinger

Diogenes

Titel der 2016 bei
Samuel Gavrielides Editions, Athen,
erschienenen Originalausgabe: ›Offshore‹

Der Text wurde für die 2015 im
Diogenes Verlag erschienene deutsche Erstausgabe
in Zusammenarbeit mit dem Autor
nochmals durchgesehen
Covermotiv: Foto von Iris Friedrich

Für Vasso, Samis und Fivos

Diogenes Verlag AG Zürich
www.diogenes.ch
200/17/44/1
ISBN 978 3 257 07003 3

Inhalt

Und Gott sprach:
Es werde Licht! Und es ward Licht.
(Genesis, 1. Buch Mose 1,3)

I

Das Leben im Grabe, in dem du liegst, o Christus …«

Die Karfreitagsprozession hält am Parlament, kurz vor der Othonos-Straße an. Das Triumvirat der Priester wird von vier Gläubigen begleitet, die den Epitaphios tragen – eine blumengeschmückte Bahre mit einem Stofftuch, das mit der Ikonendarstellung der »Totenklage am Grab« bestickt ist. Auf den Bürgersteigen des Vasilissis-Amalias-Boulevards, sowohl vor dem Denkmal des Unbekannten Soldaten als auch vor dem Abgang zur Metro-Station Syntagma-Platz auf der Seite des Hotels Grande Bretagne, stehen die Gläubigen dicht gedrängt. Die Menschenmenge verfolgt, mit brennenden Kerzen in der Hand, andächtig die Epitaphios-Umzüge der umliegenden Kirchengemeinden. Einige singen den Text der Karfreitagshymnen leise mit.

Am anderen Ende des Syntagma-Platzes ist das Gehupe der Autos bis in die Filellinon-Straße hinein ohrenbetäubend.

»Was ist denn in die Leute gefahren?«, beschwert sich Adriani. »Heute wird doch nicht gefeiert, sondern getrauert. Was soll der Krach?«

»Gehupe ist unisex, es passt immer«, antworte ich, worauf sie mir einen strafenden Blick zuwirft.

Wir sind ganz allein in der Stadt zurückgeblieben, denn Katerina und Fanis sind nach Volos gefahren, um mit Fanis' Eltern Ostern zu feiern.

So trieb uns die Einsamkeit, aber auch der Wunsch, die Karfreitagsmesse zu besuchen, aus der Wohnung. Ich schlug die nahegelegene Himmelfahrtskirche oder die Lazarus-Kirche vor, doch Adriani bestand darauf, nach vielen Jahren wieder einmal die Epitaphios-Umzüge am Syntagma-Platz zu besuchen. So schlossen wir uns gleich der ersten Prozession an, die in der Katerinenkirche in der Plaka endet.

Es ist ein milder Maiabend, und die Gläubigen, die sich vor der Kirche versammelt haben, hören die Messe über die Lautsprecher und schwatzen miteinander. Andächtig zugehört wird nur im Inneren der Kirche.

Adriani ist jedoch voll auf die Messe konzentriert und singt leise mit. Ich beuge mich zu ihr hinüber, um sie daran zu erinnern, dass es Zeit zum Abendessen ist. Da in Griechenland die Karfreitagsmesse immer in Tavernen und Restaurants endet, sollten auch wir uns an die Tradition halten. Doch sie legt den Finger an die Lippen und zischt mir ein »Pssst!« entgegen, bevor ich überhaupt den Mund aufmachen kann.

So schlucke ich meinen Vorschlag und auch mein Hungergefühl hinunter. Adriani hat mich während der vierzigtägigen Fastenzeit vor Ostern mit frugaler Küche regelrecht ausgehungert. Normalerweise beschränkt sich das strenge Fasten auf die Karwoche, doch in diesem Jahr verkündete sie, wir würden die ganzen vierzig Tage lang Diät halten. Als ich nach dem Grund fragte, erwähnte sie irgendein

Gelübde, ohne es jedoch näher zu erläutern. Als einzige Übertretung der strengen Fastenregeln gestattete sie mir, meine Portion mit Öl zu essen, wohingegen sie mittwochs und freitags nur in Wasser gekochtes Gemüse aß.

Knapp vor Ende der Messe gibt sie jedoch nach. »Komm, lass uns gehen, bevor alle Tische in den Tavernen besetzt sind.«

Sie dirigiert mich ins Platanos, wo man laut Adriani nach einem Besuch der Kirchenprozessionen im Zentrum nach althergebrachter Weise essen geht.

Sie liegt mit ihrer Einschätzung mal wieder goldrichtig: Kaum haben wir an einem der Restauranttische am Zugang zum Innenhof Platz genommen, stürmen auch schon andere Prozessionsteilnehmer gestikulierend und fröhlich palavernd zu den Tischen.

Ich überlasse Adriani die Auswahl des Menüs, und sie bestellt Riesenbohnen, mit Spinat gefüllte Sepia, in Essig eingelegten Oktopus und frittierte Tintenfischringe. Sie besteht darauf, dass wir Retsina trinken, da es die Karfreitagstradition so will, und ich fühle mich ganz in die sechziger Jahre zurückversetzt.

»Heute kommst du nicht darum herum, in Öl gekochte Speisen zu essen«, necke ich sie.

Eins muss ich zugeben: Ich freue mich darüber, dass wir zu zweit auswärts essen gehen. In den letzten Jahren fand das Abendessen immer zu Hause im Familienkreis statt – mit Katerina und Fanis, des Öfteren mit Katerinas Kollegin Mania und ihrem Lebensgefährten Uli. Nicht selten stießen auch die Schwiegereltern aus Volos dazu.

Die Krise hatte zwar die Familie zusammengeschweißt,

aber wir beide hatten eigentlich kein Eheleben mehr. Unsere gemeinsamen Abende vor dem Fernseher, wo Adriani ihre Sendungen verfolgte und empörte Kommentare abgab und ich im Dimitrakos-Lexikon schmökerte, kamen zu kurz. Kann sein, dass wir dabei nicht viel miteinander reden. Aber angesichts der lebhaften Tischgespräche im erweiterten Familienkreis habe ich unsere schweigsamen Abende zu zweit doch ziemlich vermisst. Daher hebt unser heutiger gemeinsamer Lokalbesuch meine Laune erheblich.

»Nach der Karfreitagsmesse isst man immer Ölgerichte. Also breche ich mein Fasten nicht«, antwortet Adriani.

»Willst du mir nicht verraten, was für ein Gelübde du abgelegt hast?«, frage ich sie mit einem Lächeln, um eventuellen abwehrenden Reaktionen vorzubeugen. Ich merke, dass es ihr nicht leichtfällt, darüber zu sprechen, doch schließlich löst sich ihre Zunge.

»Ich habe der heiligen Jungfrau gelobt, vierzig Tage zu fasten, damit sie uns von der Krise erlöst«, sagt sie. Sie zögert kurz, um zu sehen, ob ich vielleicht etwas dagegen einzuwenden habe, aber ich halte mich zurück, da ich merke, dass sie weiterreden will.

»Speziell im letzten Jahr, Kostas, war ich am Ende meines Lateins«, gesteht sie mit einem Seufzer der Erleichterung. »Ich wusste nicht mehr weiter. Der tägliche morgendliche Einkauf war eine schreckliche Sache. Das Geld hat hinten und vorne nicht gereicht. Ihr würdet euch wundern, wie oft ihr Reste vom Vortag gegessen habt.«

»Das hat jedenfalls keiner gemerkt«, versichere ich ihr.

»Kann sein, aber für mich war es ein Alptraum. Wäre das

rausgekommen, wären Katerina und Fanis doch bestimmt nicht mehr zum Essen gekommen! Als ich eines Tages wieder ein Resteessen zubereitete, sagte ich mir: ›Heilige Muttergottes, erlöse uns von dieser Krise, und ich verspreche, dic ganzen vierzig Tage vor Ostern zu fasten.‹«

»Schön, du hast ein Gelübde abgelegt. Aber warum soll auch ich den Kopf dafür hinhalten?«

Sie blickt mich mit einem pfiffigen Lächeln an. »Ich dachte, die Gnadenreiche wird es mir doppelt lohnen, wenn ich auch meinen Mann auf den Weg der Tugend und des Glaubens führe.«

Wir brechen beide in Lachen aus, dann blicke ich mich um. Alle Tische sind mit größeren Gruppen besetzt. Zwei Kellner laufen schwitzend mit ihren Tabletts hin und her, um die Kundschaft zu bedienen.

»Alles ist genau so wie früher«, denke ich mir.

In der Gasse, die zu dem kleinen Platz hinführt, stehen ein Mercedes und zwei Jeeps, ein Cherokee und ein Honda. Die Leute, die auf den Platz wollen, müssen sich an den Autos vorbeidrängeln.

Wir sind gerade beim Essen, als Koula und Papadakis Hand in Hand auf den Platz treten. Auch Adriani sind die beiden nicht entgangen, und sie wirft mir einen fragenden Blick zu.

»Alles Gute und frohe Ostern!«, rufe ich den beiden zu.

Als sie uns erkennen, bleiben sie wie ertappt stehen und lassen gleich mal ihre Hände los. Offensichtlich haben wir sie in große Verlegenheit gebracht.

»Kommt, setzt euch zu uns«, sage ich herzlich, obwohl

diese Einladung ihren Preis hat, denn unser eheliches Tête-à-tête findet dadurch ein Ende.

Die beiden verständigen sich ohne Worte und nur durch Blicke auf eine gemeinsame Reaktion. Schließlich macht Koula den ersten Schritt auf uns zu, und Papadakis schließt sich an.

»Wir wollen Sie aber nicht stören«, meint Koula, als sie unseren Tisch erreicht.

»Stören? Aber wieso denn? Doch nicht an so einem Festtag!«, erwidert Adriani an meiner Stelle.

Schließlich versuchen sie, nachdem wir sie in flagranti ertappt haben, das Beste aus der Situation zu machen, und nehmen Platz. Dann folgt die Vorstellungsrunde, denn Adriani kennt nur Koula, Papadakis sieht sie zum ersten Mal.

Selbst als wir gelbes Platterbsenpüree und Artischocken auf Konstantinopler Art bestellt haben, hat das Pärchen seine Verlegenheit immer noch nicht überwunden. Papadakis starrt auf seinen Teller, während Koula sich mit Adriani unterhält und mich geflissentlich zu übersehen versucht.

»Hört mal, ihr seid weder die Ersten noch die Letzten, die auf der Arbeit ihre Liebe finden«, sage ich. »Ihr habt ja keine diesbezügliche Verpflichtungserklärung unterschrieben, und die anderen Kollegen auch nicht. Euer Privatleben geht niemanden etwas an, solange es nicht in Konflikt mit den dienstlichen Aufgaben gerät. Dass ich bis jetzt nichts davon gemerkt habe, bestätigt nur, dass alles in Ordnung ist.«

»Das fehlte noch, dass die Liebe an der Arbeit scheitert!«, lautet Adrianis philosophisches Statement.

Papadakis lacht erleichtert auf. »Auf der Dienststelle konnte man unmöglich etwas merken, Herr Kommissar. Koula hat mir vom ersten Moment an klare Vorgaben gemacht. Nicht mal dienstlich darf ich mich ihr dort nähern.«

»Wissen Sie, was meine Kollegen gesagt hätten: ›Jetzt hat sie Papadakis eingewickelt!‹ Ich möchte aber hinter meinem Rücken keine dummen Männersprüche hören.«

»Ja, aber lange können wir es nicht mehr geheim halten. Wir wollen nämlich heiraten!«, verkündet Papadakis. »Während der Krise haben wir uns nicht getraut, eine Familie zu gründen. Aber jetzt, da es aufwärtsgeht, gibt es keinen Grund mehr, die Hochzeit aufzuschieben.«

»Ja, aber dann muss einer von euch an eine andere Dienststelle versetzt werden. Da stehe ich vor einem ganz schönen Dilemma!«, antworte ich lachend.

»Ganz und gar nicht, denn ich werde meine Versetzung beantragen. Koula bleibt bei Ihnen! Sie war ja schon vor mir da, außerdem möchte ich nicht, dass sie meinetwegen die Stelle wechseln muss.«

»Es bleibt trotzdem ein Dilemma für mich, denn ich will Sie ja auch nicht verlieren.«

Papadakis wendet sich mit einem befriedigten Lächeln an Adriani. »Anfänglich war ich Ihrem Mann etwas suspekt«, erläutert er. »Aber bald konnte ich seine Zweifel ausräumen.«

»So reagiert er immer«, erwidert Adriani. »Harte Schale, weicher Kern.«

Ihre Bemerkung ruft allgemeine Heiterkeit hervor. Koula beugt sich spontan zu Adriani hinüber und drückt ihr einen Kuss auf die Wange. »Wenn Ihr Mann uns zu hart rannimmt, sage ich Bescheid«, meint sie.

»Na, dann auf baldige Hochzeit!«, sagt Adriani, und alle stürzen sich gierig auf die leckeren Häppchen.

2

Wann hat der Weihnachtsmann bloß all die Geschenke gebracht? Und woher? Das bleibt unklar, aber es interessiert auch keinen. Hauptsache, alles ist so wie früher, BMWs und Mercedes rollen wieder, man geht jeden Abend aus und gönnt sich ab und zu einen Wochenendtrip.

Alles kam, im wahrsten Sinn des Wortes, aus dem Nichts, oder anders gesagt, über Nacht. Während sich die Griechen gerade auf die Rückkehr zur Drachme vorbereiteten und Adriani sich fragte, ob sie in weiser Voraussicht nicht lieber Vorräte anlegen sollte, war eines Tages ganz Athen mit Plakaten zugeklebt, auf denen die Buchstaben W. W. W. prangten. Darunter stand nur eine kleine Frage: »Was wäre, wenn?«

Es folgten Radio- und TV-Werbespots mit derselben Abkürzung und derselben Frage, ohne weitere Erklärung. Die Griechen fragten sich, was das zu bedeuten habe und wer wohl hinter der Kampagne stecke. Jeder gab lang und breit seine Meinung zum Besten, die Interpretationen reichten von »Quizfrage« bis »Verschwörung ausländischer Mächte«. Keiner konnte sich vorstellen, dass sich eine politische Partei dahinter verbarg. Adriani war felsenfest davon überzeugt, dass es sich um eine PR-Aktion handelte, die das beworbene Produkt erst nach und nach enthüllte. Die Medien schworen Stein und Bein, sie wüssten von nichts. Die Reklamespots würden ihnen von einer PR-Agentur zugeschickt, die sich nicht weiter dazu äußere.

Die Verwunderung war groß, als herauskam, was die Abkürzung W. W. W. bedeutete: Partei für Werte, Wirtschaft und Wohlstand. Darunter stand zum ersten Mal im vollen Wortlaut die Frage: »Was wäre, wenn wir es schaffen? Gebt uns drei Monate Zeit. Schaffen wir es nicht, treten wir ab.« Keiner nahm die Sache ernst, alle hielten es für eine Spaßpartei. Von den Stammtischen bis zu den TV-Morgenmagazinen machten sich alle über W. W. W. lustig, obwohl niemand wusste, wer dahinterstand, da sich die Initianten nicht outeten und sich somit Spott und Hohn entzogen.

Nach einem Monat fand endlich eine erste Pressekonferenz statt. Eine Gruppe von vierzigjährigen Politikern trat vor die Kameras und verkündete die Gründung einer neuen Partei: W. W. W. sei nicht, wie sonst üblich, aus der Abspaltung von einer alten Partei entstanden, sondern es handele sich um einen überparteilichen Zusammenschluss. Die Mittvierziger waren aus ihren Parteien ausgetreten, um einen Neuanfang zu wagen. In der Gründungserklärung hielten sie fest, dass sie alte, obsolet gewordene ideologische Differenzen überbrücken und das Land durch eine gemeinsame Initiative aus der wirtschaftlichen Talsohle führen wollten. Die Mitglieder der neuen Partei waren keine Parlamentarier, sondern es handelte sich um Funktionäre, die vom Intrigenzirkus der politischen Parteien die Schnauze voll hatten.

W. W. W. wartete mit keinem Programm auf, legte sich auf nichts fest und machte keine Versprechungen. Die Parteileitung beschränkte sich auf die Frage »Was wäre, wenn?«, ohne auf Einzelheiten einzugehen. Und ihre Antwort lautete stets: »Gebt uns drei Monate Zeit. Schaffen wir es nicht, treten wir ab.«

Naturgemäß fielen alle übrigen Parteien über W. W. W. und ihre Mitglieder her. Die Medien mokierten sich lauthals über die Initiative, da sie sie nicht ernst nahmen. Doch die Mittvierziger von W. W. W. erwiesen sich als klüger und besser vorbereitet als ihre Gegner und die Medienmeute.

Wenn ein TV-Journalist mit süffisanter Miene fragte: »Nun, wie gedenken Sie, ohne Wahlprogramm die Wahlen zu gewinnen? Sollten die Bürger nicht wissen, welche Ziele Sie haben?«, brachten sie immer das gleiche entwaffnende Argument vor: »Bis jetzt haben die Bürger ein Wahlprogramm gewählt, das dann gar nicht umgesetzt wurde. Ist es nicht besser, keine Versprechen zu machen, wenn sie nach der Wahl ohnehin nicht eingehalten werden? Ist es nicht besser, wenn der Wähler einer Gruppe junger Politiker sein Vertrauen schenkt, die keiner alten Partei und keiner Ideologie anhängt? Wir schlagen den griechischen Bürgern eine Regierung der nationalen Einheit vor, die sich bereits vor den Wahlen konstituiert hat.«

Damit gebe es nach den Wahlen auch keine zermürbenden Koalitionsverhandlungen, die sich bis zum Jahre Schnee hinzögen.

Und so fand die Frage der W. W. W. »Was wäre, wenn wir es schaffen?« die logische Antwort: »Mit einer Regierung der nationalen Einheit schaffen wir es.« In einem Land, in dem sich alle ständig gegenseitig an die Gurgel springen, glaubte man plötzlich, dass alles möglich ist, wenn nur alle an einem Strick ziehen. Die süße Pille einer Regierung der nationalen Einheit wurde geschluckt: Die W. W. W. gewann die absolute Mehrheit, und die übrigen Parteien rauften sich die Haare – aber jetzt war es zu spät.

Erwartungsgemäß lauerten alle – die anderen Parteien, deren Wähler sowie die eigenen Gefolgsleute – mit dem Gewehr im Anschlag. Alle waren sicher, dass die W. W. W. ihre eigenen Vorgaben nicht umsetzen würde. Schließlich gehörte die Taktik »Das eine sagen und das andere meinen« zum Grundrepertoire der griechischen Parteien.

Doch die W.W.W. wurde vom Saulus zum Paulus: Plötzlich begann im Land Geld zu fließen, dessen größter Teil aus Privatisierungen stammte, welche die Regierung mit einzigartigem Tempo und verkürzten Verfahren vorantrieb.

Die übrigen Parteien fühlten sich dadurch in die Enge getrieben und schrien: »Sie verscherbeln das Tafelsilber! Das staatliche Eigentum kommt unter den Hammer!« Die W. W. W. erwiderte darauf mit der Stimme der kühlen Vernunft: »Wenn man Schulden und kein Geld mehr hat, dann verkauft man sein Haus, um sie zu bezahlen. Das tun alle Hausbesitzer, so schwer es auch fällt.«

Doch dabei blieb es nicht. Die W. W. W. gründete einen Fonds zur Förderung von Unternehmen, die jungen Menschen Jobs anboten. Gleichzeitig setzten sie in Zusammenarbeit mit dem privaten Versicherungssektor die Reformierung der Sozialversicherung in Gang.

Es passierte genau das, was niemand erwartet hatte. Es zirkulierte wieder Geld auf dem Markt, die Arbeitslosigkeit sank schrittweise, und die Bevölkerung war zufrieden – nicht, weil sie mehr Geld verdiente, sondern weil sie das Wenige, das sie hatte, nicht auch noch verlor. Innerhalb weniger Wochen hatten sich die Griechen selbst aus dem Sumpf gezogen. Verkehrsstaus, begleitet von Gehupe und Geschimpfe, waren wieder an der Tagesordnung, und die Autohändler konnten endlich wieder ihre neuen Modelle unter die Leute bringen.

Dieser Wandel hatte, wie von der W. W. W. versprochen, nur drei Monate beansprucht. Normalerweise verbindet man in Griechenland so einen Zeitraum mit Totengedenktagen, Seelenmessen und der traditionellen Totenspeise nach dem Ableben eines Verwandten oder Bekannten, aber diesmal wurde Hochzeitskonfekt verteilt für die gelungene Vermählung mit der W. W. W.

Das alles geht mir durch den Kopf, während ich auf Adriani warte, um zur Auferstehungsfeier aufzubrechen. Wir haben uns für eine Kirche in unserem Viertel entschieden, um nicht wieder, wie am Karfreitag, ins Zentrum pilgern zu müssen. Denn das wäre an so einem Tag das reinste Martyrium und würde deshalb besser zum Karfreitag passen.

Adriani bringt die Osterkerzen, und wir machen uns zu Fuß auf den Weg. Vor der Kirche erwarten uns Mania und Uli, die am Kardienstag aus Deutschland zurückgekehrt sind, wo sie mit Ulis Eltern Ostern gefeiert haben. Beide halten Osterkerzen in der Hand und begrüßen uns mit einem Lächeln.

»Haben Sie schon die Ostersuppe vorbereitet, Frau Adriani?«, fragt Uli. Er spricht schon ganz passabel Griechisch, auch wenn er immer wieder eigenwillige Redewendungen kreiert.

»Keine Sorge, Uli!«, beruhigt ihn Adriani. »Ostersuppe und gefärbte Eier stehen parat.«

»Wann zünden wir die Kerze an?«, fragt Uli.

»Erstens ist das keine gewöhnliche Kerze, sondern die ›Lambada‹, die Osterkerze. Und zweitens bist du mittlerweile schlimmer als ein Grieche. Wenn du könntest, würdest du zuerst die Ostersuppe essen und dann zur Auferstehungsfeier gehen«, schilt Mania und sagt dann zu Adriani: »Wissen Sie, dass wir seit Mittwoch fasten, Frau Adriani? Uli wollte es so!«

»Bravo, mein Junge!«, reagiert Adriani begeistert. »Hast du die Hülsenfrüchte auch gut vertragen?«

»Ja, wunderbar.«

»Die haben ja nicht einmal mir geschadet, obwohl ich die ganzen vierzig Tage fasten musste«, werfe ich, halb im Ernst und halb im Scherz, ein.

»Sie haben die komplette Fastenzeit durchgehalten?«, staunt Mania.

»Ich habe ein Gelübde abgelegt«, erläutert Adriani, aber sie kann nicht näher darauf eingehen, da der Priester »Kommt und empfangt das Licht!« singt und den Gläubigen das heilige Licht weiterreicht.

Uli wirft sich sofort in die Menge, und innerhalb kürzester Zeit gelingt es ihm, seine Osterkerze anzuzünden.

»Bravo, Mania«, meint Adriani bewundernd. »Du hast ihn zu einem richtigen Griechen gemacht.«

»Wie lautet noch das Sprichwort für Eheleute, Frau Adriani?«, erwidert Mania vergnügt. »›Besser ein Schuh aus der Heimat, auch wenn er geflickt ist.‹ Uli ist zwar nicht aus meiner Heimat, aber ich habe ihn geflickt.«

Auf dem Nachhauseweg schallt uns überall der Gruß »Christus ist auferstanden« entgegen.

Adriani läuft, sekundiert von Mania, sofort in die Küche. Als Uli und ich im Wohnzimmer Platz nehmen, klingelt das Telefon. Katerina, Fanis und die Schwiegereltern sind am Apparat, die uns allen reihum frohe Ostern wünschen.

Nach dem Telefonat verschwindet Adriani wieder in der Küche. Kurz darauf kommt sie zurück, um die Ostersuppe zu servieren, gefolgt von Mania, die den Salat und die rot gefärbten Eier bringt. Beim »Eiertitschen« gewinnt Adriani gegen mich und Uli gegen Mania.

»Ein Deutscher, wie er im Buche steht«, scherzt Mania. »Er gewinnt immer.«

»Wissen Sie, was Griechen und Deutsche im Hinblick auf die Religion unterscheidet?«, fragt Uli mich.

»Hm ... dass die einen orthodox sind und die anderen katholisch oder evangelisch?«

»Ihr seid orthodox, also Teil des Orients. Wir sind Teil des Abendlandes und nehmen alles immer sehr ernst. In der Kirche müssen wir still sein und den Kopf senken. Ihr hingegen findet sogar einen Grund zum Feiern, wenn Jesus Christus zu Grabe getragen wird. Das gefällt mir. Denn es ist scheinheilig, einen Feiertag, dessen Ausgangspunkt so viele Jahre zurückliegt, in gedrückter Stimmung zu begehen. Ihr aber freut euch rückhaltlos am Fest.«

Adriani hat recht, er ist ganz zum Griechen mutiert, denke ich mir, während Uli voller Appetit die Ostersuppe löffelt.

3

Es ist wie in den guten alten Zeiten. Der nachösterliche Verkehr geriet zu einem absoluten Chaos. Die Rückkehrer von der Peloponnes standen ebenso wie die aus Lamia in kilometerlangen Staus, und entlang der Autobahn gab es heftige Auseinandersetzungen, gefolgt von den üblichen Klagen über das Fehlen eines starken Staates. Die Bilanz war eine Reihe von Autounfällen mit zwei Todesopfern und acht Schwerverletzten.

»Hüte dich vor dem Faulen, der plötzlich fleißig wird. Und hüte dich vor dem Griechen, der plötzlich zu Geld kommt«, kommentierte Adriani. »Sobald er ein paar Euro in der Tasche hat, fährt er schon aufs Land und liegt am Strand. Der nächste Schritt ist der Bau einer Villa und eines Wochenendhauses.«

Sie hatte sich schon früh vor den Fernseher gesetzt, um die Meldungen über den Rückreiseverkehr haarklein zu verfolgen – aus Angst, Katerina und Fanis könnte auf der Fahrt von Volos nach Athen etwas zustoßen. Alle naselang rief sie an, um nachzufragen, ob alles glattlief. Wie üblich ging das Katerina irgendwann auf den Keks, und sie schimpfte:

»Mama! Rufst du an, um uns mitzuteilen, dass uns einer von Papas Polizeihubschraubern aus dem Stau holt? Wenn nicht, dann lass uns einfach in Ruhe nach Hause fahren. Morgen muss ich früh raus, und ich weiß nicht, wie lange wir noch brauchen.«

Nach Katerinas Reaktion verzichtete Adriani auf eine weitere Verfolgung der Geschehnisse im Straßenverkehr und ging ins Bett.

»Denk an meine Worte: Wir werden uns bald nach der Krise zurücksehnen!«, lautete ihr letzter Spruch, bevor sie sich zurückzog.

Ich selbst blieb wach, bis mich um drei Uhr morgens Katerinas Anruf erlöste, dass sie gut angekommen seien. Das ist der Unterschied zwischen Adriani und mir. Wenn sie sich Sorgen macht, nervt sie die anderen, ruft alle fünf Minuten an und macht sich lautstark Luft, um ihre Angst loszuwerden. Ich hingegen halte den Mund und fresse sie in mich hinein.

Heute ist Osterdienstag, und ich bin mit dem Seat zur Dienststelle unterwegs. Adriani bat mich, doch weiterhin den Bus zu nehmen, da wir noch keine Gehaltserhöhung bekommen hätten. Aber ich habe nicht auf sie gehört und den Seat, der in der Garage des Präsidiums auf bessere Zeiten wartete, frühzeitig reaktiviert.

Den ersten Zwischenstopp mache ich in der Cafeteria, um mir meinen Mokka und mein Croissant zu holen, und den zweiten im Büro meiner Assistenten, um allen frohe Ostern zu wünschen. Als ich eintrete, erzählen sie sich gegenseitig von ihren Osterferien.

»Wieso hat es dich als Kreter eigentlich nach Kavala verschlagen?«, will Papadakis von Dermitsakis wissen.

»Meine Mutter stammt von dort. Mein Vater hat sie als junger Leutnant während seines Militärdienstes kennengelernt und sich in sie verliebt. Meine Mutter ist dann zwar nach Kreta gezogen, aber die ganze Familie trifft sich zu Ostern immer in Kavala, um gemeinsam zu feiern«, erklärt Dermitsakis und wendet sich dann an mich: »Und wo haben Sie Ostern verbracht, Herr Kommissar?«

»Zu Hause in der Aristokleous-Straße. Meine Tochter ist mit ihrem Mann zu den Schwiegereltern gefahren. Wir sollten zwar mitkommen, haben uns dann aber für ein geruhsames Fest entschieden.«

»Ich bin auch in Athen geblieben«, erzählt Koula. »Ich verstehe nicht, warum alle so scharf darauf sind wegzufahren. Es ist herrlich, Ostern hier zu verbringen.«

»Ich jedenfalls war in Chania«, meint Papadakis, wobei er mir einen verschwörerischen Blick zuwirft.

Um nicht mitspielen zu müssen, gehe ich nicht weiter darauf ein und wende mich an Vlassopoulos: »Und du?«

»Ich war bei meinen Kindern auf Euböa. Wir haben eine Inselrundfahrt gemacht und Wanderungen unternommen. Am Karfreitag haben wir gleich mehrere Prozessionen besucht und sind fast jeden Tag auswärts essen gegangen.«

»Jahrelang hat du nur gejammert. Wo hast du jetzt das ganze Geld her? Wir haben doch noch gar keine Gehaltserhöhung bekommen«, stichelt Dermitsakis.

»Der Tiefpunkt ist überwunden, bestimmt kommt auch bald die Gehaltserhöhung«, erwidert Vlassopoulos im Brustton der Überzeugung.

»Die Fische schwimmen noch im Meer, und wir verkaufen sie schon!«, bemerkt Koula.

»Jetzt mach uns nicht gleich am ersten Arbeitstag alles wieder madig! Wir sind auf einem guten Weg. Hör auf mit der Schwarzmalerei!«

Bevor Koula etwas entgegnen kann, läutet das Telefon, und sie nimmt ab. »Der Kriminaldirektor will Sie sprechen.«

Ich wäre ohnehin zu ihm hochgegangen, um ihm den Ostergruß »Christus ist auferstanden« zu überbringen. So lautet das ungeschriebene Gesetz. Der Untergebene geht zum Vorgesetzten, um ihm alles Gute zu wünschen. Nur ich lasse es zu, dass mein Chef mir zuvorkommt. Deshalb gelange ich wahrscheinlich auch auf keinen grünen Zweig.

In der fünften Etage angekommen, begrüße ich zunächst einmal Gikas' Sekretärin Stella mit meinen Osterwünschen. Er selbst sitzt bei meinem Eintreten am Schreibtisch, erhebt sich aber sofort, um meine Wünsche entgegenzunehmen und mit dem traditionellen »Wahrhaftig auferstanden« zu antworten.

»Behalten Sie noch einen Wunsch in Reserve für unseren neuen Vizepolizeipräsidenten«, meint er.

»Haben wir denn einen neuen?«, wundere ich mich.

»Ja, heute Morgen ist mir die offizielle Ernennungsurkunde zugestellt worden. Die muss der Innenminister am Ostermontag bei sich zu Hause vorbereitet haben.«

Er nimmt das Papier von seinem Schreibtisch und überreicht es mir. Nachdem ich es kurz überflogen habe, bin ich im Bilde: Der neue Vize heißt Kanellos Dimitriadis und wird für alle nationalen Sicherheitsfragen zuständig sein.

»Dann machen Sie sich mal gleich auf das erste Treffen

gefasst«, sagt er, sobald ich den Blick von dem Dekret hebe. »Der Minister erwartet uns um elf in seinem Büro.«

Auf den Athener Straßen, die wir in Gikas' Wagen entlangfahren, tröpfelt der Verkehr so ruhig dahin wie am Ostermontag. Vom Alexandras-Boulevard bis zur Katechaki-Straße brauchen wir gerade mal zehn Minuten.

An der Pförtnerloge schickt man uns in den großen Saal, wo das Meeting stattfinden soll. Dort haben sich Kriminaldirektoren und Inspektoren aus ganz Griechenland sowie Kollegen aus verschiedenen Mordkommissionen versammelt. Einige kenne ich persönlich, andere nur dem Namen nach, und ein paar sehe ich zum ersten Mal.

Wir versuchen, durch regen Informationsaustausch das Profil des neuen Vizepolizeipräsidenten zu erstellen. Jeder trägt sein Scherflein dazu bei. Einige kennen ihn noch aus der Zeit, als er Verbindungsoffizier zu Interpol und in der Folge zu Europol war. Dann sei er von der Bildfläche verschwunden. Doch irgendjemand erklärt sein plötzliches Verschwinden mit einer Versetzung nach Italien, was sich kurz darauf als richtig erweist.

Das Gespräch erstirbt schlagartig, als der Minister in Begleitung von Dimitriadis erscheint. In Erwartung der einführenden Worte des Ministers macht sich Schweigen breit.

»Ich habe Sie eingeladen, um Ihnen den neuen zweiten Mann der griechischen Polizei vorzustellen«, beginnt der Minister. »Kanellos Dimitriadis ist ein außerordentlich fähiger Führungsoffizier mit großer Erfahrung auf dem internationalen Parkett. Er hat in den griechischen Abteilungen von Interpol und Europol gedient, sein letzter Posten war in Rom als Verbindungsoffizier zur italienischen

Polizei, wo er für Themen zuständig war, die Flüchtlingsfragen und die Anwendung des Schengener Abkommens betreffen. Kanellos Dimitriadis' internationale Erfahrung ist in Zeiten der globalisierten Kriminalität besonders wertvoll. Daher bin ich überzeugt, dass seine Berufung auf diesen Posten die richtige Entscheidung ist. Ich hoffe, dass Sie alle mit der neuen Führungsriege der griechischen Polizei in diesen schwierigen Zeiten effizient und reibungslos kooperieren werden.«

Am Schluss seiner Rede ruft er Dimitriadis zum Rednerpult.

»Liebe Kollegen, ich freue mich ganz besonders, dass ich ab sofort mit Ihnen zusammenarbeiten darf«, beginnt der frisch ernannte Vizepolizeipräsident recht förmlich. »Wir haben uns fest vorgenommen, den Bürgern ein Gefühl der Sicherheit zu vermitteln. Das ist das gemeinsame Ziel von uns allen, vom Streifenpolizisten bis hinauf zum Kriminaldirektor. Ich weiß, dass unsere Aufgabe nicht einfach zu bewältigen ist – in einem Umfeld mit steigender Kriminalität, die sowohl hausgemacht als auch importiert ist. Ich möchte Ihnen versichern, dass ich immer an Ihrer Seite sein werde, nicht nur als Vorgesetzter, sondern vor allem als Kollege. Ich habe für Sie immer ein offenes Ohr.«

Diesen Spruch habe ich ausnahmslos von allen seinen Vorgängern gehört, denke ich mir. Tja, er hat zwar immer ein offenes Ohr, nur umgibt er sich mit einem undurchdringlichen Wall aus Sekretärinnen und Speichelleckern, den man kaum durchbrechen kann.

Nachdem wir – händeschüttelnd und frohe Ostern wünschend – zunächst beim Minister und danach beim Vize vorbeidefiliert sind, machen wir uns auf den Rückweg ins Präsidium.

»Was halten Sie von ihm?«, frage ich Gikas, als wir in seinen Wagen steigen.

»Ein Bürokrat«, erwidert er trocken. »Als Verbindungsoffizier hat Dimitriadis bisher hauptsächlich Ansuchen entgegengenommen und an die zuständigen Stellen weitergeleitet. Alle seine Kenntnisse über Polizeieinsätze sind theoretischer Art. Das bedeutet, er wird uns gehörig piesacken, bis er begreift, wo es langgeht, und selbst Entscheidungen treffen kann. Dazu kommt noch die Angst des Greenhorns vor Verantwortung. Also, jetzt können Sie sich ein Bild machen.«

Als er meine zurückhaltende Reaktion registriert, wirft er mir einen schrägen Blick zu. »Vielleicht denken Sie jetzt, dass ich das alles nur aus Boshaftigkeit sage, weil ich selbst nicht Vizepolizeipräsident geworden bin.«

»Mit Sicherheit nicht! Ich wollte mir Ihre Worte nur genau einprägen«, antworte ich, obwohl ich in Wirklichkeit genau das denke, was er vermutet.

»Ich habe schon erwartet, dass ich irgendwann Polizeipräsident werde«, gibt er zu. »Aber jetzt gehe ich bald in Rente und bin weder Präsident noch Vize geworden.« Nach einer kleinen Pause fährt er etwas gepresst fort: »Ich muss gestehen, dass mir ein bitterer Nachgeschmack bleibt. Alle möchten die Karriereleiter hochklettern. Sie dürfen da nicht von sich auf andere schließen. Sie sind ja wie ein demütiger Mönch in solchen Fragen.«

»Kann sein, aber wenigstens bleibt mir kein bitterer Nachgeschmack«, halte ich ihm kühl entgegen.

»Da haben Sie recht, aber Sie müssen zugeben, dass Sie Glück gehabt haben. Hätte ich nicht ständig meine schützende Hand über Sie gehalten, wären Sie schon längst in Teufels Küche.«

»Ich weiß, und das habe ich Ihnen, trotz unserer Auseinandersetzungen, auch immer hoch angerechnet.«

»Auseinandersetzungen sind Teil des Zusammenlebens, sowohl im Beruf als auch im Privatleben«, meint er. »Nur, dass Sie jetzt doppelt vorsichtig sein müssen. Bürokraten weichen kein Jota von Gesetzen und Reglementierungen ab. Das weiß ich haargenau, denn solche Leute habe ich ein Leben lang ertragen müssen. Und am Schluss haben sie mich im Regen stehen lassen. Deshalb rate ich Ihnen: Bleiben Sie in Deckung, denn ich fürchte, dass ich Ihnen sonst auch nicht mehr helfen kann.«

So etwas Ähnliches hatte ich mir schon gedacht angesichts von Dimitriadis' Lebenslauf, aber Gikas' deutliche Worte machen mir jetzt doch zu schaffen.

Und da ein Unglück selten allein kommt, läutet prompt mein Handy.

»Herr Kommissar, zur Abwechslung mal ein Raubmord!«, höre ich Dermitsakis' Stimme sagen.

»Wo?«

»In der Salaminos-Straße in Chalandri, in einem zweistöckigen Haus mit Garten, ein gewisser Lalopoulos.«

»Gut, bestellt einen Streifenwagen und informiert die Gerichtsmedizin und die Spurensicherung. Ich bin schon unterwegs.«

»Was gibt's?«, fragt Gikas, worauf ich es ihm berichte.

»Raub klingt schon mal gut«, bemerkt er. »Ohne Bekennerschreiben müssen wir erst mal nicht von einer Organisation ausgehen. Dann kriegen Sie es auch nicht mit dem neuen Vize zu tun.«

Wie schön, sage ich mir. Bleibt zu hoffen, dass weiterhin kein Bekennerschreiben auftaucht und tatsächlich ein paar Wertsachen fehlen, so dass der Raub nicht hinterfragt werden muss.

4

Wir fahren den Kifissias-Boulevard entlang, dicht gefolgt vom Transporter der Spurensicherung.

»Selbst hier kann man die Autos an den Fingern einer Hand abzählen«, meint Papadakis.

»Na und?«, stichelt Vlassopoulos. »Du suchst nur einen Grund, um rumzumosern. Über die Hälfte der Osterurlauber kommt erst am Dienstagabend zurück. Aber die Zeiten sind vorbei, da wir uns alles vom Mund absparen mussten.«

Wir biegen in die Ajias-Varvaras ein und gelangen über die Ethnikis-Antistasseos in die querlaufende Salaminos. Lalopoulos' Haus liegt auf der rechten Straßenseite. Wir erkennen es am davor geparkten Streifenwagen.

Der zwischen Wohnblocks eingezwängte zweistöckige Bau erinnert an die Zeit, als in Chalandri noch Bauern lebten, die ihre Felder mit Tomaten und Kopfsalat bepflanzten.

»Das Opfer befindet sich im Erdgeschoss, Herr Kommissar«, sagt ein Kollege aus der Streifenwagenbesatzung. »Wenn Sie reinkommen, das erste Zimmer links.«

»Wer hat ihn gefunden?«, frage ich.

»Wir. Er war seit Gründonnerstag nicht mehr auf seiner Arbeit erschienen und war weder über Festnetz noch auf dem Handy zu erreichen. Seine Kollegen haben sich Sorgen gemacht und uns angerufen. Er hatte ihnen erzählt, dass er über die Feiertage in Athen bleiben wollte. Die Nachbarn und der Kioskbesitzer haben ihn offenbar schon ein paar Tage nicht mehr gesehen, aber alle nahmen an, er sei über Ostern verreist. Schließlich haben wir einen staatsanwaltlichen Durchsuchungsbeschluss beantragt und ihn gefunden.«

»War die Tür schon aufgebrochen?«, fragt Papadakis.

»Nein, sie war unversehrt, ein Schlosser hat sie für uns geöffnet.«

Das Opfer kannte somit entweder die Täter, oder die Täter sind Griechen, denn Ausländern hätte er die Tür nicht geöffnet.

Um zum Leichenfundort zu gelangen, müssen wir erst noch ein paar Treppenstufen hochsteigen, dem Verwesungsgeruch nach.

Das etwa fünfzigjährige Opfer sitzt, die Arme auf dem Rücken gefesselt, auf einem Drehstuhl im Wohnzimmer direkt vor dem Fernseher. Seine Augen sind vor Schreck weit aufgerissen. Es wurde ihm mitten in die Stirn geschossen.

»Das waren zwei bis drei Täter«, meint Dermitsakis. »Einer allein hätte ihn nicht auf diese Weise fesseln können, denn er hat bestimmt Widerstand geleistet.«

Alle schweigen und bestätigen dadurch seine Annahme.

Dimitriou von der Spurensicherung holt Mundschutzmasken aus seiner Tasche. »Wir sollten uns besser vorsehen«, meint er.

Nachdem wir die Masken angelegt haben, sehen wir uns ein wenig um.

Das Wohnzimmer ist klein, wie immer in so alten Häusern. An der Wand steht ein Bücherregal mit zahlreichen

Nippesfiguren, aber nur wenigen Büchern. In die Mitte des Regals thront der Fernseher mit seinem dunklen Bildschirm. Die Fernbedienung ist Lalopoulos aus der Hand geglitten und liegt zu seinen Füßen. Am Fenster zur Straße stehen zwei Sessel einem Sofa gegenüber, dazwischen ein niedriger Couchtisch.

»Die Täter müssen nachts gekommen sein«, analysiert Vlassopoulos mit Blick auf die geschlossenen Jalousien.

»Logisch, tagsüber hätte man sie bemerkt«, hält ihm Dermitsakis entgegen.

Das bekräftigt die Annahme, dass Lalopoulos die Täter kannte. Nachts hätte er die Tür niemandem geöffnet, auch keinen Griechen. Offensichtlich sah er gerade fern und schaltete das Gerät aus, als die Besucher eintrafen. Vielleicht haben es aber auch die Täter getan, um in aller Ruhe vorzugehen, aber das ist eher unwahrscheinlich.

Die beiden in das Bücherregal integrierten Schränkchen stehen offen, und der Inhalt liegt auf dem Boden verstreut.

»Man kann sich vorstellen, wie die übrigen Räume aussehen«, bemerkt Dimitriou.

Gleich gegenüber vom Wohnzimmer liegt die Küche, in der außer Kühlschrank und Herd nur noch ein quadratischer Tisch mit zwei Stühlen Platz hat. Obwohl die Schubladen herausgezogen sind und die Schranktüren offen stehen, liegt nichts herum. Offenbar haben die Täter nur kurz einen Blick hineingeworfen und sich, da sie nicht einmal Lebensmittel vorfanden, gleich die nächsten Räume vorgeknöpft.

Die erste Etage erreichen wir über eine Treppe, die zwischen Wohnzimmer und Küche nach oben führt.

Das Obergeschoss ist ähnlich einfach gehalten wie das Erdgeschoss, hier gibt es zwei Räume, die durch ein Bad verbunden sind, der links muss Lalopoulos' Schlafzimmer gewesen sein. Hier haben die Täter ganze Arbeit geleistet: Der Schrank steht sperrangelweit offen, sämtliche Jacketts und Hosen wurden gefilzt und mit umgestülptem Futteral zu Boden geworfen. Auch Hemden, Pullover, Socken und Unterwäsche sind in alle Winde zerstreut, die Schubladen sind leer. Das Doppelbett wurde durchwühlt, und eine der beiden Matratzen liegt zusammen mit Laken und Decke am anderen Ende des Zimmers.

Der zweite Raum ist ein Kinderzimmer, hier hat man kaum etwas angetastet. Nur der Kleiderschrank wurde flüchtig durchsucht.

»Wenn er eine Familie hatte, wo sind dann Frau und Kind?«, wundert sich Vlassopoulos.

»Möglicherweise sind sie über Ostern verreist und noch nicht zurück«, meint Dermitsakis.

Nachdem Papadakis einen Blick in den Kleiderschrank geworfen hat, geht er kurz aus dem Zimmer. Da er offenbar etwas überprüfen möchte, warten wir ab.

»Sie können nicht verreist sein«, sagt er, als er wiederkommt. »In den anderen Schränken ist weder Frauen- noch Kinderkleidung zu finden. Wenn man in die Ferien fährt, nimmt man nicht die ganze Wäsche mit. Höchstwahrscheinlich leben sie getrennt. Meiner Meinung nach hat ihn seine Frau verlassen.«

Hut ab. Wenn Papadakis nach der Hochzeit mit Koula um seine Versetzung ansucht, wird er mir fehlen, denke ich.

Wir überlassen der Mannschaft der Spurensicherung das Feld und kehren ins Erdgeschoss zurück, wo mittlerweile der Gerichtsmediziner eingetroffen ist. Meine Freude ist groß, als ich anstelle des verkniffenen Stavropoulos seinen Assistenten Ananiadis entdecke.

»Wo ist denn Ihr Chef?«, frage ich.

»Im Osterurlaub. Er kommt erst nächste Woche zurück. Er hat noch ein paar zusätzliche Urlaubstage genommen, um seinen Sohn zu besuchen, der in den USA studiert.«

»Sind Sie fertig?«

»Mit den Voruntersuchungen ja. Alles Weitere weiß ich nach der Obduktion. Was wollen Sie vorab wissen?«

»Die Tötungsart ist ja offensichtlich. Was uns in erster Linie interessiert, ist die Tatzeit.«

»Vom Verwesungsstadium her betrachtet muss er vor circa fünf Tagen ums Leben gekommen sein, das heißt, am Gründonnerstagabend oder am Karfreitagmorgen.«

»Vermutlich ist er abends umgebracht worden, da die Jalousien im Zimmer heruntergelassen waren.«

»Nach der Obduktion kann ich mich genauer festlegen.«

»Wir müssen ihn durchsuchen, bevor Sie ihn in die Gerichtsmedizin mitnehmen«, erläutere ich ihm und bedeute den Mitarbeitern der Spurensicherung, loszulegen.

Doch die Kollegen und Vlassopoulos sind schnell fertig, da der Tote nur Hose, Hemd und eine Jacke ohne viele Taschen trägt.

»Nichts zu finden«, bemerkt Papadakis. »Weder Brieftasche noch Autoschlüssel.«

»Auch nicht im Schlafzimmer«, ergänzt Dimitriou.

»Die einfachste Erklärung wäre: Sie haben ihm Brieftasche und Schüssel abgenommen und sind mit seinem Auto geflohen«, sage ich.

»Habt ihr einen Computer gefunden?«, fragt Vlassopoulos Dimitriou.

»Weder Handy noch Computer oder Tablet. Wir suchen weiter, aber solche Dinge sind normalerweise nicht irgendwo gebunkert, sondern liegen offen herum.«

Wir lassen ihn mit seinem Team weiterarbeiten und nehmen uns das Wohnviertel vor. Die Fragen, die wir stellen wollen, sind ganz konkret: Was Lalopoulos für ein Mensch war und wo er arbeitete, was mit seiner Familie ist und ob er ein Auto hatte.

Wir teilen uns in zwei Zweiergruppen auf. Vlassopoulos und ich übernehmen die Kurzwarenhandlung, die von einer weißhaarigen Frau um die Sechzig geführt wird.

»Der arme Herr Pavlos!«, ruft sie aus, als sie den Grund unseres Besuchs erfährt. »Wo soll das noch hinführen! Sogar an Ostern dringen sie in unsere Häuser ein und bringen uns um, nur weil sie uns berauben wollen … Die einfachen, anständigen Leute machen die Leiden Christi auf Erden durch.« Sie holt Luft und fährt, an uns gerichtet, fort: »Aber ihr habt uns den Dschihadisten auf Gedeih und Verderb ausgeliefert. Von morgens, wenn man seinen Laden öffnet, bis spät abends, wenn man schlafen geht, hat man keine ruhige Minute mehr. Es fehlen einem die Worte! Angesichts einer solchen Polizei sollten wir Bürgerwehren aufstellen.«

»Haben Sie Pavlos Lalopoulos persönlich gekannt?«, frage ich, ohne mich auf eine Diskussion über die Unzulänglichkeit unserer Zunft einzulassen.

»Wer kannte Herrn Pavlos nicht? Er war ein waschechter Chalandriote. Sein Vater besaß einen Gemüsegarten, in dem er Lauchzwiebeln und Kopfsalat anpflanzte. Dann hat er ihn an einen Bauunternehmer verkauft, um seinem Sohn das Studium in England zu ermöglichen. Der kam dann mit einer bleichen Britin, dieser Jenny, zurück, die ihm das Leben zur Hölle gemacht hat. Aber statt sie vor die Tür zu setzen, hat er auch noch ein Kind mit ihr gemacht. Zu guter Letzt hat sie den Jungen mit nach England genommen.«

Redselige Zeugen sind immer wieder ein Segen. Wir müssen überhaupt keine zusätzlichen Fragen mehr stellen, sie hat uns schon alles von sich aus erzählt.

»Leben seine Eltern noch?«, fragt Vlassopoulos.

»Nein, beide sind schon tot. Der jüngere Bruder Charis hatte sich mit dem Vater überworfen und ist nach Kanada ausgewandert. Seitdem hat er jeden Kontakt zur Familie abgebrochen.«

»Was hat Lalopoulos beruflich gemacht?«, fragt Vlassopoulos.

»Er hatte eine leitende Position bei EOT, der Griechischen Fremdenverkehrsbehörde.«

»Wissen Sie, ob er ein Auto hatte?«

»Aber natürlich! Er hatte einen Geländewagen. Welcher Marke weiß ich allerdings nicht.«

Uns reicht die Information, dass es ein Geländewagen war. Ich ziehe ich Handy aus der Tasche, um Dimitriou die Anweisung durchzugeben, sich nach dem Wagen umzusehen.

»Ich wollte Sie auch gerade anrufen«, meldet er sich,

ohne mich zu Wort kommen zu lassen. »Kommen Sie bitte noch mal her, ich muss Ihnen etwas zeigen.«

Auf dem Rückweg zu Lalopoulos' Haus sprechen wir noch mit Papadakis und Dermitsakis, dem anderen Zweierteam. Offenbar haben sie genau das Gleiche herausgefunden wie wir.

Dimitriou erwartet uns im Wohnzimmer. Die Leiche ist inzwischen in die Gerichtsmedizin abtransportiert worden.

»Kommen Sie mit, wir haben etwas Interessantes gefunden«, sagt er und geht zur Treppe.

Auf dem Weg nach oben erzähle ich ihm von Lalopoulos' Geländewagen.

»Wir überprüfen das«, sagt er. »Wenn er nicht hier in der Gegend geparkt wurde, heißt das, die Einbrecher haben ihn als Fluchtfahrzeug benutzt und irgendwo stehen lassen.«

Dimitriou führt uns ins Kinderzimmer, geht direkt auf das offensichtlich von der Spurensicherung durchsuchte Kinderbett zu und dreht die Matratze um. Darin wird ein Schnitt sichtbar, der mit Klebeband überdeckt wurde. Dimitriou löst es ab, zwängt seine Hand in den Spalt und zieht ein mit einem Gummiband zusammengehaltenes Bündel Fünfzig-Euro-Scheine heraus.

»Sie müssen nicht nachzählen«, sagt er mit einem Lächeln. »Es sind fünfzigtausend.«

»Schwarzgeld«, kommentiert Dermitsakis das Offensichtliche.

»Schmiergeld«, erwidert Papadakis. »Es fragt sich nur, von wem er geschmiert wurde.«

Ich mische mich nicht in die Unterhaltung ein, da mich andere Fragen beschäftigen. Wie ist es möglich, dass die

Einbrecher, die das ganze Haus auf den Kopf gestellt haben, ausgerechnet das Kinderzimmer übergangen haben? Wenn sie am Gründonnerstagabend eingedrungen sind, wurden sie wohl kaum gestört, da alle Welt in der Kirche war. Wieso haben sie nur Portemonnaie, Handy und Computer mitgenommen und nicht weitergesucht?

Aber mir geht noch etwas anderes gegen den Strich. Ertappte Einbrecher töten mit Messern oder schießen blind drauflos, weil sie den Zeugen schnell loswerden und ans Diebesgut kommen wollen. Der Schuss mitten in die Stirn ist eher ein Indiz für eine Hinrichtung. Genauso wie die Fünfzigtausend, die unberührt vorgefunden wurden.

Alles deutet darauf hin, dass sich Gikas' Befürchtung bestätigen könnte und ich es schließlich doch mit dem neuen Vize zu tun bekomme. Da jedoch – auf den ersten Blick zumindest – ein Einbruch zum Mord geführt hat, gebe ich vorläufig lieber dieser These den Vorrang.

5

Ich folge dem weisen Spruch »Vorsicht ist die Mutter der Porzellankiste« und erstatte Gikas Bericht, und zwar nicht nur über die Ermittlungen am Tatort, sondern auch über meine Befürchtung, dass die Täter womöglich keine simplen Einbrecher waren, sondern der Polizei nur Sand in die Augen streuen wollten und es in Wirklichkeit um eine Hinrichtung geht.

»Welche Hinweise stützen diese Annahme?«, fragt er.

»Zunächst einmal der Schuss in die Stirn, aber vor allem die Fünfzigtausend, die im Kinderbett gefunden wurden.«

»Warum?«

»Erstens, weil Einbrecher immer auch die Matratzen untersuchen, da sie das klassische Versteck für Bargeld sind. Zweitens deutet dieses Geld darauf hin, dass das Opfer an Schwarzgeldtransaktionen beteiligt war. Ob es sich jetzt um Schmiergeld oder etwas anderes handelt, kann ich nicht sagen, aber wir oder das Amt für Geldwäschebekämpfung finden da bestimmt einen Anhaltspunkt.«

»Ich verstehe«, meint er nach einer kurzen Denkpause. »Trotzdem sollten wir einen Raubmord nicht ausschließen, bis wir genügend Beweise für eine Hinrichtung haben.«

Ich verlasse Gikas' Büro mit frischem Elan und mache mich auf den Weg zu meinen Assistenten. Vielleicht haben sie etwas über Lalopoulos' Vergangenheit und seine berufliche Karriere herausgefunden.

Zu seiner Frau und seinem Sohn gibt es über die bloßen Namen hinaus keine weiteren Erkenntnisse. Seine Frau heißt Jenny Ogden und sein Sohn Aristidis. Wie sollen wir irgendeine Jenny Ogden in Großbritannien ausfindig machen, wenn – zumindest bei griechischen Gerichten – nicht einmal ein Scheidungsantrag vorliegt?

So liegt unser Hauptaugenmerk auf seinem Berufsleben. Pavlos Lalopoulos arbeitete bei der Griechischen Tourismusbehörde EOT und leitete die für Yachthäfen zuständige Abteilung. Die in der Matratze versteckten Fünfzigtausend könnten das Bestechungsgeld einer Reederei sein, die sich mit Yachtcharter beschäftigt, vielleicht aber auch Schwarzgeld aus illegalen Transaktionen.

Zurück in meinem Büro, versuche ich, meine Gedanken zu ordnen, um die Prioritäten besser zu erkennen. Ich kann bei der EOT-Abteilung anrufen, der Lalopoulos vorstand. Aber aus meinen Fragen wird ersichtlich sein, dass ich die Tathintergründe im Schwarzgeldbereich vermute. Das wiederum wird die TV-Sender mit ihren Reportern, denen bestimmt jemand etwas zusteckt, auf den Plan rufen. Dann gerät die Sache schnell außer Kontrolle.

Ich zerbreche mir den Kopf, wie ich am besten vorgehe, da fällt mir plötzlich eine ganz einfache Lösung ein. Wenn Lalopoulos tatsächlich in Schwarzgeldgeschäfte verwickelt war, dann müsste das Amt für Geldwäschebekämpfung Bescheid wissen. Möglicherweise stand er sogar schon unter Beobachtung, und man hat Daten über ihn gesammelt. Und da ich hier in jedem Fall auf die Verschwiegenheit der

Mitarbeiter zählen kann, ist auch die Gefahr, dass etwas an die Medien durchsickert, minimal.

Nachdem mir Koula die Telefonnummer des Amtes herausgesucht hat, versuche ich es gleich. Die Chefsekretärin erklärt mir, dass der Direktor im Ausland sei, und verweist mich an seinen Stellvertreter. Als ich ihm den Fall kurz schildere, gibt er mir sofort einen Termin für ein persönliches Gespräch.

Kurz überlege ich, Papadakis mitzunehmen, da er mein fähigster Mitarbeiter ist. Aber dann beschließe ich, allein hinzugehen. Wenn wir zu zweit aufkreuzen, fühlt sich der Vizedirektor eventuell in die Enge getrieben und deckt seine Karten nicht auf.

Das Amt für Geldwäschebekämpfung liegt nur zweihundert Meter entfernt vom Präsidium, in der Nähe des Obersten Gerichtshofs, so dass ich zu Fuß gehen kann.

Charikakis, der stellvertretende Leiter, ist ein hochrangiger Mitarbeiter des Gerichts und um die fünfzig. Ich erkläre ihm den Grund meines Besuchs und fasse zusammen, was wir bisher herausgefunden haben. Er hört mir zu, ohne mich zu unterbrechen.

»Diese Unterredung muss unter uns bleiben, Herr Kommissar«, sagt er, als ich fertig bin. »In diesem Fall herrscht höchste Geheimhaltungsstufe. Wenn der Mord an Lalopoulos mit unseren Ermittlungen in Zusammenhang steht, suchen wir weiter nach seinen Verbindungen und der Quelle des Schwarzgeldes. Sollten wir dabei die Hilfe der Polizei benötigen, bitten wir Sie um Amtshilfe.«

»Auch wir wollen vorläufig kein Aufsehen erregen. Uns liegt daran, den Eindruck eines Raubmords aufrechtzuerhalten. Daher erfolgen auch unsere Ermittlungen verdeckt. Aus diesem Grund bin ich zuerst zu Ihnen gekommen, bevor wir an Lalopoulos' Arbeitsstelle ermitteln. Ich kann Ihnen versichern, dass wir Sie sofort in Kenntnis setzen, sobald wir etwas Relevantes finden.«

Charikakis greift nach dem Telefonhörer und fordert Lalopoulos' Akte an. Während wir warten, ergänzt er seine Erläuterungen.

»Wir arbeiten ausschließlich mit dem Griechischen Nachrichtendienst zusammen. Die Polizei schalten wir erst auf der Zielgeraden ein, um zu vermeiden, dass irgendetwas vorzeitig publik wird.«

Seine Sekretärin tritt ein, und er nimmt die Akte entgegen. »Der Fall Lalopoulos kam mit einer ganz normalen Anzeige ins Rollen«, erklärt er. »Eines Tages kam ein Yachtbesitzer zu uns, der einen Ankerplatz im Hafen von Zea mieten wollte. Als er sich an die Zentrale für Fremdenverkehr wandte, verwies man ihn an Lalopoulos persönlich. Der notierte sich die Telefonnummer des Yachteigners und sagte, er würde zurückrufen, sobald ein Ankerplatz zur Verfügung stünde. Schon am nächsten Tag meldete er sich mit dem Vorschlag, er könne ihm einen Platz vermitteln, das würde aber etwas mehr kosten. Der Yachtbesitzer sagte, er sei nicht auf einen Ankerplatz im Hafen von Zea angewiesen, sondern es könne auch gern in Alimos oder Vouliagmeni sein. Daraufhin meinte Lalopoulos, dort sei die Lage noch schwieriger. Der Yachtbesitzer wollte es sich überlegen. Das tat er dann auch, und zwei Tage später ging bei uns die Anzeige ein. Dann haben wir den Zugriff vorbereitet, aber als der Yachtbesitzer Lalopoulos anrief, um sich auf den Deal einzulassen, meinte der, jetzt sei es zu spät, andere seien schneller gewesen. Vielleicht stimmte das, vielleicht ist er auch misstrauisch geworden und wollte nichts riskieren. Seitdem haben wir ihn jedenfalls mit Unterstützung des Griechischen Nachrichtendienstes und der Hafenpolizei im Visier.«

Es hält kurz inne und blättert in der Akte. »Ich kann Ihnen sagen, dass die Schmiergelder für Ankerplätze in den EOT-Yachthäfen für Lalopoulos nur ein kleines Zubrot waren«, klärt er mich auf. »Lalopoulos dealte mit allem Möglichen, von Zigaretten über Heizöl bis hin zu Drogen. Obwohl uns viele Hinweise vorliegen, konnten wir uns noch kein vollständiges Bild machen. Wir wollten nichts überstürzen und möglicherweise schlafende Hunde wecken.«

Charikakis klappt die Akte zu und blickt mich an. »Das wäre in Kurzform unser Kenntnisstand, Herr Kommissar. Wenn sich etwas Neues ergibt, informiere ich Sie, aber nur persönlich und nicht auf dem Dienstweg.«

Ich danke ihm und hinterlasse meine Handynummer.

Jetzt wissen wir zweifelsfrei, dass der augenscheinliche Raubmord an Lalopoulos eine Hinrichtung war. Nur, dass wir das wie ein Familiengeheimnis bewahren müssen. Es war also richtig, allein herzukommen. In Begleitung hätte ich wahrscheinlich überhaupt nichts herausgefunden.

Zurück im Büro, rufe ich meine Assistenten zu mir, die mich neugierig anblicken.

»Worüber hat der Kriminaldirektor denn so lange mit Ihnen geredet?«, fragt Koula.

»Ich war nicht beim Kriminaldirektor, sondern in einer Privatangelegenheit unterwegs«, antworte ich, ohne näher darauf einzugehen. Dann erläutere ich ihnen meine Folgerungen aus der Tötungsart, die alle nachvollziehen können.

Dimitrious Anruf unterbricht unsere Sitzung. »Wir haben Lalopoulos' Wagen gefunden«, verkündet er.

»Wo?«

»In der Laskaratou-Straße, einer Querstraße des Kifissias-Boulevards. Wir haben ihn für die kriminaltechnischen Untersuchungen ins Labor mitgenommen.«

Nun ist ein Besuch von Lalopoulos' Arbeitsort fällig. Das Gute an diesem Fall ist, dass alle Ermittlungen zu Fuß erledigt werden können: Den kurzen Weg bis zum EOT-Büro in der Tsocha-Straße hinter dem Panathinaikos-Stadion lege ich in Begleitung von Papadakis zurück.

Der Portier schüttelt den Kopf, als wir den Grund unseres Besuchs nennen. »Was für eine Tragödie«, murmelt er mehrfach. Danach erklärt er uns, wie wir zum Büro gelangen, in dem der Held der Tragödie tätig war.

Es ist nicht viel Kundschaft anzutreffen. In Lalopoulos' Abteilung finden wir nur zwei Angestellte – eine Frau und einen Mann – vor. Die übrigen Büros sind leer.

»Es geht um den Mord an Pavlos Lalopoulos«, beginne ich, nachdem wir uns vorgestellt haben. »Zunächst einmal möchten wir erfahren, wer die Polizei verständigt hat.«

»Ich«, antwortet die fünfzigjährige Angestellte, die sich als Effi Kleomenous vorstellt. »Herr Lalopoulos und ich wollten ein paar Anträge für die Yachthäfen in Ruhe abarbeiten, und am Gründonnerstag ist ja kaum jemand im Büro. Doch Herr Lalopoulos kam nicht. Ich wusste, dass er in Athen bleiben wollte, aber ich ging davon aus, dass ihm etwas dazwischengekommen war, und habe nicht länger darüber nachgedacht. Aber als er auch am Osterdienstag nicht im Büro erschien, habe ich versucht, ihn auf dem Handy und zu Hause anzurufen, aber niemand ging ran. Da begann ich mir Sorgen zu machen und habe die Polizei verständigt. Zwei Stunden später teilte man mir mit, was geschehen war.« Nachdem sie einen tiefen Seufzer ausgestoßen hat, verstummt sie.

»Ja, leider ist Ihr Vorgesetzter einem Raubmord zum Opfer gefallen. Das kommt in letzter Zeit häufiger vor. Da es sich um ein Tötungsdelikt handelt, muss auch die Mordkommission ermitteln – zumindest der Form halber. Hat Lalopoulos Ihnen gegenüber je einen früheren Einbruchsversuch in sein Haus erwähnt?«

»Nein, nie«, antwortet die Kleomenous. »Er hat im Gegenteil oft hervorgehoben, dass Kato Chalandri noch genauso sicher sei wie in alten Zeiten.«

»Trotzdem haben wir ihm geraten, dass er wenigstens eine Sicherheitstür einbauen sollte«, fügt der Angestellte namens Kosmidis hinzu. »Aber davon wollte er nichts hören. ›Ich mach doch das Haus nicht kaputt, das mein Vater mit seinen eigenen Händen gebaut hat. Das bleibt so, wie es ist‹, meinte er immer.«

»Hat er je erwähnt, dass er bedroht wurde?«, frage ich leichthin.

»Wie, bedroht?«, fragt die Kleomenous.

»Wir wissen ja, dass die Plätze in den Yachthäfen sehr begehrt sind«, mischt sich Papadakis ein. »Besonders im Sommer reichen die Ankerplätze oft nicht aus, da kann man sich gut vorstellen, dass es zu Konflikten zwischen den zuständigen Mitarbeitern des EOT und den Yachtbesitzern kommt. Es wäre also nicht verwunderlich, wenn Lalopoulos Drohungen erhalten hätte.«

»Damit haben wir tagtäglich zu tun«, bestätigt Kosmidis. »Jeder Zweite, dem wir sagen müssen, dass kein Ankerplatz frei ist, droht uns mit seinen Beziehungen, vom Minister bis hin zum Staatspräsidenten. Sie werfen uns vor, wir würden die Ankerplätze unter der Hand verhökern, wir würden sie intern vergeben oder anderweitig verteilen. Die Yachtbesitzer sind wohlhabend und gut vernetzt, aber ihre Drohungen fruchten dennoch nichts – außer wenn eine Anweisung von ganz oben kommt, die wir dann berücksichtigen müssen. Aber das ist ja überall so.«

Der griechische Staatsdienst ist mal wieder von einem Heiligenschein umgeben, denke ich und sehe dabei die Fünfzigtausend aus der Matratze vor mir. Aber ich bohre lieber nicht weiter nach, um keinen Verdacht zu erregen.

»Vielen Dank für die Auskünfte«, sage ich und stehe auf.

»Alles in bester Ordnung«, meint Papadakis, als wir das EOT-Büro verlassen.

»Was haben Sie erwartet? Dass sie zugeben, dass Lalopoulos korrupt war? Erstens ist nicht sicher, dass sie davon wussten. Zweitens würden sie nicht reden, auch wenn sie es wüssten, da sonst der Verdacht auch auf sie fallen würde.«

»Und was machen wir jetzt?«, fragt er.

»Es bleibt uns nichts anderes übrig, als der Küstenwache in Piräus einen Besuch abzustatten. Nicht dass ich mir davon großartige Erkenntnisse erhoffe, aber wir müssen auch diesen Punkt in unseren Ermittlungen abhaken.«

Zurück im Präsidium, bitte ich meine Assistenten, einen

Ansprechpartner bei der Küstenwache von Piräus ausfindig zu machen und einen Streifenwagen anzufordern. Auf meinem Schreibtisch liegt eine Notiz, dass ich Gikas zurückrufen soll, was ich sofort tue.

»Der Trommelwirbel hat eingesetzt«, erklärt er. »Der neue Vize will über den Lalopoulos-Mord informiert werden. So läuft das mit den Bürokraten. Sie wollen über jeden kleinsten Schritt im Bilde sein, um sich abzusichern.«

Also lasse ich alles stehen und liegen und fahre zu Gikas hoch, um mich mit ihm gemeinsam zum Vizepolizeichef zu begeben.

Alle anderen haben Ostern gut überstanden, für uns hingegen beginnt gerade erst der Leidensweg.

6

Es ist fünf Uhr nachmittags, und ich fühle mich todmüde. Ich hätte mich unter dem Vorwand der Osterfeiertage abmelden und Dienstagabend im Pulk der Heimkehrer zurückkommen sollen. Mit einem Mal überkommt mich eine gewisse Bitterkeit bei dem Gedanken, zur Minderheit der pflichtbewussten Trottel zu gehören. Doch Gikas' Anblick an meiner Seite tröstet mich: Auch er ist in Athen geblieben und zählt somit zur selben Kategorie. Mal ganz abgesehen davon, dass er jahrelang den Laufburschen spielte – in der Hoffnung, irgendwann Polizeipräsident zu werden. Trotzdem er ist nie befördert worden und auf seinem Posten klebengeblieben.

»Was erzählen wir dem Vize?«, frage ich auf dem Weg zur Katechaki-Straße. Ich habe Gikas über alle Einzelheiten informiert, damit er auf dem letzten Stand ist.

»Alles, bis auf Ihren Besuch beim Amt für Geldwäschebekämpfung«, antwortet er. »Er würde Sie fragen, wer Sie dazu ermächtigt hat. Und wenn er erfährt, dass es Ihre eigene Initiative war, könnte er ein Disziplinarverfahren einleiten. Besser, er weiß nur das Nötigste und nichts davon, was Sie sonst noch im Köcher haben.« Und spöttisch fügt er hinzu: »Sie halten doch auch vor mir Informationen zurück. Und jetzt wollen Sie dem Vize gleich alles sagen?«

»Ich halte gar nichts vor Ihnen zurück«, protestiere ich halbherzig.

Er aber lässt sich nicht darauf ein. »Lassen wir das«, meint er nur.

Ich denke an all die Auseinandersetzungen, die ich mit meinem Vorgesetzten gehabt habe, und jetzt erweist er sich plötzlich als Verbündeter, wenn nicht gar als Mitverschwörer.

Bei unserer Ankunft stellen wir fest, dass mal wieder alles nach dem klassischen Muster des griechischen Staatsdienstes läuft: Sobald eine neue Führungskraft – vom Minister abwärts – ernannt wird, packt die Entourage der abtretenden Charge ihre Siebensachen, und neue Gesichter tauchen auf, die jedoch dic alte Denkweise fortführen. Im Vorzimmer des neuen Vize erkennen wir niemanden aus der alten Garde wieder.

»Der Herr Vizepolizeipräsident erwartet Sie schon«, verkündet uns ein uniformierter Beamter und führt uns in dessen Büro, das allerdings noch ganz so aussieht wie unter dem Vorgänger. Der Vize tritt uns entgegen und bittet uns, auf den beiden Sesseln vor seinem Schreibtisch Platz zu nehmen.

»Ich wollte wissen, was Sie zum Mordfall in Chalandri in Erfahrung gebracht haben«, sagt er einleitend und fügt eilig hinzu: »Es ist mir bewusst, dass das kein spektakulärer Fall ist. Aber da ich neu und unerfahren bin, ein blutiger Anfänger sozusagen, bieten solche Fälle eine gute Gelegenheit, Ihre Denk- und Vorgehensweise kennenzulernen. So kann ich mich leichter einarbeiten.«

Ohne näher darauf einzugehen, erstatte ich einen vollständigen Bericht – nur meinen Besuch beim Amt für Geldwäschebekämpfung lasse ich aus.

Er hört zu, ohne mich zu unterbrechen, dann fragt er: »Was ist Ihre Meinung, Herr Kommissar? Handelt es sich um Raub oder um Rache?«

Ich halte mir lieber alle Optionen offen. »Beides ist möglich. Der Schuss in die Stirn könnte Indiz für eine Hinrichtung sein, wohingegen Einbrecher eher drauflosschießen und dabei zufällig die Stirn getroffen haben könnten. Genauso gut hätten sie Herz oder Schläfe erwischen können. Dasselbe gilt für das Bargeld, das wir in der Matratze gefunden haben. Einerseits steigt dadurch die Wahrscheinlichkeit, dass es sich um eine Abrechnung handelt, vielleicht haben die Einbrecher andererseits auch einfach nicht daran gedacht, die Matratze im Kinderzimmer zu durchsuchen. Es ist noch zu früh, um sich festzulegen.«

»In Ordnung, ich möchte nur, dass Sie mich auf dem Laufenden halten, Herr Kriminaldirektor«, sagt er zu Gikas. »Die Gründe sind Ihnen bekannt.«

Nachdem ihm Gikas die Erfüllung dieses Wunsches versprochen hat, ist die Unterredung beendet.

»Das lief ja gut«, frohlockt Gikas. »Jetzt sitzt er uns allerdings im Nacken, und ich muss ihm wie ein Volksschullehrer tagtäglich das ABC einbleuen.«

Bei Feierabend kann ich mich kaum noch auf den Beinen halten. Am liebsten würde ich schnell einen Happen essen und gleich ins Bett fallen, aber ich weiß jetzt schon, dass meine Tochter mit ihrem Mann zu Besuch ist, um uns nachträglich frohe Ostern zu wünschen.

Als ich die Tür aufschließe, höre ich schon Stimmen aus

dem Wohnzimmer. Kaum haben sie mich erblickt, stürmen sie mit guten Wünschen und offenen Armen auf mich zu.

»Wie geht es deinen Eltern?«, will Adriani nach der herzlichen Begrüßung von Fanis wissen.

»Jetzt, da mein Vater die positiven Seiten des Rentnerdaseins entdeckt hat, ist er rundum glücklich. Er hat seine innere Ruhe gefunden, nachdem er seinen ehemaligen Laden vermietet hat und sich nur noch um seinen Gemüsegarten kümmert. Nur meine Mutter ist davon nicht so begeistert, da er nun den ganzen Tag zu Hause hockt.«

»Und ihr, habt ihr die freien Tage genossen?«, frage ich.

»Es war traumhaft!«, antwortet Katerina begeistert. »In Volos hatten wir eine wunderbare Zeit, die Kirchen waren gerammelt voll.«

»Und auch die Ouzo-Schenken«, fügt Fanis grinsend hinzu.

»Nach sechs Jahren Krise können die Leute endlich aufatmen und feiern Ostern wieder auf traditionelle Art«, sagt Katerina.

»Traditionell, genau«, sagt Adriani mit derselben galligen Miene, die sie immer aufsetzt, wenn sie anderer Meinung ist. »Sowie wir einen Braten riechen, stürzen wir uns in die Fresslokale, verstopfen die Autobahnen und vergessen, was wir auf dem Dorf bei uns sagten: Drei Tage feiern, vierzig Tage trauern. Schon nach drei Monaten haben wir die vorangegangenen sechs Jahre vergessen. Ich bin gespannt, wie lange es dauert, bis alle wieder ganz in den alten Trott verfallen.«

»Du machst dir zu viele Gedanken, Adriani«, beschwichtigt sie Fanis. »Du erinnerst mich an die Patienten, die nach der Überwindung einer schweren Krankheit befürchten, sie könnte erneut ausbrechen. Keine Sorge, der Patient ist außer Lebensgefahr. Schau doch nur, wie die Europäer jubeln!«

»Pff, die Europäer!«, erwidert Adriani abschätzig. »All die Jahre haben sie uns als faul und korrupt bezeichnet. Jetzt, da sich die Lage geändert hat, klopfen sie sich selbstgefällig auf die Schulter und sagen: ›Na also, wir haben doch recht gehabt!‹ Aber wenn morgen die Wirtschaft wieder auf Grund läuft, fallen sie über uns her.«

»Das werden sie nicht tun, denn unsere Wirtschaft hat sich stabilisiert. Und das ist nicht nur auf die steigenden Touristenzahlen zurückzuführen. Diesen Sommer war alles ausgebucht, und im Pilion-Gebirge bei Volos findet man kaum noch freie Unterkünfte. Aber viel wichtiger ist, dass zwei ausländische Banken in Athen Filialen eröffnen.«

»Wo kommt das ganze Geld her?«, frage ausgerechnet ich, der von Finanzen keine blasse Ahnung hat. Selbst die Familienkasse wird von Adriani verwaltet.

»Man hat sich sehr im privatwirtschaftlichen Sektor engagiert«, erklärt mir Fanis. »Als Arzt in einem staatlichen Krankenhaus habe ich also keinen Grund zum Jubeln. Aber ich muss zugeben, dass das Kalkül der Regierung aufgeht. Sie haben das Steuersystem reformiert, sie sind allen, die in Griechenland investieren wollen, sehr entgegengekommen, und sie haben das öffentliche Eigentum privatisiert. Daher stammt das ganze Geld.«

»Und warum haben das die vorherigen Regierungen nicht geschafft? Waren die so bescheuert?«, fragt Adriani.

»Weil sie es nicht wollten, Mama«, antwortet Katerina. »Sie waren nicht bescheuert, sondern unwillig.«

»Ich bin ja nur eine einfache Hausfrau. Die einzige Sparmöglichkeit, die ich kenne, ist das Sparen beim Einkaufen. In meinem ganzen Leben habe ich noch nie erlebt, dass aus heiterem Himmel die Könige aus dem Morgenland mit ihren Gaben erscheinen – wie diese Regierung.«

Als sie sich in die Küche aufmacht, um das Essen zuzubereiten, hält Fanis Katerina am Arm zurück, um sie an einer Weiterführung der Diskussion zu hindern. Als es an der Tür klingelt, macht Adriani unterwegs einen Schlenker, um zu öffnen. Es ist Sissis, der – mit dem unerlässlichen Päckchen in der Hand – frohe Ostern wünschen möchte.

»Was bringst du da schon wieder?«, fragt Adriani streng.

»Einen Osterkuchen – nur wegen der Feiertage«, rechtfertigt sich Sissis. Adriani hat ihm nämlich ausdrücklich verboten, bei Besuchen etwas mitzubringen.

»Ausgerechnet Osterkuchen!«, sagt Adriani stirnrunzelnd. »Und dabei könnte ich dir noch ein paar fürs Obdachlosenasyl mitgeben. Ich habe nämlich dieses Jahr Hefeteig angesetzt!«

»Hefeteig?!«, ruft Katerina teils verwundert, teils verärgert. Dann schaut sie zu mir und fragt: »Was ist denn in Mama gefahren?«

Doch ich zucke mit den Schultern, da mir die spontanen Eingebungen meiner Frau unverständlich bleiben.

»Ich habe das Fasten vierzig Tage lang eingehalten und dann Osterstriezel gebacken«, erklärt Adriani. Dann erzählt sie von ihrem Gelübde, das sie für die Überwindung der Krise abgelegt hat.

»Schön und gut, aber warum zweifelst du dann daran, dass die Krise vorbei ist? Und meinst, Geschenke fallen nicht einfach so vom Himmel?«, fragt Fanis.

»Ich erfülle nur meinen Teil, um Gottes Hilfe zu erlangen. Aber aus leidvoller Erfahrung weiß ich, dass man nicht zu hohe Erwartungen haben sollte«, lautet ihre Antwort.

»Dann kann es nur besser kommen«, neckt Fanis sie.

»Mein Lieber, wie heißt es im Vaterunser? ›Unser tägliches Brot gib uns heute.‹ Was kann ich denn dafür, wenn nicht einmal das Vaterunser an das Morgen denkt?«

Dem allgemeinen Gelächter, das ihrer Bemerkung folgt, misst sie keine Bedeutung bei und macht sich auf den Weg in die Küche, um noch ein Gedeck für Sissis zu holen. Wie immer folgt ihr Katerina, um ihr zur Hand zu gehen.

»Auch ich bin skeptisch, ob wir die Krise endgültig überwunden haben. Aber es geht eindeutig aufwärts«, sagt Sissis.

»So etwas höre ich von dir zum ersten Mal«, bemerke ich. »Bis jetzt hast du mir bei jedem Treffen mit deinem Pessimismus das Herz schwergemacht.«

»Wenn man ganz unten angelangt ist, kann es nur noch aufwärtsgehen, wie ein Freund von mir immer sagte«, erwidert er lächelnd. »Wenn er noch am Leben wäre, würde er sich bestätigt fühlen.«

»Und was heißt das konkret für dich?«, fragt ihn Fanis.

»Die Gemeinde Athen hat das Obdachlosenheim übernommen«, antwortet er trocken. Doch dann holt er aus: »Eines Tages ist ein Stadtrat erschienen und hat verkündet, dass ab sofort die Gemeinde Athen das Obdachlosenheim finanziert und den Leiter bestimmt. Da haben die Bewohner protestiert und damit gedroht, wenn ich ginge, würden auch sie gehen. Auch die jungen Gründer des Asyls setzten sich für mich ein. Deshalb beschloss man, mich zu behalten. Als die Rede auf die Bezahlung kam, habe ich erklärt, dass ich als Rentner ehrenamtlich tätig bin. Das hat meine Chancen ungemein erhöht.« Er bricht in sein typisches abgehacktes Lachen aus.

»Hoffentlich drückt man dir keinen Aufseher aufs Auge«, meint Fanis.

»Alles bleibt unverändert. Das war meine einzige Bedingung. Ich habe durchgesetzt, dass uns keine Suppenküche beliefert, sondern dass ein Teil der Einkäufe, die für verschiedene Gemeindeeinrichtungen getätigt werden, an uns geht und die Bewohner wie bisher selbst kochen. Das war ihnen ganz recht. Ich habe den Stadtrat dann nach der Auferstehungsfeier zu Frau Aglaias Ostersuppe eingeladen, und die hat ihm ausgezeichnet geschmeckt.«

Adriani und Katerina bringen das Essen aus der Küche: meine Tochter die Ostereier und den Salat, meine Frau die Lammkoteletts mit Kartoffeln.

Dann folgt das Eiertitschen, jeder gegen jeden, an dem sich alle lautstark beteiligen. Nur Sissis, der eins ums andere Duell gewinnt, zuletzt sogar gegen Adriani, bleibt still.

»Lässt du denn gar keins heil? Vielleicht wollen wir ja morgen noch weitermachen«, zieht Fanis ihn auf.

Adriani serviert das Lamm und die Beilage, und alle stürzen sich auf das Essen.

»Kommissar, als ich dich kennenlernte, hätte ich nie gedacht, dass ich mich in deiner Familie so wohl fühlen würde«, meint Sissis zu mir.

»Wie meinst du das, Onkel Lambros?«, fragt Katerina.

»Dein Vater gehört zu der Truppe, die mich mein Leben lang verfolgt hat. Deine Mutter gleicht die Sache durch ihre Kochkunst aus. Der eine verfolgt mich, die andere macht mich satt. Die perfekte Balance!«

Unter allgemeinem Gelächter legt ihm Adriani drei Lammkoteletts auf den Teller und bestätigt ihn so in seiner Meinung.

7

Ich komme kaum aus dem Bett hoch. Meine gestrige Müdigkeit ist auch durch die Nachtruhe nicht gewichen. Da es viel zu erzählen gab, wurde es spät. Jetzt fühlen sich nicht nur meine Glieder bleischwer an, sondern auch mein Magen.

Mit letzter Kraft schleppe ich mich ins Büro und denke mir, dass die Ferien eigentlich nach Ostern anfangen sollten. Nach all den Kirchgängen, Prozessionen, Auferstehungsfeiern und dem dreitägigen Gelage sind wir dermaßen erschöpft, dass wir unbedingt ein paar freie Tage bräuchten, um alles zu verdauen und uns zu erholen.

Meine Magenverstimmung zwingt mich, das Croissant heute zu streichen. Den Kaffee jedoch gönne ich mir. Kaum habe ich den ersten Schluck getrunken, läutet das Telefon: Dimitriou ist dran.

»In Lalopoulos' Wagen haben wir weder Fingerabdrücke noch irgendwelche Schriftstücke gefunden«, vermeldet er. »Er sieht aus wie frisch vom Händler geliefert.«

Kein Einbrecher putzt den Fluchtwagen blitzblank, bevor er ihn zurücklässt. Er lässt ihn so stehen, wie er ist, und nimmt Reißaus. Mit jedem neuen Ermittlungsschritt erhärtet sich die Hinrichtungsthese.

Ich gehe in Gedanken noch mal alle Informationen

durch, die wir bislang gesammelt haben. Nur Charikakis' Angaben aus dem Amt für Geldwäschebekämpfung haben uns weitergebracht. Von der Griechischen Fremdenverkehrszentrale EOT haben wir nichts Wesentliches erfahren. Lalopoulos' Exfrau, von der wir nicht wissen, wo sie sich aufhält, scheint jedenfalls nicht in die Sache involviert zu sein.

Ich beschließe, die Ermittlungen bei den offiziellen Stellen nun doch noch mit einem Besuch bei der Küstenwache Piräus abzurunden. Koula hat inzwischen den Namen des zuständigen Mitarbeiters ausfindig gemacht – Nikos Sterjadis heißt er –, so dass ich ihn anrufen kann, um einen Termin mit ihm in der Zentrale der Hellenischen Küstenwache zu vereinbaren.

Seit Jahren nehme ich meine Assistenten immer abwechselnd mit zu den Ermittlungen, damit sich keiner zurückgesetzt fühlt. Damit vermeide ich Reibereien. Diesmal sind Koula und Vlassopoulos an der Reihe.

Auf dem Alexandras-Boulevard herrscht dichter Verkehr. Vlassopoulos biegt nicht in die verstopfte Patission-Straße ein, sondern nimmt lieber die Ioulianou bis zur Aristotelous, um auf die Pireos-Straße zu gelangen. Dabei kommen wir vom Regen in die Traufe, denn hier geht es nur noch im Schritttempo voran. Meiner Berechnung nach werden wir vermutlich eine Stunde bis zur Zentrale der Küstenwache auf der Akti Vassiliadi brauchen.

»Die gemütlichen Zeiten sind vorbei, die Athener sind zurück.« Vlassopoulos lacht.

»Ist Athen leer, heißt das, die Athener sind ausgeflogen«, sagt Koula. »Kehren sie zurück, quillt die Stadt sofort über.

Ich frage mich, wann sie überhaupt bei der Arbeit sind. Ich jedenfalls bin nur nach Feierabend oder in meiner Freizeit auf der Straße.«

»Hör auf zu nörgeln, Koula«, bremst sie Vlassopoulos. »Seit gestern geht das schon so. Ich frage mich, wie das dein zukünftiger Mann aushalten soll.«

»Keine Sorge, das wird er!«, erwidert sie, und ich stimme ihr insgeheim zu.

Ich habe es richtig eingeschätzt, denn erst eine knappe Stunde später erreichen wir die Zentrale der Küstenwache. Obwohl man uns am Empfang ausführlich erklärt, wo sich Sterjadis' Büro befindet, wäre uns ein Lotse nützlicher gewesen, denn bald haben wir uns heillos verlaufen. Erst nachdem wir bei einer Reihe von Mitarbeitern angeklopft und sie um Orientierungshilfe gebeten haben, finden wir endlich die zur richtige Tür.

Sterjadis, ein kahlköpfiger Fünfzigjähriger in Uniform, erhebt sich und kommt uns entgegen.

Nachdem ich ihn über den Stand der Dinge in Kenntnis gesetzt habe, sagt er: »Dieser Fall hat es wirklich in sich. Wir haben Grund zur Annahme, dass Lalopoulos nicht nur Bestechungsgelder entgegennahm, sondern vielmehr ein ganzes Schmuggelimperium aufgezogen hat, wofür er zahlreiche Boote benutzte, die in den Yachthäfen vor Anker lagen. Doch bei den Ermittlungen hatten wir zwei große Schwierigkeiten: Zum einen dürfen wir nur Boote anhalten und durchsuchen, wenn sie sich auf dem offenen Meer befinden – ein im Yachthafen liegendes Boot darf nur mit richterlicher Anordnung gefilzt werden, vergleichbar mit einem Hausdurchsuchungsbefehl bei Ihnen. Zum anderen machen es uns die wohlhabenden Bootseigner schwer, die auf ihre Seilschaften zurückgreifen. Wir müssen also immer einen stichhaltigen Anfangsverdacht haben, damit uns die Staatsanwaltschaft grünes Licht gibt. Sonst fallen alle über uns her.«

»Aber wieso können Sie dann sagen, dass Lalopoulos in Schmuggelgeschäfte verwickelt war?«, frage ich.

»Nun, bislang haben wir zwei Yachten durchsucht, aber nichts gefunden. Die Kontrolle der Bootspapiere hat ergeben, dass die beiden Besitzer im Verdacht des Drogenhandels standen, doch es konnte ihnen nichts nachgewiesen werden. Das hat allerdings nicht viel zu sagen. Bei unserer systematischen Überwachung der beiden Verdächtigen haben wir festgestellt, dass sich Lalopoulos regelmäßig mit ihnen getroffen hat. Doch auch daraus ergab sich nichts Belastendes. Sie haben sich einfach in einem Café getroffen und sind nach ihrem Plausch wieder auseinandergegangen.« Als er meinen fragenden Blick sieht, fügt er hinzu: »Ich weiß, was Sie denken: Irgendwo muss eine Übergabe stattgefunden haben. Stimmt, aber wir konnten den konkreten Ort nicht ausfindig machen. Lalopoulos hatte keine andere Immobilie als das Haus in Chalandri. Und selbst wenn, wäre er kaum so blöd gewesen, das Geschäft bei sich zu Hause abzuwickeln.«

»Tja, keine Ahnung, was Sie sonst noch hätten tun können«, sage ich offen und ehrlich. »Jetzt sind wir jedenfalls auf der Suche nach seinem Mörder. Wenn sich im Lauf unserer Ermittlungen etwas Interessantes für Sie ergibt, gebe ich Ihnen Bescheid.«

»Wir umgekehrt auch«, versichert er mir.

»Gibt es eventuell eine Immobilie, die auf den Namen seines Bruders eingetragen ist?«, will Koula von Sterjadis wissen.

»Nein. Da der Bruder auch Lalopoulos heißt, wäre uns eine solche Immobilie bestimmt aufgefallen.«

Da mir keine weitere Frage einfällt, erhebe ich mich. Nach gegenseitigen Versprechungen, uns auf dem Laufenden zu halten, verlassen wir die Küstenwache Piräus und machen uns auf den Rückweg.

Im Auto hängt jeder von uns seinen eigenen Gedanken nach, und wir wechseln kaum ein Wort. Zum Glück fließt der Verkehr und kostet uns keine zusätzliche Nerven.

Plötzlich bricht Koula das Schweigen. »Was macht uns so sicher, dass es sich um eine Hinrichtung handelt? Nach allem, was wir bisher in Erfahrung gebracht haben, gibt es keinen konkreten Hinweis, sondern nur ein paar Verdachtsmomente, weil sich Lalopoulos mit verdächtigen Personen getroffen hat. Könnte es sich nicht doch um einen Raubmord handeln?«

»Das haben wir nie ausgeschlossen«, erkläre ich ihr. »Da wir nicht genug Beweise haben, ermitteln wir in beide Richtungen.«

»In dem Fall müssen wir auch das Raubdezernat miteinbeziehen«, antwortet Koula.

»Da hast du recht«, erwidert Vlassopoulos kurz. »Ich bin schon mit ihnen in Kontakt.«

Während meine Assistenten in ihr Büro zurückkehren, fahre ich schnurstracks in die fünfte Etage hoch. Mir ist lieber, ich informiere Gikas sofort und freiwillig, als von ihm zum Rapport zitiert zu werden. Da sich der Vizepolizeipräsident jeden Moment bei ihm melden kann, will ich ihn nicht im Regen stehen lassen. Dieser Impuls überrascht mich selbst, aber ich muss zugeben, dass mir die Wendung, die unsere Beziehung nach dem Antrittsbesuch beim neuen Vize genommen hat, durchaus zupasskommt. Wir profitieren beide davon: Ich fühle mich weniger ausgesetzt, und er kann seiner Enttäuschung Luft machen.

Als hätten sich Koula und er abgesprochen, sagt er am Schluss meines Berichts: »Mit anderen Worten, es gibt nur Verdachtsmomente und keine handfesten Beweise.«

»Nur das Geld, das wir im Kinderbett gefunden haben, aber das könnten auch seine Ersparnisse sein, die er in Krisenzeiten abgehoben und in ihre Matratzen gestopft hat. Die Küstenwache hat nachgeforscht, ob es noch eine weitere Immobilie auf Lalopoulos' Namen gibt, aber ohne Ergebnis.«

Plötzlich kommt mir eine Idee, und ich springe vom Stuhl hoch. Mit einem knappen »Entschuldigung!« stürme ich aus Gikas' Büro, nehme zwei Stufen auf einmal hinunter in die dritte Etage und reiße die Tür zum Arbeitszimmer meiner Mitarbeiter auf.

»Wie hieß Lalopoulos' Frau noch mal?«, will ich wissen.

Dermitsakis schaut in der Akte nach. »Jane Ogden«, meint er.

»Rufen Sie sofort im Grundbuchamt an, ob dort eine Immobilie auf die Ogden eingetragen ist«, beauftrage ich Koula.

Dann gehe ich in mein Büro und warte mit fiebriger Ungeduld auf das Ergebnis. Eine Immobilie auf den Namen der Ehefrau könnte uns ein Türchen öffnen.

Das Telefon läutet, und Gikas ist dran: »Na, hören Sie mal! Wie kommen Sie dazu, wie von der Tarantel gestochen davonzurennen?«, fragt er barsch.

Ich verrate ihm den Grund für meinen überstürzten Aufbruch und erkläre ihm, dass es sich mit den plötzlichen Eingebungen ähnlich wie mit dem Harndrang verhalte: Beides duldet keinen Aufschub.

»Im Nachhinein finden Sie immer eine Rechtfertigung für Ihr unmögliches Benehmen«, sagt er verärgert und zugleich besänftigt. »Halten Sie mich auf dem Laufenden.«

Eine halbe Stunde später erscheint Koula mit einem breiten Lächeln. »Volltreffer«, verkündet sie. »Jane Ogden besitzt ein Landhaus in Dilessi.«

»Woher wissen wir, dass es wirklich die Gesuchte ist?«

»Weil sie den Namen ihres Ehemanns, Pavlos Lalopoulos, angegeben hat.«

Die Frage ist, wer die Schlüssel zu dem Landhaus hat. Wenn sie sie mitgenommen hat, dann haben wir Pech gehabt. Wenn Lalopoulos sie bei sich aufbewahrte, könnte das der Durchbruch sein. Natürlich könnte uns die Ogden weiterhelfen. Doch Ermittlungen mit offizieller Amtshilfe der britischen Polizei könnten zeitaufwendig sein und uns Tage kosten.

Daher rufe ich Charikakis vom Amt für Geldwäschebekämpfung an und informiere ihn über die jüngsten Erkenntnisse.

»Wie peinlich, dass wir nicht selbst darauf gekommen sind«, sagt er.

»Spielt ja auch keine Rolle, wer zuerst darauf gekommen ist. In erster Linie müssen wir jetzt herausfinden, ob Lalopoulos die Schlüssel zum Landhaus hatte. Wenn nicht, kommen wir nur mit Jane Ogdens Hilfe weiter. Aber wenn ich die offizielle Amtshilfeprozedur anwerfe, kann das Tage dauern. Haben Sie vielleicht einen schnelleren Draht zu den Briten, um diese Frage zu klären?«

»Ja, ich setze mich sofort mit den Kollegen in Verbindung und melde mich wieder bei Ihnen.«

In der Zwischenzeit erstatte ich Gikas Bericht und sichere mir so sein Wohlgefallen. »Wenn Sie einverstanden sind, würde ich vorschlagen, dem Vizepolizeipräsidenten gegenüber das Landhaus noch nicht zu erwähnen. Wir sollten ihn erst informieren, wenn wir handfeste Resultate vorweisen können.«

Nachdem er mir sein Einverständnis bekundet hat, rufe ich Dimitriou an. »Habt ihr vielleicht bei der Durchsuchung von Lalopoulos' Haus irgendwelche Schlüssel gefunden?«, frage ich.

»Wir haben wie gesagt rein gar nichts gefunden, weder im Haus noch in seinem Wagen.«

Da ich ganz sichergehen möchte, schicke ich Papadakis zur Griechischen Fremdenverkehrszentrale, um Lalopoulos' Büro zu durchsuchen. Eine halbe Stunde später gibt er Bescheid, dass keine Schlüssel aufzufinden waren.

Charikakis meldet sich gegen zwei Uhr mittags. »Die Ehefrau sagt, ihr Exmann müsse noch einen Schlüsselsatz gehabt haben«, berichtet er. »Bei ihrem Aufbruch habe sie nur ihren eigenen Schlüssel mitgenommen. Die Trennung sei so übers Knie gebrochen gewesen, dass sie ganz vergessen hätte, den zweiten Schlüsselbund einzufordern.«

»Ist sie seitdem überhaupt in dem Landhaus gewesen?«

»Nein, seit ihrer Abreise ist sie nicht wieder hier gewesen, und sie hat das auch nicht vor. Sie wollte das Haus verkaufen, aber man hat ihr wegen der krisenbedingt niedrigen Immobilienpreise geraten, lieber auf den Aufschwung zu warten.«

Ich rufe Gikas an und bitte ihn, seine Beziehungen spielen zu lassen, um so schnell wie möglich einen Durchsuchungsbeschluss vom diensttuenden Staatsanwalt zu erwirken. Dann weise ich meine Leute an, einen Streifenwagen und einen Schlosser zu rufen. Es dauert kaum dreißig Minuten, bis uns der staatsanwaltliche Durchsuchungsbeschluss vorliegt.

8

Mit einem Streifenwagen und dem Transporter der Spurensicherung setzen wir uns Richtung Dilessi in Bewegung. Neben mir sitzt Dermitsakis auf dem Fahrersitz, hinten haben Vlassopoulos und Papadakis Platz genommen. Koula ist in der Zentrale zurückgeblieben, um den Einsatz zu koordinieren. Im Transporter befinden sich die Truppe der Spurensicherung und der Schlosser.

Ich weiß nicht, was uns in dem Landhaus erwartet. Vielleicht erweist sich die ganze Aktion als Flop, aber zumindest haben wir dann die Gewissheit, dass wir jeder Spur nachgegangen sind.

Wir lassen Kifissia hinter uns und schlagen den Weg nach Avlona und dann nach Dilessi ein. Papadakis schaltet das Navigationsgerät ein, so dass wir Ogdens Haus rasch lokalisieren können. Es liegt in der zweiten Parallelstraße zur Küste mit Meerblick auf den Südlichen Golf von Euböa.

Das Haus ist zweistöckig, mit Balkon und einem vernachlässigten Vorgarten, was eher auf ein Wochenendhaus hindeutet.

Das Gartentor ist für den Schlosser ein Kinderspiel. Doch nachdem er die Haustür auf Herz und Nieren geprüft hat, meint er zu uns: »Die hat ein Sicherheitsschloss, das kann ein Weilchen dauern. Ich kann nicht garantieren, dass ich sie aufkriege.«

»Wir sollten Türen und Fenster lieber nicht beschädigen«, sage ich zu ihm.

»Ich tue, was ich kann.«

Nach einer Stunde gelingt es ihm schließlich doch, die Haustür zu öffnen.

»Klasse Arbeit«, sagt Dimitriou anerkennend.

Der Schlosser grinst. »Nur schade, dass ich bei der Polizei gelandet bin. Sonst hätte ich steinreich werden können.«

Wir betreten ein typisches Ferienhaus, in dem ein paar Korbsessel stehen, dazwischen ein schlichtes Tischchen mit einer leeren Blumenvase. Links davon befindet sich ein Bettsofa für Übernachtungsgäste.

Auf den Möbeln liegt eine dicke Staubschicht, hier hat seit ewigen Zeiten niemand mehr gewohnt. Wir lassen unseren Blick durch das Wohnzimmer schweifen, um eine erste Einschätzung vorzunehmen. Dimitriou hingegen studiert mit größter Akribie den Fußboden.

»Wie kommt es, dass in einem Haus, das monate-, wenn nicht jahrelang unbewohnt ist, frische Spuren auf dem Boden zu sehen sind?«, fragt er uns.

Alle richten ihren Blick auf den Boden: Tatsächlich kann man Schuhabdrücke auf dem Mosaikboden erkennen. Dimitriou läuft nebenher und verfolgt sie von der Eingangstür quer durchs Wohnzimmer, wo sie vor einer geschlossenen Tür und neben der zum oberen Geschoss führenden Treppe enden.

»Wer auch immer der Besucher war, er muss erst vor kurzem hier gewesen sein, denn die Spuren sind noch frisch«, bemerkt Dimitriou.

»Die Tür ist aber nicht aufgebrochen worden, oder?«, frage ich den Schlosser, der am Eingang steht und die Szene mitverfolgt.

»Nein. Sie wurde ganz normal mit dem Schlüssel geöffnet.«

»Also haben seine Mörder den Schlüssel an sich genommen.«

»Und darüber hinaus wussten sie auch, wo das Ferienhaus liegt. Also müssen sie ihn erstens gekannt und zweitens nach etwas ganz Bestimmtem gesucht haben«, fügt Papadakis hinzu.

»Kommt mal hierher«, hören wir Dimitrious Stimme sagen. Sie dringt aus der Tür, zu der die Fußspuren führten.

Beim Näherkommen erkennen wir eine Kellertreppe, die in einen mittelgroßen Lagerraum führt. Er wurde offenbar zur Lagerung von Ferienartikeln verwendet, denn mein Blick fällt auf Klappstühle und Klapptischchen, Sonnenschirme für Garten und Strand und ein Kinderschlauchboot.

»Mit Sicherheit haben sie etwas gesucht«, schlussfolgert Dimitriou. »Unklar ist nur, was, und ob sie es gefunden haben.«

Das Gesuchte war jedoch bestimmt nichts, das weithin sichtbar herumlag. Daher macht es im Moment wenig Sinn, hier unten weiterzusuchen. Wir steigen also gleich in die obere Etage, wo wie üblich zwei Zimmer durch ein Bad verbunden sind. Das eine ist ein Schlafraum und das andere, genauso wie in Lalopoulos' Haus in Kato Chalandri, ein Kinderzimmer. Mit dem Unterschied, dass die Einrichtung simpler ist, da nur für Sommeraufenthalte gedacht, und hier nichts – weder Schubladen noch Möbelstücke oder Matratzen – angerührt wurde.

Die Eindringlinge waren also weder auf Bargeld noch auf Schmuck aus, sondern sie suchten etwas ganz Bestimmtes. All das stützt die Annahme, dass Lalopoulos keinem Raubmord, sondern einer Hinrichtung zum Opfer gefallen ist.

»Kommt mal nach unten!«, ruft Dimitriou. »Ich bin in der Küche.«

Rings um ihn stehen sämtliche Schränke offen – bis auf den Unterschrank der Spüle. Als Dimitriou auch diesen aufmacht, ist ein großer Karton zu erkennen.

»Werft da mal einen Blick rein«, meint er.

Dermitsakis klappt den Karton auf, und es kommen Teller und Essbesteck zum Vorschein.

»Jetzt sag bloß, die waren auf Geschirr und Bratpfannen aus«, kommentiert er spöttisch.

»Nun, deswegen habe ich euch nicht hergerufen«, kontert Dimitriou. »Fühl mal, was ganz unten liegt.«

Dermitsakis räumt den Karton nach und nach aus. Als er zur Hälfte geleert ist, stutzt er und starrt hinein. Dann greift er nach unten, holt ein Säckchen mit weißem Pulver heraus und zeigt es in die Runde.

»Heroin«, murmelt Vlassopoulos.

»Mit Sicherheit wissen wir das erst nach der Laboruntersuchung, aber du hast zweifellos recht«, pflichtet ihm Dimitriou bei.

»Jetzt wissen wir, womit Lalopoulos seine illegalen Gewinne gemacht hat«, sagt Vlassopoulos.

»Ja, und die Fünfzigtausend in der Matratze müssen nicht notwendig Schmiergeld sein, sondern könnten aus dem Drogenhandel stammen«, füge ich hinzu.

»Und seine Mörder haben dieses Haus durchsucht, um an die Ware zu kommen«, folgert Dimitriou.

»Nicht unbedingt«, hält ihm Papadakis entgegen. »Vielleicht waren es seine eigenen Leute. Er wird kaum selbst die Übergabe der Ware beaufsichtigt haben, sondern seine Helfer. Daher müssen nicht notgedrungen die Mörder die Schlüssel mitgenommen haben, seine Mitarbeiter könnten sie auch bei sich gehabt haben. Sobald die Nachricht von seiner Ermordung die Runde machte, was bestimmt geschah, bevor wir davon erfahren haben, könnten sie das Haus leergeräumt haben, um sich die Ware zu sichern. Beide Varianten sind denkbar: Es könnten sowohl seine Mörder als auch seine Komplizen gewesen sein.«

»Die Ladung muss hier in der Nähe gelöscht worden sein«, sagt Vlassopoulos und fügt dann ironisch hinzu: »Die Yachten lagen ganz harmlos im Hafen vor Anker, und ihre unschuldigen Eigner wollten sich an der Schönheit von Attika ergötzen.«

»Wir müssen die Küstenwache hinzuziehen«, sage ich. »In solchen Dingen kennen wir uns weder aus, noch sind wir zuständig.«

Von meinem Handy aus rufe ich Sterjadis von der Küstenwache Piräus an und schildere ihm kurz die Situation.

»Wie sind Sie bloß darauf gekommen, nach einer Immobilie auf den Namen seiner Frau zu suchen!«, wundert er sich.

»Das sind so Eingebungen, die plötzlich aus dem Nichts

auftauchen. Man wirft seine Netze einfach auf gut Glück aus ...«

»Wir machen uns sofort auf den Weg, in einer halben Stunde sind wir bei Ihnen«, erklärt er mir, nachdem ich ihm die Adresse durchgegeben habe.

»Wieso ist Lalopoulos das Risiko eingegangen, das Haus seiner Frau zu benutzen?«, fragt sich Dermitsakis. »Wie hätte er seiner Frau erklären sollen, dass er es als Drogenlager verwendet, wenn sie unvorhergesehen aufgetaucht wäre?«

»Mit Sicherheit hat er die Schlösser austauschen lassen«, meint Vlassopoulos.

»Und wenn Frau und Sohn dann vor verschlossener Tür gestanden hätten?«

»Dann wäre seine Erklärung gewesen: Nach einem Einbruchsversuch hätte er sicherheitshalber die Schlösser ausgewechselt«, erwidert Papadakis.

All das klingt plausibel. Schwierig wird es bei der Frage, wie Lalopoulos den Drogenhandel aufgezogen hat. Mir ist klar, dass er die Liegeplätze in den Yachthäfen höchstwahrscheinlich als Alibi benutzt hat, um die Boote zu camouflieren, die zum Drogentransport eingesetzt wurden. Die Küstenwache, die auf solche Sachen spezialisiert ist, geht ja auch von dieser Annahme aus.

»Die Fußspuren sind auch im Vorgarten bis zur Eingangstür nachzuweisen«, erläutert uns Dimitriou, der das Gelände überprüft hat. »Reifenspuren von Autos haben wir nicht gefunden, aber die können inzwischen auch verwischt worden sein.«

Jetzt können wir nur noch auf die Mitarbeiter der Küstenwache warten. Sterjadis hat schon mehr als eine halbe Stunde Verspätung. Es gibt nichts Schlimmeres, als bei Ermittlungen Däumchen zu drehen.

Als er eine Stunde später endlich erscheint, stellt er zum Glück nicht die allgemein übliche Frage: »Wartet ihr schon lange?« Stattdessen sagt er: »Tut mir leid, aber wir wollten vorab schon eine erste Ortsbesichtigung durchführen, um uns zu orientieren.«

»Und was haben Sie gefunden?«, frage ich.

»Die einzige Möglichkeit, wo ein Boot hier in der Gegend anlegen kann, ist in Skala Oropou. Die Küste nach Oropos Richtung Dilessi ist allerdings wenig frequentiert, unter der Woche erst recht. Es gibt nicht viele Einwohner, die ganzjährig hier wohnen. Trotzdem wäre – wenn wir von einer Übergabe hier in der Nähe ausgehen – eine Privatyacht außerhalb der Sommersaison bestimmt aufgefallen.«

»Also müssen sie einen anderen Weg gefunden haben«, schließe ich.

»Offenbar, aber wir wissen nicht, welchen. Wir müssen in den Kafenions und bei den Fischern nachfragen, ob jemandem etwas aufgefallen ist. Und wenn wir hier nicht weiterkommen, müssen wir die Ermittlungen auf Euböa fortführen.«

»Sollen wir mitkommen?«, frage ich aus reinem Pflichtgefühl.

»Nein, wenn sie Polizeibeamte sehen, blocken sie wahrscheinlich ab und behaupten ›Nichts gesehen, nichts gehört, nichts gewusst‹. Uns sind sie schon gewohnt.«

Am liebsten würde ich für alle Fälle einen von uns mitschicken, aber ich möchte die Kollegen nicht vor den Kopf stoßen. Und eigentlich kennt sich ja die Küstenwache mit Yachten und Häfen viel besser aus als wir.

Das hindert uns jedoch nicht daran, ein wenig die Umgebung zu erkunden. Die Türen und Fenster der meisten Häuser sind fest verschlossen, denn die Osterurlauber sind wieder nach Athen zurückgekehrt. Auf der Suche nach irgendeinem bewohnten Haus oder wenigstens einem Passanten schlendern wir durch die Gegend und fühlen uns wie Ausflügler.

Schließlich treffen wir eine Frau mittleren Alters, die voll bepackt aus dem Supermarkt kommt. Papadakis tritt auf sie zu und zeigt ihr seinen Ausweis.

»Kannten Sie Pavlos Lalopoulos?«, fragt er.

»Also, ich hab's von einer Freundin erfahren, die in Chalandri wohnt. Man hat den Mann umgebracht, um ihn auszurauben.« Als sie sich bekreuzigen will, merkt sie, dass sie ja die Einkaufstüten in der Hand hält, und beschränkt sich auf die Bemerkung: »Gütiger Himmel! Was muss denn noch alles passieren!«

»Haben Sie ihn im Sommer gesehen?«, fragt Dermitsakis.

»Soviel ich weiß, gehört das Haus seiner Frau, einer Engländerin, von der er getrennt lebt. Als sie noch zusammen waren, sind sie immer im Sommer hergekommen. Aber über ein ›Guten Tag‹ oder ›Good morning‹ hinaus gab es keinen Kontakt. Die Engländerin ist mit dem Kind seit der Trennung nicht mehr hier gewesen, und das Haus ist offenbar verschlossen.«

»Haben Sie ihn nach der Trennung von seiner Frau je alleine hier angetroffen?«

»Also, ich wohne ein Stück entfernt und beobachte jetzt nicht ständig, wer hier ein und aus geht. Das interessiert mich auch gar nicht. Aber eine Nachbarin hat gesehen, wie eines Nachmittags zwei Autos irgendetwas ausgeladen haben. Als sie Lalopoulos, der mit dabei war, fragte, ob er jetzt nach Dilessi zöge, hat er erklärt, er bringe ein paar Haushaltssachen. Seine Exfrau habe vor, das Haus den Sommer über möbliert zu vermieten.«

Daher also Geschirr und Besteck, sage ich mir. Es hat wenig Sinn weiterzufragen, da wir überall dieselbe Antwort bekommen werden. Die Erklärung klingt überzeugend, und keiner hat sich etwas Böses dabei gedacht.

Wir kehren zurück in Jane Ogdens Ferienhaus und müssen uns noch einmal in Geduld üben, denn die Nachforschungen der Küstenwache dauern, wie zu erwarten, etwas länger als vorausgesehen.

»Und?«, frage ich Sterjadis, als er endlich erscheint.

»Der Transport der Ware ist höchstwahrscheinlich mit Fischerbooten durchgeführt worden.«

»Mit Fischerbooten?«, wundere ich mich.

»Ja. Anfänglich wusste niemand etwas, und keiner hat unseren Fragen richtig zugehört. Bis uns ein Stammgast in einem Kafenion Folgendes berichtet hat: Ein Bootseigner hatte ihm beim Kaffeetrinken von einer Fuhre erzählt, bei der er die Ladung einer Yacht auf dem offenen Meer vor Eretria entgegengenommen hat. Bei seiner Ankunft in Dilessi ist dann eine Truppe im Schlauchboot gekommen und hat die Ladung übernommen. Er ist in bar bezahlt worden und weiß weder, wer ihn gechartert hatte, noch, wer der Empfänger war.«

»Also können wir annehmen, dass man Fischerboote aus Eretria angeheuert und von den Yachten aus beladen hat. So gelangte die Ware dann nach Dilessi.«

»Genau. Welche Fischerboote das nun waren, werden wir in Zusammenarbeit mit der Küstenwache Euböa ermitteln, aber das kann dauern.«

»Hat denn keiner von denen nachgefragt, was hier eigentlich transportiert wird?«, fragt Papadakis.

»Warum sollten sie? Das Einzige, was sie interessiert, ist das Frachtgeld«, antwortet ein Kollege von der Hafenpolizei.

»Für mich steht jedenfalls fest, dass sie jedes Mal ein anderes Boot gechartert haben«, meint Sterjadis. »Wenn sie immer dasselbe genommen hätten, wäre das auf die Dauer aufgefallen.«

Wir vereinbaren, dass jeder seine Ermittlungen weiterführt und wir uns gegenseitig auf dem Laufenden halten.

Keiner von uns glaubt noch, dass ein missglückter Einbruch zu Lalopoulos' Ermordung geführt hat. Alles deutet auf eine blutige Abrechnung unter Drogenbanden hin.

9

Heute Abend essen wir auswärts. Katerina und Fanis laden uns ein«, eröffnet mir Adriani, kaum dass ich eingetreten bin.

Eigentlich müsste ich mich darüber freuen. Einerseits, weil ich immer gerne mit meiner Tochter und meinem Schwiegersohn ausgehe, und andererseits, weil in den Krisenjahren ein Restaurantbesuch nur alle heiligen Zeiten stattfand. Doch meine gestrige Müdigkeit hat sich noch gesteigert, und so wünsche ich mir nichts sehnlicher, als es mir zu Hause gemütlich zu machen und früh ins Bett zu gehen.

Adriani merkt, dass sich meine Begeisterung in Grenzen hält, und versucht mich aufzumuntern. »Das ist doch schön. Jetzt, da ein kleines Licht am Ende des Tunnels zu sehen ist, geht für sie die Sonne auf. Und da wollen sie sich revanchieren für all die Abende, die sie hier gegessen haben.«

»Und wohin gehen wir?«, frage ich.

»Zu einem Italiener. Sie meinten, dass wir nach den letzten Tagen wohl genug von Ostersuppe und Lamm haben und zur Abwechslung italienisch essen könnten.«

»Wie heißt das Lokal?«

»Habe ich mir nicht gemerkt. Ich weiß nur, das es gleich

auf der rechten Seite liegt, wenn man vom Kifissias-Boulevard nach Chalandri abbiegt.«

Die Beschreibung des Standortes ist eindeutig, und auch die Fahrt geht rasch vonstatten. Das Restaurant heißt La Strada und ist gut besucht. Offenbar sind wir nicht die Einzigen, die Ostersuppe und Lammkoteletts nicht mehr sehen können. Fanis und Katerina haben einen runden Tisch in einer Ecke gewählt, auch Mania und Uli sind mit von der Partie. Nachdem sie uns freudig begrüßt und umarmt haben, nehmen auch wir Platz.

Wir erzählen uns erst mal ausführlich von den Osterferien, bevor wir die Speisekarten aufschlagen. Als wir uns dann endlich in die Menüauswahl vertiefen, treffe ich auf lauter unbekannte Wörter, die in mir unbekannten Zutaten-Kombinationen schwelgen. Die Pizzen überspringe ich, da ich mich an ihnen schon im Büro sattgesehen habe, meine Assistenten bestellen sich nämlich jeden zweiten Tag Pizza zum Mittagessen. Als ich umblättere, begreife ich immerhin, dass es sich hier um Pasta handeln muss, denn Spaghetti kenne sogar ich. Für all das andere jedoch – Tortellini, Ravioli, Fettuccine oder Linguine – bräuchte ich ein Wörterbuch, allerdings nicht meinen Dimitrakos, der wäre hier garantiert auch überfragt.

»Was gibt's denn hier sonst noch zu essen außer Lachs?«, frage ich in die Runde – in der Hoffnung, mit diesem Trick meine Unwissenheit zu kaschieren.

»Teigwaren, natürlich«, antwortet mir Katerina. »Du kannst nicht zum Italiener gehen, ohne Pasta zu essen.«

»Da kann dir Uli helfen. Er kennt sich in der italienischen Küche gut aus«, sagt Mania zu mir.

»Du bist doch Deutscher. Wie kann es sein, dass du ein Spezialist für italienische Küche bist?«, fragt Adriani.

Uli lacht auf. »In den deutschen Lokalen schließt die Küche um zehn, Frau Adriani«, erläutert er. »Wer später essen will, geht entweder zum Italiener oder zum Griechen. Da ich und meine Freunde immer spät gegessen haben, sind wie sehr oft beim Italiener gelandet. Deshalb kenne ich mich aus.«

»Und deshalb hat er sich auch so schnell in Griechenland eingelebt. Weil er schon in Deutschland immer spät gegessen hat!«, frotzelt Mania. »Wenn seine Eltern zu Besuch kommen, setzen sie sich um sieben zum Abendessen hin. Irgendwann musste ich ihnen erklären, dass das Abendessen nicht mal in griechischen Krankenhäusern so früh serviert wird.«

»Probieren Sie die Tortellini mit Meeresfrüchten«, schlägt Uli vor. »Die sind sehr lecker.«

Ich gehe auf seinen Vorschlag ein, hoffe aber inständig, dass das Gericht essbar ist, sonst muss ich es hinunterwürgen, um ihn nicht zu beleidigen. Meine Angst erweist sich als unbegründet. Das Essen ist köstlich. Und die beiden Salate, die Katerina und Fanis bestellt haben, krönen den Genuss. Gleichzeitig befürchte ich, dass der Restaurantbesuch heute Abend mit all seinen Delikatessen der Tropfen sein wird, der das Fass zum Überlaufen bringt, so dass ich morgen gar nicht mehr aus dem Bett komme.

Anscheinend habe ich die Qualität des Essens richtig eingeschätzt, denn auch Adriani bestätigt: »Es schmeckt wirklich hervorragend. Die Italiener wissen wirklich, wie man gut kocht.«

»Dann schenke ich Ihnen ein italienisches Kochbuch!«, sagt Mania lachend.

»Liebe Mania, stürz dich lieber nicht in Unkosten. Es bleibt ja doch im Küchenschrank! Ich kann griechisch kochen und habe nicht vor, pseudo-italienische Speisen zuzubereiten. Und wenn ich doch Lust auf neue Rezepte bekomme, brauche ich mich nur vor den Fernseher zu setzen, wo jeden Morgen die absurdesten Rezepte präsentiert werden. Wie kommt es, dass wir plötzlich thailändisches Essen anstelle von Souflaki zubereiten? Aber klar, der Pferdekarren wurde ja auch durch den Geländewagen ersetzt, kaum dass die Leute zu Geld gekommen sind!«

Alle brechen in fröhliches Gelächter aus. Dann widmet sich jeder wieder dem Essen und schweigt genießerisch.

Nach der Hauptspeise machen wir eine Pause. In der Zwischenzeit habe ich zwei Glas Wein getrunken, und die Beine werden mir halb vor Erschöpfung, halb vom Alkoholgenuss immer schwerer.

»Hoffentlich hat es euch geschmeckt«, sagt Katerina.

»Es war hervorragend, Katerina«, bekräftigt Adriani.

»Beim nächsten Mal koche ich italienisch für Sie«, erklärt Uli.

»Was, du kannst kochen, Uli?« Adriani wundert sich – mit Fug und Recht, denn ich mache mir nicht mal meinen Kaffee selbst.

»Meine Geldprobleme hat Uli zwar nicht gelöst, Frau Adriani«, sagt Mania. »Aber das Kochproblem auf jeden Fall.«

»Auch die Geldprobleme werden sich bald lösen«, beruhigt Fanis sie.

»Woher willst du das wissen?«

»Alle im Krankenhaus, vom Pflegepersonal bis zu den Ärzten, rechnen fest damit. Wenn Geld ins Land fließt, wäre das die logische Folge.«

»Kostas, hast du vielleicht etwas von Gehaltserhöhungen gehört?«, fragt mich Adriani.

»Kein Sterbenswörtchen.«

»Dann, lieber Fanis, musst du dich in Geduld fassen«, sagt Adriani. »In Griechenland steigen die Gehälter zuallererst bei den Streitkräften und der Polizei. Wenn nicht mal die etwas von Gehaltserhöhungen gehört haben, dann könnt ihr warten, bis ihr schwarz werdet.«

»Eine Lohnerhöhung würde uns gelegen kommen«, meint Fanis. »Dann könnten wir wenigstens umziehen.«

»Ihr wollt umziehen?«, wundert sich Adriani.

»Die Zweizimmerwohnung wird uns zu klein, Mama«, erläutert Katerina. »Wegen der Flüchtlingskrise habe ich wesentlich mehr Aufträge und brauche daher auch zu Hause ein Arbeitszimmer.«

»Wenn ihr ein zusätzliches Zimmer wolltet, weil ihr ein Kind bekommt, würde mir das einleuchten. Aber zum Arbeiten? Was hindert dich daran, länger im Büro zu bleiben?«

»Mama, ich arbeite auch an den Wochenenden.«

»Kannst du da nicht auch ins Büro gehen? Wird dort vielleicht die Haustür am Wochenende verriegelt?«

»Es geht dabei um etwas anderes, Frau Adriani«, mischt sich Mania ein. »Uli und ich arbeiten auch von zu Hause aus. So hat man zumindest die Illusion, Freizeit zu haben.«

»Wir konnten uns nur noch nicht darauf einigen, ob es besser ist, eine Wohnung zu mieten oder zu kaufen«, sagt Fanis.

»Ihr wollt eine Wohnung kaufen?« Adriani kommt aus dem Staunen nicht mehr heraus und schlägt diesmal das Kreuzzeichen, jedoch ohne ihren Standardspruch »Gütiger Gott im Himmel!« zu rufen.

»Das ist noch keine beschlossene Sache«, antwortet Katerina. »Mir wäre ein Kauf lieber, denn die Immobilienpreise sind immer noch im Keller, aber Fanis ist zurückhaltender und möchte lieber mieten.«

»Und wo wollt ihr das Geld für den Kauf hernehmen?«, will ich von Fanis wissen. »Eine Gehaltserhöhung könnte vielleicht dic Kreditraten decken, aber wer gibt dir überhaupt Kredit?«

»Die neuen Banken vergeben wieder Wohn- und Baukredite«, erklärt er mir.

»Und woher nehmen sie das Geld dafür?«, fragt Uli.

»Es gibt ja keine Kapitalverkehrskontrollen mehr«, erklärt ihm Katerina. »Und sie vergeben nicht nur Hypotheken, sondern auch Unternehmenskredite. Die anderen Banken sind da viel konservativer. Aber die neuen gehen das Risiko ein, weil sie auf den Aufschwung setzen.«

»Also wirklich! Ist unsere Tochter noch bei Trost, dass sie um jeden Preis eine Wohnung kaufen will?«, fragt mich Adriani auf dem Nachhauseweg.

»Wer weiß. Vielleicht haben die beiden auch beschlossen, ein Kind zu bekommen, sagen es aber noch nicht laut«, mutmaße ich.

»Katerina? Ein Kind? Mein lieber Kostas, Katerina hat alle Zuwanderer Athens adoptiert!«

Ich übergehe den giftigen Kommentar und versuche, sie zu besänftigen. »Sie will doch nur eine Wohnung kaufen und keinen Geländewagen oder ein Ferienhaus auf Paros.«

»Na klar, es hätte mich ja auch gewundert, wenn du deine Tochter nicht verteidigt hättest«, hält sie mir entgegen und schießt damit auch einen Giftpfeil gegen mich ab. »Es tut mir leid, das zu sagen. Aber ihr handelt beide sehr kurzsichtig. Kaum atmen wir ein bisschen auf, holst du schon deinen Wagen aus der Garage. Gut, du könntest argumentieren, das sei nicht dasselbe. Ist es auch nicht. Was euch beide unterscheidet, ist jedoch nur das Alter, nicht die Denkweise. Du bist gemäßigter als deine Tochter, aber die Geisteshaltung ist dieselbe.« Dann hält sie inne und fügt fast erleichtert hinzu: »Gott sei Dank hat sie Fanis an ihrer Seite. Wenigstens er hat noch Verstand.«

Hier endet unsere Diskussion – vor allem, weil ich meine Augen kaum mehr offen halten kann und keine Kraft mehr habe, Adrianis Sorgen und Ängste zu zerstreuen.

10

Wäre ich nicht unsanft vom Klingeln des Handys geweckt worden, hätte ich wahrscheinlich bis zum Mittag geschlafen. Fluchend nehme ich ab.

»Hier spricht die Einsatzzentrale, Herr Kommissar. Wir haben ein Geschenk für Sie.«

»Was für ein Geschenk?«, frage ich, noch im Halbschlaf.

»Dic Einbrecher, die den Typen in Chalandri auf dem Gewissen haben, wurden gefasst.«

»Woher weiß man, dass es sich tatsächlich um die Täter handelt?«, frage ich, während – anstelle des Weckers – mein inneres Alarmsystem schrillt.

»Sie haben gestanden, Herr Kommissar.«

»Und wo sind sie jetzt?«

»Auf dem Polizeirevier Ajios Panteleimonas.«

Ich frage ihn nach der Adresse, da ich nicht mehr weiß, wo dieses Polizeirevier genau liegt.

»In der Michail-Voda-Straße, Herr Kommissar. Soll ich Ihnen die Hausnummer raussuchen?«

»Nicht nötig, ich finde auch so hin.«

Nachdem ich einen Blick auf die Uhr geworfen habe, springe ich aus dem Bett. Es ist schon zehn. Ich muss an die zehn Stunden geschlafen haben, was für meine Verhältnisse an ein Wunder grenzt. Bevor ich mich anziehe, rufe ich Vlassopoulos an und verabrede mich mit ihm und Papadakis am Polizeirevier Ajios Panteleimonas.

Adriani sitzt in der Küche und putzt grüne Bohnen. »Griechenland ist tatsächlich im Wandel begriffen«, stichelt sie. »Erst wird gefeiert und geprasst, und dann muss man sich ordentlich ausschlafen.«

»Ginge es nach mir, würde ich nicht über die Stränge schlagen«, erwidere ich zwischen zwei Schluck Kaffee. »Aber man verführt mich ja regelrecht dazu, an Gelagen teilzunehmen.«

Ich werfe den Seat an und fahre los. Der Alexandras-Boulevard ist ab der Ippokratous-Straße vollkommen verstopft. Bis zur Patission bin ich im Schritttempo unterwegs, und meine Hoffnung, in der Ioulianou-Straße dem Übel zu entkommen, erfüllt sich nicht, denn auch dort setzt sich der Stau fort. Ich könnte mich ohrfeigen. Es war dumm von mir, nicht im Streifenwagen mitzufahren und zu meinen, mit dem Seat schneller zu sein. Jetzt stecke ich hoffnungslos fest.

Nach einer halben Stunde habe ich es endlich geschafft. Der Streifenwagen steht bereits vor dem Polizeirevier – wie zum Hohn.

»Ihre Kollegen sind im Büro des Dienststellenleiters in der oberen Etage«, informiert mich der Beamte am Empfang.

Ich nehme die Treppe in die erste Etage, wo Vlassopoulos und Papadakis mit einem uniformierten Fünfzigjährigen sprechen.

»Wir hatten Glück«, meint der Dienststellenleiter, nachdem ich mich vorgestellt habe.

»Wie sind Sie denn dahintergekommen, dass es die beiden waren?«, will ich wissen.

»Sie haben gestanden«, lautet seine kurze Antwort.

»Wie? Sie sind zu Ihnen gekommen und haben erzählt, sie hätten Pavlos Lalopoulos umgebracht, um ihn auszurauben?«

»Nun ja, nicht ganz«, antwortet er lächelnd. »Wir erhielten um zwei Uhr morgens einen anonymen Hinweis auf einen Einbruch in einen Handy- und Elektronikladen in der Larnakos-Straße. Unser Einsatzwagen hat die Täter vor Ort geschnappt, als sie ihn gerade leerräumten. Dann haben wir ihre Wohnung gefilzt, eine schäbige Absteige in der Nähe des U-Bahnhofs Ajios Nikolaos. Dort haben wir in einem Wandschrank die Brieftasche von Pavlos Lalopoulos gefunden. Als wir sie fragten, woher sie die hatten, behaupteten sie zunächst, sie hätten sie auf der Straße gefunden. Aber als wir sie in die Mangel nahmen, haben sie zugegeben, dass sie in Lalopoulos' Haus eingebrochen sind.«

»Haben Sie nur die Brieftasche gefunden?«, fragt Papadakis.

»Nein, auch Bargeld, aber wir wissen natürlich nicht, ob es von Lalopoulos stammt oder aus anderen Raubzügen.«

»Wir müssen sie zur Vernehmung ins Präsidium mitnehmen«, sage ich zum Dienststellenleiter.

»Tun Sie das«, erwidert er.

»Hatten sie Waffen bei sich?«

»Ja, eine Neun-Millimeter-Pistole. Wir haben auch ihre Fingerabdrücke abgenommen, Sie können alles gleich mitnehmen.«

Nachdem wir dem Dienststellenleiter zu dem schnellen

Erfolg gratuliert haben, treten wir auf die Michail-Voda-Straße hinaus und warten, bis Lalopoulos' Mörder heruntergebracht werden.

Kurz danach führen zwei Kriminalhauptwachtmeister die beiden orientalisch aussehenden Männer um die Dreißig in Handschellen aus dem Reviergebäude. Die Beamten drängen sie auf die Hinterbank eines Streifenwagens, einer nimmt neben ihnen Platz und der andere auf dem Beifahrersitz. Ein dritter übergibt uns die in einer Plastikhülle befindliche Waffe und die Ergebnisse der erkennungsdienstlichen Behandlung und setzt sich ans Lenkrad.

Der Wagen wartet, bis wir aufbrechen, um uns dann zu folgen. In null Komma nichts sind wir unter Sirenengeheul beim Präsidium und bringen sie direkt in den Verhörraum, wo ihnen Papadakis die Handschellen abnimmt. Sie legen die Hände auf den Tisch und blicken uns ganz entspannt an, als hätten wir sie zu einem gemütlichen Kaffeeplausch eingeladen.

»Eure Namen! Wie heißt ihr?«, blafft Vlassopoulos sie an, um ihnen ihr lässiges Verhalten auszutreiben.

»Ich Abdul Bakri«, antwortet der Erste.

»Woher kommst du, Abdul?«

»Aus Pakistan, Islamabad.«

»Und du?«, fragt Vlassopoulos den anderen.

»Mohamad Sidi. Aus Kandahar, Afghanistan.«

»Also, dann erzählt uns mal: Wie seid ihr in Lalopoulos' Haus in Chalandri eingedrungen?«, fragt Papadakis. »Habt ihr die Tür oder ein Fenster aufgebrochen?«

»Nein, wir geläutet und gerufen: ›Hallo, hallo! Jemand in dein Auto gefahren!‹«, sagt der Afghane.

»Er macht auf, und da hält Mohamad die Pistole an Bauch, und Mann ist zurück ins Haus.«

»Und dann habt ihr ihn am Stuhl festgebunden«, ergänzt Vlassopoulos.

»Ja«, antworten beide gleichzeitig.

»Eine Sache verstehe ich aber nicht«, meint Papadakis. »Lalopoulos hat sich nicht gewehrt, als ihr ihn an den Stuhl gefesselt habt. Warum habt ihr ihn dann erschossen?«

»Wir nach oben gegangen, um Sachen zu suchen. Er ›Hilfe, Hilfe!‹ schreien«, erläutert der Pakistaner. »Wir schnell wieder runter, Mohamad hat Schreck gekriegt und auf Mann geschossen.«

»Wir zum ersten Mal eingebrochen. Wir vergessen, ihm Taschentuch in Mund zu stopfen«, fährt der Afghane fort.

Jetzt, da er es erwähnt, fällt mir erst auf, dass man Lalopoulos tatsächlich nicht geknebelt hat. »Ihr wohnt doch in Ajios Nikolaos. Wie habt ihr ausgekundschaftet, dass das Opfer allein in Chalandri wohnt? Wann habt ihr beschlossen, ihn zu überfallen?«, frage ich die beiden.

»Wir arbeiten auf Baustelle«, erzählt der Pakistaner. »Ein neues Café dort in der Nähe. Wir sehen, dass Mann allein aus Haus geht und allein wiederkommt. Ich und Mohamad denken, wir ihn überfallen, wenn Baustelle fertig.«

»Wir an Feiertag gekommen, wenn alle in Kirche«, fügt der Afghane hinzu.

»Und der erste Raubüberfall hat euch so auf den Geschmack gebracht, dass ihr gleich danach den Handyladen überfallen habt«, bemerkt Vlassopoulos.

Die beiden stimmen Vlassopoulos' Schlussfolgerung lächelnd zu. Da ich keine weiteren Fragen habe, schicke ich sie in die Arrestzelle, bis ihre Akte an den Staatsanwalt weitergeleitet wird.

Bei einem kurzen Zwischenstopp im Büro meiner Assistenten bestätigt Koula die Aussage der beiden: Sie haben noch keinen Eintrag im Strafregister.

»Beteiligung an Drogenhandel?«, frage ich.

»Nein, nichts, beide haben eine blütenweiße Weste.«

Es ist schon Mittag, als ich den Fuß in mein Büro setze und eine erste Bewertung der Lage vornehme.

Obwohl der Mord an Lalopoulos aufgeklärt ist, bleiben einige Fragen offen. Der Pakistaner und der Afghane haben behauptet, sie hätten auf einer Baustelle gearbeitet und dabei festgestellt, dass Lalopoulos allein wohnte. Wie konnten sie da so sicher sein? Sie konnten doch während ihrer Arbeit das Haus nicht ununterbrochen überwachen. Gut, Menschen, die aus Pakistan oder Afghanistan bis nach Griechenland kommen, haben viel hinter sich, sind risikobereit und handeln vielleicht auch mal aufs Geratewohl.

Die meisten Fragen wirft jedoch der abgefeuerte Schuss auf. In der Vernehmung erklärten die beiden, sie hätten in Panik auf Lalopoulos gefeuert. Doch jemand, der in Panik gerät, schießt dem Opfer nicht zielgerichtet mit einem Schuss mitten in die Stirn, sondern blindlings und mehrfach, um sicherzugehen, dass das Opfer tot ist.

Ich nehme den Hörer in die Hand, um Gerichtsmediziner Ananiadis zu fragen, auf welche Weise der tödliche Schuss auf Lalopoulos abgegeben wurde.

»Die Waffe wurde direkt am Kopf angesetzt«, beantwortet er meine Frage.

»Wann bekomme ich den Obduktionsbericht?«

»Sobald Stavropoulos wieder da ist. Er möchte alle Berichte sehen, bevor sie an die Dienststellen gehen. Für mündliche Auskünfte stehe ich aber gern zur Verfügung.«

Eigenbrötler und Bürokraten kommen oft im Doppelpack daher, denke ich mir.

Der Schuss direkt in die Stirn ist kein Akt wilder Panik, sondern eine eiskalte Abrechnung. Das Geständnis des Pakistaners und des Afghanen hat jedoch zur Folge, dass die Drogenakte geschlossen wird. Lalopoulos ist tot, seine Bande ist aus dem Spiel, und die beiden Ausländer sind in den Händen der Polizei.

Ich bitte Koula, in der Abteilung für Ballistik nachzufragen, mit welchem Waffentyp der tödliche Schuss abgefeuert wurde.

»Mit einer Neun-Millimeter-Springfield«, gibt sie mir kurz darauf Bescheid.

Demnach müssen die Revierbeamten diese Waffe in der Wohnung der Täter gefunden haben. Ich beschließe, mir nicht länger den Kopf zu zerbrechen, und begebe mich zwecks Berichterstattung zu Gikas.

»Er spricht gerade mit dem Vizepolizeipräsidenten«, sagt seine Sekretärin Stella zu mir und fügt dann hinzu: »Das muss er jetzt zwei- bis dreimal am Tag, was ihm ziemlich auf die Nerven geht.« Als sie am Lämpchen der Telefonanlage sieht, dass das Gespräch beendet wurde, meint sie: »Er hat aufgelegt. Sie können hineingehen.«

Er empfängt mich mit dem größten Missvergnügen. »Wer hat den Vize vor mir informiert?«, hält er mir entgegen.

»Wir jedenfalls nicht«, antworte ich.

»Sind Sie sicher, dass es keiner Ihrer Leute war?«

»Garantiert nicht! Aber ich kann mir sehr gut vorstellen, wer es war.«

»Ja?«

»Der Dienststellenleiter in Ajios Panteleimonas, um Pluspunkte zu sammeln.«

»Das kann sein«, gibt er mir recht. »Das hätte ich mir eigentlich denken können, aber diese taube Nuss von Vizepolizeipräsident macht mir das Leben so schwer, dass ich nicht mehr klar im Kopf bin. Und jetzt zitiert er uns in sein Büro, um die Neuigkeiten aus erster Hand zu erfahren.«

Unterwegs schildere ich ihm ausführlich den Stand der Dinge, wobei ich ihm die offenen Fragen und meine Zweifel nicht verheimliche.

»Schildern Sie ihm das ganz genauso wie mir gerade«, rät er mir.

Vor Ort gibt man uns Bescheid, der Vizepolizeipräsident sei in einer Sitzung. So drücken wir uns eine halbe Stunde Däumchen drehend in seinem Vorzimmer herum. Aus dem Augenwinkel kann ich sehen, wie Gikas' Groll von Minute zu Minute wächst.

Schließlich winkt man uns herein, und als wir vor dem Schreibtisch des Vizepolizeipräsidenten stehen, sagt er mit einem breiten Lächeln: »Ich habe Sie hergebeten, um die guten Nachrichten direkt aus Ihrem Mund zu hören.«

Nun liefere ich – ganz wie im Kino – nach der Nachmittagsvorstellung, die für Gikas bestimmt war, die abendliche Galavorstellung.

»Somit ist das Verbrechen aufgeklärt, die Täter sind in

Untersuchungshaft, und wir können vor die Presse treten«, meint er hocherfreut.

»Können wir, nur gibt es noch ein paar offene Fragen zu einigen Details«, erwidere ich.

»Was zum Beispiel?«

»Der Schuss aus nächster Nähe mitten in die Stirn etwa. Das verweist eher auf eine Hinrichtung. In Panik schießt der Täter wild um sich und hält dem Opfer die Waffe nicht kaltblütig an die Stirn.«

»Vielleicht ist er ja in Panik geraten und hat ihm die Waffe direkt an die Stirn gehalten, weil er genau vor ihm stand. Kann sein, dass das seltsam erscheint, ich finde es aber trotzdem plausibel.«

»Die schnelle Aufklärung des Mords an Lalopoulos bedeutet aber auch, dass seine Akte zum Thema Drogenhandel geschlossen wird. Ich will nicht behaupten, das könnte ein Mordmotiv sein. Aber die Frage stellt sich.«

»Drogenhandel betrifft die Drogenfahndung und nicht Sie, Herr Kommissar«, lautet seine trockene Antwort. »In Ihrem Bereich geht es um das Gewaltverbrechen, dessen Aufklärung Ihnen gerade auf dem Tablett serviert wurde. Damit endet auch Ihre Zuständigkeit für den Fall.«

Als wir wieder draußen sind, ärgere ich mich im Stillen über die abschätzige Miene, mit der sich der Vizepolizeipräsident von mir verabschiedet hat.

»So sind sie, die Bürokraten«, bemerkt Gikas wie zum Trost. »Das sollte Ihnen eine Lehre sein. In solchen Fällen gilt es, die Lösung zu liefern und sich gratulieren zu lassen, Schluss, aus. Dann sollen sie alleine weiterwursteln.«

Damit hat er recht, wie immer.

11

Ich kehre mit einigen Erkenntnissen in mein Büro zurück, die mir Kopfschmerzen verursachen.

Die erste Erkenntnis ist, dass es Polizeibeamte gibt, die gerne einer Sache auf den Grund gehen, und andere, die Fälle lieber abschließen möchten. Ich gehöre zur ersten Kategorie. Mir genügt es nicht, dass zwei Migranten den Mord an Lalopoulos gestanden haben. Lalopoulos war eindeutig in Schwarzgeldgeschäfte verstrickt, und es ist zu vermuten, dass die Schmiergelder gerade mal die Portokasse füllten. Zugegeben, für Drogendelikte ist die Drogenfahndung zuständig, aber das Geständnis der Täter lässt einfach zu viele Fragen offen.

Der Afghane und der Pakistaner haben erklärt, sie hätten Lalopoulos getötet, da sie ihn ausrauben wollten. Was, wenn sie keine Räuber, sondern Auftragsmörder sind und der inszenierte Raubüberfall der Polizei nur Sand in die Augen streuen soll? Ich werde den Verdacht nicht los, dass der Schuss mitten in die Stirn auf einen Auftragsmord verweist. Aber wer sind in diesem Fall die Anstifter und was steckt hinter dem Mord? Das sind Fragen, die nur die Mordkommission und nicht die Drogenfahndung beantworten kann.

Der Vizepolizeipräsident vertritt die gegenteilige Meinung. Die Mörder haben gestanden, sie werden an den Untersuchungsrichter weitergeleitet, der Fall ist abgeschlossen, und die Suche wird eingestellt: Das wär's, und damit basta!

Ich ahne, dass mir schlimme Zeiten bevorstehen, da mir der Vize mit seinem Berichterstattungszwang tagtäglich in die Quere kommen wird. Ich kann mir ehrlich gesagt nicht vorstellen, wie ihm diese minutiöse Berichterstattung dabei helfen soll, Einsicht in die Polizeiarbeit zu gewinnen. Vielmehr geht es ihm darum, immer und überall die Kontrolle zu behalten.

Erst jetzt wird mir klar, dass Gikas immer als Wellenbrecher fungiert hat. Kann sein, dass er nörgelte und drohte, mich im Stich zu lassen, aber im Nachhinein muss ich sein Geschick bewundern, mit dem er sich immer schützend vor mich stellte. Und jetzt, da der Wellenbrecher überflutet ist, strömen die Wassermassen in den Hafen, und mein Fischerkahn kommt arg ins Schaukeln.

Plötzlich kommt mir Sterjadis von der Küstenwache in den Sinn. Ich tippe seine Nummer ein, und kaum nimmt er ab, frage ich ihn: »Setzen Sie Ihre Nachforschungen auch nach der Festnahme von Lalopoulos' Mördern fort?«

»Ja, schon, aber ich will Ihnen nicht verhehlen, dass die Festnahme unsere Ermittlungen erschwert«, erwidert er. »Vor der Aufklärung des Falles konnten wir gezielter vorgehen. Da der jetzige Stand der Dinge jeden Verdacht auf vorsätzlichen Mord entkräftet, haben wir nur noch wenige Ansatzpunkte. Ich habe eine Vernehmung der Täter beantragt. Ich hoffe, ihre Festnahme bleibt so lange geheim, bis ich sie befragt habe.«

Nachdem ich ihn mit der Mitteilung beruhigt habe, dass die Bekanntgabe von unserer Abteilung kontrolliert wird, legen wir auf.

Danach greife ich nach dem Hörer, um Charikakis vom Amt für Geldwäschebekämpfung anzurufen. Doch ich lasse ihn gleich wieder sinken. Es könnte gut sein, dass Charikakis beim Vizepolizeipräsidenten rückfragt. Dann wäre ich geliefert, da er mir eingeschärft hat, mich nicht länger mit dem Fall zu befassen.

Stattdessen rufe ich lieber Gikas an, um ihn nach seiner Meinung zu fragen.

»Da kann ich nur sagen: ›Wie man sich bettet, so liegt man.‹ Kümmern Sie sich nicht weiter um die Sache.« Mit dieser Antwort klopft er mir auf die Finger.

So bleibt mir nichts anderes übrig, als meine Assistenten zu rufen und ihnen anzukündigen, dass der Fall mit der Festnahme der beiden Zuwanderer abgeschlossen ist.

»Ja, aber was ist mit den Übergaben auf den Fischerbooten, Yachten und Schnellbooten? Geht dem noch jemand nach?«, will Papadakis wissen.

»Dafür sind Küstenwache und Drogenfahndung zuständig. Das betrifft uns nicht. Unsere Arbeit ist mit der Festnahme der Täter beendet.«

»Und wenn es nicht bloß Raub war, wie sie im Geständnis behaupten, sondern wenn sie Komplizen aus dem Drogenring haben? Wer ist dann für den Fall zuständig?«, beharrt Papadakis.

»He, Papadakis, jetzt haben wir ausnahmsweise mal Glück gehabt, und die Lösung des Falles ist uns, ohne dass wir von Tür zu Tür laufen mussten, auf dem Tablett serviert worden. Warum also schlafende Hunde wecken?«, meint Dermitsakis erbost.

»Es war ja nur eine Frage«, antwortet Papadakis eingeschüchtert.

»Der Fall ist geklärt, und es gibt keine offenen Fragen mehr«, stellt Vlassopoulos klar.

Plötzlich dringt vom Korridor her Lärm ins Zimmer. Die Tür geht auf, und die Journalistenmeute dringt herein.

»Herr Kommissar, stimmt es, dass Sie Lalopoulos' Mörder gefasst haben?«, fragt die lange Dürre.

»Wie Sie sehen, bin ich gerade mitten in einer Besprechung«, erwidere ich. »Warten Sie draußen. Sobald ich fertig bin, rufe ich Sie herein.«

»Ich brauche nur eine kleine Information für die Nachrichtensendung«, beharrt sie.

»Informationen sind gerade Mangelware.«

Sie wirft mir einen wütenden Blick zu und rauscht, gefolgt von ihren Kollegen, hinaus. Als meine Mitarbeiter, gleich nachdem die Tür ins Schloss gefallen ist, aufbrechen wollen, halte ich sie zurück.

»Setzt euch, bitte! Lasst uns noch ein wenig über unser Privatleben plaudern. Die können doch nicht einfach so in mein Büro eindringen. Wenn ich das zulasse, spazieren die hier ein und aus, wie es ihnen beliebt.«

Als Koula mit Heiterkeit reagiert, frage ich: »Warum lachen Sie?«

»Ach, nichts«, meint sie und lacht weiter.

»Die sind wie die Raben«, bemerkt Vlassopoulos. »Die stürzen sich auf jeden Krümel.«

Keiner geht weiter auf sein philosophisches Statement

ein. Vielmehr kommt das Gespräch auf die erhofften Gehaltserhöhungen, die zwar in aller Munde sind, mit denen aber meiner Meinung nach noch lange nicht zu rechnen ist. Ich gestehe ihnen eine Viertelstunde zu, um sich ihre Sorgen von der Seele zu reden. Dann treibe ich sie zurück an ihre Schreibtische. Koula macht als Letzte Anstalten zum Gehen und wartet, bis die anderen draußen sind.

»Was war denn so lustig vorhin?«, hake ich nach.

»Mir ist plötzlich aufgegangen, dass Sie bestimmt bei Frau Adriani Nachhilfe in Sachen Schlagfertigkeit bekommen«, erklärt sie mir und bricht wieder in Lachen aus.

»Ja, aber unfreiwillig«, sage ich, und diesmal muss ich selber lachen.

Koula wird wieder ernst und blickt mich an. Ich merke, dass sie etwas auf dem Herzen hat, mit der Sprache aber nicht herausrückt.

»Was ist los?«, frage ich.

»Jorgos und ich haben uns etwas überlegt, wollten aber den richtigen Moment abwarten, um Sie darauf anzusprechen«, sagt sie schüchtern.

»Ich höre.«

»Wir haben vor, Ende des Jahres oder Anfang nächsten Jahres zu heiraten, und da wollten wir Sie und Frau Adriani bitten, unsere Trauzeugen zu werden.«

»Von mir aus gerne! Ich werde mit meiner Frau sprechen, kann mir aber nicht vorstellen, dass sie etwas dagegen hat.«

»Vielen Dank, Sie machen uns damit eine große Freude«, sagt sie mit einem zufriedenen Lächeln.

»Schön. Und nun schicken Sie mir die Zeitungsfritzen herein.«

Bevor sie die Tür öffnet, drückt sie mir noch einen Kuss auf die Wange. Dann bittet sie die Reportermeute herein, die sofort in mein Büro drängt.

Der junge Mann mit dem Baumwoll-T-Shirt ergreift als Erster das Wort, da die Dürre die beleidigte Leberwurst spielt und die Wand hinter mir anstarrt.

»Wie haben Sie die Mörder von Pavlos Lalopoulos gefunden?«

»Woher wissen Sie denn, dass wir sie gefunden haben?«, frage ich zurück.

»Das Polizeipräsidium hat eine Presseerklärung herausgegeben«, teilt mir die Kurze mit den rosa Strümpfen mit.

Aha, denke ich, der Vize konnte es nicht erwarten, seinen ersten Erfolg hinauszuposaunen.

»Da kann ich nichts Weltbewegendes hinzufügen«, erkläre ich der Runde. »Es handelt sich um zwei Ausländer, einen Pakistaner und einen Afghanen. Das Polizeirevier Ajios Panteleimonas hat sie bei einem Einbruchdiebstahl auf frischer Tat ertappt. Im Zuge der Ermittlungen in ihrer Wohnung wurden Lalopoulos' Brieftasche und die Tatwaffe entdeckt. Bei der Befragung haben sie gestanden, dass sie ins Haus des Opfers eingebrochen waren. Das ist alles.«

»So simpel?«, fragt die Dürre spöttisch.

»So simpel. Zum Glück gibt es auch noch einfache Lösungen, sonst säßen wir alle schon in der Klapse.«

»Haben die Täter weitere Raubüberfälle begangen?«, fragt die Antonakou, eine Fünfzigjährige, die zu den seriöseren Journalisten gehört.

»Das weiß ich nicht, Frau Antonakou, und das betrifft

uns auch nicht. Wir ermitteln in Mordfällen. Mit Raubdelikten befasst sich eine andere Strafverfolgungsbehörde.«

Als sie merken, dass nichts weiter für sie herausspringt, ziehen sie ab.

»Was Sie herausgerückt haben, reicht nicht mal für eine Kurzmeldung«, zischt die Dürre. Ich erachte es als überflüssig, ihr zu antworten, da ich keine Lust auf unergiebiges Hickhack habe.

Kaum sind die Reporter weg, läutet das Telefon. Sterjadis ist dran.

»Ist eine Presseerklärung zur Festnahme der Täter veröffentlicht worden?«

»Ja, die Journalisten haben soeben mein Büro verlassen.«

»Aber wir hatten doch vereinbart, dass die Sache unter uns bleibt, weil die Ermittlungen noch im Gange sind!«

Er ist merklich verstimmt, aber ich bleibe ganz ruhig. »Die Pressemitteilung stammt nicht von uns, sondern aus dem Büro des Vizepolizeipräsidenten«, erkläre ich ihm.

»Wusste der Vize denn nicht, dass die Ermittlungen zu Lalopoulos' Handel mit Drogen noch nicht abgeschlossen waren?«

»Doch, ich habe ihn persönlich davon in Kenntnis gesetzt.«

Sterjadis schnappt nach Luft. »Was sagt man dazu ...«, meint er, als er seine Stimme wiederfindet. »Das ist ja nicht zu fassen!«

Zum Glück legt er auf, denn ich habe keine Lust, ihm meine eigene Einschätzung zu offenbaren.

12

verschleiern: 1. [sich, etw. verschleiern] mit einem Schleier verhüllen: die Frau verschleierte sich, ihr Gesicht; die Witwe war, ging tief verschleiert; der Himmel verschleierte sich (bedeckte sich mit einer dünnen Wolkenschicht); sein Blick verschleierte sich (wurde verschwommen);

2. [verschleiert] von Tränen verschleierte Augen; er sprach mit verschleierter (belegter) Stimme; ich sehe die Berge nur verschleiert (undeutlich, unscharf).

3. [etw. verschleiern] verbergen: Missstände, seine Identität, seine wahre[n] Absicht[en], eine Tatsache bewusst, systematisch verschleiern; hier lässt sich nichts mehr verschleiern.

Mich interessiert vorrangig die dritte Bedeutung. Selbst wenn der Vizepolizeipräsident »Missstände« nicht »systematisch verschleiert«, hat er die Verbindung zwischen dem Mord an Lalopoulos und dessen Handel mit Drogen unter den Teppich gekehrt und wollte nicht weiter ermitteln, ob die Gewalttat eine Panikreaktion war, wie die Täter behaupten, oder eine kaltblütige Abrechnung, wie meine These lautet.

Diese Gedanken quälen mich seit gestern Nachmittag,

als ich gleich nach meiner Heimkehr das Dimitrakos-Lexikon aufschlug. Ehrlich gesagt, bin ich nicht ordnungsgemäß nach Dienstschluss nach Hause gegangen, sondern habe mein Büro Hals über Kopf mitten am Nachmittag verlassen. Nach dem Telefonat mit Sterjadis wollte ich es nicht riskieren, noch länger im Präsidium zu bleiben, da ich mich sonst womöglich von Wut und Empörung hätte hinreißen lassen und die Ermittlungen – bis zum Showdown mit dem Vize, ohne jede Rückendeckung und mit unabsehbaren Folgen – auf eigene Faust fortgesetzt hätte.

Ich schützte daher Kopfschmerzen vor und verließ die Dienststelle. Adriani tischte ich nicht dieselbe Lüge auf, denn sie hätte mir nicht geglaubt. Sie weiß, dass ich ein idiotischer Workaholic bin. Ein bisschen Kopfschmerzen würde mich nicht nach Hause, sondern – auf der Suche nach Aspirin – höchstens in die nächste Apotheke treiben. Ihr gegenüber gab ich vor, mir stecke die Müdigkeit der letzten Tage noch in den Knochen, und ich wolle mich etwas hinlegen, da auf der Dienststelle alles ruhig sei.

Sie warf mir einen Blick zu, der besagte: »Das kannst du jemand anderem erzählen«, aber sie enthielt sich eines Kommentars und bügelte weiter die Hemden.

Drei Stunden lang verbrachte ich im Halbschlaf im Bett. Gegen acht stand ich auf, um mich ins Wohnzimmer neben Adriani zu setzen und gemeinsam mit ihr auf der Mattscheibe zu verfolgen, wie der Wirtschaftsexperte des Senders die neuesten Höhenflüge der griechischen Wirtschaft bejubelte.

»Du hast doch etwas«, sagte Adriani zu mir, ohne den Blick vom Bildschirm zu lösen.

»Wie kommst du darauf? Mir geht's prima.«

Jetzt drehte sie sich zu mir. »Dass du am Nachmittag nach Hause kommst und dich schlafen legst, entspricht nicht deiner Natur. Nur wenn man Sorgen hat, verhält man sich ganz anders als sonst.«

»Wie gesagt, ich bin einfach müde. Der jüngste Fall ist gelöst, und da sonst nichts Dringendes anstand, habe ich die Gelegenheit genutzt.«

Zu meiner großen Erleichterung beschränkten wir uns in der Folge auf ehelichen Smalltalk und kamen bis zum Schlafengehen nicht mehr auf das Thema zurück.

Jetzt ist es neun Uhr morgens, und ich steige in den Seat, um zur Dienststelle zu fahren. Meine Gedanken können sich immer noch nicht von den Ereignissen des gestrigen Tages und vom Verhalten des Vizepolizeipräsidenten lösen, der mit seinem aalglatten Vorgehen dafür gesorgt hat, den Schleier des Vergessens – wie auch Dimitrakos sagen würde – über den Fall zu breiten.

Nachdem ich in den Alexandras-Boulevard eingebogen bin, fahre ich zu meinem eigenen Erstaunen statt in die Tiefgarage des Polizeipräsidiums einfach geradeaus weiter. Erst im Nachhinein wird mir klar, dass ich intuitiv den Weg nach Kypseli eingeschlagen habe, um Sissis im Obdachlosenheim zu besuchen.

Wenn man eine Ohrfeige, die man sich eingehandelt hat, nicht verwinden kann, dann spricht man am besten mit jemandem, der noch viel mehr hat einstecken müssen.

Sissis sitzt an der Rezeption. Ein paar Bewohner des Obdachlosenheims halten sich in der Cafeteria auf. Die einen lesen Zeitung, die anderen halten einen kleinen Plausch.

»Was führt dich denn in aller Herrgottsfrühe hierher?«, fragt Sissis mit einem Lächeln.

Wir nehmen in einer Ecke der Cafeteria Platz, wo wir in Ruhe sprechen können. Sissis behält den Eingangsbereich im Blick, während ich ihm in allen Einzelheiten erzähle, was vorgefallen ist und wie das Treffen mit dem Vizepolizeipräsidenten verlief.

Er hört mir zu, ohne mich zu unterbrechen, und sagt am Schluss: »Bleib auf Linie, Genosse.«

Diese Antwort macht mich sprachlos. Ich habe einen Erklärungsversuch oder einen Rat erwartet, vielleicht auch ein paar Trostworte, doch Sissis erklärt mich zum »Genossen«.

Ich muss mich am Riemen reißen, um nicht ungehalten zu werden, und frage: »Seit wann bin ich denn Mitglied bei der Kommunistischen Partei? Davon weiß ich ja gar nichts.«

Er lächelt immer noch. »Wenn die Parteiführung einen Beschluss fasste und einer von uns Einwände hatte, sagte der Parteisekretär immer: ›Bleib auf Linie, Genosse‹. Und das hieß: ›Halt den Mund und tu, was dir gesagt wird.‹ Genau dasselbe hat auch dein Vizepolizeipräsident getan.«

»Nur dass ich kein Parteimitglied bin, sondern Polizeibeamter.«

»Auch unsere Parteimitglieder waren verbeamtete Revolutionäre.«

»Aber was soll ich tun?«, frage ich, fast schon verzweifelt.

»Gar nichts, sonst kommst du in die Bredouille und bist aus dem Spiel. Das war bei uns auch nicht anders«, lautet seine Antwort. Nach einer kurzen Pause fährt er fort: »Du wolltest wenigstens nicht die ganze Menschheit retten, sondern nur die Schuldigen fassen. Wir hingegen waren noch viel schlimmer dran.«

Ich verlasse das Obdachlosenheim in noch düsterer Stimmung, aber mit dem festen Entschluss, mich nicht weiter mit dem Fall zu beschäftigen. Doch der bekannte Spruch sagt ja: »Der einzige Weg, eine Versuchung loszuwerden, ist, ihr nachzugeben.«

Kaum habe ich, mit Kaffee und Croissant in der Hand, mein Büro betreten, stürmt Vlassopoulos herein.

»Hier ist eine Frau, die Sie sprechen möchte«, verkündet er.

»In welcher Sache?«

»Wegen der beiden Männer, die wir im Lalopoulos-Mord festgenommen haben.«

»Der Fall ist abgeschlossen«, erwiderte ich kurz angebunden.

»Wir sollten die Bürger doch dazu ermutigen, die Polizeiarbeit zu unterstützen«, belehrt er mich.

»Vlassopoulos, lass den Aufklärungsunterricht und schick sie mir rein.«

Kurz darauf kehrt mein Assistent mit einer Frau mittleren Alters zurück, die ich sofort wiedererkenne. Es ist dieselbe, die wir in Dilessi auf der Straße befragt haben.

»Ich war beim Polizeirevier, aber die haben mich zu Ihnen geschickt«, sagt sie zur Begrüßung.

»Wie heißen Sie?«, frage ich.

»Popi«, antwortet sie erst und lässt gleich darauf ihren offiziellen Taufnamen folgen: »Kalliopi Arvanitou.«

»Was wollten sie denn dort aussagen?«

»Ich habe im Fernsehen die beiden Täter gesehen, die man im Fall Lalopoulos gefasst hat. Im Fernsehen hieß es, sie hätten Lalopoulos in seinem Haus in Chalandri überfallen. Aber ich habe sie auch in Dilessi gesehen.«

»Wo genau? Bei Lalopoulos' Ferienhaus?«, fragt Vlassopoulos.

»Ich weiß nicht, ob sie auch bei Lalopoulos waren. Ich habe sie an der Hafenmole gesehen, wo sie Kisten von einem Fischerboot an Land gebracht haben. Ich war mit einer Freundin unterwegs, und wir haben uns gefragt, was wohl in den Kisten steckt. Normalerweise bringen die Fischerboote den Tagesfang, um ihn an der Mole und an der Strandpromenade zu verkaufen. Im Sommer kommen vielleicht noch Gartenmöbel dazu, aber solche Kisten werden nicht jeden Tag angeliefert. Das hat unsere Neugier geweckt.«

»Haben Sie gesehen, wo sie die Kisten hingebracht haben?«, frage ich.

»Sie haben sie auf einen Pick-up geladen. In welche Richtung sie dann gefahren sind, kann ich nicht sagen, weil wir dann wegmussten.«

»Wissen Sie noch, wann das war?«, will Vlassopoulos wissen.

Sie denkt kurz nach. »Das muss einen Monat her sein, vielleicht auch länger. Ich weiß es nicht mehr genau. Aber ich habe sie noch ein weiteres Mal gesehen.«

»Wieder bei einem Fischerboot?«

»Nein, im Supermarkt. Sie standen mit ein paar Lebensmitteln vor mir an der Kasse, anscheinend hatten sie sich etwas zum Essen gekauft«, berichtet sie. »Das wollte ich

Ihnen sagen, weil im Fernsehen nur die Rede davon war, dass sie Lalopoulos aus Chalandri kannten. Es kann aber sein, dass sie ihn auch in Dilessi gesehen haben.«

»Vielen Dank, dass Sie damit zu uns gekommen sind, Frau Arvanitou. Jetzt gehen Sie zu meinen Kollegen hinüber, wo man Ihre Personaldaten und Ihre Aussage offiziell aufnehmen wird. Ich möchte Sie nur bitten, danach noch kurz zu warten. Vielleicht brauchen wir Sie für zusätzliche Informationen.« Dann sage ich zu Vlassopoulos: »Gebt Frau Arvanitou einen Kaffee aus, das ist das Mindeste, womit wir uns bei ihr revanchieren können.«

Vlassopoulos begibt sich mit der Arvanitou zum Büro meiner Assistenten, und ich nehme den Fahrstuhl hoch in Gikas' Reich. Er unterschreibt gerade Akten, ein Zeichen, dass ihm langweilig ist und er nichts Besseres zu tun hat.

Er hebt den Kopf. »Das breite Grinsen, mit dem Sie hier hereinkommen, verheißt nichts Gutes«, bemerkt er.

Während ich ihm von den Beobachtungen der Arvanitou berichte, hört er wortlos zu, doch je länger ich rede, desto mehr hellt sich sein Gesicht auf.

»Was machen wir jetzt? Ermitteln wir weiter?«, frage ich abschließend.

»Lalopoulos' Mörder sind in Untersuchungshaft, und der Fall ist erledigt. Hier sollten Sie besser keine alten Geschichten aufrühren, das führt zu nichts Gutem. Das gilt für alte Leidenschaften genauso wie für alte Kriminalfälle.«

»Heißt das, wir sollen so tun, als sei nichts passiert?«, wundere ich mich.

Heute ist anscheinend der Tag des Aufklärungsunterrichts, denn auch er setzt eine lehrerhafte Miene auf.

»Kostas, was Ihre Arbeit betrifft, sind Sie einsame Spitze. Punkteabzug bekommen Sie, wenn es darum geht, Schleichwege zu finden und Schläge unter die Gürtellinie zu verteilen. Sie mögen solche Taktiken moralisch verwerflich finden, aber sie sind eben manchmal unerlässlich. Wir tun erst mal nichts, aber in ein paar Tagen erscheint möglicherweise ein TV-Interview mit der Dame aus Dilessi, wo sie genau dasselbe erzählt wie gerade eben. Anschließend stellt sich dann die alte Frage: Hat die Polizei geschlafen? Und dann wird der Vize mit den Erklärungen gar nicht mehr hinterherkommen.«

»Soll ich nicht wenigstens Sterjadis von der Küstenwache informieren?«

»Tun Sie das, damit wir nach allen Seiten abgesichert sind. Wenn uns der Vize fragt, können wir sagen, wir hätten genau nach Anweisung gehandelt und diejenige Dienststelle benachrichtigt, die sich mit Drogendelikten befasst.«

Auf dem Weg nach unten denke ich im Fahrstuhl darüber nach, dass ich den Schülern ähnle, die hervorragende Mathematikklausuren schreiben, aber beim Aufsatz versagen. Dementsprechend bin ich vielleicht ein guter Ermittler, bleibe aber in den Fächern »Intrigenkunde« und »Ränkeschmieden« sitzen.

Ich rufe umgehend Sterjadis an und erzähle ihm genau dasselbe wie vorhin Gikas. »Wollen Sie die Arvanitou vernehmen?«, frage ich.

»Ja, aber nicht sofort, notieren Sie ihre Adresse und schicken Sie sie nach Hause. Wir befragen sie lieber in Dilessi, dann kann sie uns gleich den Ort zeigen, wo die Ladung des Fischerbootes gelöscht wurde.«

Ich lege den Hörer mit gemischten Gefühlen auf. Einerseits freue ich mich, dass ich dem Vize Feuer unterm Arsch machen kann, andererseits verfluche ich mich selbst, dass ich im Fach »Taktieren« eine Null bin und ein Leben lang auf meinem Posten sitzenbleiben werde.

13

Woher stammt der Spruch »den Teufel mit dem Beelzebub austreiben« noch mal? Genau das passiert nämlich gerade. Eben noch saß ich höchst ungeduldig in meinem Büro und wartete voller Schadenfreude auf die Ergebnisse der Rücksprache des Vize mit Sterjadis, als das Telefon läutete.

»Herr Kommissar, aus Piräus wird uns ein Mordfall gemeldet.«

»Aus Piräus?«

»Jawohl, von der Akti-Kondyli-Straße.«

»Gibt es dazu Einzelheiten?«

»Nur den Namen des Opfers, es handelt sich um den Reeder Stefanos Chardakos.«

»Ist die genaue Adresse bekannt?«

»Nein, aber es wartet ein Streifenwagen am Busbahnhof der Peloponnes-Busse auf Sie.«

»Handelt es sich eventuell um einen Raubmord?«, will ich wissen.

»Nein, davon war nicht die Rede.«

Kaum habe ich aufgelegt, weise ich Papadakis an, einen Streifenwagen bereitzustellen und Spurensicherung und Gerichtsmedizin zu informieren. »Treffpunkt ist am Peloponnes-Busbahnhof.«

Gleich im Anschluss rufe ich Gikas an. Normalerweise würde ich ihn erst nach der ersten Ortsbegehung informieren, aber ich übe mich in vorauseilendem Gehorsam, damit ihn der Vize durch seinen – absolut vorhersehbaren – Anruf nicht in Erklärungsnot bringt.

»Nach den Yachthäfen geht's jetzt zu den Großreedern am Hafen von Piräus. Ich sehe schon, bald müssen Sie sich Taucherbrille und Flossen zulegen«, kommentiert er die Lage.

»Die leihen wir uns im Notfall bei der Küstenwache aus«, lautet meine Antwort.

Koula gibt mir Bescheid, dass der Streifenwagen bereitsteht. Angesichts des Staus auf dem Alexandras-Boulevard schaltet Vlassopoulos die Sirene ein. Vor uns fahren die Autofahrer auf die Gehsteige hoch, um uns durchzulassen. Die Flüche, mit denen sie uns dabei bedenken, will ich lieber nicht hören.

»Den Fall Lalopoulos waren wir ja schnell wieder los«, bemerkt Dermitsakis. »Aber bei dem Reeder sehe ich schwarz.«

»Sei dir da nicht so sicher«, meint Papadakis. »Die Aussage der Frau aus Dilessi könnte dazu führen, dass wir den Fall doch wieder auf den Schreibtisch bekommen.«

»Soll sich doch die Küstenwache damit herumschlagen, das interessiert mich einen feuchten Kehricht«, erklärt Dermitsakis.

Auf dem Athinon-Pireos-Boulevard herrscht noch dichterer Verkehr, was uns dazu zwingt, immer wieder Zwangspausen einzulegen, bevor wir mithilfe der Sirene freie Bahn bekommen.

»Alle, die ihre Nummernschilder abgegeben haben, weil sie die Kfz-Steuer nicht mehr bezahlen konnten, verstopfen jetzt wieder die Straßen«, meint Papadakis. »Den wirtschaftlichen Aufschwung kann man bei uns am Straßenverkehr ablesen.«

Erst an der Mikras-Asias-Straße können wir aufatmen, und von dort gelangen wir bequem zum Busbahnhof.

Der Transporter der Spurensicherung trifft kurz nach uns ein, aber wir warten noch auf den Gerichtsmediziner, bevor wir in Aktion treten. In der Zwischenzeit lassen wir uns von der Besatzung des Streifenwagens aus Piräus auf den neuesten Stand bringen.

»Wer hat den Toten gefunden?«, frage ich einen der Beamten.

»Chardakos' Sekretärin hat uns angerufen. Aber es hat eine Weile gedauert, bis wir begriffen haben, worum es geht. Sie konnte vor lauter Aufregung kaum sprechen.«

»Vor Ort haben wir ihre Verwirrung verstanden«, erzählt sein Kollege. »Chardakos lag, mit etlichen Messerstichen im Rücken, auf dem Fußboden.« Er hält kurz inne und fährt dann fort: »Das ist kein erfreulicher Anblick, Herr Kommissar. Darauf sollten Sie sich innerlich vorbereiten, obwohl Sie bestimmt schon viel gesehen haben.«

Nachdem der Wagen der Gerichtsmedizin und der Krankenwagen schließlich eingetroffen sind, setzt sich der gesamte Tross zum Hafen von Piräus in Bewegung.

Ich freue mich, dass Ananiadis für den Fall zuständig ist und ich dadurch dem jähzornigen Stavropoulos entgehe. Andererseits muss ich so länger auf den Obduktionsbericht warten, weil ihn Stavropoulos absegnen möchte, bevor er an die Mordkommission geht. Und leider sieht es nicht danach aus, als ob der Choleriker irgendwann mal versetzt werden würde.

Chardakos' Reederei heißt West Shipping und hat ihren Sitz in den beiden obersten Etagen eines imposanten Bürokomplexes. In der Eingangshalle hat sich das gesamte Personal versammelt. Das gedämpfte Gemurmel erstirbt, als wir die Lobby betreten.

»Ich möchte Sie alle bitten hierzubleiben. Wir müssen mit Ihnen sprechen«, kündigt ihnen Vlassopoulos an.

Keiner sagt etwas, sie starren uns nur stumm und verängstigt an.

»Die Firma hat ihre Büros auf zwei Etagen verteilt«, erläutert uns einer der Polizeibeamten. »Chardakos' Büro liegt im Dachgeschoss.«

Wir begeben uns mit dem Fahrstuhl in die oberste Etage. Der Beamte, der den Eingang zu den Büros bewacht, lässt uns durch die Absperrung und öffnet uns die Tür.

Wir treten in einen riesigen Raum mit Schreibtischen und zwei Glastüren an beiden Enden. Offenbar handelt es sich um die Arbeitsplätze der Führungskräfte. Auf den ersten Blick können wir keine Spuren von Fremdeinwirkung feststellen. Alle Schreibtische sind leer und wirken ordentlich aufgeräumt. Vermutlich wurden sie am Vortag von den Angestellten so hinterlassen.

Ganz hinten befindet sich eine Tür, die zu einem Vorraum mit einem Schreibtisch, zwei Metallstühlen und einem großen Aktenschrank mit zahlreichen Fächern führt. Links neben dem Schreibtisch treten wir durch eine weitere Tür, hinter der Chardakos' Leiche zu erkennen ist.

Die Beschreibung des Kollegen aus dem Streifenwagen erweist sich als starke Untertreibung. Chardakos liegt bäuchlings auf dem Fußboden zwischen seinem Schreibtisch und der Tür. Der Boden um die Leiche ist voller Blut, sie scheint förmlich in einer Blutlache zu schwimmen. Ananiadis zählt vier Messerstiche in den Rücken und einen in den Nacken.

»Wollen Sie die Todesursache hören?«, fragt Ananiadis.

»Nicht nötig, ich brauche nur die Tatzeit.«

Nachdem Dimitriou die Aufgaben an die Mitarbeiter der Spurensicherung verteilt hat, lassen wir sie in Ruhe arbeiten. Um nicht im Weg zu stehen, begeben wir uns wieder in die untere Etage.

Sie ist genauso wie die obere Etage gestaltet, nur dass es ganz hinten keine Tür gibt und das Großraumbüro, obwohl es von drei Glastüren unterteilt ist, noch weitläufiger wirkt.

Ich verständige mich mit meinen Assistenten über unser Vorgehen. Sie werden das Fußvolk befragen, während ich die höheren Chargen und Chardakos' Sekretärin übernehme.

Ich beziehe an einer der Glastüren Position. Als Erster erscheint ein hoch aufgerichteter, weißhaariger Sechzigjähriger in einem dunklen Anzug, dessen strenger Eindruck durch ein Stecktuch in der Sakkotasche aufgelockert wird. Er stellt sich mir als Periklis Frangakis vor.

»Welche Stellung haben Sie in der Firma, Herr Frangakis?«, frage ich ihn.

»Ich bin Generaldirektor der griechischen Niederlassung, Herr Kommissar. Unser Firmensitz liegt in London, und wir haben auch Büros auf Zypern, aber die Hauptaktivitäten der Firma werden von Piräus aus abgewickelt. Hier werden die Besatzungen eingestellt und die Schiffe mit Zubehör und Nahrungsmitteln versorgt. Die Charteraufträge allerdings werden zwischen Piräus, London und Zypern aufgeteilt.«

»War Chardakos der Firmeneigentümer?«

»Er war Hauptaktionär und Vorstandsvorsitzender. Geschäftsführer ist sein Sohn Kleanthis Chardakos, aber sein Vater hatte überall Mitspracherecht, und in grundsätzlichen Fragen fällte er die letzte Entscheidung.«

»Lebte Stefanos Chardakos in Griechenland?«, frage ich.

»Nein, die Familie hat sich in London niedergelassen, aber Vater und Sohn sind sehr oft nach Athen gekommen.«

»Wissen Sie, aus welchem Grund er diesmal in Griechenland war?«

»Er plante eine Neuverteilung der Geschäftsbereiche zwischen Griechenland und Zypern.«

»Wann haben Sie ihn zum letzten Mal gesehen?«

»Gestern Mittag hatten wir eine Besprechung, die gegen drei Uhr zu Ende war. Danach hatte ich einen Termin im Ministerium für Handelsmarine, der so lange dauerte, dass ich nicht mehr ins Büro zurückgekehrt bin.«

»Hatte Stefanos Chardakos Feinde?«, frage ich geradeheraus, um zu sehen, wie er darauf reagiert. Aber er quittiert die Frage mit einem nachsichtigen Lächeln.

»Alle Großunternehmer haben Feinde, Herr Kommissar. Nur dass es diese Feinde normalerweise darauf abgesehen haben, ihren Konkurrenten wirtschaftlich, aber nicht körperlich zu vernichten.«

Seine Antwort klingt absolut logisch. Reeder, die Opfer von Auftragsmorden werden, gab es – zumindest in Griechenland – bisher nicht. Ich lasse Frangakis ziehen, nachdem ich ihn gebeten habe, Chardakos' Sekretärin zu mir zu schicken.

Kurz darauf tritt eine Fünfzigjährige mit rotgeweinten Augen ein. »Ourania Verlemi, Herr Kommissar«, stellt sie sich vor. »Ich bin noch immer so aufgewühlt, dass ich nicht weiß, ob ich Ihre Fragen beantworten kann. Sein Anblick –«. Sie kann nicht weitersprechen und bricht in Tränen aus.

»Das macht nichts. Wenn wir jetzt nicht alles klären können, sprechen wir uns später noch mal.« Ich pausiere kurz, damit sie sich fassen kann, bevor ich fortfahre: »Ich vermute, dass Sie gestern Nachmittag das Büro vor Ihrem Chef verlassen haben.«

»Ja, normalerweise bleibe ich so lange wie Herr Chardakos, aber gestern hat er zu mir gesagt, dass er mich nicht mehr braucht und ich nach Hause gehen kann.«

»Wann war das ungefähr?«

»Das muss gegen sieben gewesen sein.«

»Blieb er des Öfteren nach Büroschluss allein in der Firma?«

Sie zögert kurz mit der Antwort. »Nur in Ausnahmefällen«, meint sie dann etwas gepresst.

»Und was waren solche Ausnahmefälle?«

»Wenn er persönliche Telefonate führen wollte, die für kein fremdes Ohr bestimmt waren. In solchen Fällen wollte er ganz allein im Büro bleiben.«

»Wissen Sie, ob Chardakos bedroht wurde?«

Unwillkürlich muss sie lächeln, wird aber sofort wieder ernst. »Soll ich Ihnen eine Liste machen, wer alles in der Firma Drohungen erhält, Herr Kommissar?«

»Kommt das so häufig vor?«, wundere ich mich.

»Besatzungsmitglieder, die noch nicht bezahlt wurden, drohen damit, sie würden Mängel und Formfehler anzeigen. Agenten, mit denen wir nicht mehr zusammenarbeiten, versuchen uns einzuschüchtern. Kapitäne oder Ingenieure, die zu einer anderen Gesellschaft gewechselt haben, glauben, mit Drohungen Bestechungsgelder aushandeln zu können. Da alle dem ausgesetzt sind, war es Herr Chardakos gewiss auch.«

»Hatte Herr Chardakos einen Schlüssel zu den Firmenräumen?«

»Auf beiden Etagen sind Sicherheitstüren mit Alarmsystem eingebaut. Außer Herrn Chardakos kennen nur ich und Herr Frangakis den Zugangscode. Deshalb kommen wir morgens abwechselnd immer eine halbe Stunde früher, um die Büros aufzuschließen.«

Sicherheitssysteme und Zugangscodes sind das tägliche Brot der Einbrecher, sage ich mir. Die werden mit Leichtigkeit geknackt. Schloss und Riegel waren da wesentlich sicherer.

»Haben Sie heute Morgen am Sicherheitssystem irgendeine Auffälligkeit entdeckt?«, will ich wissen.

»Nur, dass auf unserer Etage der Alarm nicht aktiviert war. Aber ich nahm zunächst an, Herr Chardakos hätte es gestern einfach vergessen.«

Ich rufe Dimitriou an und bitte ihn, einen Schlosser zu bestellen, um das Sicherheitssystem zu überprüfen.

»Wo hat Chardakos gewohnt, wenn er in Athen war?«, frage ich die Verlemi.

»An der Akti-Possidonos-Straße in Paleo Faliro.«

Ich bin überrascht. Eigentlich habe ich mit einem Domizil in den vornehmen Vierteln Ekali oder Kifissia gerechnet.

»In Paleo Faliro liegt die einstige Wohnung seiner Schwiegereltern«, erklärt sie mir, da ihr mein verwunderter Blick nicht entgangen ist. »Die ganze Familie hat während ihrer Athenaufenthalte dort gewohnt. Herr Chardakos fand das ganz praktisch, wegen der Nähe zu Piräus.«

Als ich sehe, dass sich Ananiadis der Glastür nähert, hinter der wir sitzen, beschließe ich, das Gespräch mit der Verlemi rasch zu Ende zu bringen, da mich Ananiadis' Auskünfte brennend interessieren.

»Ihm wurden mit einem spitzen Gegenstand, vermutlich einem Messer, zwei tödliche Wunden beigebracht«, sagt er, kaum dass die Sekretärin gegangen ist. »Einer der insgesamt fünf Einstiche traf genau ins Herz, und ein weiterer hat die Halsschlagader durchtrennt, daher auch der hohe Blutverlust. Der Tod muss auf der Stelle eingetreten sein.«

»Wann war schätzungsweise die Tatzeit?«

»Irgendwann zwischen acht Uhr gestern Abend und Mitternacht.«

Also haben die Mörder den Zugangscode zum Sicherheitssystem geknackt und sind in die Büros eingedrungen. Es müssen zwei gewesen sein, denn bestimmt versuchte Chardakos, ihnen zu entkommen. Dabei muss ihm der eine den Weg zur Tür versperrt und der andere ihn hinterrücks erstochen haben.

Dermitsakis tritt mit einer jungen Frau an seiner Seite ein und unterbricht meine Gedanken. »Nitsa ist die Telefonistin und kann Ihnen etwas Interessantes berichten, Herr Kommissar.«

Ich bedeute ihr, sich zu setzen. »Erzählen Sie.«

»In den Tagen vor Herrn Chardakos' Ankunft hat fast täglich ein Mann angerufen und nachgefragt, ob Herr Chardakos schon eingetroffen sei. Wenn ich ihm sagte, dass er sich nicht in Athen aufhalte, legte er jedes Mal kommentarlos auf. Bei seinem letzten Anruf war Herr Chardakos dann hier. Ich habe ihn nach seinem Namen gefragt, um ihn mit seiner Sekretärin, Frau Verlemi, zu verbinden, aber er hat sofort aufgelegt und sich nicht wieder gemeldet.«

Ich lasse erneut die Verlemi zu mir holen und frage sie, ob sie einen ähnlichen Anruf erhalten hat. Die Antwort ist negativ. »Bei mir melden sich nur Anrufer, die regelmäßige Geschäftsbeziehungen zu Herrn Chardakos haben und die direkte Durchwahl kennen, Herr Kommissar. Alle anderen rufen über die Telefonzentrale an.«

Die Sache liegt auf der Hand. Man rief an, um zu erfahren, ob Chardakos in Athen sei, um in der Folge den Mord zu planen.

Dann lade ich meine Mitarbeiter zu einem kurzen Gedankenaustausch ein, aber sie haben nichts Erhellendes beizutragen. Ich ersuche sie nachzuverfolgen, von welcher Nummer die Anrufe kamen, um herauszufinden, von wo aus der Unbekannte telefoniert hatte. Ich bin mir fast sicher, dass er von einer Telefonzelle angerufen hat. Der nächste Schritt wäre nun, Kontakt zu Chardakos' Sohn aufzunehmen, aber das mache ich lieber vom Präsidium aus und nach Absprache mit Gikas.

Die übrige Ermittlungsarbeit vor Ort bleibt Dimitriou und der Spurensicherung überlassen.

14

Kaum haben wir die Küstenstraße zu Chardakos' Wohnung nach Paleo Faliro eingeschlagen, kommt mir plötzlich eine Idee. »Mach kehrt, wir fahren zurück«, sage ich zu Vlassopoulos.

Über den Rückspiegel wirft er mir einen verwunderten Blick zu. »Wohin genau?«, fragt er.

Wie bei spontanen Eingebungen üblich, hinkt der erste Gedanke dem zweiten hinterher: Ich rufe Sterjadis an, um sicherzustellen, dass er tatsächlich in seinem Büro ist. Als ich die Bestätigung erhalte, atme ich erleichtert auf.

Wir wissen, wie Chardakos umgebracht wurde, und auch, was am Tatabend passiert ist, aber wir haben überhaupt keine Informationen zu seiner Reederei. Dafür wäre das Ministerium für Handelsmarine zuständig, doch bevor ich dort anklopfe, hole ich lieber auf inoffiziellem Weg bei Sterjadis Auskünfte darüber ein, um vorbereitet zu sein und die richtigen Fragen zu stellen.

Bei unserem Eintreffen erhebt sich Sterjadis lächelnd und begrüßt uns mit Handschlag. Als ich ihm brühwarm von Chardakos' Ermordung berichten will, winkt er ab.

»Sparen Sie sich die Mühe, ich habe schon heute früh davon erfahren. Solche Neuigkeiten kann man nicht geheim halten, die geraten sofort in Umlauf.«

»Wer war dieser Chardakos?«, frage ich.

»Einer der größten griechischen Reeder. Nun ja, ›griechisch‹ stimmt nicht ganz. Eigentlich war er ein britischer Reeder.« Er lächelt und fährt fort: »Griechenland unternimmt große Anstrengungen, um die Elgin Marbles aus dem British Museum zurückzubekommen. Besser wäre es, die griechischen Reeder zurückzuholen. Es wäre kein schlechter Deal, wenn wir den Briten die Marmorskulpturen der Akropolis überließen und sie uns im Gegenzug die griechischen Reeder zurückgäben. Aber darauf werden sie sich kaum einlassen. Sie sind ja nicht blöd!« Dann wird er schlagartig ernst. »Die West Shipping hat eine riesige Flotte von Frachtschiffen. Auf das Geschäft mit Öltankern hat sich Chardakos nie eingelassen, obwohl ihn sein Sohn dazu drängte. Als der Ölpreis fiel, triumphierte er. ›Ich hab's doch gesagt!‹, meinte er immer wieder. ›Ihr werdet schon sehen, dass jetzt auch die Frachtgelder in den Keller gehen.‹«

Ich frage auch ihn: »Wissen Sie, ob er Feinde hatte?«

Seine Antwort deckt sich mit der von Frangakis. »Konkurrenten sind immer Feinde, Kostas, oder wie man so schön sagt: ›Dein Tod ist mein Leben.‹ Damit ist aber üblicherweise der finanzielle Tod gemeint, nicht der physische. Außerdem existiert die Firma ja weiter unter der Leitung des Sohns. Was könnte ein Konkurrent durch Chardakos' Tod gewinnen?« Er hält inne, da ihm anscheinend etwas durch den Kopf geht. »Obwohl, in der letzten Zeit sind schon ein paar seltsame Unglücksfälle passiert.«

»Was für Unglücksfälle?«, frage ich und spitze die Ohren.

»Knapp nacheinander sind zwei seiner Schiffe gesunken.«

»Wo genau?«

»Das erste Schiff ist vor der thailändischen Küste in Flammen aufgegangen. Das Feuer hat sich so rasch ausgebreitet, dass man es nicht mehr unter Kontrolle brachte. Zwar wurde der Großteil der Crew gerettet, aber es gab trotzdem Todesopfer. Das zweite Schiff ist nach einer Explosion in Odessa gesunken.«

»Glauben Sie, dass es sich dabei um Brandstiftung oder einen Anschlag handelte?«

Er zuckt ratlos die Schultern. »Wären die Schiffe schon etwas älter gewesen und hätten sie kleinen Gesellschaften gehört, dann würde ich darauf tippen, dass man es wohl auf die Versicherungsprämie abgesehen hatte. Aber erstens waren die Schiffe neu, und zweitens lassen sich große Reedereien auf keine solchen Spielchen ein. Daher könnten es in beiden Fällen tatsächlich auch Unfälle gewesen sein.«

»Vermutlich haben die thailändischen und ukrainischen Behörden Ermittlungen aufgenommen.«

»Bestimmt, nur werden sie uns nichts verraten, wenn wir anfragen. Der Firmensitz lag in London, daher stehen uns solche Anfragen nicht zu. Sollte sich herausstellen, dass die Unglücksfälle mit Chardakos' Mord in Verbindung stehen, dann können Sie die Polizei des jeweiligen Landes um Amtshilfe ersuchen. Aber selbst dann kann ich Ihnen nicht garantieren, dass Sie auf einen grünen Zweig kommen.«

Als er sieht, dass ich Anstalten zum Aufbruch mache, fragt er: »Was, so eilig?«

»Wir müssen Chardakos' Wohnhaus durchsuchen.«

»Ich dachte, es könnte Sie interessieren, was wir in Dilessi herausgefunden haben.«

»Ja, stimmt«, sage ich und nehme wieder Platz.

»Der Pakistaner und der Afghane haben Dilessi regelmäßig besucht. Dabei haben sie beim Entladen von Fischerbooten geholfen. Normalerweise warteten sie im Hafen auf das Eintreffen der Boote. Es kam aber auch vor, dass sie selbst an Bord waren oder von Dilessi durch den südlichen Golf von Euböa nach Eretria mit hinüberfuhren.«

»Haben Sie mit den Fischern gesprochen?«

»Ja, aber das hat nicht viel gebracht. Sie haben nur den Transport übernommen, das Löschen der Ladung war nicht ihre Aufgabe.«

»Wo haben sie die Ladung übernommen?«

»Mal in Eretria auf Euböa, wo sie die Ladung von Yachten oder Kuttern übernommen haben, mal von Motorbooten auf offener See.«

»Wussten sie nicht, wer ihr Boot gechartert hatte?«

»Es waren unterschiedliche Personen. Sie zahlten das Frachtgeld in bar, und wenn das Fischerboot in Dilessi ankam, wurde es schon erwartet. Der Pakistaner und der Afghane zählten zum festen Personal.«

»Haben sie dann alles auf einen Pick-up geladen, wie die Arvanitou beobachtet hat?«

»Ja, aber der Pick-up stammte nicht aus Dilessi. Einmal wurde auch beobachtet, dass eine Ladung zum Ferienhaus von Lalopoulos' Frau geschafft wurde. Der Zeuge hat sich zwar gewundert, ist der Sache aber nicht weiter nachgegangen.«

»Alles war präzise organisiert. Haben Sie den Afghanen und den Pakistaner dazu befragt?«

»Noch nicht. Ihr Chef hat mir gesagt, er wolle vorher den Vizepolizeipräsidenten konsultieren.«

Ich danke ihm für die Auskünfte und mache mich wieder auf den Weg nach Paleo Faliro. Auf der Fahrt bemühe ich mich, das aufkeimende Hochgefühl zu unterdrücken, das sich beim Gedanken an den Vize einstellt. Wie wird er wohl aus der Wäsche schauen, wenn er dem ganzen Kuddelmuddel an Verflechtungen gegenübersteht?

Jetzt aber versuche ich mich erst mal auf die aktuellen Ermittlungen zu konzentrieren.

Ich kann mir nicht vorstellen, in welchem Zusammenhang die beiden Schiffsunglücke mit Chardakos' Ermordung stehen könnten. Angenommen, sie wurden vorsätzlich herbeigeführt: Was hätten die Anstifter dieser Taten von Chardakos' Ermordung? Angenommen, Chardakos wurde erpresst: Was würde den Tätern Chardakos' Tod nützen? Mit dem Tod des Erpressten wird auch die Erpressung hinfällig. Warum sollte man ihn also töten?

Hier höre ich auf mit meinen Mutmaßungen, da es noch zu früh ist, irgendwelche Schlüsse zu ziehen. Stattdessen rufe ich Dimitriou an und bitte ihn, nach der Spurensicherung in den Büros in Piräus nach Paleo Faliro zu kommen.

Die Wohnung von Chardakos' Schwiegereltern ist leicht zu finden. Sie liegt im Dachgeschoss eines fünfstöckigen Wohnhauses auf der Höhe des ehemaligen Olympischen Zentrums Faliro. Die Haushälterin, die von Chardakos' Sekretärin verständigt worden ist, öffnet uns die Tür. Sie lässt uns wortlos und trockenen Auges eintreten, obwohl ihr

Gesichtsausdruck Bände spricht. Offensichtlich zählt sie zu den seltenen Wesen, die ihre Trauer hinunterschlucken und nicht zu heftigen Gefühlsausbrüchen neigen.

»Wann haben Sie Stefanos Chardakos zum letzten Mal gesehen?«, will ich von ihr wissen.

»Gestern Morgen. Wenn er allein hier war, bin ich früher gekommen, um ihm sein Frühstück zu machen. Danach ist er gegangen«, lautet ihre beherrschte Antwort.

»Ist Ihnen an seinem Verhalten irgendetwas Ungewöhnliches aufgefallen?«

»Nein, er war wie immer.«

Da ich fürs Erste keine weiteren Fragen habe, zieht sie sich in die Küche zurück.

Die Wohnung besteht aus fünf Räumen: drei Schlafzimmern und einem Wohnzimmer, das in ein Esszimmer übergeht. Von der Veranda hätte man eigentlich Aussicht auf die Bucht von Faliro, wären da nicht die riesigen Balkonpflanzen, die den Blick verstellen. Hier draußen stehen vier schmiedeeiserne Stühle und ein Tisch sowie zwei gepolsterte Holzliegen und eine Hollywoodschaukel. Das lässt darauf schließen, dass man sich an warmen Tagen gern auch auf der Veranda aufhält.

In der Wohnung gibt es kein Arbeitszimmer, was uns die Arbeit erleichtert. Wir schlendern durch alle Räume, können aber nichts finden, was über die üblichen Haushaltsgegenstände hinausgeht: Unterwäsche und vorwiegend sommerliche Kleidung in den Schlafzimmern, Deos, Cremes und Seifen im Bad. Das dreiteilige Buffet im Esszimmer enthält ein teures Service, edle Gläser und Silberbesteck.

Gerade als ich der Haushälterin ankündigen will, dass wir fertig sind und dass aber gleich die Spurensicherung kommen wird, höre ich, wie jemand den Schlüssel in die Wohnungstür steckt. Ich frage mich, ob Dimitriou einen Schlosser dabeihat, komme aber gar nicht mehr dazu, den Gedanken zu revidieren, da die Tür aufgeht und ein großer, schlanker Mann um die vierzig mit einem kleinen Rollkoffer auf der Schwelle steht.

Die Haushälterin, die das Geräusch ebenfalls gehört hat, eilt aus der Küche herbei. Kaum hat sie den Besucher erblickt, fällt sie ihm in die Arme. Sie klammert sich an ihn und bricht in Schluchzen aus. »Kleanthis, es ist so schrecklich, mir fehlen die Worte«, stammelt sie unter Tränen.

»Anna«, wispert der großgewachsene Mann und streichelt ihr zärtlich übers Haar. Kurz darauf löst er sich sanft aus der Umarmung und fragt: »Wer sind die Herren?«

»Von der Polizei«, erwidert Anna, während sie sich die Tränen fortwischt.

»Sehr erfreut, meine Herren. Kleanthis Chardakos«, stellt er sich vor und streckt uns die Hand entgegen. Jetzt, da er mehr als nur den Namen der Haushälterin sagt, wird offenbar, dass er Griechisch mit starkem britischen Akzent spricht.

»Kommissar Kostas Charitos«, sage ich und reiche ihm die Hand. Meine Assistenten fühlen sich durch meinen Händedruck mit repräsentiert und verzichten ihrerseits darauf.

»Herr Chardakos, jetzt ist vielleicht kein günstiger Moment, aber Sie würden uns einen großen Gefallen tun, wenn Sie uns ein paar Fragen beantworten könnten.«

»Selbstverständlich«, antwortet er bereitwillig. Er übergibt Anna sein Köfferchen und geht ins Wohnzimmer.

»Herr Kommissar, wir warten unten auf Sie«, meint Papadakis und bedeutet den anderen, ihm zu folgen.

Ich meinerseits folge Chardakos junior und nehme neben ihm auf dem Sofa Platz.

»Herr Chardakos, wissen Sie, ob Ihren Vater irgendetwas bedrückt hat, bevor er nach Griechenland reiste?«

»Oh no«, lautet seine spontane Antwort. »Es war eine reine Routinereise, um unsere griechischen Büros zu checken. Wir haben uns abgewechselt und sind alle drei Monate hier.«

»Können Sie sich einen geschäftlichen oder privaten Grund vorstellen, weshalb Ihr Vater ums Leben gebracht wurde?«

»*God,* unser ganzes Leben spielt sich zwischen Firma und Familie ab. Was sollte daran lebensbedrohlich sein?«

»Könnte es einen Zusammenhang zwischen den beiden kürzlich gesunkenen Schiffen einerseits und der Ermordung Ihres Vaters andererseits geben?«, frage ich.

»Oh no!«, ruft er wieder auf Englisch aus. »Absolut nicht! In Thailand waren es Piraten, die –« er sucht nach dem richtigen Wort, das er schließlich auch findet, »Lösegeld verlangten. Als sie es nicht bekamen, fackelten sie das Schiff kurzerhand ab.« Er hebt die Schultern. »In solchen Fällen zahlt die Versicherung. Hätten wir Lösegeld gezahlt, hätten wir nichts bekommen. Es sind zwar drei Menschen dabei ums Leben gekommen, aber die hätten auch bei einem Schiffbruch ertrinken können. Das war *bad luck*, einfach Pech.«

»Und in Odessa?«, hake ich nach.

»Dort haben die Russen eine Bombe gelegt, weil das Schiff eine Waffenlieferung an die ukrainische Regierung an Bord hatte.«

Beide Erklärungen hören sich überzeugend an. Da mir keine Frage mehr einfällt, erhebe ich mich. »Das war's fürs Erste, Herr Chardakos. Wie kann ich Sie erreichen, falls sich weitere Fragen ergeben?«

»Ourania Verlemi hat meine Telefonnummer und meine E-Mail-Adresse. Wann kann ich meinen Vater zum Begräbnis nach London überführen lassen?«, fragt er.

»Soll er denn in London beerdigt werden?«, wundere ich mich.

»Ja, dort lebt die ganze Familie und der ganze Freundeskreis. Hier haben wir kaum Kontakte.«

»Sobald die Obduktion abgeschlossen ist. In spätestens zwei Tagen, schätze ich.«

Zum Abschied gebe ich ihm wiederum die Hand, damit er mich nicht für einen Provinzbullen hält, und verlasse die Wohnung.

»Gibt's was Neues, Herr Kommissar?«, fragt Dermitsakis, als ich im Streifenwagen Platz nehme.

»Nichts Besonderes. Ich dachte schon, ich hätte eine Spur, aber da hab ich mich wohl getäuscht.«

15

Gemeinsamer Feind eint. Seit Gikas und ich eine geheime Allianz bilden, sind unsere Treffen richtig produktiv. Still hört er sich meinen Bericht an, bevor er ihn kommentiert.

»Noch ein Mord, mit dem niemand gerechnet hat. Denn wenn ich es richtig verstehe, gibt es keine Verbindung zwischen der Tat und der Reederei. Was Ihnen der Sohn über die beiden Schiffshavarien gesagt hat, hört sich vollkommen nachvollziehbar an.«

»Mit dem ersten Mord hätte man schon rechnen können«, halte ich ihm entgegen.

»Tja, sagen Sie das mal dem Vize!«

Dann erzählt er mir von ihrer Unterredung. Der Vize bestand auch nach Sterjadis' Anruf darauf, dass der Mordfall Lalopoulos nach dem Geständnis des Afghanen und des Pakistaners abgeschlossen sei. Dass man die beiden wiederholt beim Entladen von Fischerbooten in Dilessi beobachtet hatte, beeindruckte ihn wenig. Er meinte, sie seien eben permanent auf Jobsuche gewesen und hätten jede Arbeit angenommen, die sich ihnen bot. Deshalb sei es ganz natürlich, dass sie sich auch in Dilessi umgeschaut und im Hafen gearbeitet hätten. Solange sich kein direkter Kontakt zu Lalopoulos in Dilessi nachweisen lasse, handele es sich höchstwahrscheinlich um Zufall. Daher sei er nicht gewillt, seine Meinung zu ändern – außer, es lägen konkrete Beweise vor.

So einige ich mich mit Gikas darauf, einen Schlussstrich unter den Fall zu ziehen. Sollten Sterjadis' Ermittlungen einen Treffer ergeben, ist es das Problem des Vizepolizeipräsidenten, sich Rechtfertigungen für sein Verhalten aus den Fingern zu saugen.

Kurz nach acht Uhr abends komme ich endlich nach Hause. Wenn man sich vollkommen ausgelaugt fühlt, dann sind – kaum hat man die Tür aufgeschlossen – Stimmengewirr und Gelächter das Letzte, was man aus dem Wohnzimmer hören will.

Sosehr ich mich auch freue, meine Tochter, Fanis, Mania und Uli zu sehen, würde ich ihnen am liebsten gleich gute Nacht wünschen und schlafen gehen. Aber es gelingt mir nicht einmal, ihnen guten Abend zu sagen, denn Katerina ruft mir anstelle einer Begrüßung zu: »Was gibst du aus, wenn du die gute Nachricht hörst?«

»Ich? Ausgeben?«, frage ich entgeistert.

»Ja, ausgeben!«, wiederholt Katerina, sekundiert von Mania.

Ich werfe einen Blick in die Runde, um irgendwo einen Anhaltspunkt zu finden, warum ich etwas spendieren sollte. Adriani blickt teilnahmslos auf die gegenüberliegende Wand, auch Ulis Gesicht bleibt ernst und unbeteiligt. Nur Fanis lässt sich auf die fröhliche Stimmung ein und übernimmt es schließlich, mich aufzuklären.

»Euer Minister hat Gehaltserhöhungen bei den Sicherheitskräften angekündigt.«

»Wann denn?«, frage ich.

»Gerade eben, in den Nachrichten«, antwortet Katerina.

Einen Moment lang halte ich inne und blicke die anderen an, um sicherzugehen, dass sie mich nicht auf den Arm nehmen. Aber da dem offenbar nicht so ist, schlägt meine Stimmung um. Statt ins Bett zu gehen, pflanze ich mich auf den nächstbesten Stuhl.

»Mach eine Liste von allen Dingen, die uns fehlen«, sage ich lachend zu Adriani.

»Uns fehlt nichts, lieber Kostas«, erwidert sie ernst. »Außer ein bisschen Erspartes. In Griechenland trägt der König mal die Krone, mal den Bettlerhut, den er für Almosen herumgehen lässt. Diese Gehaltserhöhung können wir schön auf die hohe Kante legen.« Dann wendet sie sich mit einem triumphierenden Lächeln an Fanis. »Siehst du, bei den Gehaltserhöhungen haben das Militär und die Sicherheitskräfte Vorrang. Zuerst kommen Ordnung und Sicherheit, dann erst die Gesundheit.«

»Du Pechvogel«, sagt Katerina erheitert zu Mania. »Warum hast du bloß den Job bei der Polizei aufgegeben, um freiberuflich zu arbeiten?«

»Jetzt tut doch nicht so«, mischt sich Fanis ein. »Kann sein, dass wir uns noch gedulden müssen, aber auch am Krankenhaus werden wir schon bald mehr verdienen. Das haben wir aus sicherer Quelle im Ministerium.«

»Hoffentlich, dann könnten wir in eine größere Wohnung ziehen«, sagt Katerina. »Ich brauche nämlich dringend ein eigenes Arbeitszimmer.«

»Offensichtlich wird hier niemand aus Schaden klug«, murmelt Adriani vor sich hin.

Alle blicken sie überrascht an, denn keiner versteht, worauf sie hinauswill.

»Genau so sind wir doch in die letzte Krise geschlittert«, erläutert sie. »Bei der ersten Gehaltserhöhung haben die Leute gesagt, jetzt ziehen wir in eine Wohnung in einem schicken Vorort. Bei der zweiten sagten sie, jetzt nehmen wir einen Kredit auf und kaufen die Wohnung. Und bei der dritten haben sie sich einen Geländewagen gekauft. Das war der Anfang vom Ende.«

»Mama, du findest auch an allem etwas auszusetzen!«, reagiert Katerina verärgert.

»Ich frage mich vielmehr: Wo kommt das ganze Geld her?«, meldet sich plötzlich Uli zu Wort, der das Gespräch bisher stumm verfolgt hat. Inzwischen spricht er perfekt Griechisch, nur hat er nach wie vor einen deutschen Akzent.

Mania blickt ihn verwundert an. »Was willst du damit sagen?«, fragt sie.

»Wo kommt das ganze Geld her?«, wiederholt Uli.

»Du bist doch den ganzen Tag im Internet unterwegs. Liest du da keine News? Hast du nicht mitgekriegt, dass haufenweise Investoren nach Griechenland kommen? Und wie die anderen EU-Länder frohlocken, dass endlich eine ernstzunehmende Regierung an der Macht ist und das Sparprogramm Früchte trägt? So viele Jahre waren wir das wirtschaftliche Schlusslicht, und jetzt, da endlich der Aufschwung kommt, stocherst du weiter in der Wunde herum. Kannst du deine deutsche Nörgelei immer noch nicht lassen?«

»Sogar Banken lassen sich wieder in Griechenland nieder«, eilt Fanis Mania zu Hilfe. »In der Krise haben sie das Land verlassen, jetzt kehren sie zurück.«

»Ja, aber wo kommen diese Banken her?«, fragt Uli erneut. »Ich habe recherchiert und weder in Europa noch in den USA Ableger von ihnen ausgemacht, sondern nur auf den Kaimaninseln. Auch die beiden neuen Banken stammen von dort.«

»Na und?«, hält ihm Mania entgegen. »Wenn die Banken von den Kaimaninseln nach Griechenland kommen wollen, warum denn nicht? Sie sind willkommen, solange sie das langersehnte Geld ins Land bringen.«

Als sie bemerkt, dass sich Adriani in die Küche aufmacht, um das Essen zu servieren, folgt sie ihr, um ihr zur Hand zu gehen.

Gleichzeitig erhebt sich auch Katerina, bleibt aber kurz bei Uli stehen, bevor sie hinausgeht. »Glaubst du denn, dass es sich um Schwarzgeld handelt, Uli?«, fragt sie.

Uli zuckt die Achseln. »Ich weiß es nicht. Aber ich weiß, dass es auf den Kaimaninsel kein legales Geld gibt, sondern nur Schwarzgeld.«

»Aber warum sollten sie es zu uns transferieren?«, will Fanis wissen. »Finden sie keine ertragreicheren Märkte?«

Wieder zuckt Uli mit den Schultern. »Vielleicht können sie es unter dem Deckmantel des Aufschwungs besser kaschieren, oder vielleicht kommt sie die Geldwäsche hier billiger.«

Fanis blickt ihn an, als spreche er Chinesisch. »Billigere Geldwäsche? Erklär mir das mal so, dass ich es auch verstehe.«

»Die Legalisierung von Schwarzgeld kann bis zu vierzig

Prozent des ...« hier stolpert er über ein unbekanntes Wort, *»amount of capital«,* sagt er dann auf Englisch.

»Kapitalsumme«, kommt ihm Fanis zu Hilfe.

»... kann bis zu vierzig Prozent der Kapitalsumme betragen«, fügt Uli hinzu. »Wenn die Kosten hier niedriger sind, sagen wir bei dreißig Prozent, dann werden sie logischerweise Griechenland vorziehen.«

Schön, sage ich mir, und von diesen dreißig oder vierzig Prozent werden auch unsere Gehaltserhöhungen finanziert.

Als wir uns zu Tisch begeben, geht mir ein Gedanke durch den Kopf. Wusste Lalopoulos womöglich von alledem? Es würde sich lohnen, seine Beziehungen zu den Banken der Kaimaninseln zu untersuchen, aber das liegt nicht in meinem Aufgabenbereich: Der Fall ist für mich endgültig vom Tisch.

Als Adriani das Essen hereinbringt, nehmen wir alle Platz. Trotz ihrer Bedenken serviert sie eine Flasche Wein, um die Gehaltserhöhung wie einen Geburtstag gebührend zu feiern.

16

Auf dem Weg zum Büro versuche ich, Ulis gestrige Aussagen mit einem der beiden Verbrechen zu verknüpfen. Zum Mord an Chardakos finde ich keinen Bezugspunkt. Wenn Reeder auf den Kaimaninseln Konten haben, dann bestimmt nicht in ihrer griechischen Niederlassung, sondern nur in der Firmenzentrale.

Lalopoulos hingegen könnte durchaus etwas mit den Kaimaninseln zu tun haben. Wenn, dann aber nur unter anderem Namen. Ich könnte Spyridakis von der Steuerfahndung um Unterstützung bitten, aber wenn es der Vize erfährt, klopft er mir auf die Finger und sagt, ich solle meine Nase nicht in Dinge stecken, die mich nichts angingen. Damit würde er mir jede Handlungsgrundlage entziehen.

Warum aber beschäftigen mich Ulis Aussagen so stark? Weil er zwar seit Jahren in Griechenland lebt, aber immer noch ein deutscher Pedant geblieben ist. Wenn er etwas sagt, dann hat es Hand und Fuß. Er würde sich keine Geschichte ausdenken, nur um uns mit einer glaubhaft scheinenden, aber aus den Fingern gesogenen Erklärung zu beeindrucken. Sondern er würde zugeben, dass er sich auf dem Gebiet nicht auskennt.

Dennoch beschließe ich erneut, die Finger davon zu lassen. Entsprechende Ermittlungen ließen mich im Fall

Lalopoulos in eine Sackgasse und im Fall Chardakos gegen eine Wand laufen, wobei ich mir bestimmt eine blutige Nase holen würde.

Ich stelle den Seat in der Garage ab und fahre zur Cafeteria hoch, um mir – wie üblich – Kaffee und Croissant zu holen. Obwohl schon auf dem Korridor laute Stimmen zu hören sind, wird mir erst beim Eintreten klar, wie hoch die Wogen der Begeisterung schlagen.

Die Kollegen stehen lachend, rufend und gestikulierend in Gruppen zusammen. Die Aussicht auf Gehaltserhöhungen hat sie in Hochstimmung versetzt.

»Diese Regierung macht es richtig!«, ruft ein Uniformierter begeistert aus. »Alle früheren haben unsere Gehälter immer mehr beschnitten. Das ist die erste, die es genau umgekehrt macht. Endlich sind fähige Politiker am Ruder!« Als er mich am Tresen erblickt, wendet er sich an mich: »Stimmt doch, Herr Kommissar?«

»Ja, Sie haben recht«, antworte ich, obwohl mir Ulis Frage »Wo kommt das ganze Geld her?« nicht aus dem Kopf geht.

»Mit Hungerlöhnen haben sie uns abgespeist und auf die kleinen Leute gehetzt, die auch kaum etwas verdient haben«, meint ein anderer.

»Damit ist es jetzt vorbei«, bekräftigt sein Nachbar. »Jetzt braucht sich keiner mehr etwas zuschulden kommen lassen, weil er keinen Grund mehr zur Unzufriedenheit hat.«

»Varvara, gibst du uns anlässlich unserer Gehaltserhöhung eine Runde aus?«, fragt der erste Uniformierte die junge Frau am Tresen.

»Ich soll eine Runde schmeißen, weil ihr mehr Geld bekommt?«, wettert sie. »Das ist ja ganz neu: Man kriegt mehr Geld und noch ein Getränk spendiert! Lasst mich raten, wer einen ausgibt … Der Staat mit dem dreizehnten Monatsgehalt!«

Ich nutze die allgemeine Heiterkeit, um mich mit Kaffee und Croissant aus dem Staub zu machen.

Doch als ich den Korridor zu meinem Büro betrete, wird mir klar, dass ich in der Falle bin: Die Journalistenmeute lauert wieder einmal vor meiner Tür. Da sie mich mit Kaffee und Croissant nahen sehen, begreifen sie, dass ich gerade erst eingetroffen bin, und lassen mich passieren. Ihre Rücksichtnahme ist jedoch nur von kurzer Dauer, denn sie bleiben mir auf den Fersen und folgen mir in mein Büro.

»Gibt es Presseinformationen zum Mord am Reeder Stefanos Chardakos?«, fragt mich Merikas, Sotiropoulos' Nachfolger.

Ich biete ihnen ein vollständiges Bild der Ermittlungen, ohne etwas zu verheimlichen. Wir haben ja auch nicht viel vorzuweisen, was man verheimlichen könnte.

»Glauben Sie, die beiden Schiffshavarien könnten etwas mit seiner Ermordung zu tun haben?«, fragt mich die Kurze mit den rosa Strümpfen.

»Bis jetzt hat sich das nicht bestätigt. Aber wir stehen mit den Ermittlungen erst am Anfang.«

Dann folgt eine Verlegenheitspause, da ihnen keine weitere Frage und mir kein weiterer Kommentar einfällt.

»Ist das alles?«, fragt die Dürre mit giftiger Miene. »Und ich dachte schon, nach der Gehaltserhöhung würden Sie großzügiger mit Ihren Informationen umgehen.«

»Die Gehaltserhöhung zahlen ja nicht Sie, daher bin ich Ihnen auch nichts schuldig«, erwidere ich kühl. »Außerdem gibt es nicht mehr zu berichten.«

»He, Argyro, willst du eine Reportage oder spitze Bemerkungen machen?«, meint der junge Mann im Baumwoll-T-Shirt. Zu mir gewandt meint er »Vielen Dank, Herr Kommissar« und geht zur Tür, wohin ihm die anderen folgen. Als Letzte verlässt die Dürre grollend mein Büro.

Aufatmend nehme ich an meinem Schreibtisch Platz, um endlich Kaffee und Croissant zu genießen. Doch heute scheint nicht mein Tag zu sein. Ehe ich den ersten Bissen Croissant und den ersten Schluck Kaffee in Ruhe zu mir nehmen kann, geht die Tür schon wieder auf, und Sotiropoulos steht vor mir.

»Guten Morgen« wünscht er gut gelaunt.

Ich blicke ihn erstaunt an. »Warum sind Sie nicht mit den anderen reingekommen? Erwarten Sie eine Sonderbehandlung?«

Er lächelt immer noch. »Nein, ich bin doch Rentner. Da wäre es unpassend, mit den anderen zusammen zu erscheinen und mich als graue Eminenz zu geben.«

Ich blicke ihn aufmerksam an. Der Sotiropoulos, den ich seit Jahren kenne, zeigte sich nie so sensibel. »Sind Sie wirklich ein anderer geworden oder führen Sie etwas Bestimmtes im Schilde?«, frage ich ihn.

»Ich führe gar nichts im Schilde. Was Sie den anderen erzählt haben, weiß ich schon längst. Ich wollte Ihnen nur einen Tipp geben.«

»Was für einen Tipp?«

»Haben Sie heute Morgen keine Nachrichten gehört?«

»Nein.«

»Drei griechische Reedereien, darunter auch Chardakos' West Shipping, haben gestern in London bekanntgegeben, dass sie ihren Hauptsitz nach Piräus verlegen.«

Sterjadis lag also falsch mit seiner Theorie: Die Reedereien kehren doch vor den Elgin Marbles nach Griechenland zurück. Eigentlich finde ich diese Nachricht nicht weiter interessant, aber wenn Sotiropoulos mit seiner großen journalistischen Erfahrung mich darauf hinweist, muss etwas dran sein.

»Was finden Sie am Umzug der Unternehmen nach Piräus so bemerkenswert?«, frage ich.

»Zunächst einmal die Entscheidung an sich. Ein Motiv für ihre Rückkehr könnte sein, dass sich an der griechischen Wirtschaftspolitik etwas geändert hat. Aber das ist nicht der Fall. Warum haben sie sich also aus heiterem Himmel entschlossen, in die heimatlichen Gefilde zurückzukehren?«

»Haben sie keine Begründung für ihre Entscheidung angegeben?«

»Sie wollten dem Land wieder auf die Beine helfen, behaupten sie. Blödsinn! Kein Unternehmen nimmt Verluste in Kauf, um dem Staat unter die Arme zu greifen. Es ist nämlich keineswegs sicher, dass sie Gewinn daraus ziehen.«

»Was macht Sie dabei hellhörig?«

»Zu viele Zufälle«, erwidert er. »Zufall Nummer eins: Nachdem zwei seiner Schiffe durch Sabotageakte versenkt wurden, wird Chardakos ermordet. Zufall Nummer zwei: Gleich nach dem Chardakos-Mord verkünden drei Großreedereien, dass sie ihren Firmensitz nach Griechenland verlegen. Irgendetwas stimmt hier nicht. Daher wollte ich Ermittlungen in diese Richtung anregen.«

»Diese Anregung werde ich aufgreifen, vielen Dank«, verspreche ich ihm. »Dafür bin ich Ihnen einen Insider-Tipp schuldig.«

»Nicht nötig, unter uns sind solche Dankesbezeigungen überflüssig. Außerdem ist das keine sensationelle Enthüllung. Ich habe das alles bereits auf meinem Blog veröffentlicht. Da ich als Rentner keinen großen beruflichen Ehrgeiz mehr habe, gibt es zwischen uns beiden auch keine Reibungspunkte mehr«, sagt er heiter und erhebt sich zum Gehen, und ich bleibe mit meinen Gedanken allein zurück.

Schön, vielleicht liegen hier tatsächlich seltsame Zufälle vor, die nicht unbedingt etwas mit Chardakos' Ermordung zu tun haben müssen. Nichts deutet darauf hin, dass die beiden Sabotageakte mit seinem Tod in Zusammenhang stehen. Was den zweiten Zufall mit der Verlegung der Firmensitze angeht, so muss man berücksichtigen, dass Sotiropoulos ein Altlinker ist. In seinen Augen sind Unternehmen nur daran interessiert, möglichst viel Gewinn zu machen. Er kann sich partout nicht vorstellen, dass sie auch etwas aus Patriotismus tun könnten. Und letztlich kommen ja nicht alle Reedereien zurück, sondern nur drei. Doch selbst wenn Sotiropoulos recht haben sollte, sehe ich keinen Bezug zwischen dem Chardakos-Mord und dem Umzug der Großunternehmen nach Griechenland.

Der Anruf von Gerichtsmediziner Ananiadis unterbricht meine Überlegungen. »Chardakos' Obduktion ist beendet. Wie bereits vor Ort festgestellt, haben zwei Stichwunden den Tod herbeigeführt, beide durch ein Messer.

Der eine Stich hat ihm durch die linke Schulter das Herz durchbohrt, der zweite hat die Halsschlagader durchtrennt. Mit an Sicherheit grenzender Wahrscheinlichkeit war er auf der Stelle tot, der Todeszeitpunkt kann zwischen zehn und zwölf Uhr abends angesetzt werden. Der offizielle Obduktionsbericht geht Ihnen zu, sobald ihn Stavropoulos abgesegnet hat. Er kommt morgen zurück.«

»Wann wird der Tote zur Bestattung freigegeben? Der Sohn hat danach gefragt.«

»Heute noch.«

Mit Dankesworten lege ich auf. Gleich im Anschluss melde ich mich bei der Verlemi mit der Bitte, mit Kleanthis Chardakos verbunden zu werden.

»Guten Tag, Herr Kommissar.«

»Guten Tag, Herr Chardakos. Ich wollte Ihnen mitteilen, dass die Obduktion abgeschlossen ist und die Leiche Ihres Vaters zur Bestattung freigegeben wird.«

»Vielen Dank für die Benachrichtigung«, sagt er höflich.

»Herr Chardakos, ich habe heute erfahren, dass Sie planen, den Firmensitz der West Shipping nach Griechenland zu verlegen. Stimmt das?«

»Ja, ich habe mich für den Umzug nach Griechenland entschieden.«

»Entschuldigen Sie die Frage, aber warum machen Sie das erst jetzt?«

»Mein Vater war dagegen, weil er kein Vertrauen in die griechische Politik hatte. ›In Griechenland weiß man nie, was morgen auf einen zukommt‹, sagte er immer. Aber jetzt, da das Unternehmen auf mich übergegangen ist, liegt diese Entscheidung allein in meiner Hand.«

»Und das Begräbnis wird nach wie vor in London stattfinden?«, frage ich befremdet.

»*That was his wish.* Es war sein Wunsch, in London begraben zu sein. *I have to respect it.* Außerdem wird ein Teil der Familie, wie meine Mutter etwa, in London bleiben. Daher werde ich von nun an nach London pendeln, so wie bisher nach Athen.«

Sotiropoulos scheint Gespenster zu sehen. Die Begründung durch Chardakos junior ist absolut plausibel. Der Vater wollte London als Hauptquartier behalten. Nach seinem Ableben ging das Kommando auf den Sohn über, der daraufhin die Verlegung des Firmensitzes beschließt. Wenn ich die beiden anderen Reedereien kontaktiere, bekomme ich mit Sicherheit eine zwar anders lautende, aber genauso einleuchtende Erklärung.

Trotzdem erscheint es mir ratsam, eine Zweitmeinung einzuholen, und ich wende mich an Sterjadis, der für mich eine Art Rettungsanker geworden ist.

»Sie haben sich getäuscht«, sage ich zur Begrüßung, als er ans Telefon geht. »Die Reedereien sind noch vor den Elgin Marbles zurückgekehrt.«

»Ich frage mich, mit welchen Versprechungen sie sie hergelockt haben«, antwortet er. Daraufhin erzähle ich ihm, was ich von Chardakos junior erfahren habe. »Kann sein, dass das für Kleanthis Chardakos gilt«, kommentiert er. »Aber ich bleibe dabei, dass man den Reedereien irgendetwas in Aussicht gestellt haben muss. Sie werden sich ja kaum aus plötzlich erwachter Vaterlandsliebe dazu entschlossen haben«, fügt er, in Übereinstimmung mit Sotiropoulos' Ansicht, hinzu. »Wenn diese Versprechungen wie so oft nur heiße Luft sind, muss man abwarten, was passiert. Jedenfalls sind die Reeder keine griechischen Mittelständler. Man muss ihnen bestimmte Garantien gegeben haben, um sie zurückzulocken.«

»Und, haben Sie den Afghanen und den Pakistaner vernommen?«, wechsle ich das Thema.

»Ihre Kollegen haben die Akte an den Untersuchungsrichter weitergeleitet. Jetzt muss ich abwarten, bis er Akteneinsicht genommen und entschieden hat, ob ich sie vernehmen soll oder ob er die Befragung selbst vornimmt und mich davon in Kenntnis setzt. Dadurch verlieren wir sehr viel Zeit, was uns eventuell teuer zu stehen kommt.«

Nach dem Gespräch mit Sterjadis fahre ich in die fünfte Etage hoch, um Gikas Bericht zu erstatten. Vermutlich wird er grantig sein, dass ich ihn so lange im Unklaren gelassen habe.

»Nach der Bekanntgabe der Gehaltserhöhungen rechne ich nur mit fröhlichen Gesichtern«, sagt er. »Dass Sie so ernst dreinschauen, gefällt mir gar nicht. Gibt es schlechte Neuigkeiten?«

»Nein, aber auch keine guten. Wir haben eine ganze Menge Anhaltspunkte, die jedoch nirgendwohin führen«, antworte ich, bevor ich ins Detail gehe.

Nachdem er mir einige Zwischenfragen gestellt hat, zieht er dieselbe Schlussfolgerung wie ich. »Sie haben recht. Ich glaube auch nicht, dass die Rückkehr der Reeder mit dem Chardakos-Mord zu tun hat. Daher muss der entscheidende Hinweis aus einer anderen Ecke kommen.«

»Denken Sie, wir sollten den Vize in Kenntnis setzen?«, frage ich.

»Was gibt es denn schon zu sagen? Er will alles fix und fertig serviert haben, und wir können nicht einmal mit einer Vorspeise aufwarten. Besser, wir warten erst mal ab.«

In diesem Moment läutet das Telefon, wie um das alte Sprichwort »Der Mensch denkt, und Gott lenkt« zu bestätigen.

»Es liegen aber keine neuen Erkenntnisse zur Berichterstattung vor, Herr Vizepolizeipräsident«, höre ich Gikas sagen. »Sobald wir etwas Neues erfahren, informieren wir Sie.« Kurz darauf sagt er: »Wie Sie wünschen.«

Außer sich vor Wut wirft er den Hörer auf die Gabel. »Er zitiert mich zu sich. Kommen Sie mit und erzählen Sie ihm alles, dann sind wir ihn los.«

Er springt von seinem Schreibtisch auf und ist noch vor mir aus der Tür.

Tja, das bleibt wohl ein Wunschtraum. So schnell werden wir den nicht los, denke ich mir, während ich Gikas hinterhereile.

17

Diesmal wird uns kein herzlicher Empfang zuteil. Der Vize lässt uns eine Stunde im Vorzimmer schmoren, bevor er uns mit genervter Miene und äußerst übellaunig empfängt. Nur mit Mühe bringt er ein Grußwort über die Lippen.

Kaum haben wir Platz genommen, setzt er schon zu einer Standpauke an. »Bereits bei unserer ersten Unterredung habe ich Ihnen eingeschärft, dass ich über jeden einzelnen Ermittlungsschritt informiert werden möchte. Darüber hinaus habe ich Ihnen gesagt, dass ich immer ein offenes Ohr für Sie habe. Daher verstehe ich nicht, warum Sie eine Extraeinladung zur Berichterstattung brauchen.«

»Wir haben Sie nicht informiert, weil keine neuen Erkenntnisse vorliegen.« Gikas' Antwort klingt ganz ruhig und gelassen, aber ich kenne ihn gut und weiß, dass es in ihm brodelt. »Wir stehen noch am Anfang der Ermittlungen, und derzeit liegen nur ein paar Hinweise vor, die mit dem Verbrechen höchstwahrscheinlich nichts zu tun haben.«

»Wann habe ich gesagt, dass ich nur informiert werden will, wenn es Fortschritte in den Ermittlungen gibt?«, meint der Vize tadelnd. »Ich habe gesagt, ich wünsche ständig auf dem Laufenden gehalten zu werden.«

»Das tut uns leid, das haben wir wohl missverstanden«, entschuldigt sich Gikas halbherzig und bedeutet mir loszulegen.

Ich lege alles – auch das Gespräch mit Sotiropoulos und das Telefonat mit Sterjadis – mit rückhaltloser Offenheit auf den Tisch.

»Ich gebe Ihnen recht, ich kann auch keine Verbindung zwischen den beiden Schiffshavarien und dem Mord an Chardakos erkennen«, sagt er, sobald ich fertig bin, etwas besänftigt. »Daher war es richtig, dass Sie nicht weiter recherchiert haben. Wurde eventuell die Telefonnummer des unbekannten Anrufers in der Telefonzentrale ausfindig gemacht, der Chardakos sprechen wollte?«

»Er hat, wie erwartet, von einer Telefonzelle aus angerufen«, erwidere ich, da Koula in der Zwischenzeit die Sache abgeklärt hat.

»Schön, dann danke ich Ihnen für den Gedankenaustausch. Ich erwarte, dass Sie von nun an auch ohne spezielle Aufforderung zu mir kommen.«

Gikas und ich wechseln einen Blick und schlussfolgern, dass die Audienz beendet ist. Als wir uns erheben wollen, läutet der Apparat des Vizepolizeipräsidenten.

Er nimmt ab und antwortet: »Ja, die sind hier.« Gleichzeitig bedeutet er uns zu warten. Kurz darauf hält er mir den Hörer entgegen.

»Für Sie«, meint er.

»Hier Galanis, Leiter des Polizeireviers Keratsini«, sagt eine Stimme, nachdem ich mich gemeldet habe. »Gestern Abend gab es in einem Imbiss in der Nähe des Vlachernon-Platzes eine Messerstecherei zwischen zwei Georgiern und ein paar Griechen. Nach dem Eintreffen des Streifenwagens versuchten die beiden zu flüchten, aber wir konnten sie festhalten. Bei den Ermittlungen vor Ort berichtete ein Augenzeuge, die Georgier hätten die anderen mit ihren Messern bedroht und gerufen: ›Wartet's nur ab, euch wird es bald gleich ergehen wie dem Reeder!‹ Das kam uns seltsam vor, und deshalb haben wir beschlossen, Sie zu benachrichtigen.«

»Das war goldrichtig. Wo sind die Georgier jetzt?«

»Bei uns auf dem Revier in Gewahrsam.«

»Und der Augenzeuge?«

»Den haben wir nach Hause geschickt, nachdem wir seine Personalien aufgenommen hatten.«

»Schicken Sie mir bitte die beiden ins Präsidium, am besten zusammen mit der Besatzung des Streifenwagens, die sie festgenommen hat. Und, wenn möglich, auch gleich den Augenzeugen. Ich möchte alle unverzüglich vernehmen.«

»Den Augenzeugen kann ich Ihnen nicht versprechen, aber alle anderen machen sich sofort auf den Weg.«

Nach dem Gespräch teile ich dem Vize und Gikas den neusten Stand der Dinge mit.

»Ich weiß nicht, ob Sie so gut organisiert sind oder einfach nur Glück haben, Herr Kommissar«, sagt der Vizepolizeipräsident amüsiert.

»Wie meinen Sie das?«, frage ich verwundert.

»In beiden Mordfällen kamen die entscheidenden Hinweise von anderen Abteilungen, bei Lalopoulos vom Polizeirevier Ajios Panteleimonas, jetzt vom Polizeirevier Keratsini. Ich frage mich, ob das an Ihrer guten Vernetzung liegt oder daran, dass Sie ein Glückskind sind.«

Eigentlich wollte er »Ein blindes Huhn findet auch einmal ein Korn« sagen, aber er drückt es noch höflich aus, denke ich mir, innerlich empört.

»Ich würde es eher eine gelungene Koordinierung der Sicherheitskräfte nennen. Ihre Vorgänger, Herr Vizepolizeipräsident, haben darin exzellente Arbeit geleistet«, kommt mir Gikas mit einer spitzen Entgegnung zu Hilfe. Dann erhebt er sich und meint zu mir: »Gehen wir, damit wir beim Eintreffen der Georgier im Präsidium sind.«

»Das hat gesessen«, sage ich, als wir ins Auto steigen.

»Der geht mir mächtig auf den Keks«, lautet Gikas' grimmiger Kommentar, dann fügt er hinzu: »Wissen Sie, das sind die schlimmsten Vorgesetzten, die man sich vorstellen kann. Anfangs tun sie zurückhaltend, als wollten sie von deiner Erfahrung lernen, aber schon nach kurzer Zeit kommandieren sie dich herum.« Er verstummt kurz, dann fährt er in ganz anderem Tonfall fort: »Immer wieder überlege ich mir, jetzt schon in Rente zu gehen. Ich habe noch ein paar Jahre vor mir, aber ich könnte mich frühzeitig pensionieren lassen. Ich bin müde und habe keine Lust mehr, mich mit jedem dahergelaufenen Schnösel anzulegen, der denkt, er hätte die Weisheit mit Löffeln gefressen.«

Ich weiß nicht, ob er tatsächlich müde ist oder ob er die Waffen streckt, weil er im Stellenpoker alle Karten ausgespielt hat, aber nie punkten konnte. Aber egal, was es ist, es hätte schlimme Konsequenzen für mich.

»Nicht doch«, sage ich. »Wen würde uns dann dieser Vize statt Ihnen aufs Auge drücken? Dann laufen wir wie die Idioten im Hamsterrad.«

Er blickt mich mit einem dankbaren Lächeln an.

»Schließlich hatten alle unsere Auseinandersetzungen auch ihr Gutes«, meint er. »Wir haben gelernt, unter gegenseitiger Wertschätzung zusammenzuarbeiten.« Dann stößt er einen tiefen Seufzer aus. »Ich werde nicht abtreten. Mit dem Gedanken spiele ich nur, wenn mir der Hut hochgeht«, erläutert er. »Ich kann doch nicht einfach frühzeitig abtreten, nur weil mich ein blutiger Anfänger ausbootet.«

Ich atme auf. Den Rest der Strecke bringen wir schweigend hinter uns, weil es nichts weiter zu sagen gibt.

Gikas versinkt in seinen Gedanken, die sich vermutlich um seine missglückte Beförderung drehen, und ich sinniere über mein Dasein als blindes Huhn, das auch einmal ein Korn findet.

18

Wir sind vor dem Streifenwagen aus Keratsini im Präsidium eingetroffen, und so bleibt uns nichts anderes übrig, als uns in Geduld zu üben. In der Zwischenzeit erstatte ich meinen Assistenten ausführlich Bericht.

Es trifft sich gut, dass mir Dimitriou während der Wartezeit über ein wichtiges Detail Bescheid gibt: Der Schlosser der Spurensicherung meine, das Sicherheitssystem in Chardakos' Büro sei auf so meisterhafte Weise manipuliert worden, dass man auf den ersten Blick überhaupt nichts merkte.

Die Besatzung des Streifenwagens taucht erst nach einer Stunde auf. »Tut uns leid für die Verspätung, Herr Kommissar, aber wir mussten erst einen zweiten Wagen für den Augenzeugen organisieren«, rechtfertigt sich der eine der Polizeibeamten.

»Entschuldigung angenommen, weil Sie ihn gleich mitgebracht haben«, antworte ich entgegenkommend und bitte sie, mir den Hergang der Auseinandersetzung zu schildern.

»Also, Herr Kommissar, soweit wir das beurteilen können, ist der Streit aus einem nichtigen Anlass heraus entstanden«, erzählt der zweite Beamte. »Aber ich will Sie damit nicht behelligen, davon wird Ihnen der Zeuge berichten, der alles aus erster Hand weiß. Wir sind eingetroffen, als die Georgier gerade flüchten wollten, und haben sie sofort festgenommen. Alles andere haben wir von den Anwohnern erfahren.«

»Wann haben die beiden die Bemerkung über den Reeder gemacht?«, frage ich.

»Die haben wir nicht mit eigenen Ohren gehört«, antwortet der erste Beamte. »Der Augenzeuge, den wir mitgebracht haben, hat uns davon erzählt.«

»Haben Sie die Messer gefunden?«, fragt Papadakis.

»Ja, sie lagen auf der Straße. Wir haben sie mit dabei.«

»In Ordnung, Leute, das war's schon.« Dann wende ich mich an Papadakis und Vlassopoulos. »Ihr beide geht mit. Der eine bringt den Zeugen zu Koula und der andere die beiden Georgier in den Vernehmungsraum. Die Messer schickt ihr zur Gerichtsmedizin, damit Ananiadis beurteilen kann, ob eins davon zu Chardakos' Verletzungen passt.«

Bevor sie den Raum verlassen, bleibt der dritte Polizeibeamte vor mir stehen und blickt mich an. »Nur eine Sache verstehe ich nicht, Herr Kommissar.«

»Und die wäre?«, frage ich.

»Sie hatten doch Messer. Warum haben sie nicht zugestochen, um in der anschließenden Panik zu entkommen? Wieso haben sie stattdessen die Messer fallen lassen und riskiert, dass die anderen sie unbewaffnet überwältigen?«

»Komm schon, die haben Schiss gekriegt und sich Hals über Kopf aus dem Staub gemacht«, antwortet sein Kollege. »Sie dachten vermutlich, sie würden noch tiefer im Schlamassel stecken, wenn wir sie mit den Messern in der Hand schnappen.«

»Wer ein Messer dabeihat, weiß es auch zu gebrauchen«, bemerkt der andere und wendet sich mir zu. »Aber schließlich ist es nicht mein Job, das auseinanderzuklamüsern, sondern Ihrer«, meint er, bevor er mein Büro verlässt.

Er hat ganz recht, denke ich mir. Zuerst drohen sie den Beteiligten, sie wie Chardakos zu erstechen, und dann lassen sie die Messer einfach fallen und rennen weg? Wenn die Georgier nicht Chardakos' Mörder sind, dann haben sie von der Tat gehört und mit einer leeren Drohung geblufft.

Die Schlussfolgerungen verschiebe ich auf einen späteren Zeitpunkt, wenn ich den Zeugen und die Georgier vernommen habe.

Ich siedle ins Büro meiner Assistenten über, wo der Zeuge – Mitte dreißig und mit kahlgeschorenem Kopf – schon auf mich wartet. Er bemerkt mein Eintreffen gar nicht, da er an seinem Handy herumfummelt und irgendwelche Bilder hochlädt. Erst, als Koula ihm sagt: »Wir können anfangen«, hebt er den Kopf und blickt mich an.

»Wie heißen Sie?«, fragt Koula ihn.

»Paschalis Felekidis, Sohn des Jorgos«, antwortet er, schickt aber sofort eine Frage hinterher: »Haben Sie hier WLAN?«

»Nein, nur Festnetz«, erwidert Koula.

»Ach so«, lenkt Felekidis ein.

Er drückt auf ein paar Handytasten und platziert das Gerät dann auf Koulas Schreibtisch.

»Was soll das?«, fragt Koula.

»Ich will meine Aussage aufzeichnen. Wenn man mich morgen vor Gericht lädt, will ich wissen, was ich gesagt habe. Mit WLAN könnte ich das sofort auf meinen Computer weiterleiten.«

»Das ist nicht nötig«, erklärt ihm Koula mit Engelsgeduld. »Sie lesen am Schluss Ihre Aussage durch, unterschreiben sie und erhalten auch eine Abschrift. Das Gericht erkennt nur diese offizielle, schriftliche Aussage an.«

»Okay, aber es ist doch etwas anderes, die eigenen Worte zu hören, als die Aussage nur zu lesen.«

»Also, jetzt erzählen Sie uns mal, was im Imbisslokal passiert und wie es zur tätlichen Auseinandersetzung gekommen ist«, sage ich ganz neutral, obwohl er sich redlich Mühe gegeben hat, meine Antipathie zu wecken.

»Die beiden Galgenvögel haben Krawall geschlagen, weil ihre Hackfleischbällchen angeblich nicht ganz durch waren. Ich bin in dem Lokal Stammkunde und habe dort nie halbrohes Hackfleisch serviert bekommen. Jedenfalls wollten sie das Essen zurückgehen lassen. Rita, die Kellnerin, hat ihnen erklärt, dass sie keine halb aufgegessenen Portionen zurücknehmen kann. Als der Trick nicht funktionierte, haben die beiden ihr Geld zurückverlangt. Da hat ihnen Rita erklärt, dass sie ihnen auch das Geld nicht zurückgeben kann. Daraufhin haben sie sie beschimpft, am Tresen randaliert und die Teller mit den Essensresten auf den Boden geworfen. Ein paar von uns sind aufgestanden, um sie rauszuschmeißen, wir wollten einfach in Ruhe weiteressen. Aber die Typen haben draußen weiterrandaliert und uns angepöbelt. Einer von uns sagte, das könnten sie in ihrem Heimatland machen, aber nicht in Europa. Wir seien doch hier nicht im wilden Kaukasus. Da haben sie die Messer gezogen, und der lange Blonde hat geschrien: ›Wartet's nur ab, euch wird es bald gleich ergehen wie dem Reeder!‹ Genau in diesem Moment sind Ihre Kollegen eingetroffen, weil man vom Lokal aus schon zu Beginn des Streits die Polizei gerufen hatte. Als die Halunken den Streifenwagen sahen, ließen sie die Messer fallen und wollten abhauen. Da hat sich Sotiris dem einen mit einem Dribbling in den Weg gestellt und ihn zu Fall gebracht, während die anderen seinen Kumpan gepackt und festgehalten haben, bis die Bullen die beiden hopsgenommen haben. Das war's.«

»Sind Sie sicher, dass die beiden den Reeder gemeint haben?«

»Soll das ein Witz sein? Der Typ hat es sogar noch mal wiederholt.«

»Können das auch die anderen bezeugen?«

»Das kann ich nicht sagen. Ich jedenfalls habe es mit eigenen Ohren gehört. Das ist so sicher wie das Amen in der Kirche.«

Ich bedanke mich bei ihm und verweise ihn an Koula, damit er seine Aussage durchliest und unterschreibt. Dann mache ich mich auf den Weg zum Verhörraum.

Die Georgier, beide nicht älter als Mitte dreißig, sitzen stumm da. Der eine ist groß und blond, der andere brünett, mittelgroß und füllig.

Papadakis und Vlassopoulos betreten zusammen mit mir den Raum, doch bevor wir mit der Vernehmung beginnen, warten wir auf Koula und ihren Laptop. Eine Viertelstunde lang mustern wir uns nur mit stummen Blicken. Als Koula schließlich Platz nimmt, nickt sie mir zu, zum Zeichen, dass Felekidis' Aussage im Kasten ist.

»Wie heißen Sie? Ihre Namen bitte«, fragt Papadakis.

»Ich heißt Samir Buchaschwili«, erwidert der Lange.

»Und ich Simon Wachnadse«, ergänzt der Füllige.

»Euch hat also im Imbiss das Essen nicht geschmeckt. Muss man deswegen gleich so einen Krawall veranstalten?«, frage ich sie.

»Wir wollten keinen Krawall«, erläutert Samir. »Die Fleischbällchen waren nicht durch, und wir wollten sie umtauschen.«

»Wozu hattet ihr die Messer dabei?«, fragt Vlassopoulos.

»Hör mal, mein Freund –«, hebt der Zweite an, aber Papadakis fährt ihm in die Parade.

»Wir sind keine Freunde«, sagt er streng, um ihm den Wind aus den Segeln zu nehmen. »Euch wird Waffenbesitz, Bedrohung und Körperverletzung zur Last gelegt, und wir sind die Vernehmungsbeamten. Zwischen uns gibt's keine Freundschaft.«

»Hör mal, Kommissar«, korrigiert der Zweite, der Simon heißt. »Wir haben nicht viel Geld fürs Essen. Wir können es uns nicht leisten, für schlechte Kost zu zahlen.«

Da die beiden ganz anständig Griechisch sprechen, müssen sie schon Jahre im Land sein.

»Und warum habt ihr nicht die Polizei gerufen, sondern die Messer gezogen?«, fragt Vlassopoulos.

»In Georgien hätten wir die Polizei gerufen«, erwidert Samir. »Aber wenn man hier als Georgier, Albaner oder Ukrainer die Polizei ruft, hat man schlechte Karten.«

»Was habt ihr euch dabei gedacht, als ihr den anderen zugerufen habt, es würde ihnen genauso gehen wie dem Reeder?«, frage ich.

Sie wechseln einen Blick, und Simon zuckt mit den Achseln. »Wir haben davon gehört, dass ein Reeder erstochen wurde. Damit wollten wir die anderen einschüchtern.«

»Was machen Sie beruflich?«, fragt Papadakis.

»Ich arbeite auf dem Gemüsemarkt«, antwortet Samir.

»Und ich bin Taxifahrer«, meint Simon. »Aber in der Krise reicht das Geld, das ich verdiene, oft nur für die Taximiete, und für mich selbst bleibt nichts übrig.«

»Sind eure Familien hier?«, fragt Vlassopoulos.

»Nein, in Georgien«, antworten beide.

»Was habt ihr mit der Ermordung des Reeders zu tun?«, frage ich.

»Gar nichts«, erwidert Simon.

»Ich habe auf dem Gemüsemarkt davon gehört«, ergänzt Samir.

»Hört mal, wir haben eure Messer gefunden. Wenn wir feststellen, dass sie zu den Stichwunden des Reeders Chardakos passen, sind es eindeutig die Tatwaffen. Die Messer gehören euch, mit ihnen habt ihr auch vor der Imbissstube gedroht, und zwar mit den Worten, es würde ihnen so wie Chardakos ergehen.«

Die beiden werfen sich einen verunsicherten Blick zu.

»Wenn wir eure Wohnungen auf den Kopf stellen, finden wir bestimmt noch mehr«, versucht Papadakis sie einzuschüchtern.

»Gar nichts werdet ihr finden«, hält ihm Samir entgegen.

»Auch gut. Wenn eure Messer zu den Stichwunden passen, reicht uns das vollauf«, erläutere ich. »Habt ihr in der Telefonzentrale angerufen, um herauszubekommen, ob Chardakos in Piräus ist?«

»Ja, wir waren das«, gibt Simon zu.

»Aus welchem Grund denn?«

»Auf dem Schiff, das in Thailand ausgebrannt ist, hat ein Freund von uns gearbeitet. Er war im Maschinenraum und ist dort umgekommen. Die Reederei hatte ihn nicht versichert. Wir wollten Chardakos fragen, wann er eine Entschädigung zahlt. Denn es war ein sehr guter Freund von uns, und seine Frau und Kinder in Tiflis haben nichts zu essen.«

»Also habt ihr ihm, als ihr von seiner Ankunft erfahren habt, einen Besuch abgestattet«, sagt Papadakis zu ihnen.

»Wir wollten nur fragen, wann er der Frau unseres Freundes Geld gibt«, antwortet nun wieder Simon.

»Er hat gesagt, die Frau unseres Freundes soll die Piraten oder die Küstenwache in Thailand vor Gericht anklagen, um an ihr Geld zu kommen«, fährt Samir fort.

»Und dann habt ihr ihn erstochen«, lautet Vlassopoulos' Schlussfolgerung.

»Zuerst haben wir von ihm verlangt, dass er einen Scheck ausstellt«, sagt Simon. »Aber statt sich an den Schreibtisch zu setzen, ist er zur Tür gerannt. Da haben wir zugestochen.«

»Er hat jede Menge Geld, sogar das Schiff bezahlt ihm die Versicherung. Aber einer Frau mit zwei Halbwaisen gibt er keinen Cent«, sagt Samir.

Meine Mitarbeiter und ich blicken uns an. Der Gedanke begeistert mich wenig, dass der Vizepolizeipräsident mit seiner Behauptung vom blinden Huhn, das auch einmal ein Korn findet, tatsächlich recht haben könnte.

»Wie heißt euer Freund?«, fragt Papadakis.

»Dimitri Kerashvili«, erwidert Samir.

»Und seine Frau?«

»Nino.«

»Aber eine Sache wundert mich doch: Wie habt ihr die Tür geöffnet?«

»Der Reeder hat uns aufgemacht«, antwortet Simon.

»Das stimmt nicht, das hätte er nie getan. Tisch mir keine Märchen auf!«

»Na gut, es war ein einfaches Schloss. Wir haben es sofort aufgekriegt«, sagt Samir.

Es war überhaupt kein einfaches Schloss, wie uns der Fachmann von der Spurensicherung mitteilte. Aber ich will das Thema jetzt noch nicht aufs Tapet bringen.

Da fürs Erste alle Fragen abgearbeitet sind, schicken wir sie in die Arrestzelle.

»Fall erledigt«, kommentiert Vlassopoulos befriedigt.

»Dimitriou soll mit ihnen und dem Schlosser zur West Shipping fahren, damit sie vor Ort zeigen, wie sie das Sicherheitssystem geknackt haben«, sage ich.

»Was kümmert uns das? Sie haben doch gestanden.«

»Ja, aber womöglich verheimlichen sie uns einen Mittäter, der das System außer Betrieb gesetzt hat.«

Er wirft mir einen verlegenen Blick zu, da er an diese auf der Hand liegende Möglichkeit nicht gedacht hat. Aber ich mache keine große Sache daraus, da meine Gedanken schon vorausgeeilt sind.

Es liegen zwei Mordfälle vor, in denen die Täter alles zugegeben haben. Aber in beiden Fällen lassen die Geständnisse eine Menge Fragen offen.

Im Lalopoulos-Mord haben die Täter zwar gestanden,

aber ihre Beziehung zum Opfer und zu dessen Drogengeschäften bleibt ungeklärt, da der Vize sich auf den Lorbeeren der Festnahme ausruht und verhindert, dass wir der Sache weiter nachgehen.

Auch beim Chardakos-Mord bleibt vieles im Vagen. Vor allem kann es nicht sein, dass die beiden Georgier so stümperhaft vorgehen und bei einer Auseinandersetzung um Fleischbällchen die Tatwaffen einsetzen. Und dann lassen sie sie auch noch fallen und rennen weg, nachdem sie – auch das noch! – ihren Gegnern gedroht haben, ihnen werde es wie dem Reeder ergehen.

Selbst ein Amateur weiß, dass man die Tatwaffe als Allererstes verschwinden lässt. Die beiden hingegen haben die Messer nicht nur fein säuberlich aufbewahrt, sondern sie uns auch noch auf dem Tablett serviert. Es ist, als würden sie sagen: »Hier, bitte schön, sind die Messer, mit denen wir Chardakos getötet haben. Und hier, bitte schön, sind auch wir. Kommt und nehmt uns fest!«

In beiden Fällen gibt es allerdings ein unerschütterliches Argument, das die Täterschaft der Festgenommenen stützt. Der Pakistaner, der Afghane und die beiden Georgier wären doch verrückt, wenn sie Morde gestehen, die sie gar nicht begangen haben. Das spricht dafür, dass tatsächlich die einen Lalopoulos und die anderen Chardakos auf dem Gewissen haben. Die Frage ist nur: Was steckt hinter ihrem vorauseilenden Gehorsam, die Taten so mir nichts, dir nichts zu gestehen?

Die einzige Erklärung, die ich liefern kann, ist: Beide Geständnisse führen dazu, dass die entsprechenden Fälle ad acta gelegt werden. Sie verhindern, dass wir uns mit den eigentlichen Tatmotiven beschäftigen. Somit muss man sich fragen, wer die vier zum Geständnis angestiftet hat, damit die wahren Beweggründe und die Anstifter der Morde im Dunkeln bleiben.

19

Aus Schaden wird man klug. Daher bin ich diesmal fest entschlossen, meine Zweifel weder dem Vize noch Gikas gegenüber anzudeuten. Der Vize würde mir nur sagen: »Schicken Sie die Angeschuldigten zum Untersuchungsrichter und bohren Sie nicht weiter nach.« Und Gikas würde ich damit nur in Schwierigkeiten bringen. Das wäre kontraproduktiv – jetzt, da wir quasi eine pragmatische Lebensgemeinschaft eingegangen sind.

Meine Erfahrung sagt: Wenn jemand versucht, etwas zu vertuschen, dann stecken üblicherweise finanzielle Interessen dahinter. Das scheint auf den ersten Blick nicht nur für den Lalopoulos-, sondern auch für den Chardakos-Mord zu gelten.

Der Einzige, der mir die wirtschaftlichen Hintergründe erläutern könnte, ohne dass ich befürchten muss, dass er gleich zum Vize rennt, ist Spyridakis von der Steuerfahndung. In früheren Fällen haben wir wiederholt reibungslos zusammengearbeitet.

Ich rufe ihn an und stelle ihm die beiden Mordfälle und meine Gedanken dazu ausführlich dar. Als ich fertig bin, herrscht Schweigen am anderen Ende der Leitung. Dann höre ich Spyridakis' gepresste Stimme.

»Um Ihren Wunsch zu erfüllen und die Konten zu prüfen, brauche ich eine staatsanwaltliche Anordnung, Herr Kommissar, insbesondere im zweiten Fall, da es sich um eine große Reederei handelt. Wenn ich damit zu meinem Vorgesetzten gehe, beiße ich ohne staatsanwaltliche Order auf Granit. Wenn ich eigenmächtig und heimlich vorgehe und die Sache auffliegt, dann droht mir nicht nur die Entlassung, sondern auch eine gerichtliche Klage. Sie werden verstehen, dass ich so etwas ohne Zustimmung des Staatsanwalts nicht riskieren kann.«

Ich versichere ihm, dass ich Verständnis für seine Lage habe, und lege eigenartigerweise mit einem Gefühl der Befriedigung auf, da der Vize Lügen gestraft wurde. Es stimmt nicht, dass ich – wie er behauptete – ein blindes Huhn bin, das auch einmal ein Korn gefunden hat. Ich bin einfach ein Idiot, der völlig grundlos Kopf und Kragen riskiert. Gikas und Spyridakis verstehen es, in Deckung zu bleiben, während ich mich ohne Taucherbrille und Flossen in tiefe Gewässer stürze.

Natürlich könnte ich damit argumentieren, dass auch Gikas, der sich zu schützen weiß, niemals befördert wurde. Das stimmt, aber wenigstens ist er auf hohem Niveau, sagen wir, beim Abitur, gescheitert, während ich es nicht einmal bis zur dritten Klasse Gymnasium geschafft habe.

Ich bin schon drauf und dran, die Akte zu schließen und nach Hause zu gehen, als meine Bürotür aufgeht und Dimitriou mit einem Vierzigjährigen im Blaumann erscheint.

»Ich hätte es Ihnen auch einfach referieren können, aber ich dachte, es ist vielleicht besser, wenn Sie alles aus erster Hand hören«, sagt er und stellt mir den Besucher vor. »Das ist unser Schlosser Periklis, dem die beiden Georgier gezeigt haben, wie sie das Sicherheitssystem geknackt haben.«

»Schießen Sie los«, sagte ich zum Schlosser, während ich krampfhaft versuche, mein ermattetes Interesse an dem Fall wieder zu wecken. Ein Trost ist mir dabei, dass ich mit diesen Informationen meinen Abschlussbericht vervollständigen kann.

»Also, sie haben es zwar deaktivieren können, aber nur mit Mühe«, erzählt der Schlosser. »Als ich zu ihnen sagte: ›Wie? Könnt ihr euch nicht daran erinnern, wie ihr die Tür aufbekommen habt?‹, antworteten sie, sie seien keine Profis und bräuchten ein bisschen, um sich zu erinnern, wie sie vorgegangen seien.«

»Und was glauben Sie?«, frage ich.

Er denkt kurz nach. »Ich glaube, dass ihnen jemand gezeigt hat, wie es funktioniert. Sie waren zwar dabei, als die Tür aufgebrochen wurde, aber jemand anderer hat den Sicherheitscode für sie geknackt und ihnen dann demonstriert, was sie tun müssen, wenn ein Augenschein am Tatort vorgenommen wird. Ich halte es für unwahrscheinlich, dass es die beiden Georgier waren, weil sie sehr unsicher herumhantiert haben. Die Alarmanlage muss von einem Profi deaktiviert worden sein.«

Mit Dank entlasse ich die beiden aus meinem Büro. Auf Schritt und Tritt bestätigt sich mein ursprünglicher Verdacht: In beiden Fällen ziehen Drittpersonen im Hintergrund die Strippen. Die Täter sind bloß die Bauern, die auf dem Schachbrett geopfert wurden, aber hinter den Zügen steckt ein anderes Kalkül. Doch das sollte mich nicht kümmern, denke ich mir, denn ich werde ohnehin nicht weiter ermitteln. Wenn mein Vorgesetzter die beiden Mordfälle ad acta legen will, trägt er dafür die Verantwortung. Nur, dass wir so beide verlieren: mitgefangen, mitgehangen – oder ganz im Sinne der fatalistischen Logik des griechischen Schlagers »Du unter der Erde, und ich im Gefängnis«.

Als ich mich endlich im Seat auf den Heimweg mache, kommt mir plötzlich eine Idee. Ich ändere meine Route und fahre zum Büro meiner Tochter.

Dort finde ich das vertraute Trio vor. Katerina führt in ihrem Zimmer ein Mandantengespräch, während Mania und Uli vor dem Bildschirm sitzen und in eine Besprechung vertieft sind.

»Was verschlägt Sie denn hierher? Wir haben Sie schon schmerzlich vermisst!«, ruft Mania fröhlich. »Je höher das Gehalt, desto gewissenhafter erledigt man seine Aufgaben. Sie machen wohl gratis Überstunden …«

»Nun ja, es ist vielmehr so, dass ich nicht nur gratis Überstunden mache, sondern vollkommen umsonst ermittle. Daher wollte ich Uli um etwas bitten«, erkläre ich.

»Ja?«, wundert sie sich. »Was denn?«

Anstelle einer Antwort wende ich mich an den jungen Mann. »Würdest du im Internet nach Informationen suchen, die mit den beiden Mordfällen, die ich untersuche, zu tun haben könnten?«

Erwartungsgemäß fragt Uli: »Und wonach soll ich genau suchen?«

»Ich will ganz ehrlich sein: Ich weiß es auch nicht. In solchen Fällen ist es am besten, man sucht einfach auf gut Glück. Wenn du auf etwas Interessantes stößt, notierst du es und reichst es mir weiter.«

»Und warum tut Koula das nicht?«, will Mania wissen. Sie kann ganz schön nerven, wenn sie so beharrlich nachfragt.

»Weil es Verdachtsmomente gibt, die ich noch nicht in die offiziellen Ermittlungen einordnen kann. Ich möchte zuerst sichergehen, dass sie Hand und Fuß haben, und dann damit weiterarbeiten.«

Zum Glück muss ich die Sache nicht weiter erklären, da aus dem Vorzimmer Stimmen zu hören sind und gleich darauf meine Tochter erscheint.

»Was für eine Überraschung!«, meint sie und küsst mich auf die Wange.

»Er möchte Uli um Hilfe bitten«, erklärt ihr Mania.

»Uli?«, wundert sich jetzt auch Katerina.

Zum zweiten Mal serviere ich die Begründung, die ich auch Mania gegeben habe, und wende mich dann wieder an Uli. »Eine Aufgabe wäre, Lalopoulos' Konten zu checken. Besonders interessiert mich, wie die Gelder von den Banken der Kaimaninseln nach Griechenland gelangt sind. Aber nur, wenn du dadurch keine Schwierigkeiten bekommst«, warne ich ihn, um mein Gewissen zu beruhigen.

»Ihr erster Wunsch ist einfach zu erfüllen, der zweite aber nicht«, erwidert er.

»Wieso?«

»Diese Banken denken unternehmerisch, Herr Kommissar. Sie gründen in Griechenland Firmen, um Geschäfte zu machen. Daher sollten wir herausfinden, wer hierzulande mit Geldern von den Kaimaninseln Geschäfte macht. Das ist es, wonach wir suchen müssen.«

»Vorgestern hast du bei uns zu Hause die Frage gestellt, woher das ganze Geld kommt«, rufe ich ihm in Erinnerung.

»Ich habe das im Griechischen vereinfacht«, meint Uli grinsend. »Ich wollte sagen: Wer bringt sein Geld von den Kaimaninseln nach Griechenland? Denn europäische Banken sind es nicht. Kommt Ihnen das nicht auch seltsam vor?«

»Vor allem, wenn die Europäer es so toll finden, dass die Sparpolitik endlich fruchtet und Griechenland einen Aufschwung erlebt«, fügt Katerina hinzu. »Und jetzt rufen sie den Amis zu: ›Ätsch, wir haben doch recht gehabt!‹«

»Die Europäer jubeln, aber ihre Banken kommen trotzdem nicht«, beharrt Uli.

»Kannst du diesbezüglich vielleicht etwas herauskriegen?«, frage ich.

»Die Frage ist überflüssig, Herr Charitos, Uli wird der Sache mit der üblichen Gründlichkeit nachgehen«, sagt Mania. »Und nicht nur im Internet! Er kennt sämtliche ausländischen Firmen, die in Athen aktiv sind.«

»Los, Papa, machen wir uns auf den Weg. Mama wartet mit gefüllten Tomaten auf uns.«

»Ah ja?« Diese Aussicht hebt meine Laune, denn es ist bestimmt schon zwei Monate her, dass Adriani sie zuletzt zubereitet hat.

»Kommt ihr nicht mit?«, frage ich Mania, als sich die beiden nicht von ihren Stühlen rühren.

»Nein, leider nicht«, antwortet Mania. »Uli hat sich ausgerechnet heute mit Freunden aus der Schweiz verabredet. So ein Pech!«

Wir fahren im Seat nach Hause, denn Katerina hat kein

Auto und ist bis auf die Tage, wenn sie morgens bei Gericht ist und dazu Fanis' Wagen benutzt, mit öffentlichen Verkehrsmitteln unterwegs.

»Was hat deine Mutter dazu gebracht, gefüllte Tomaten zu machen?«, frage ich sie.

»Du kennst sie doch«, erwidert sie. »Kann sein, dass sie so getan hat, als würde sie die Nachricht von der Gehaltserhöhung überhaupt nicht tangieren, aber im Grunde hat sie sich sehr darüber gefreut. Das wollte sie feiern, wie es eben ihre Art ist: schlicht und ohne großes Tamtam.«

Katerina hat recht. Tatsächlich wurden auch Fanis und Sissis eingeladen. Als wir zur Tür hereinkommen, sitzen sie schon im Wohnzimmer und unterhalten sich. Tja, ohne Sissis ist bei uns zu Hause keine Feier mehr denkbar.

»Wo sind denn Mania und Uli?«, fragt Adriani, als sie uns begrüßt. »So ein Pech!«, sagt sie enttäuscht, als ihr Katerina die Sache erklärt. »Dabei ist Uli doch ganz verrückt nach den gefüllten Tomaten.«

»Recht geschieht ihm. Beim nächsten Mal sollte er erst bei dir anfragen, bevor er eine Verabredung trifft«, sagt Fanis augenzwinkernd.

»Was feiern wir denn heute?«, frage ich Adriani.

»Braucht man für gefüllte Tomaten einen besonderen Anlass?«, fragt sie. »Ich bin auf den Gedanken gekommen, weil ich auf dem Wochenmarkt so schönes Gemüse gesehen habe. Das ist alles.«

Katerina wirft mir einen Seitenblick zu und lächelt heimlich in sich hinein. Doch vor Adriani kann man nichts geheim halten.

»Steckst du mit deinem Vater wieder mal unter einer Decke?«, fragt sie streng. »Ich habe genug von eurer Geheimnistuerei mit diesen verschwörerischen Blicken.«

»Das ist keine Verschwörung, ich freue mich einfach auf die gefüllten Tomaten«, antwortet Katerina, immer noch lächelnd. »Und Papa schaue ich an, weil ich weiß, wie sehr auch er sich darüber freut.«

»Du glaubst jetzt vielleicht, du hättest mich eingeseift«, hält ihr Adriani missbilligend entgegen. »Aber ich sag dir eins: Mich führt man nicht so schnell hinters Licht!«

Katerina muss von Herzen lachen. »Das habe ich als Kind schon zu hören bekommen«, erklärt sie Fanis.

»Wer weiß, vielleicht gibt es noch mehr Gründe zum Feiern«, bringt sich Fanis ein.

»Warum meinst du?«, frage ich.

»Es heißt, ab nächstem Jahr soll das dreizehnte und vierzehnte Monatsgehalt im öffentlichen Dienst wiedereingeführt werden«, erläutert er. »Da könnten wir doch heute schon Neujahr feiern!«

»Und was sagt man über die Renten?«, fragt Sissis.

»Die müssen noch warten. Zuerst sollen Anreize für Investitionen geschaffen werden, damit es mit der Wirtschaft aufwärtsgeht und Arbeitsplätze entstehen. Danach will man sich mit den Renten befassen.«

»Nicht dass es mich besonders kratzt«, erläutert Sissis. »Im Obdachlosenheim bekomme ich einen Teller Essen und einen Schlafplatz. Mein Häuschen habe ich an Pontosgriechen aus der ehemaligen Sowjetunion vermietet. Das reicht zusammen mit meiner mickrigen Rente für mich aus.«

»He, Lambros, du hast in deinem Leben doch schon so

viel gesehen. Hast du vielleicht eine Ahnung, woher das ganze Geld kommt?«, frage ich – halb im Scherz, halb im Ernst.

»Du als gläubiger Christ solltest mir so eine Frage nicht stellen«, antwortet er ganz ernsthaft.

»Warum nicht?«, will ich wissen.

»Weil im Alten und Neuen Testament ständig die Rede davon ist, dass es besser ist, nichts zu wissen. Was sagst du zu dem Spruch: ›Selig sind, die nicht sehen und doch glauben‹? Das heißt: Glaub daran, dass du das Geld bekommen wirst, und frag nicht nach, woher es stammt. Und was hältst du von dem Spruch: ›Unser tägliches Brot gib uns heute‹? Herr, gib mir heute zu essen, und ich frage nicht nach, wo das Essen morgen herkommt. Obwohl ich an all das gar nicht glaube, sage ich dir: Auch wir wollten damals den Menschen ein besseres Leben ermöglichen. Aber auch wir wussten nicht, woher wir das Geld dafür nehmen sollten. Unser System ist untergegangen. Du aber kannst Gott preisen, solltest aber besser nicht nachfragen.«

Die Diskussion wird unterbrochen, da Adriani mit den gefüllten Tomaten eintritt und alle zum gedeckten Tisch stürmen.

»In der Küche steht noch ein großer Teller für Mania und Uli«, sagt Adriani zu Katerina. »Wenn du morgen erst später ins Büro gehst, dann stell ihn lieber in den Kühlschrank. Und bringt mir den Teller sauber wieder. Nicht, dass ich ihn obendrein noch abwaschen muss.«

Katerina geht zu ihrer Mutter und drückt ihr einen Kuss auf die Wange. »Schon gut«, meint Adriani zu ihrer Tochter und wendet sich an Fanis.

»So war sie schon als kleines Mädchen. Zuerst hat sie mir einen Streich gespielt, und danach gab's stürmische Umarmungen.«

Doch keiner geht mehr darauf ein, da alle mit dem Teller in der Hand auf die gefüllten Tomaten warten.

20

Diesmal mache ich keinen Zwischenhalt in der Cafeteria des Präsidiums, weil mir auf dem Weg ins Büro ein wichtiger Gedanke gekommen ist. Sofort rufe ich Vlassopoulos und Dermitsakis zu mir.

»Hatten die Georgier Handys bei sich?«, frage ich. Sie blicken sich ratlos an, bis ich sie mit der Nase darauf stoße. »Dass sie gestanden haben, bedeutet nicht, dass wir nicht weitersuchen müssen. Wir sollen ja unsere Ermittlungen abrunden. Der Schlosser ist sicher, dass eine dritte Person das Alarmsystem außer Funktion gesetzt hat. Mit an Sicherheit grenzender Wahrscheinlichkeit gibt es einen Mittäter, mit dem sie kommuniziert haben.«

Vlassopoulos ruft sofort im Untersuchungsgefängnis an. »Unter ihren persönlichen Gegenständen sind keine Mobiltelefone«, teilt er mir nach dem kurzen Gespräch mit. »Vielleicht sind sie im Polizeirevier Keratsini geblieben?«

Jetzt ist Dermitsakis mit dem Telefonieren an der Reihe. »Auch die Kollegen aus Keratsini haben keine Handys sichergestellt.«

»Als ich heute Morgen aus dem Haus ging, saß an der Ecke eine Zuwanderin mit einem Plastikbecher, die bettelte und gleichzeitig telefonierte. Wenn eine Bettlerin ein Handy hat, dann müssen unsere beiden doch auch eins haben, oder?« Als ich keine Antwort erhalte, frage ich: »Wo wohnen die Georgier?«

»Irgendwo in Keratsini.« Mehr weiß Vlassopoulos auch nicht.

»Findet die genaue Adresse raus, dann fahren wir hin«, sage ich. »Und gebt Dimitriou Bescheid.«

Wenn die Handys auch in ihrer Wohnung nicht zu finden sind, dann ist die Handlungsweise der Täter äußerst widersprüchlich: Einerseits behalten sie die Tatwaffe und stellen sie richtiggehend zur Schau, andererseits lassen sie ihre Handys verschwinden. Diese Inkonsequenz springt ins Auge, und ich kläre sie besser gleich – bevor mich der Vize nicht mehr bloß ein blindes Huhn nennt, sondern gehörig an die Kandare nimmt.

Die beiden Georgier wohnen zusammen in der Ydras-Straße, einer Querstraße des Grigoriou-Lambraki-Boulevards. Ich mache mich mit meinen drei Assistenten auf den Weg. Vlassopoulos fährt, damit wir uns nicht unnötig quälen müssen, mit eingeschalteter Sirene auf den Athinon-Boulevard und biegt dann nach Schisto ab. Obwohl auf dem Skarmangas-Boulevard viele Lastwagen unterwegs sind, bleibt die linke Fahrspur frei. So gelangen wir rasch zur Adresse der beiden Georgier.

Sie wohnen im Erdgeschoss eines vierstöckigen Hauses – ein ehemaliges Einfamilienhaus, das um drei Etagen aufgestockt wurde. Ihre Wohnung besteht aus zwei Zimmern, verbunden durch einen Flur, an dessen Ende Küche und Bad liegen. Sie ist karg eingerichtet: In beiden Räumen steht jeweils ein Bett. Im rechten Zimmer befindet sich ein Einbauschrank, wohingegen der Bewohner des anderen

Zimmers mit einem billigen Faltschrank vorliebnehmen muss. Offenbar waren die beiden Räume ursprünglich als Wohn- und Schlafzimmer gedacht, aber die Georgier haben sie in zwei Schlafzimmer umgewandelt. In der Küche befinden sich ein Herd mit zwei Kochstellen, der an eine Propangasflasche angeschlossen ist, genau vier Teller, Besteck für vier Personen und in der Mitte ein Klapptisch mit zwei Klappstühlen. Auf dem Tisch steht ein Computerbildschirm, der offensichtlich als Fernseher genutzt wurde.

»Damit sind wir in einer halben Stunde durch«, schlussfolgert Dermitsakis.

Ich stimme ihm zu und behalte nur Papadakis bei mir zurück. Die anderen beiden sollen das umliegende Viertel abklappern. Da sie im Trüben fischen, erhoffe ich mir keinen großen Fang, sondern bin schon froh, wenn ihnen eine Sardelle ins Netz geht.

In der Zwischenzeit übernehme ich das eine Zimmer und Papadakis das andere. Im Einbauschrank liegen ein paar Kleidungsstücke und Unterwäsche. Ich leere den Inhalt eines Koffers aus, der neben dem Bett steht, aber auch darin befindet sich nichts Bemerkenswertes. Am Schluss durchwühle ich – ebenso erfolglos – das Bett. Kein Handy weit und breit und auch sonst nichts, was uns weiterhelfen könnte.

»Herr Kommissar, kommen Sie mal kurz?«, höre ich Papadakis' Stimme aus dem Nebenzimmer.

»Haben Sie das Handy gefunden?«, frage ich an der Tür.

»Nein, aber das hier.« Und er zeigt mir die Seite drei einer Tageszeitung. In der Mitte ist das Schiff der West Shipping abgebildet, das in Odessa gesunken ist. Daneben sind auf zwei weiteren Fotos Stefanos Chardakos und sein Sohn Kleanthis zu sehen.

»Vermutlich haben sie die Zeitung gekauft, um Chardakos anhand der Aufnahme zu erkennen«, schließt Papadakis.

»Kann sein, muss aber nicht. Jedenfalls sollten wir überprüfen, ob sie überhaupt Griechisch lesen können. Wenn nicht, fragt sich, wieso sie dann eine Zeitung gekauft haben.« Ich blättere nach vorn, um zu sehen, was auf der ersten Seite berichtet wird. Ganz unten ist ein Teaser zu Chardakos' Schiff, der auf Seite drei verweist. »Aber egal, ob sie Griechisch lesen können oder nicht: Die Zeitungen werden am Kiosk an Wäscheklammern so fürs Publikum aufgehängt, dass nur die obere Hälfte der ersten Seite mit den Schlagzeilen zu sehen ist. Daher konnten sie den Hinweis auf der ersten Seite gar nicht sehen.«

Ich hole mein Handy heraus und weise Vlassopoulos an, bei den umliegenden Kiosken und Läden nachzufragen, ob die Georgier dort bekannt waren und ob sie Zeitungen kauften.

»Wozu sollten sie?«, wundert sich Papadakis. »Sie haben doch ferngesehen. Sie werden in den Nachrichten etwas über das Schiff gehört haben.«

»Zunächst einmal arbeiten beide, daher ist nicht sicher, ob sie zum Zeitpunkt der Nachrichtensendung zu Hause waren. Zweitens konnten sie mithilfe der Fotos in der Zeitung Vater und Sohn klar auseinanderhalten. In den Nachrichten wurde das womöglich nicht so deutlich, und sie hätten die beiden verwechseln können.«

Es schellt an der Tür, Dimitriou steht draußen. Gleich

beim Eintreten stellt er die gewohnheitsmäßige Frage: »Worum geht's?«

»Im Grunde volles Programm, tatsächlich geht es aber nur um Fingerabdrücke. Alles andere haben wir schon durchsucht, nur leider ohne Erfolg.«

Dimitriou sieht sich kurz in der Wohnung um. »Kinderspiel, in maximal zwei Stunden sind wir fertig«, bemerkt er.

Papadakis und ich schauen der Spurensicherung notgedrungen bei der Arbeit zu, da wir bis zur Rückkehr von Vlassopoulos und Dermitsakis nichts Besseres zu tun haben.

»Keiner im Viertel hatte irgendetwas mit den Georgiern zu tun«, berichtet Dermitsakis schließlich. »Sie machten im Allgemeinen einen friedlichen Eindruck, es gab keine Auseinandersetzungen, aber auch keinen Kontakt. Manche konnten sich schlicht nicht vorstellen, dass sie ein Messer gezogen haben sollen.«

»Hat jemand die beiden vielleicht beim Telefonieren beobachtet?«

»Ja, der Kioskbesitzer«, antwortet Vlassopoulos. »Er hat den Taxifahrer sehr oft mit einem Handy gesehen.«

Das beweist, dass zumindest der Taxifahrer ein Handy besaß, das er verschwinden ließ.

»Haben sie Zeitungen gelesen?«, fragt Papadakis.

»Der Kioskbesitzer hat das entschieden verneint«, sagt Dermitsakis. »Normalerweise haben sie Zigaretten gekauft, manchmal auch etwas anderes, aber keine Zeitungen. Nicht mal für die Sportzeitungen haben sie Interesse gezeigt.«

Aus diesen Aussagen lässt sich schließen, dass jemand

den Georgiern die Zeitung gebracht hat, damit sie Chardakos an dem Foto erkennen können. Und dieser Dritte muss entweder ein Grieche gewesen sein oder jemand, der Griechisch konnte.

Die Sache mit den Handys ist etwas komplizierter. Es gibt eigentlich nur einen einzigen Grund, sie verschwinden zu lassen. Nämlich, damit wir die ein und aus gehenden Anrufe nicht nachprüfen und dadurch die Personen ausfindig machen können, mit denen sie in Kontakt standen und unter denen möglicherweise der Mittäter ist. Mittlerweile habe ich überhaupt keinen Zweifel mehr daran, dass sie – zumindest für das Eindringen in Chardakos' Büro – einen Helfer hatten. Ohne die Handys können wir jedoch den Anbieter nur schwer ermitteln, da die Verträge möglicherweise nicht auf ihren Namen laufen.

Ich beschließe, ins Präsidium zurückzufahren und die Georgier erneut zu vernehmen. Nicht dass ich große Hoffnungen hätte, dabei auf neue Erkenntnisse zu stoßen, aber mir bleibt nichts anderes übrig.

Die Rückfahrt verläuft flüssig, da nur stadtauswärts starker Verkehr herrscht. Kurz bleiben wir auf dem Athinon-Boulevard stecken, aber der Stau löst sich schnell auf, und wir sind in Windeseile im Präsidium.

Ich begebe mich direkt zum Verhörraum, während Dermitsakis im Untersuchungsgefängnis anruft und die Georgier herbestellt.

Kurz darauf nehmen die beiden ernst und stumm uns gegenüber Platz.

»Wo sind eure Handys?«, fragt Dermitsakis. »Ihr hattet sie nicht dabei, als euch die Polizeibeamten in Keratsini festgenommen haben, und auch in eurer Wohnung haben wir sie nicht gefunden. Was habt ihr damit gemacht?«

»Ich habe kein Handy«, antwortet Samir. »Dafür reicht mein Lohn vom Gemüsemarkt nicht.«

»Und ich auch nicht«, pflichtet ihm Simon bei.

»Was soll das?«, sage ich zu ihm. »Der Kioskbesitzer im Viertel hat gesehen, wie du telefoniert hast. Was habt ihr mit euren Handys gemacht?«

»Ich habe keins«, beharrt der Taxifahrer. »Mein Wagen arbeitet mit dem System Taxiplon, das ersetzt mir das Handy. Warum sollte ich für ein Gerät extra bezahlen? Und manchmal habe ich mir von einem Kollegen ein Handy geborgt und damit telefoniert. Das muss der Kioskbesitzer gesehen haben.«

»Was soll der Schmus?«, schimpft Vlassopoulos. »Ihr habt eure Telefone verschwinden lassen, damit wir eure Anrufliste nicht überprüfen und herausfinden können, ob es Komplizen gibt.«

Die Georgier blicken sich verständnislos an.

»Komplizen?«, fragt Simon.

»Leute, die euch geholfen haben, Chardakos umzubringen.«

»Aber das haben wir doch schon gesagt«, meint Samir. »Wir sind allein zu Chardakos gegangen, um von ihm Geld für die Frau unseres Freundes zu fordern, der in Thailand ums Leben gekommen ist. Als er uns nichts gegeben hat, haben wir ihn getötet. Da war sonst niemand dabei.«

»Doch, ihr hattet jemanden dabei, der euch geholfen hat, die Tür zu öffnen«, sage ich. »Der Schlosser hat uns gesagt, dass das Sicherheitssystem sehr kompliziert ist und es jemand geknackt hat, der Ahnung von Schlössern hat. Als ihr bei der Tatortbegehung die Tür öffnen solltet, habt ihr ganz schön lang herumprobiert. Daher muss euch ein Dritter gezeigt haben, wie man die Tür öffnet. Dort vor Ort habt ihr versucht, euch zu erinnern, wie er es euch erklärt hat.«

»Wir haben die Tür allein aufgekriegt«, beharrt Samir. »Aber es war nicht einfach, es genau so zu wiederholen, weil es schnell gehen musste. Schließlich haben wir es geschafft, aber ohne Hilfe!«

Ich weiß, dass sie bei ihrer ursprünglichen Aussage bleiben werden – egal, wie sehr ich sie unter Druck setze. Deshalb ändere ich meine Taktik und hole die Zeitung hervor. »Wo habt ihr diese Zeitung her?«, frage ich.

»Ich habe sie vom Gemüsemarkt mitgenommen, um etwas über meinen Freund zu erfahren. Dort habe ich nämlich von dem zweiten Schiff gehört, das abgebrannt ist«, lautet Samirs prompte Antwort.

»Kannst du Griechisch lesen?«, frage ich. »Dann lies mir das mal vor.«

»Einer vom Gemüsemarkt hat es mir vorgelesen.«

»Wie heißt er?«, hake ich nach.

»Jannis«, antwortet er. »Dort kennen sich alle nur mit Vornamen.«

Wie sollen wir jemals einen Jannis auf dem Gemüsemarkt ausfindig machen, wenn jeder zweite Grieche so heißt? Und selbst wenn wir ihn fänden, ist fraglich, ob er sich an ein für ihn im Marktgewühl so nebensächliches Ereignis erinnern würde.

»Sag mal, wo ist denn dein Führerschein?«, wendet sich

Papadakis plötzlich an Simon. »Du hast ihn nicht dabeigehabt, und in eurer Wohnung war er auch nicht. Also, wo ist er?«

»Im Taxi«, erwidert Simon.

»Und wo ist das Taxi?«

»Ich weiß nicht, wo es jetzt ist. Wir fahren zu zweit damit. Keine Ahnung, wo der andere Fahrer gerade unterwegs ist.«

Papadakis lässt nicht locker. »Gut, dann gib uns die Taxinummer, damit wir an den Führerschein kommen. Den brauchen wir für die Unterlagen.«

Er notiert die Nummer, die ihm der Georgier nennt, und wendet sich danach an mich. »Das sollte reichen. Am besten bringen wir sie zurück in die Arrestzelle und bereiten die Akte für den Staatsanwalt vor.«

Ich sehe an seiner Miene, dass er sich etwas dabei gedacht hat, und lasse die Georgier in ihre Zellen zurückbringen.

»Wozu brauchst du den Führerschein? Ist das so wichtig?«, fragt Dermitsakis, als die Georgier abgeführt sind.

»Im Grunde wollte ich die Taxinummer herauskriegen«, erklärt ihm Papadakis. »Damit können wir den Eigentümer ausfindig machen, und von ihm wiederum die Handynummer seines Fahrers. Er hat ganz bestimmt über Handy mit ihm kommuniziert.«

»Bravo, Papadakis!«, sage ich bewundernd. »Eine tolle Idee!«

Die anderen beiden Assistenten sagen nichts, da man in Griechenland auf den Erfolg der anderen bekanntermaßen mit Frust reagiert.

Nach einer halben Stunde haben wir über die Verkehrspolizei den Eigentümer eruiert und können mit ihm sprechen.

Die Nachforschungen überlasse ich ganz Papadakis, da die Idee dazu ja auch von ihm stammte. Kurze Zeit später kommt er mit der Handynummer. »Der Eigentümer meinte, dass sie jeden Tag übers Handy in Kontakt waren.«

Ich gebe Koula die Telefonnummer, damit sie beim Anbieter die Verbindungsliste anfordern kann. Meine beiden anderen Assistenten schicke ich zum Gemüsemarkt, vielleicht können sie dort Samirs Handynummer herauskriegen. Ich selbst mache mich auf den Weg zur Berichterstattung bei Gikas.

»Sie haben mir schon richtig gefehlt«, witzelt er. »Was ist denn so schwierig an einem Fall, in dem die Täter gestanden haben und die Tatwaffen sichergestellt wurden?«

Ich biete ihm eine ausführliche Darstellung und erkläre ihm, was wir schon abgeklärt haben und welche Punkte noch offen sind.

»Schön, dann können wir dem Vize alle Erkenntnisse komplett vorlegen. So hat er keinen Grund zur Beschwerde«, meint er zufrieden.

»Ja, nur vom Handy sollten wir erst einmal absehen, weil er uns sonst wie beim letzten Mal gleich wieder den Wind aus den Segeln nehmen könnte«, erläutere ich ihm.

Er denkt kurz nach. »Gut, ich benachrichtige ihn telefonisch und kündige ihm erst mal nur an, dass wir die Übergabe der Akte an die Staatsanwaltschaft vorbereiten.«

Ich verlasse Gikas' Büro hochzufrieden, da ich zumindest diesmal verhindern konnte, dass der Vize gleich wieder die Handbremse anzieht.

21

Es ist nicht nur die Befriedigung, dem Vizepolizeipräsidenten zuvorgekommen zu sein, die mich direkt von Gikas' Büro auf einen Mokka in die Cafeteria treibt, sondern auch die Tatsache, dass ich seit dem frühen Morgen nonstop auf den Beinen bin. Bei meiner Rückkehr erwartet mich Koula bereits in meinem Büro.

»Schauen Sie sich das an«, meint sie und überreicht mir einen Papierausdruck. »Das habe ich gerade im Internet gefunden.«

Darauf steht nur ein Zweizeiler, der weder ein Statement noch einen Kommentar, sondern eine Frage formuliert: »Musste Chardakos sterben, damit die griechischen Reeder begreifen, dass sie nach Griechenland zurückkehren sollen?« Der Autor unterzeichnet mit dem Nickname »Poseidon 16«.

Ich frage mich, was diese Nachricht zu bedeuten hat. Sollte sich Sotiropoulos' Verdacht bestätigen, der von Anfang an einen Bezug zwischen dem Chardakos-Mord und der Rückkehr der Reedereien erkannte? Oder handelt es sich bloß um eine unsinnige Behauptung, die jemand in den digitalen Spucknapf des Internets abgesondert hat?

»Haben Sie noch andere derartige Botschaften gefunden?«, frage ich Koula.

»Nein, leider nicht.«

Sie steht auf und geht zur Tür, wo sie kurz innehält. »Ich freue mich übrigens sehr, dass Sie und Frau Adriani unsere Trauzeugen sein werden«, sagt sie mit einem Lächeln.

»Wann ist der Hochzeitstermin?«

»Wahrscheinlich im Herbst.«

»Herzlichen Glückwunsch!«

Nachdem ich ihr Lächeln erwidert habe, verlässt sie das Büro.

Während ich in kleinen Schlucken meinen Kaffee trinke, versuche ich herauszufinden, wie ich den Verdacht, den Sotiropoulos und Poseidon 16 äußern, am besten überprüfen könnte. Wenn ich Sotiropoulos anrufe, könnte er in seinem Blog behaupten, die Polizei untersuche jetzt ganz offiziell den Zusammenhang zwischen Chardakos' Ermordung und der Rückkehr der Reedereien nach Griechenland. Das müsste ich natürlich verhindern. Aber selbst wenn ich ihm das Versprechen abknöpfe, sich zurückzuhalten, muss ich davon ausgehen, dass ihn sein journalistischer Übereifer zum Wortbruch verführen könnte. Und wenn ich stattdessen Gikas bitte, mich an einen Mitarbeiter des Ministeriums für Handelsmarine wenden zu dürfen, wird er sich bestimmt querstellen.

Da ich also weder auf die eine noch auf die andere Art weiterkomme, nehme ich bei meinem erprobten Rettungsanker Zuflucht und rufe Sterjadis von der Küstenwache an.

»Wissen Sie, ob noch andere Reedereien ihren Sitz zurück nach Griechenland verlegt haben?«, frage ich und verweise auf den Kommentar im Internet.

»Soviel ich weiß, nur ein weiteres Unternehmen«, sagt

er. »Aber Meldungen aus dem Internet sind nicht immer zuverlässig. Meiner Meinung nach wollte der Beobachter einfach eine klugscheißerische Frage stellen. Das ist alles.«

»Und konnten Sie inzwischen Lalopoulos' Mörder befragen?«

»Das war letztlich nicht nötig«, antwortet er. »Zwar konnten wir die Mitwirkung der beiden an der Entladung des Fischerbootes zweifelsfrei feststellen, doch niemand hat sie im Haus oder in der Umgebung des Hauses von Lalopoulos' Frau gesehen. Die Frage ist, was und wer hinter Lalopoulos steht.« Nach einer kleinen Pause fügt er hinzu: »Aber ich fürchte, das werden wir wohl nie erfahren.«

»Wieso nicht?«, wundere ich mich.

»Weil wir nicht weiterermitteln sollen. Nur falls sich in Zukunft neue Hinweise ergeben, heißt es, dürfen wir weitermachen.«

Das ist das Problem, denke ich mir. Alle beide teilen wir die Vermutung, dass hinter den beiden Mordfällen etwas anderes steckt, aber uns sind die Hände gebunden.

Dermitsakis platzt mit einem triumphierenden Lächeln in mein Büro und unterbricht meine Überlegungen. »Wir haben die beiden Handys«, verkündet er. »Das eine hat uns der Taxieigentümer gegeben, und das andere ein Händler vom Gemüsemarkt, der den Georgier immer per Telefon über Jobs benachrichtigt hat.«

»Fordert sofort eine Verbindungsliste für beide Geräte an.«

»Schon geschehen«, antwortet er mit einer Miene, als hielte ich ihn für einen Volltrottel.

Gerade als ich mich auf den Weg zu Gikas machen will,

kommt dieser mir durch einen Anruf zuvor. »Ich habe den Vizepolizeipräsidenten darüber informiert, dass wir den Fall Chardakos an die Staatsanwaltschaft weitergeleitet haben.«

»Gut. Wenn sich zwischenzeitlich noch etwas Neues ergibt, reichen wir das dem Staatsanwalt nach.«

»Das muss ich dem Vize nicht mitteilen«, erwidert er. »Da er keine Einstellung der Ermittlungen angeordnet hat, führen wir sie selbstverständlich fort.«

Als ich auflege, fühle ich mich halb Vollidiot, halb Glückspilz. Hätte uns der Vize, wie gewöhnlich, zum Rapport in sein Büro gerufen, dann hätte ich in meinem Bericht genau das erzählt, was ihm Gikas wohlweislich verschwiegen hat. Und das hätte vermutlich dazu geführt, dass er die Ermittlungen blockiert.

Das Leben ist ein Wechselspiel zwischen Freud und Leid. Während mich die Erkenntnis deprimiert, dass ich nicht so ausgekocht wie Gikas bin, baut mich gleichzeitig die Nachricht auf, dass ich weiterermitteln darf.

Ich zerbreche mir den Kopf darüber, was der nächste Schritt sein könnte, doch eine andere Lösung als ein Besuch im Ministerium für Handelsmarine fällt mir nicht ein. Das Problem ist nur, dass ich dort keinen Ansprechpartner habe. Den offiziellen Amtsweg möchte ich vermeiden, da er mich bestimmt in eine Sackgasse führt.

Ich muss zugeben, dass inoffizielle Ermittlungen mit Risiken verbunden sind. Und in diesem Fall heißt das Risiko Sotiropoulos.

»Rufen Sie mich an, weil Sie im Internet dasselbe gelesen haben wie ich?«, fragt er amüsiert.

»Jawohl, und ich möchte nachhaken, aber ohne es an die große Glocke zu hängen. Kennen Sie vielleicht jemanden im Ministerium für Handelsmarine, bei dem ich anklopfen könnte?«

»Ich kümmere mich darum«, antwortet er und legt auf. Schon nach zehn Minuten ruft er zurück. »Sie können mit Lefteris Kyriasidis sprechen«, teilt er mir mit. »Er ist ein Freund von mir und wird offen, aber nur inoffiziell mit Ihnen reden. Deshalb müssen Sie gar nicht wissen, welche Position er bekleidet. Sie werden ihn auch nicht im Ministerium, sondern in einer Stunde in einem Café vis-à-vis vom Stadttheater treffen. Sie erkennen ihn an seinem grauen Anzug und am Vollbart.« Zuletzt gibt er mir den Namen des Cafés durch, ich bedanke mich und lege auf.

Im Nachhinein fällt mir ein, dass ich Sotiropoulos gar nicht eingeschärft habe, dass es vorläufig noch um verdeckte Ermittlungen geht. Er hatte das wohl von sich aus schon angenommen.

Meinen Assistenten teile ich mit, ich sei – wie man unter der Junta zu sagen pflegte – »in eigener Sache« unterwegs, und nehme den Lift nach unten in die Tiefgarage, wo mein Wagen steht.

Zum zweiten Mal am heutigen Tag fahre ich auf den Athinon-Boulevard. So ruhig die Verkehrslage am Morgen war, so angespannt ist sie jetzt. Da der Seat keine Sirene hat, befürchte ich, den Termin nicht einhalten zu können. Kyriasidis wird vom Warten bald die Schnauze voll haben und das Weite suchen.

Schließlich betrete ich mit viertelstündiger Verspätung das Café am Stadttheater. Als ich an einem der hinteren Tische einen bärtigen Mann im grauen Anzug erblicke, trete ich auf ihn zu.

»Herr Kyriasidis?«, frage ich.

»Ja, setzen Sie sich«, antwortet er und deutet auf den Stuhl neben sich. Vor ihm steht eine Tasse Tee. Ich bestelle zur Abwechslung statt eines Mokkas einen Orangensaft.

»Menis hat mir erzählt, dass Sie ein paar Auskünfte über die Reedereien einholen wollen, die ihren Sitz nach Griechenland verlegt haben«, beginnt Kyriasidis das Gespräch.

»Wir untersuchen den Mord am Reeder Stefanos Chardakos. Obwohl wir die geständigen Täter gefasst haben, sind die Ermittlungen noch nicht abgeschlossen. Heute ist im Internet –«

»Ich weiß, ich hab's gelesen«, unterbricht er mich. »Inzwischen lesen wir ja zuerst die sozialen Medien, bevor wir zu den E-Mails und Briefen übergehen.« Er hebt die Schultern, dann fährt er fort: »Das alles könnte man für reinen Zufall halten. Möglicherweise planten die Unternehmen tatsächlich schon länger ihre Rückkehr, und die Entscheidung der West Shipping hat die Umsetzung ihres Entschlusses nur beschleunigt. Obwohl, eigentlich hätte sie der Mord eher davon abhalten müssen … Andererseits ist die West Shipping das größte zurückkehrende Unternehmen. Die Firma hat schon immer den Ton angegeben, auch in London. Der Vater hätte einer Verlegung des Firmensitzes nach Griechenland nie zugestimmt, doch nach seinem Ableben war genau das eine der ersten Amtshandlungen des Sohnes. Und die anderen folgten seinem Beispiel.«

»Und was ist mit den beiden Schiffshavarien? War das auch ein Zufall?«, frage ich.

»Wären die Schiffe auf offener See verunglückt, könnte man es einen verdächtigen Zufall nennen«, erwidert er. »Aber beide sind in Häfen gesunken. Die Erklärung für das in Odessa versenkte Schiff klingt überzeugend. Es hatte eine Waffenladung für die ukrainische Regierung an Bord, und die prorussischen Separatisten haben es versenkt. Bei dem in Thailand verunglückten Schiff ist die Sache komplizierter. In der offiziellen Stellungnahme der West Shipping hieß es, das Schiff sei von Piraten angegriffen worden, die es in Brand gesteckt hätten. Aber Piraten greifen niemals im Hafen an. Sie entern ein Schiff auf hoher See, lotsen es in ein Versteck und fordern dann Lösegeld. Außerdem haben Piraten keinen Grund, ein Schiff in Brand zu stecken. Sie wollen doch, ganz im Gegenteil, Lösegeld für ein unversehrtes Schiff einfordern. Niemand kauft ein verbranntes Wrack frei.«

»Könnte es sein, dass die Reederei eine andere Ladung angegeben hat, als sie tatsächlich beförderte?«

»Die großen Reedereien tun so etwas nicht«, antwortet er ganz entschieden. »Keine von ihnen würde Drogen oder Waffen unter dem Deckmantel von Kühlschränken oder landwirtschaftlichen Produkten transportieren. Außerdem war bei dem in Odessa durch eine Bombe zerstörten Schiff eindeutig eine Waffenladung deklariert.«

»Noch eine letzte Frage pro forma, damit die Ermittlungen wasserdicht sind. Könnte es sein, dass die Reederei die beiden Schiffe selbst versenkt hat, um die Versicherungssumme zu kassieren?«

Kyriasidis reagiert auf meine Frage mit einem nachsichtigen Lächeln. »So etwas tun nur kleine Reedereien mit ein oder zwei Schiffen, Herr Kommissar, aber nicht die großen. Darüber hinaus waren die beiden Schiffe ganz neu«, antwortet er und bestätigt damit Sterjadis' Ansicht. »Ich wundere mich über etwas ganz anderes«, fügt er jedoch noch hinzu.

»Ja? Und worüber?«

»Die Reedereien haben ursprünglich London als Firmensitz gewählt, weil ihnen die britische Regierung, anders als Griechenland, mit Privilegien und Steuererleichterungen entgegenkam. Warum kehren sie zurück? Meines Wissens hat sich die griechische Politik bezüglich der Handelsmarine nicht geändert. Man hat rein gar nichts unternommen, um sie zur Rückkehr zu motivieren.« Nach einer kurzen Pause fährt er fort. »Wobei ich nicht weiß, was der Minister bei der heutigen Presseerklärung verlauten lässt, wenn er die Verlegung der Firmensitze ins Mutterland kommentiert. Vielleicht werden da Motive genannt, die die Reeder dazu veranlasst haben. Vielleicht wurden ihnen Versprechungen gemacht, die nicht an die Öffentlichkeit gelangen sollten. Die Hintergründe sind sehr diffus. Im Ministerium hat jedenfalls keiner der Kollegen etwas von neuen Anreizen oder einer geänderten Politik für die Handelsmarine gehört.«

Nachdem er den letzten Schluck Tee getrunken hat, verlangt er die Rechnung.

»Nicht doch«, sage ich. »Ich möchte Sie wenigstens zum Tee einladen, als kleines Dankeschön für Ihre Auskünfte.«

Er akzeptiert meine Einladung und erhebt sich.

»Ich muss wohl nicht extra betonen, dass unser Treffen nie stattgefunden hat und alles unter uns bleibt.«

»Keine Sorge«, versichere ich ihm. »Ich habe die Auskünfte nicht dienstlich, sondern nur aus persönlichem Interesse eingeholt, um mir ein besseres Bild zu machen.«

Zum Abschied geben wir uns die Hand. Als Kyriasidis durch die Tür verschwunden ist, setze ich mich wieder hin, um meinen Saft auszutrinken. Ich warte noch einen Augenblick, denn niemand soll uns zusammen aus dem Lokal kommen sehen.

Auf dem Rückweg versuche ich, die von Kyriasidis stammenden Informationen einzuordnen. Nicht dass ich an der Täterschaft der beiden Georgier zweifelte. Die Tat selbst ist nicht inszeniert, nur die Festnahme der Täter. Die beiden gehen in einen Imbiss, provozieren aus nichtigem Anlass einen Streit, ziehen die Tatwaffen, bedrohen das Personal und die anderen Gäste ausgerechnet mit den Messern, mit denen sie den Mord begangen haben, und tun so, als würden sie flüchten – nur, damit wir sie ganz bequem festnehmen können. Und für den Mord an Chardakos haben sie mit größter Wahrscheinlichkeit einen Spezialisten an ihrer Seite, der das Alarmsystem außer Kraft setzt, bevor er sich aus dem Staub macht.

Alles wirkt wie ein abgekartetes Spiel, damit etwas anderes nicht ans Tageslicht kommt. Nur dass ich keine Ahnung habe, was hier camoufliert werden soll.

Genauso verhält es sich beim Lalopoulos-Mord. Die Täter wurden, dank eines anonymen Hinweises, mit genau derselben Leichtigkeit gefasst und legten postwendend ein Geständnis ab. So dass mit der Festnahme der Täter die Ermittlungen eingestellt wurden und wir demzufolge nicht herausfinden konnten, was vertuscht werden soll.

Andererseits besteht zwischen den Fällen Lalopoulos und Chardakos keinerlei Zusammenhang. Gemeinsam ist den beiden Taten einzig der maritime Hintergrund: Lalopoulos arbeitete in der Yachthafenverwaltung der Griechischen Fremdenverkehrsbehörde, und Chardakos war Reeder. Aber was haben Privatyachten und ihre Häfen mit Ozeanriesen zu tun, die Handelsgüter transportieren? Wie ich es auch drehe und wende, alles deutet auf reinen Zufall hin.

Und nun habe ich eine Menge Informationen über Chardakos bekommen, mit denen ich zumindest im Moment nichts anfangen kann. Vielleicht sollte ich mal von meinem ewigen Misstrauen wegkommen und es gut sein lassen.

22

Um acht Uhr abends habe ich es mir vor dem Fernseher bequem gemacht und warte auf die Abendnachrichten, um Details von der Pressekonferenz des Ministers für Handelsmarine zu erfahren. Im Gegensatz zu Adriani, die ausnahmslos jeden Abend vor der Mattscheibe hockt, habe ich in Krisenzeiten die Nachrichtensendung gemieden, um keine Depressionen zu kriegen. Und seither habe ich es mir auch nicht wieder angewöhnt. Daher wirft sie mir einen fragenden Blick zu, als ich neben ihr Platz nehme.

»Woher das plötzliche Interesse?«, will sie wissen.

»Der Minister für Handelsmarine hat sich heute zu den Reedereien geäußert, und ich wollte seine Stellungnahme hören.«

»Hoffen wir nur, dass nach dem Goldregen an Gehaltserhöhungen nicht auch gleich wieder die Lust der Griechen auf Wasserfahrzeuge erwacht«, lautet ihr sarkastischer Kommentar.

Ich erspare mir die Antwort, da die Sendung begonnen hat. In der ersten halben Stunde werden die Errungenschaften der neuen Regierung in den höchsten Tönen gepriesen. Ein Journalist nach dem anderen defiliert vorbei, um seine Erfolgsstory abzuliefern.

»Griechenland ist von den Toten auferstanden und wieder voll im Saft«, sage ich zu Adriani.

»Kommt auf die Sichtweise an«, antwortet sie halbherzig.

»Und, wie ist deine Sichtweise?«

»Viele Sterbenskranke erleben vor ihrem Ende eine kurze Regenerationsphase. Die Familie freut sich und glaubt, dass es mit dem Patienten wieder aufwärtsgeht, doch dann gibt er den Löffel ab.«

Ich komme nicht mehr dazu, ihr zu sagen, dass sie ein ausgesprochenes Talent hat, mir die Stimmung zu verderben. Denn auf dem Bildschirm taucht jetzt der Minister für Handelsmarine auf, an seiner Seite Kleanthis Chardakos und zwei ältere, mir unbekannte Herren.

Der Minister hebt mit Lobeshymnen auf die zurückgekehrten Reedereien an. Dies sei ein wichtiger Beitrag zum Aufschwung des Landes. »So ein Schritt zeugt von großem Patriotismus. Die Regierung weiß das zu schätzen und möchte ihre Dankbarkeit zum Ausdruck bringen«, endet er.

Die Reporter stellen die auf der Hand liegende Frage, was Regierung und Reedereien von der Verlegung des Firmensitzes erwarten. Die Antworten sind genauso absehbar: Es gehe allen um den wirtschaftlichen Aufschwung. Doch dann erkenne ich zu meinem Erstaunen plötzlich Sotiropoulos in der Journalistenmeute.

Darüber wundere ich mich, denn schließlich hat er mir gesagt, er sei in Rente und wolle die jüngeren Kollegen nicht übertrumpfen. Wenn er seine Prinzipien so offensichtlich übertritt, brennt ihm vermutlich eine ganz bestimmte Frage auf der Seele.

Als er zu sprechen beginnt, drehen sich die übrigen Journalisten zu ihm um und werfen ihm, da er in ihren Jagdgründen wildert, neugierige und ein wenig pikierte Blicke zu. Doch Sotiropoulos ignoriert sie alle und stellt seine Frage.

»Ich möchte wissen, ob – mal abgesehen von der positiven Konjunkturlage – gewisse Versprechungen gemacht wurden, die die Reedereien zur Rückkehr bewogen haben.«

»Uns wurden keinerlei konkrete Versprechungen gemacht«, erwidert ein sechzigjähriger Reeder anstelle des Ministers. »Zweifellos ist Griechenland über den Berg. Es ist ein eng mit dem Meer verbundenes Land mit großer Reedertradition. Der Seehandel kann viel vom Aufschwung des Landes profitieren. Das hat uns zur Rückkehr motiviert.«

»Wirklich nichts anderes?«, hakt Sotiropoulos nach.

»Jedenfalls keine anderen wirtschaftlichen oder firmenpolitischen Beweggründe«, bekräftigt der Sechzigjährige. »Aber wenn Sie unbedingt einen konkreten Grund hören wollen, kann ich Ihnen nur sagen: Wir wollen nach der langen Talfahrt, die das Land an den Rand des Zusammenbruchs geführt hat, zur Erholung der griechischen Wirtschaft beitragen.«

»Herrn Sacharakis' Antwort bereitet mir besondere Freude«, mischt sich der Minister ein. »In der Tat ist der Wunsch, zur Aufwärtsentwicklung in Griechenland beizutragen, die einzige Triebfeder der Reedereien. Bei dieser Gelegenheit verspreche ich, unserer Handelsmarine zusätzliche Anreize zu bieten, sobald sich die Lage des Landes stabilisiert hat. Das liegt nicht nur im Interesse der Firmen, sondern ganz Griechenlands.«

Abschließend nickt der Minister den Journalisten zu und verlässt mit den Reedern den Saal.

Die Frage, die Sotiropoulos, Sterjadis, Kyriasidis und mich beschäftigt, wurde beantwortet: Die Regierung habe die Reedereien nicht durch bestimmte Angebote nach Griechenland zurückgelockt. Die Beteuerung des Ministers für die Zukunft ist jedoch nichts als ein vages Versprechen, das genauso diffus ist wie das Gerede von Aufschwung und Wachstum, worauf sich die Reeder berufen.

Die Antwort auf die Frage, warum die Reedereien so plötzlich zurückgekehrt sind, bleibt weiterhin genauso im Dunkeln wie die Hintergründe für Chardakos' Ermordung.

Gerade als ich vom Sofa aufstehen und nach dem Dimitrakos-Lexikon greifen will, kündigt die Moderatorin der Nachrichtensendung ein Interview mit dem EU-Wirtschaftskommissar an. Daher bleibe ich sitzen – in der Hoffnung, aus den Antworten des EU-Kommissars einen Anhaltspunkt für die geänderte Haltung der Reeder herauszuhören.

Doch das Gespräch bezieht sich gar nicht auf die Rückkehr der Großreedereien, sondern auf die Argumente, die sowohl der Minister als auch die Reeder verwenden. Der EU-Kommissar unterstreicht die Worte der Vorredner und lobt die Fortschritte Griechenlands in den Himmel. Gleichzeitig erläutert er, wie richtig das von europäischer Seite angewendete Reformprogramm sei. Er drückt seine Anerkennung für die großen Opfer der Griechen aus. Jetzt werde offenbar, dass sie sich gelohnt hätten, da die griechische Wirtschaft einen kometenhaften Aufstieg verzeichne.

»Griechenland war länger als jedes andere Land auf Hilfspakete angewiesen, aber nun übertrumpft es alle mit seinem spektakulären Wirtschaftswachstum«, erklärt er. »Es musste einfach nur eine griechische Regierung an die Macht kommen, die das Reformprogramm in Kooperation mit der EU entschlossen umsetzt. Die Reformpolitik war eine Conditio sine qua non für den Aufschwung. Und diese Ansicht wird durch die Rückkehr der Großreedereien bestätigt. Das sollten auch unsere Freunde anerkennen, die an diesem Ansatz zweifelten.« Mit dieser Anspielung auf die US-Amerikaner endet das Interview.

»Also, meint er das im Ernst?«, fragt Adriani empört. »Die Europäer haben doch ständig Einschnitte bei den Löhnen und Renten verlangt. Unsere Regierung gibt uns hingegen freigiebig Gehaltserhöhungen. Was für ein Reformprogramm soll das denn sein?«

Ihre Frage bleibt unbeantwortet, da das Telefon läutet. Uli ist am Apparat.

»Ich habe eine Liste von Firmen zusammengestellt, die sich kürzlich in Griechenland niedergelassen haben. Nur dass es wenig Sinn macht, wenn ich sie Ihnen, ohne weitere Erläuterungen, einfach per E-Mail schicke. Wann kann ich sie Ihnen persönlich geben?«

»Warum nicht gleich? Ich habe nichts weiter vor. Andernfalls kann ich morgen bei euch im Büro vorbeikommen.«

Uli bespricht sich kurz mit Mania. »Mania meint, wir könnten Sie jetzt besuchen, um uns bei Frau Adriani für die gefüllten Tomaten zu bedanken.«

»Abgemacht!«, sage ich.

»Wer kommt? Katerina und Fanis?«, will Adriani wissen, die mit dem einen Ohr die TV-Sendung und mit dem anderen das Telefongespräch verfolgt.

»Nein, Mania und Uli. Sie wollen sich für die gefüllten Tomaten bedanken.«

»Da haben sie aber Glück! Ich hab noch ein paar vorrätig.«

Adriani ist nur von der Mattscheibe fortzulocken, wenn ein Besuch ansteht. Sie schaltet den Fernseher aus und eilt in die Küche. Offenbar reicht das Essen nicht für vier Personen, und sie muss sich eine kleine Ergänzung überlegen.

Ich bleibe im Wohnzimmer zurück. Die Nachrichtensendung hat bei mir den Eindruck einer Selbst- und Fremdbeweihräucherung hinterlassen. Meine offenen Fragen blieben unbeantwortet. Wäre da nicht Sotiropoulos, den dieselben Zweifel quälen, könnte man glauben, dass ich Gespenster sehe.

Mania und Uli treffen zwanzig Minuten später ein. Adriani macht ihnen die Tür auf. »Wie schön, meine Liebe!«, höre ich sie begeistert rufen. »Ihr bringt ja einen sauberen Teller zurück! Daran erkennt man eine gute Kinderstube.«

»Ja, Frau Adriani, bei uns zu Hause herrschte Disziplin«, antwortet Mania heiter. »Mein Vater war ja schließlich ein Junta-General.«

Als sie ins Wohnzimmer treten, bekomme ich zunächst einen Kuss von Mania und dann, wie es in Deutschland Brauch ist, einen herzlichen Händedruck von Uli.

Als Mania sieht, dass Adriani auf die Küche zusteuert,

bietet sie sofort ihre Hilfe an. So bleiben Uli und ich allein zurück und nehmen auf dem Sofa Platz. Er holt ein Blatt Papier hervor, faltet es auf und platziert es auf seinen Knien. »Insgesamt handelt es sich um zwölf Unternehmen, die im letzten Jahr nach Griechenland gekommen sind. Sie sind auf unterschiedlichen Gebieten tätig, eins davon hat zum Beispiel drei Häfen übernommen.«

»Auf Inseln?«, hake ich nach, da mir sonst keine andere Frage einfällt.

»Nein, es sind Häfen in der Nähe von größeren Städten. Wo genau, kann ich gerade nicht sagen. Eine andere Firma hat in die Vermarktung landwirtschaftlicher Produkte investiert. Das sind nur zwei Beispiele. Ich könnte noch weitere nennen, aber das führt uns nicht weiter. Was mich wundert, ist etwas ganz anderes.«

»Ja?«, frage ich, bis zum Äußersten gespannt.

»Diese Firmen existieren nirgendwo sonst, weder in Europa noch in den USA, weder in Kanada noch in Australien. Ich habe das online überprüft. Diese Unternehmen sind einzig und allein für ihre Tätigkeit in Griechenland gegründet worden, Herr Kommissar.«

»Ja, aber mit welchem Geld?«, wundere ich mich.

»Das weiß ich nicht, und ich glaube auch nicht, dass ich es herausbekommen kann. Aber ich weiß, dass sie alle mit den Banken von den Kaimaninseln zusammenarbeiten. Und noch etwas: Fast alle dieser Firmen eröffnen jetzt Niederlassungen in anderen europäischen Ländern – beispielsweise zwei in Deutschland, zwei weitere in Italien, eine in Frankreich. Bisher war es so, dass europäische Unternehmen in Griechenland Niederlassungen gegründet haben.

Jetzt passiert das Gegenteil. Ich bin gespannt, ob Sie mir das erklären können. Ich jedenfalls stehe vor einem Rätsel.«

»Das werde ich wohl kaum schaffen, wenn du schon nicht durchblickst«, sage ich und nehme die Liste entgegen. »Vielen Dank, Uli. Deine Auskünfte bieten mir auf jeden Fall weitere Anhaltspunkte.«

»Gern. Sagen Sie Bescheid, wenn ich Ihnen sonst wie behilflich sein kann.«

Adriani kommt, um den Tisch zu decken, und kurz darauf bringt Mania die restlichen gefüllten Tomaten.

»Wir sind Glückspilze!«, sagt sie zu Uli. »Obwohl wir vorgestern beim Essen nicht dabei sein konnten, kriegen wir jetzt die größte Portion ab!«

Dann nehmen wir zum Resteessen am Tisch Platz. Außer den gefüllten Tomaten gibt es einen großen Teller mit den gestrigen grünen Bohnen und vier Stück Zucchinipitta, die Adriani aus dem Tiefkühlfach gezaubert hat.

»Kinder, es tut mir leid, aber da ich nicht mit euch gerechnet habe, müsst ihr mit den Resten vorliebnehmen«, rechtfertigt sie sich Mania und Uli gegenüber.

»Frau Adriani, Sie könnten uns auch Nudeln mit Ei servieren, bei Ihnen schmeckt einfach alles!«, hält ihr Mania entgegen.

Ich versuche nun mit aller Kraft die Firmen, die so plötzlich aus dem Nichts in Griechenland aufgetaucht sind, aus meinen Gedanken zu verdrängen. Denn nur so kann ich wie die anderen voll und ganz das Essen genießen.

23

investieren: a) (Geld) anlegen: Geld falsch, sinnvoll, nutzbringend investieren; sie hat ihr Vermögen in Immobilien investiert. b) aufwenden: er hat viel Zeit in den Aufbau seiner Modelleisenbahn investiert; die Geschäftsleitung hat ihre ganze Kraft in die Durchführung der Erweiterungspläne investiert.

Kapital (langfristig in Sachgütern) anlegen: Das Verb wurde bereits im Mittelalter in der Bed. »feierlich mit den Zeichen der Amtswürde bekleiden« (= in ein Amt einführen) aus mlat. investire (lat. in-vestire einkleiden, bekleiden) entlehnt. Die moderne wirtschaftliche Bed. Kapital anlegen hat sich erst in der 2. Hälfte des 19. Jh.s – vielleicht unter dem Einfluss von it. investire – herausgebildet. Zugehöriges Substantiv (seit dem 19. Jh.): Investition: langfristige Kapitalanlage. Das Substantiv Investitur, Einweisung in ein geistliches Amt, hat die alte Bedeutung bewahrt. Es wurde aus mlat. investitura (eigentlich: Einkleidung) gebildet und bezeichnete im Mittelalter die feierliche Einsetzung des Bischofs durch den König.

Motiv, das: 1. (bildungsspr.) Beweggrund: ein politisches, religiöses Motiv; das Motiv dieser Tat war Rachsucht; es gibt kein vernünftiges, überzeugendes, zwingendes Motiv für diese Tat; kein Motiv haben; das Motiv eines Verbrechens suchen, finden; ich kenne seine wahren Motive nicht; etw. aus eigennützigen Motiven [heraus] tun; ohne erkennbares Motiv handeln; vom eigentlichen, wirklichen Motiv seines Verhaltens ablenken. 2. charakteristisches Thema, stoffliches Element: ein literarisches, künstlerisches, musikalisches Motiv; das zentrale Motiv eines Films; das Motiv der bösen Fee im Märchen; dieses Motiv taucht in seinen Bildern immer wieder auf; das Motiv kehrt in der Oper mehrmals wieder. 3. zur künstlerischen Gestaltung anregender Gegenstand: der Maler bevorzugt ländliche Motive; ein geeignetes Motiv zum Fotografieren.

Die Verbindung zwischen Investition und Investitur, die beide auf die Bedeutung »einkleiden« und im weiteren Sinne »ein Amt bekleiden« zurückgehen, finde ich interessant. Der neue Vizepolizeipräsident hat bestimmt viel Zeit und Energie investiert, um heute in Amt und Würden zu sein. Heutzutage bedeutet »Investition« allerdings vorwiegend »Geldanlage«, und die Herkunft des Kapitals interessiert die Anleger dabei zumeist überhaupt nicht.

Im Lemma »Motiv« fesselt mich schon aus beruflichen Gründen vorwiegend die erste Bedeutung. Dabei stolpere ich über den Beispielsatz »Das Motiv dieser Tat war Rachsucht«. Wer tötet heute schon aus Rachsucht? Es gibt tausend andere Arten, Rache zu nehmen.

Das Motiv für ein Verbrechen ist in unserer Zeit in neun von zehn Fällen Geldgier.

Gerade beim Motiv bin ich auch in den aktuellen Mordfällen in eine Sackgasse geraten: Uli kann die Quelle des Geldes nicht eruieren, das die neuen Firmen nach Griechenland führt, und ich scheitere am Motiv, das hinter der Rückkehr der Reedereien ins Mutterland steckt. Das patriotische Motiv, worauf sich der Minister und die Reeder berufen, passt eher in Dimitrakos' Epoche und nicht in die Gegenwart.

All das geht mir während der Autofahrt ins Büro durch den Kopf. Ich habe in der Nacht auf heute kaum geschlafen, da mir die Sätze des Ministers und Ulis Erkenntnisse andauernd durch den Kopf gingen. Schon im Morgengrauen stand ich auf und zog ins Wohnzimmer um, wo mir mein Dimitrakos-Lexikon Gesellschaft leistete. Adriani stieß dazu, als ich gerade den Eintrag »Investition« studierte. Sie warf mir einen besorgten Blick zu.

»Hast du etwas?«

»Nein, gesundheitlich geht's mir gut. Mich lässt nur ein Fall nicht los, bei dem ich einfach nicht weiterkomme.«

»Mensch, Kostas, die anderen hüpfen vor Freude über die Gehaltserhöhungen, und du kannst wegen einer dienstlichen Angelegenheit nicht schlafen. Also wirklich! Hoffentlich kommst du wenigstens, wenn du in Rente gehst, zur Vernunft!«

Kaum im Büro, rufe ich Sotiropoulos an, um ihm für die Herstellung des Kontakts zu Kyriasidis zu danken.

»Ich hoffe, er konnte ein wenig Licht ins Dunkel bringen«, meint er.

»Das ja, aber Antworten auf meine Fragen habe ich immer noch nicht. Ach, übrigens, ich habe Sie gestern Abend im Fernsehen gesehen.«

»Ja, ich bin über meinen Schatten gesprungen und nach langer Zeit wieder mal auf einer Pressekonferenz erschienen – in der Absicht, die noch offenen Fragen öffentlich zu machen. Wie Sie gesehen haben, habe auch ich keine Antwort bekommen.«

Nach dem Gespräch will ich endlich in mein Croissant beißen, doch da steht Koula in der Tür.

»Poseidon 16 hat sich wieder gemeldet«, meint sie mit einem kleinen Lächeln und legt den Ausdruck der Nachricht vor mich hin. Ich nehme das Blatt an mich und lese den Text, bei dem es sich wieder um eine Frage handelt.

Sind vielleicht die beiden Havarien der West Shipping und die Ermordung von Stefanos Chardakos – und gar nicht der griechische Wirtschaftsaufschwung – der Grund für die Rückkehr der Reedereien?
Poseidon 16

»Können Sie herausfinden, wer hinter Poseidon 16 steckt?«, frage ich Koula.

»Dafür ist die Abteilung für Computerkriminalität zuständig«, antwortet sie. »Dort sitzen die Cracks für solche Recherchen.«

Damit lässt sie mich allein in meinem Büro. Ich beiße endlich ins Croissant, und während ich meinen Kaffee schlürfe, studiere ich noch mal das Internet-Posting.

Offenbar hat Poseidon 16 die Pressekonferenz des Ministers mitverfolgt. Ebenso offensichtlich ist, dass er genau dieselben Zweifel hegt wie Sotiropoulos und ich.

Die erste Frage lautet: Weiß er mehr als wir, und wenn

ja, was? Oder fischt er genau wie wir im Trüben? Wenn er tatsächlich etwas weiß, dann müssen wir uns in Geduld fassen. Er wird erst damit an die Öffentlichkeit gehen, wenn er es für richtig hält.

Die zweite Frage lautet: Warum postet er das? Auch hier gibt es zwei mögliche Antworten, eine einfache und eine komplizierte. Die einfache Antwort lautet: Im Grunde weiß er eigentlich nichts Konkretes und will nur provozieren, weil er davon ausgeht, dass dabei immer etwas hängenbleibt. Die komplizierte Antwort lautet: Er tut es, weil es ihm etwas nützt. Möglicherweise arbeitet er für ein Konkurrenzunternehmen, das in London geblieben ist, und spielt nun vom guten alten England aus den Schlaumeier. Dabei könnte es durchaus sein, dass er nicht nur ein Schaumschläger ist, sondern tatsächlich Einzelheiten weiß, die uns unbekannt sind. Oder es könnte sich um einen Schiffsagenten handeln, der Unternehmen mit Sitz in London vertritt und befürchtet, seine Klienten zu verlieren. Wenn das der Fall wäre, muss er entweder etwas Konkretes wissen oder zumindest gehört haben.

Alle diese Gedanken und Mutmaßungen führen zu ein und demselben Schluss: Ich komme auf keinen grünen Zweig, wenn ich die Person hinter Poseidon 16 nicht ausfindig mache. Und das, da gebe ich Koula recht, klappt nicht ohne Einbeziehung der Abteilung für Computerkriminalität. Doch vor diesem Schritt scheue ich aus verständlichen Gründen zurück.

Ich beherzige das alte Sprichwort »In Zeiten der Dürre ist selbst der Hagel ein Segen« und hole Ulis Liste aus meiner Jackentasche. Mal sehen, vielleicht gibt es ja neben den griechischen noch weitere ausländische Reedereien, die sich nach Chardakos' Ermordung in Griechenland niedergelassen haben. Aber ich finde nichts.

Mit der Liste in der Hand zerbreche ich mir den Kopf darüber, wer mir mit seiner Sachkenntnis aushelfen könnte über Firmen, die, wie Uli sagt, aus dem Nichts entstanden sind und von Griechenland aus in andere europäische Staaten expandieren. Aufschwung hin oder her, neue Firmen fallen doch nicht einfach vom Himmel. Die Regierung muss den Reedereien und auch den anderen Unternehmen gewisse Anreize geboten haben. Und die liegen weitgehend im Dunkeln, und auch im Dimitrakos-Lexikon stehen sie nicht verzeichnet. Gut, der einfache Bürger kann nicht über alle Aktivitäten der Regierung Bescheid wissen, aber hier habe ich das Gefühl, dass die Regierung alles daran setzt, dass man möglichst wenig davon erfährt.

Nach einigem Kopfzerbrechen, wer mir in der Frage nach den neuzugezogenen Firmen weiterhelfen könnte, verfalle ich wieder auf Spyridakis von der Steuerfahndung. Als ich ihn bei unserem letzten Telefonat um Unterstützung gebeten hatte, verweigerte er sie. Doch jetzt geht es nicht um Ermittlungen, sondern um Auskünfte und um eine Orientierungshilfe.

Gerade, als ich zum Hörer greife, kommt mir Gikas mit einem Anruf zuvor.

»Ich habe soeben eine Einladung erhalten«, verkündet er.

»Von wem denn?«

»Vom Vizepolizeipräsidenten. Er hat Sehnsucht nach uns.«

»Und was sollen wir ihm sagen? Die Ermittlungen sind doch noch im Gange.«

»Mein Gefühl sagt mir, dass er seinen Job als Vizepolizeipräsident wie ein Chefingenieur ausübt«, erläutert er mir. »Er inspiziert immer wieder die laufenden Arbeiten.«

In der Not geben selbst die Götter klein bei, hieß es bei den alten Griechen. In der Not werden selbst die Humorlosesten witzig, könnte man in Bezug auf Gikas hinzufügen. Der Vize ist der Letzte, den ich momentan sehen will, aber mir bleibt keine andere Wahl.

Auf der Fahrt wechseln wir fast kein Wort. Jeder hängt seinen eigenen Gedanken nach. Kurz vor unserer Ankunft bricht Gikas das Schweigen.

»Am besten hören wir mit der Freiwilligenarbeit auf«, sagt er zu mir.

Ich blicke zu ihm hinüber, um sicherzugehen, dass er noch bei Trost ist.

»Was für eine Freiwilligenarbeit?«, frage ich.

»Damit meine ich, dass wir ihm aus freien Stücken Erklärungen liefern. Wir geben ihm nur einen kurzen Bericht von der Festnahme von Chardakos' Mördern, und ansonsten beschränken wir uns auf die Beantwortung konkreter Fragen.«

Ich atme erleichtert auf, denn zumindest haben wir jetzt eine Art von Maginot-Linie gegen den gemeinsamen Feind.

Diesmal lässt uns der Vize keine Sekunde warten und schüttelt uns freundlich die Hand.

»Ich habe Sie eingeladen, um aus erster Hand vom Fortgang der Ermittlungen im Mordfall Chardakos zu erfahren«, sagt er zu uns und fügt hinzu: »Obwohl ich mich mit dem Herrn Kriminaldirektor ja regelmäßig telefonisch austausche.«

In meinem Bericht beschränke ich mich auf die Schilderung der Geschehnisse im Imbisslokal bis zur Festnahme der Täter und deren Geständnis. Meine persönlichen Nachforschungen lasse ich weg. »Die Akte liegt bereits bei der Staatsanwaltschaft«, ergänze ich.

»Sehr schön«, wendet er sich befriedigt an uns beide. Dann sagt er zu mir: »Nun, ich weiß gar nicht, wen ich eigentlich zum Erfolg beglückwünschen soll – Sie oder die Kollegen vom Revier Keratsini, die so umsichtig waren, Sie zu verständigen«, meint er lächelnd.

»Gratulieren Sie der Polizei«, erwidere ich. »Die Polizeiarbeit funktioniert im Kollektiv und basiert auf guter Zusammenarbeit.«

Meine kleine Plattitüde kommt außerordentlich gut bei ihm an. »Gute Antwort«, meint er, dann wird er schlagartig ernst. »Die Untersuchung des Falls ist hiermit beendet, meine Herren«, erklärt er. »Der Mord ist aufgeklärt, die Schuldigen sind festgenommen, Punktum!« Nach einer kleinen Pause fügt er hinzu: »Soeben sind die griechischen Reedereien wieder ins Heimatland zurückgekehrt, damit ist ein großer Coup gelungen. Wenn wir weiterbohren, und noch dazu ohne konkretes Ziel, setzen wir den Erfolg der kollektiven nationalen Anstrengungen womöglich aufs Spiel. Sollten in Zukunft neue Hinweise auftauchen, können Sie den Fall jederzeit wieder aufrollen – aber nur mit meiner Genehmigung.«

Als er sich erhebt, tun wir es ihm gleich. Erneut schütteln wir seine Hand und verlassen das Büro.

»Haben Sie begriffen, warum er uns zu sich gerufen hat?«, fragt mich Gikas, als wir ins Auto steigen.

»Es ging ihm um das politische Statement«, antworte ich. »Alles andere wusste er schon von Ihnen.«

»Schön, dass die Botschaft bei Ihnen angekommen ist«, sagt er und beendet damit das Gespräch.

Das ist die zweite Botschaft, denke ich mir. Er will mir sagen, dass ich von ihm keine Rückendeckung zu erwarten habe.

Schuster, bleib bei deinem Leisten, das gebietet die Vernunft. Ein anderes Sprichwort sagt: Wer sich allzu grün macht, den fressen die Ziegen. Und das, wonach ich suche, ist gewiss das allerbeste Ziegenfutter.

24

Wir sitzen in einem Café auf dem Kifissias-Boulevard. Spyridakis trinkt eine Cola und ich ein Kaffee-Frappé. Neben der Cola liegt Ulis Liste, die Spyridakis eingehend studiert.

Manchmal fällt es einem schwer, eine Wohnung oder einen anderen liebgewonnenen Ort zu verlassen. Dann macht man – unter dem Vorwand, dass man nachsehen will, ob man nichts vergessen hat – einen letzten Rundgang, bevor man geht. Aber in Wirklichkeit tut man es, weil man sich nicht so schnell davon lösen kann.

Genauso ergeht es mir momentan. Bevor ich mich endgültig von den Ermittlungen zu den noch offenen Aspekten des Chardakos-Mordes verabschiede, mache auch ich einen letzten Rundgang. Nicht weil ich glaube, dass ich – auf den letzten Drücker – noch etwas entdecken würde, sondern weil es mir schwerfällt, den Fall aus der Hand zu geben.

Spyridakis hebt den Blick von Ulis Liste. »All diese Unternehmen sind uns bekannt, Herr Kommissar«, sagt er. »Nach rechtmäßiger Gründung arbeiten sie auf korrekter Basis. Daher haben wir keinen Grund, uns weiter mit ihnen zu beschäftigen, außer –« Er bricht mitten im Satz ab.

»Außer?«, hake ich nach.

»Außer, eine Anzeige liegt vor. Aber auch dann ist es noch nicht gesagt, dass wir tätig werden.«

»Wieso nicht?«

»Weil mein Chef womöglich sagt: ›Lassen Sie die Sache auf sich beruhen‹, oder: ›Das ist nicht vordringlich, verschieben Sie es auf später.‹ Das tut er nicht, weil er geschmiert wurde, sondern weil es sich um ein großes Unternehmen handelt. Mit Nachforschungen könnte man Schaden anrichten.«

»Also gibt es bei diesen Firmen keine Verdachtsmomente …«

»Solange keine konkrete Anzeige vorliegt, darf ich Ihnen keine Auskunft geben. Eins kann ich Ihnen jedoch versprechen: Ich informiere Sie, sobald eine Anzeige eingeht.«

Die Abschiedsrunde ist zu Ende, und ich erhebe mich. »Vielen Dank, dass Sie sich die Zeit genommen haben, mir weiterzuhelfen«, sage ich zu Spyridakis.

»Nicht doch, von Hilfe kann keine Rede sein«, antwortet er. »Aber wenn Sie meine Meinung hören wollen: Suchen Sie nicht weiter. Das ist einer der Fälle, wo man so lange gegen eine Mauer des Schweigens anrennt, bis man sich eine blutige Nase geholt hat. Glauben Sie mir, das weiß ich aus eigener Erfahrung.«

Vom Vizepolizeipräsidenten über Gikas bis zu Spyridakis sagen mir alle dasselbe. Es kann doch nicht sein, dass ich als Einziger recht habe und alle anderen unrecht.

Vom Kifissias-Boulevard kehre ich zu Fuß ins Büro zurück. Sobald ich an meinem Schreibtisch sitze, erscheinen Vlassopoulos und Dermitsakis mit einem hochzufriedenen Lächeln auf ihren Gesichtern.

»Was ist denn los, dass ihr um die Wette strahlt?«, frage ich die beiden.

Anstelle einer Antwort legt mir Dermitsakis einen listenförmigen Ausdruck vor.

»Was ist das?«, frage ich.

»Die Verbindungsliste von Samirs Handy, das er auf dem Gemüsemarkt benutzte«, erläutert mir Vlassopoulos.

Ich nehme den Ausdruck zur Hand und studiere ihn ausführlich. Eine der angerufenen Handynummern wurde eingekringelt, und ich sehe, dass sie in der Folge wiederholt auftaucht. Dann überprüfe ich die Daten der ein- und der ausgehenden Gespräche. Es gibt einen Anruf zwei Tage vor Chardakos' Ermordung, und zwei weitere nach der Tat. Die meisten Telefonate – acht an der Zahl – fanden jedoch am Tattag statt.

»Wonach schreit das förmlich?«, fragt mich Vlassopoulos, als ich den Kopf hebe.

»Danach, dass der Typ höchstwahrscheinlich der Spezialist für das Knacken von Alarmanlagen ist. Doch das allein hilft uns noch nicht weiter, da es sich vermutlich um ein Prepaidtelefon handelt. Damit können wir nicht viel anfangen.«

»Gott liebt zwar die Einbrecher, aber auch den Hausherrn«, meint Dermitsakis und holt eine zweite Liste hervor. »Hier sind die ein- und die ausgehenden Anrufe vom Handy des Taxibesitzers.«

Auf der Liste erkenne ich auch hier Kringel an denselben Tagen, doch sie markieren keine Telefonnummern, sondern einen Namen: Carlo Ferdini. »Und du nimmst an, dass das Handy diesem Carlo gehört?«, frage ich Dermitsakis.

»Ich stelle erst einmal noch keine Hypothese auf. Als ich bei der Nummer angerufen habe, hat sich eine Männerstimme mit ›Pronto‹ gemeldet.«

Die Erklärung ist einfach. Der Italiener wollte aus Sicherheitsgründen in Griechenland sein italienisches Handy nicht benutzen. Deshalb kaufte er eine griechische SIM-Karte und verwendete diese Nummer, damit ihn die beiden Georgier kontaktieren konnten.

»Gute Arbeit, nur wird er inzwischen in Italien sein«, sage ich zu Dermitsakis.

»Hundert pro«, bestätigt er. »Ich musste die internationale Vorwahl wählen, um ihn zu erreichen.«

»Und jetzt?«, fragt mich Vlassopoulos. »Holen wir die Georgier für eine zusätzliche Aussage her?«

Ich bin hin- und hergerissen, doch ich beschließe, kein Öl ins Feuer zu gießen. »Nein, der Fall der Georgier ist schon an die Staatsanwaltschaft weitergeleitet, und allem Anschein nach betrifft er auch die italienische Polizei. Gebt die Erkenntnisse an den Untersuchungsrichter weiter. Wenn er entscheidet, dass wir weiter nachforschen sollen, hole ich mir eine schriftliche Anordnung ein. Ich will keinen Ärger mit Gikas.« Den Vize kehre ich unter den Teppich und schiebe Gikas vor.

»Stimmt, eigentlich haben wir unsere Aufgabe mehr als erfüllt«, bemerkt Vlassopoulos.

»Danke, Leute. Hervorragende Arbeit.«

Nachdem sie freudestrahlend abgezogen sind, versinke ich wieder in meinen Grübeleien. Ich kann die Ermittlungen zwar nicht in der Realität, dafür aber zumindest in meinen Gedanken fortführen.

Der Schlossexperte aus Italien entzieht dem Geständnis der beiden Georgier den Boden, die behaupten, sie hätten Chardakos getötet, weil er der Witwe ihres Freundes keine Entschädigungssumme für den Unfalltod ihres Ehemannes zahlen wollte. Wenn jemand für die Ehefrau seines Spezis Geld herausholen will, muss er sich nicht von einem italienischen Schlosser eskortieren lassen.

Es besteht kein Zweifel, dass die ganze Geschichte mit dem beim Brand auf dem Frachtschiff umgekommenen Freund nur ein kleines Element einer größeren Vertuschungsaktion ist. Hinter Chardakos' Ermordung verbirgt sich eine viel größere Sache. Ob jetzt der Vize weiß, was dahintersteckt, oder ob er die Ermittlungen nur einstellt, weil er von Tuten und Blasen keine Ahnung hat, das werden wir nur erfahren, wenn der Fall irgendwann schlagartig seine wahren Dimensionen enthüllt. Ich höre schon den empörten Aufschrei, die Polizei habe wieder mal geschlafen. Wie soll man den Leuten dann erklären, dass wir Stillschweigen geloben mussten!

Kurz geht mir der Gedanke durch den Kopf, Gikas zu informieren, aber ich weise ihn von mir. Bei seiner angespannten Beziehung zum Vize könnte er die Sache missverstehen und glauben, ich stochere weiterhin in dem Fall herum. Besser, alle werden vom zuständigen Untersuchungsrichter benachrichtigt, sobald der es für richtig hält. Wenn sich Gikas dann beschwert, ich hätte ihn übergangen, kann ich sagen, dass ich alle Erkenntnisse auf dem Amtsweg weitergereicht hätte, da das Gerichtsverfahren gegen die Täter bereits in Gang und der Fall für die Polizei abgeschlossen gewesen sei.

Plötzlich fühle ich eine gewisse Erleichterung. Es tut mir bestimmt auch mal gut, Dienst nach Vorschrift zu machen. Und das bringt mich auf die Idee, jetzt einfach mal einen Kaffee zu trinken – nur schade, dass ich seit Jahren die zweite Komponente dieser Arbeitshaltung, nämlich das Rauchen, aufgegeben habe.

So fahre ich in die Cafeteria hinunter, um mir den zweiten Mokka des Tages zu gönnen. Dabei treffe ich Gonatas von der Abteilung für Terrorismusbekämpfung, der gerade ein Kaffee-Frappé in Empfang nimmt.

»Ich kann mich nicht erinnern, wann zuletzt eine Regierung die Polizei so sehr an ihrer Seite hatte wie die jetzige«, meint er lachend.

»Warum?«, frage ich.

»Es kommt mir vor wie damals, als unsere Eltern jung waren«, erklärt er mir. »Sie haben am Essen und an der Kleidung gespart und im Vorgarten Tomaten und Gurken angebaut, um zu überleben. Eines schönen Morgens taucht im Dorf der Onkel aus Amerika auf und beginnt, Geld zu verteilen. Den haben die Dorfbewohner bald wie einen Heiligen verehrt. Kann sein, dass er ein paar Ticks hatte, dass er ein schwer verständliches griechisch-amerikanisches Kauderwelsch sprach, aber darüber hat man hinweggesehen und ihm dankbar die Hand geküsst. Heute ist die neue Regierung für uns so eine Art Onkel aus Amerika. Sie gewährt Gehaltserhöhungen und verspricht uns zwei zusätzliche Monatslöhne. Selbstverständlich trägt sie dann für uns auch einen Heiligenschein.«

Gonatas hat recht und alle anderen auch, sage ich mir. Der einzige Nörgler und Spinner im Polizeikorps bin ich.

Anstatt mir auszumalen, wie viel angenehmer ich und Adriani dank der jetzigen und künftigen Gehaltserhöhungen leben können, quäle ich mich mit dem Chardakos-Mord herum.

Ich kehre mit meinem Mokka in mein Büro zurück, doch bevor ich ihn an den Mund setzen kann, funkt mir Koula dazwischen.

»Es gibt Neuigkeiten von Poseidon 16«, kündigt sie mir an und breitet vor mir ein Blatt Papier aus.

Nur halbherzig greife ich danach, da mir mein Gefühl sagt, dass die Lektüre meine Entscheidung, die Finger von der Sache zu lassen, erschüttern könnte.

Ein Schiff der West Shipping wurde in Thailand von Piraten versenkt, ein anderes in Odessa von prorussischen Separatisten. Handelt es sich dabei vielleicht um erpresserische Terrorakte, um die Reeder nach Griechenland zurückzuzwingen? Fiel dabei die Wahl auf Chardakos, weil er das auf keinen Fall wollte? Musste er diese Einstellung mit dem Leben bezahlen? Falls ja, haben wir es auf der einen Seite mit rücksichtslosen Erpressern zu tun und auf der anderen mit einer Polizei, die untätig zusieht. Das wäre eine tödliche Kombination.
Poseidon 16

Ich sollte einen Popen rufen, der unsere Wohnung räuchert und von bösen Geistern befreit, denke ich mir. Jedes Mal, wenn ich beschließe, mich zu entspannen, kommt mir ein verflixter Zufall in die Quere, der alle meine Pläne zunichtemacht. Die Frage »Und was tut die Polizei?« kommt viel früher und aggressiver als erwartet.

Ich rufe umgehend Gikas' Sekretärin Stella an und ersuche um einen sofortigen Termin. Ohne ihre Antwort abzuwarten, packe ich das Blatt Papier und stürme in die fünfte Etage. Da Gikas schon kapiert hat, dass es sich um etwas Ernstes handelt, empfängt er mich an der Türschwelle seines Büros.

Wortlos halte ich ihm das Posting hin, und er liest es gleich im Stehen. Dann hebt er den Kopf und blickt mich an. »Es freut mich nicht wirklich, dass der Vize im Schlamassel steckt. Denn wir stecken mit ihm fest«, meint er.

»Wenn diese Nachricht durchs Netz geistert, kann man sich leicht ausrechnen, dass morgen alle über die Polizei herfallen.« Gleich danach lasse ich die Einzelheiten zum Spezialschlosser aus Italien folgen.

»Wer ist dieser Poseidon 16? Haben Sie das untersucht?«

»Nein, ich habe mich gemäß Anweisung verhalten. Ich habe die Täter an die Staatsanwaltschaft weitergeleitet und nicht weiter nachgeforscht.«

»Korrekt, aber wenn dieser Poseidon 16 von Terror und Erpressung redet, müssen wir ihn enttarnen und vernehmen.«

Er ersucht Stella, Vellidis von der Abteilung für Computerkriminalität zu verständigen.

»Werden Sie den Vize informieren?«, frage ich.

»Nur, wenn wir Poseidons Personaldaten haben und ihn befragen können«, lautet seine Antwort.

Als kurz darauf Vellidis erscheint, überreicht ihm Gikas

das Posting. Vellidis liest es durch und wirft mir einen fragenden Blick zu.

»Ich möchte wissen, wer sich hinter dem Pseudonym Poseidon 16 verbirgt«, erläutert ihm Gikas. »Wir wollen ihn vernehmen, um herauszufinden, ob seine Behauptungen aus der Luft gegriffen sind oder ob er mehr weiß als wir.«

»Wir werden ihn finden, aber das geht nicht von heute auf morgen«, erklärt ihm Vellidis. »Wer einen Nicknamen benutzt, um bestimmte Behauptungen in Umlauf zu bringen, lässt sich nicht so leicht aufstöbern. Wir werden schon dahinterkommen, aber es kann dauern.«

»Schön, geben Sie mir Bescheid, sobald Sie einen Anhaltspunkt haben«, sagt Gikas zu ihm.

»Es gibt noch zwei ältere Postings mit etwas milderer Wortwahl, die ich Ihnen noch nachreiche«, füge ich hinzu. Nachdem Vellidis gegangen ist, frage ich Gikas: »Werden Sie Gonatas von der Antiterroreinheit verständigen?«

»Das entscheidet sich erst, wenn wir wissen, wer hinter dem Pseudonym steckt. Vielleicht bekommt Gonatas den Zuschlag, vielleicht aber auch Sie. Das werden wir dann sehen.«

Hoffentlich übergibt er den Fall Gonatas. Ich habe schon genug Stunk mit dem Vize. Es wird Zeit, dass auch mal jemand anderer was abbekommt.

25

Wenn mitten in der Nacht das Telefon läutet, hat das meistens nichts Gutes zu bedeuten. Ich hatte mich schon um neun Uhr hingelegt, da mich die durchwachte Nacht und der anstrengende Tag an den Rand meiner Kräfte gebracht hatten. Erst nach einer Weile realisierte ich, dass es mein Handy war, das da schrillte. Hektisch tastete ich danach und ging schnell ran – zum einen, um Adriani nicht aufzuwecken, und zum anderen, weil ich davon ausgehen konnte, dass etwas Schlimmes passiert sein musste.

»Hier die Einsatzzentrale, Herr Kommissar. Wir wurden gerade benachrichtigt, dass ein Toter in einem Auto aufgefunden wurde, in der Ifestou-Straße in Ilioupoli.«

»Ist das Opfer identifiziert?«

»Die Kollegen vom Revier haben mir nur gesagt, dass sie nichts angefasst haben und auf Ihre Anweisungen warten.«

»Gut, informieren Sie meine Mitarbeiter. Sie sollen mit einem Streifenwagen zum Tatort kommen. Und sie sollen Spurensicherung und Gerichtsmedizin verständigen.«

»Was ist denn los?«, fragt Adriani im Halbschlaf.

»Nichts, nur etwas Dienstliches. Schlaf weiter.«

Ich stehe auf und blicke auf die Uhr. Es ist Viertel nach

eins. Ich gehe mit meinen Kleidern zum Anziehen ins Wohnzimmer, um Adriani nicht zu stören. Zehn Minuten später sitze ich einsatzbereit im Seat.

Auf dem Vouliagmenis-Boulevard schalte ich mein Navigationsgerät ein, da ich mich in Ilioupoli nicht gut auskenne und keine Zeit verlieren will. Die Anweisungen lenken mich auf den Sofokli-Veniselou-Boulevard, wo ich meine Orientierung vollkommen verliere und so lange blindlings der Frauenstimme folge, bis sie mir schließlich verkündet, dass ich am Ziel angelangt bin.

Die Ifestou-Straße grenzt an den Volkspark von Ilioupoli. Schon von weitem erkenne ich die Scheinwerfer des Streifenwagens und fahre darauf zu. Auf den Balkonen haben sich Anwohner versammelt und verfolgen das Schauspiel. Auf den ersten Blick kann ich weder meine Assistenten noch den Transporter der Spurensicherung oder den Krankenwagen erkennen. Offenbar bin ich vor ihnen angekommen.

Der Streifenwagen steht vor einem Audi, dessen Fahrerfenster heruntergekurbelt wurde. Die linke Hintertür steht offen. Zwei uniformierte Beamte kommen auf mich zu.

»Von wem wurden Sie benachrichtigt?«, frage ich.

»Von einem Anwohner. Die Gegend hier ist sehr ruhig. Als er einen Schuss gehört hat, ist er auf den Balkon gegangen. Zuerst hat er das Auto gesehen und dann jemanden, der etwas vom Rücksitz genommen hat. Dann ist er sofort zurück ins Zimmer und hat uns angerufen. Als er wieder auf den Balkon trat, war der Typ verschwunden.«

»Hat das Opfer hier gewohnt?«, frage ich.

»Das Opfer wohnte im Haus gegenüber, Herr Kommissar. Es ist ein sehr bekannter Journalist«, antwortet der zweite Uniformierte.

Bei diesen Worten schrillen bei mir sämtliche Alarmglocken. Ohne die weiteren Ausführungen abzuwarten, stürme ich zum Audi.

Obwohl ich durch die Bemerkung des Polizisten vorgewarnt bin, trifft mich der Anblick wie ein Keulenschlag. Ich brauche einen Augenblick, um mich zu fassen. Hinter dem Steuer liegt Sotiropoulos. Die Wucht der tödlichen Kugel, die ihn in die Stirn traf, hat seinen Oberkörper auf den Beifahrersitz geschleudert. Seine aufgerissenen Augen starren an den Dachhimmel des Wagens.

Zugegeben, ich habe in meinem Leben schon viele Leichen gesehen von Leuten, die brutal ermordet wurden. Aber hier liegt ein Mensch erschossen vor mir, mit dem ich mein ganzes Berufsleben lang zu tun hatte, mit dem ich mich zwar gezankt, aber auch verstanden habe, einer, der mir in schwierigen Situationen immer wieder unter die Arme gegriffen hat und mit dem ich gestern noch in Kontakt stand.

Ich weiche ein paar Schritte zurück, da ich den Anblick des toten Sotiropoulos kaum ertrage. Als ich mich umdrehe, erblicke ich den zweiten Streifenwagen mit meinen drei Mitarbeitern sowie den Transporter der Spurensicherung.

Meine Assistenten erkennen auf den ersten Blick, dass ich ganz erschüttert bin, und schauen mich beunruhigt an. »Wer ist der bekannte Journalist?«, fragt mich Papadakis.

»Seht selbst.«

Die drei nähern sich dem Audi, während ich auf Dimitriou zutrete.

»Wer ist der Tote?«, fragt er mich.

»Menis Sotiropoulos.«

Diese Nachricht verschlägt auch ihm die Sprache.

»Dieser Fall betrifft mich nicht nur dienstlich, sondern auch persönlich. Im Wagen gibt's vermutlich kaum Spuren. Wir sollten auf jeden Fall seine Wohnung durchsuchen. Haben Sie einen Schlosser mit dabei?«

»Nein, aber ich glaube nicht, dass wir mit einer normalen Wohnungstür große Schwierigkeiten haben werden«, antwortet er. »Und sonst hole ich einen. Ich will die Kollegen nicht mitten in der Nacht unnötig aus dem Schlaf reißen.«

Während er sich mit seinen Mitarbeitern ans Werk macht, kommt meine Truppe zurück zu mir. Betreten und fassungslos bleiben sie vor mir stehen.

»Wie kann das sein?«, fragt mich Dermitsakis.

»Er war sicher nicht der liebenswürdigste Mensch auf der Welt, aber abgeknallt zu werden wie ein Hund … Das hat er nicht verdient«, bemerkt Vlassopoulos.

»Lassen wir die Grabreden und sehen wir zu, was wir zu dieser späten Stunde herausfinden können«, sage ich etwas brüsk und versuche so in erster Linie, meine eigene Bestürzung zu überwinden.

»Es macht keinen Sinn, alle Anwohner aufzuwecken. Wir kommen besser morgen früh wieder«, meint Dermitsakis.

»Derjenige, der die Polizei verständigt hat, ist bestimmt noch wach«, meint Papadakis.

»Stimmt, den könnten wir sofort befragen. Soviel ich

weiß, war Sotiropoulos geschieden und hat allein gelebt. Somit können wir seine Wohnung gleich durchsuchen.«

»Wie können wir sichergehen, dass er tatsächlich alleinstehend war?«, fragt Vlassopoulos.

»Das ist überflüssig«, wendet Papadakis ein. »Hätte er eine Frau oder Familie, wären die Angehörigen jetzt hier und würden weinen und schreien. Das ist doch Beweis genug, dass er allein gelebt hat.«

Gerade als wir uns von den Kollegen den Namen des Zeugen geben lassen wollen, treffen der Krankenwagen und der Gerichtsmediziner Stavropoulos ein. Mir wäre Ananiadis lieber gewesen, da ich mich mit ihm viel besser verstehe. Stavropoulos sorgt auch gleich dafür, dass es so bleibt. »Kaum bin aus dem Urlaub zurück, halsen Sie mir gleich wieder einen Mord auf«, sagt er.

»Genau«, kontere ich. »Beim nächsten Mal richte ich dem Mörder aus, dass er Ihnen nach dem Urlaub eine kleine Verschnaufpause gönnen soll.« Ich deute auf den Audi. »Das Opfer wartet dort im Wagen auf Sie.«

Die Polizeibeamten erklären uns, der besagte Zeuge heiße Petrakis und wohne in der dritten Etage des Wohnhauses, in dem auch Sotiropoulos lebte. Ich beschließe, ihn allein aufzusuchen, um nicht um drei Uhr morgens gleich zu viert aufzumarschieren.

Als ich klingele, geht die Tür sofort auf. Ein Mittvierziger mit schütterem Haar steht an der Tür.

»Kommen Sie herein«, sagt er im Flüsterton, wofür er sich gleich rechtfertigt. »Entschuldigung, dass ich so leise spreche, aber ich will die Kinder nicht aufwecken. Sie müssen morgen in die Schule.«

Als ich verständnisvoll nicke, führt er mich ins Wohnzimmer. Dort wartet seine ein paar Jahre jüngere Frau, die einen Morgenrock über dem Nachthemd trägt.

»Mein Gott, wie schrecklich!«, sagt auch sie mit gesenkter Stimme. »Der arme Herr Sotiropoulos! Na ja, bei seinem Job hat er sich natürlich Feinde gemacht, aber so ein Ende …«

»Komm schon, Janna«, wendet ihr Ehemann ein. »Als er den Leuten noch mit seinen Recherchen auf die Füße getreten ist, hat man ihn auch in Ruhe gelassen. Warum sollte man ihn ausgerechnet jetzt, da er in Rente ist, töten?«

Petrakis deutet auf einen Sessel und setzt sich gegenüber aufs Sofa. Seine Frau nimmt neben ihm Platz.

»Ich weiß, es ist mitten in der Nacht, ich möchte Sie nicht lange stören«, sage ich entschuldigend. »Erst mal erzählen Sie mir nur das Nötigste. Die offizielle Vernehmung folgt noch.« Dann bitte ich Petrakis: »Schildern Sie, was Sie genau gesehen haben.«

»Als ich den Schuss hörte, saß ich gerade vorm Fernseher und guckte einen Film. Ich bin sofort raus auf den Balkon und habe bei Sotiropoulos' Wagen diesen Typen gesehen, der seine Hand durch das Seitenfenster geschoben hat und versuchte, die Tür hinter dem Fahrersitz zu öffnen. Da bin ich zurück ins Zimmer und habe sofort die Polizei gerufen. Als ich wieder auf den Balkon zurück bin, war der Typ verschwunden.«

»Erinnern Sie sich ungefähr, wie spät es war?«

Er denkt kurz nach. »Der Film war schon fast zu Ende. Daher muss es zwischen halb eins und eins gewesen sein.«

»Haben Sie vielleicht das Gesicht des Täters gesehen?«

»Nein, er stand mit dem Rücken zu mir.«

»Ist Ihnen in der Nähe von Sotiropoulos' Wagen ein Motorrad aufgefallen?«

Wieder denkt er nach. »Jetzt, da Sie es erwähnen ... Ich glaube, da stand ein Moped hinter dem Audi.«

Das Moped ist das günstigste und beliebteste Fluchtfahrzeug nach einem Verbrechen.

Ich stehe auf. »Vielen Dank, jetzt will ich Sie nicht länger stören.«

Petrakis begleitet mich bis zur Tür. Dann kehre ich auf die Straße zurück, wo Stavropoulos schon auf mich wartet.

»Ich fasse mich kurz«, sagt er. »Es ist schon spät und der Tathergang simpel. Der Täter hat ihn aus sehr kurzer Distanz erschossen. Er scheint ihn zunächst durchs offene Fenster angesprochen zu haben. Das Opfer hat den Kopf gewendet, um zu sehen, wer mit ihm sprechen wollte. Dann folgte der Schuss in die Stirn. Hätte er den Täter nicht bemerkt, wäre er an der Schläfe getroffen worden.«

Vielleicht kannte er die Person, die mit ihm sprechen wollte, vielleicht auch nicht. Wenn es jemand Unverdächtiger war, dachte er bestimmt an nichts Böses.

»Und die Tatzeit?«

Er blickt auf die Uhr. »Vor circa drei Stunden. Meinen Bericht bekommen Sie morgen.«

»Gleich zusammen mit den beiden letzten, nehme ich an«, rufe ich ihm in Erinnerung.

Er wirft mir einen genervten Blick zu. »Meine Dienststelle gibt keine Berichte heraus, die ich nicht vorher persönlich genehmigt habe«, erwidert er. Dann dreht er sich um und schreitet grußlos zu seinem Wagen.

Ich ersuche Dimitriou, uns einen seiner Männer zur Verfügung zu stellen, der etwas von Schlössern versteht. Dann rufe ich meine Assistenten dazu und fahre mit allen vieren in die oberste Etage hoch, wo Sotiropoulos' Wohnung liegt. Das Schloss ist einfach, und der Mitarbeiter der Spurensicherung kann es problemlos mit einem Schlagschlüssel öffnen.

Wir schalten das Licht ein. Vor uns liegt ein geräumiger Flur, der zu zwei großen ineinander übergehenden Räumen führt. Der eine diente als Wohnzimmer: In der einen Ecke ist eine Sitzgruppe um einen Couchtisch gruppiert, in der anderen stehen ein kleineres Sofa und zwei Sessel einem riesigen TV-Bildschirm gegenüber. Im angrenzenden Raum hat Sotiropoulos gearbeitet. Die Wände sowohl im Wohn- als auch im Arbeitszimmer sind bis zur Decke mit Bücherregalen zugestellt, der Couchtisch quillt von Zeitschriften über.

Die andern beiden Zimmer der Wohnung sind ein Schlafraum und ein Gästezimmer mit einem Schlafsofa. Auch hier stapeln sich die Bücher an allen Ecken und Enden. Trotzdem ist die Wohnung picobello sauber, was darauf hindeutet, dass Sotiropoulos eine Putzfrau hatte.

»Heilige Muttergottes, was der Mann alles gelesen hat!«, ruft Vlassopoulos bewundernd.

Ich überlasse meinen Assistenten die Durchsuchung der Wohnung, da ich es nicht über mich bringe, Sotiropoulos' persönliches Hab und Gut zu durchstöbern. Zum ersten Mal sehe ich, wie er gelebt hat, und entdecke einen Menschen von größter Bildung, ja einen richtigen Büchernarren. Zu seinen Lebzeiten bestand unser Verhältnis aus barschen Schlagabtauschen einerseits und gegenseitigen kleinen Gefälligkeiten andererseits. Doch nun begreife ich, dass ich ihn gar nicht richtig gekannt habe.

Meine Mitarbeiter finden sich nach einer halben Stunde wieder bei mir ein. »Fehlanzeige, Herr Kommissar«, meint Dermitsakis. »Da ist nichts, was uns weiterbringt.«

Ich habe es auch nicht anders erwartet. Sein Mörder hatte weder die Absicht noch die Zeit, seine Wohnung zu durchwühlen.

Papadakis inspiziert den Schreibtisch und zieht ein paar Schubladen heraus. »Wo hat Sotiropoulos gearbeitet?«, fragt er schließlich.

»Bei einer Zeitung und einem TV-Sender«, antworte ich. »Als er in Rente ging, hat er einen Blog geführt.«

»Und das alles ohne Computer?«, fragt er. »Ein Journalist und Blogger?«

Wir blicken uns an. Dass wir daran nicht gedacht haben! Angesichts der Ereignisse ist mein Denkvermögen offensichtlich auf das eines Hühnerhirns geschrumpft.

»Wo könnte sein Computer sein?«, fragt sich Vlassopoulos. »Vielleicht in einem externen Arbeitszimmer?«

»Oder der Täter hat ihn«, sagt Dermitsakis. »Er hat ihn auf dem Rücksitz des Audis gesehen, die Wagentür geöffnet und ihn mitgenommen.«

»Durchaus möglich«, stimme ich zu. »Die Frage ist, ob er ihn gestohlen hat, um ihn zu verkaufen, oder ob er ihn mitgenommen hat, weil er etwas suchte, das sich auf dem Laptop befindet. Das wird sich erst im Laufe der Ermittlungen klären.«

Nachdem wir die Wohnung fertig durchsucht haben,

halte ich es keine Minute länger dort aus. Dimitrious Mitarbeiter schließt die Tür wieder zu und versiegelt sie polizeilich.

Als wir das Wohnhaus verlassen, ist Sotiropoulos mit dem Krankenwagen bereits abtransportiert.

Dimitriou kommt auf mich zu. »Wir haben nichts Besonderes gefunden. Wenn sich bei der weiteren kriminaltechnischen Untersuchung des Wagens noch etwas ergibt, melde ich mich.«

Hinter der polizeilichen Absperrung am anderen Ende der Straße kann ich eine Menge PKWs und Transporter von Fernsehsendern erkennen. Offensichtlich hat die Neuigkeit die Runde gemacht, und die Reporter sind hier, um Auskünfte einzuholen. Ich mache mich eilig davon, bevor sie sich an meine Fersen heften können. Einerseits, weil ich ihnen momentan gar nichts zum Fall sagen kann, und andererseits, weil ich keine Lust habe, mit ihnen zu reden.

Ich ersuche die beiden Beamten vom Revier Ilioupoli, so lange vor Ort zu bleiben, bis die Spurensicherung Sotiropoulos' Audi abgeschleppt hat. Danach könnten sie Feierabend machen.

Zusammen mit Vlassopoulos und Dermitsakis nehme ich in unserem Streifenwagen Platz und überlasse Papadakis den Seat. Wenn ich mich in meinem psychischen Zustand jetzt ans Steuer setze, ist ein Unfall so gut wie vorprogrammiert.

26

Gestern Nacht ist der Kelch noch an mir vorübergegangen, aber heute Morgen gibt es kein Entrinnen. Als ich aus dem Fahrstuhl steige, schlägt mir lautes Stimmengewirr entgegen. Sie stehen schon alle vor meinem Büro. Zum Glück hat mich Koula telefonisch vorgewarnt, so trifft mich der Anblick nicht ganz unvorbereitet. Bereits auf dem Flur fallen sie mit Fragen über mich her und hindern mich so, mein Büro zu betreten.

»Was ist passiert, Herr Kommissar?«, ruft Merikas, Sotiropoulos' Nachfolger, der sich berufen fühlt, das große Wort zu führen. »Was für ein Irrer hat Menis umgebracht?«

»Es war bestimmt irgendein Räuber – oder jemand, dem er auf den Schlips getreten war und der sich dafür rächen wollte«, schaltet sich der junge Mann, der sommers wie winters im T-Shirt herumläuft, besserwisserisch ein. Heute trägt er ein schwarzes Modell, auf dem, passend zur Gelegenheit, mit goldenen Lettern *justice* steht.

»Liebe Leute, für Schlussfolgerungen ist es noch zu früh«, sage ich. »Die offiziellen Ermittlungen laufen gerade erst an. Wir wissen nur, dass er gestern gegen Mitternacht aus nächster Nähe in seinem Wagen erschossen wurde. Ich verspreche Ihnen, Sie zu informieren, sobald wir etwas Neues wissen.«

»Ich hoffe nur, dass Sie bald etwas vorweisen können«, meldet sich die Dürre zu Wort. »Sotiropoulos war ein Kollege, und der Fall betrifft uns alle persönlich, das werden Sie verstehen.«

Mir liegt schon auf der Zunge, ihr zu sagen, dass Sotiropoulos die Krätze kriegte, wenn er sie nur sah, aber ich schlucke die Bemerkung hinunter. »Auch mir geht die Sache nahe«, erwidere ich. »Ich kannte Sotiropoulos schon lange vor den meisten von Ihnen. Trotz unserer Meinungsverschiedenheiten habe ich sein Urteil und seine moralische Haltung hochgeschätzt. Daher bin ich an der Aufklärung des Falles genauso persönlich interessiert wie Sie.«

Diese Erklärung befriedigt sie einigermaßen, und sie treten den Rückzug an. »Viel Erfolg, Herr Kommissar«, wünscht mir die Kurze mit den rosa Strümpfen zum Abschied.

Als der Flur wieder leer ist, bitte ich meine Assistenten zur Besprechung in mein Büro. Alle stimmen darin überein, dass wir mit den Ermittlungen in Sotiropoulos' Wohnhaus und im umliegenden Viertel beginnen sollten. Womöglich ergibt sich daraus ein Hinweis, wie wir am besten weitermachen.

Da ich vorab Gikas in der fünften Etage Bericht erstatten muss, verzögert sich unsere Abfahrt noch ein wenig.

»Ein Unglück kommt selten allein«, sagt Gikas. »Auch das noch! Haben Sie eine Ahnung, was hinter dem Mord steckt? Oder ist es noch zu früh für Vermutungen?«

»Gestern Nacht konnten wir nur die nötigsten Befragungen durchführen. Die eigentlichen Ermittlungen beginnen erst heute.«

»Ich möchte, dass Sie mich ständig auf dem Laufenden halten. Ich fürchte, dass wir es jetzt nicht nur mit dem Vizepolizeipräsidenten, sondern auch mit der Politik zu tun bekommen.«

Ich verspreche es ihm und kehre in die dritte Etage zurück. Diesmal hält Dermitsakis in der Zentrale die Stellung, und Koula kommt mit. Bei Vernehmungen im Familienkreis könnte ihr Beisein uns von Nutzen sein. Wir besprechen noch kurz, ob wir das Polizeirevier Ilioupoli miteinbeziehen sollen, aber dann verzichten wir darauf, da uns die Kollegen bei den Vernehmungen kaum behilflich sein können.

Während der ganzen Fahrt bleiben wir schweigsam. Offenbar merken meine Assistenten, dass meine Gedanken ganz woanders sind, und vermeiden den üblichen Smalltalk.

Sotiropoulos' Wohnviertel ist so ruhig, als wäre am Abend zuvor überhaupt nichts passiert. Das rote Absperrungsband ist verschwunden. Nach einem kurzen Meinungsaustausch beschließen wir, dass Koula und ich uns das Wohnhaus vornehmen und noch mal bei Petrakis vorbeigehen, während Papadakis und Vlassopoulos die Läden und Kioske der Umgebung abklappern sollen, um etwas über Sotiropoulos' Aktivitäten in den letzten vierundzwanzig Stunden herauszufinden.

Frau Petraki, die Ehefrau, öffnet uns die Tür. »Kommen Sie herein«, sagt sie und führt uns ins Wohnzimmer.

»Wir würden Ihnen jetzt gern ein paar zusätzliche Fragen stellen, für die es gestern Nacht einfach zu spät war«, beginne ich.

»Ja, sicher. Aber ich fürchte, ich kann keinen klaren Gedanken fassen. Vor lauter Aufregung habe ich kaum geschlafen.«

»Wie lange kannten Sie Menis Sotiropoulos?«

»Seit er hier eingezogen war.« Sie überlegt kurz. »Das muss fünf Jahre her sein. Ich weiß noch, dass er am Umzugstag bei uns geläutet hat, weil er eine Leiter brauchte. So haben wir uns kennengelernt. Aber der Kontakt war nur oberflächlich und hat sich auf ein paar Floskeln beschränkt. Wir haben ihm immer zu seinen Artikeln gratuliert.«

»Haben Sie in letzter Zeit etwas Auffälliges an seinem Verhalten bemerkt?«, fragt Koula.

Frau Petraki denkt länger nach. »Vielleicht hat er auf unsere Komplimente anders reagiert als früher.«

»Wie denn?«, frage ich.

»Früher sagte er immer ›Vielen Dank‹ oder ›Wie nett von Ihnen‹. In letzter Zeit schien er irgendwie frustiert und sagte: ›Es ist sowieso alles sinnlos, es geht den Leuten beim einen Ohr rein und beim anderen wieder raus.‹«

»Seit wann war das so? Wissen Sie das noch?«, frage ich.

»Seit ungefähr einem Monat«, meint sie nach kurzem Überlegen. »Und die Ermordung dieses Reeders hat er auch merkwürdig kommentiert.«

»Und zwar?«, hakt Koula nach.

»›Griechenland ist eine Bananenrepublik!‹, lautete sein Verdikt. ›Egal, wer das Land regiert, es ist und bleibt eine Bananenrepublik.‹«

Da ich seine Zweifel im Fall Chardakos kannte, wundert mich seine Reaktion überhaupt nicht.

An den nächsten beiden Wohnungstüren klingeln wir

erfolglos, nur im ersten Stock öffnet uns eine grauhaarige Frau die Tür. Als wir unsere Dienstausweise vorzeigen, antwortet sie barsch: »Ich weiß nichts. Mit diesem Mann hatte ich nichts zu schaffen.«

Als sie die Tür zuschlagen will und ich schon drauf und dran bin, meinen Fuß in den Türspalt zu schieben und zu drohen, dass wir sie zur Vernehmung aufs Präsidium laden, kommt mir Koula zuvor.

»Was für ein Schmuckstück!«, ruft sie bewundernd aus. Ich frage mich, was in sie gefahren ist.

»Wie bitte?«, fragt die Megäre.

»Der Vitrinenschrank dort hinten. So ein tolles Design!«

Ich habe keine Ahnung, worum es geht, und versuche zu kapieren, was Koula meint. Mit der Hand weist sie auf ein imposantes Möbelstück mit vielen Schubladen, das im hinteren Bereich der Wohnung zu sehen ist.

»Gefällt er Ihnen?«, fragt die Megäre, deren Miene sich schlagartig gewandelt hat. »Der ist von meiner Tochter. Sie ist Chefbuchhalterin bei einer großen Möbelfirma und hat ihn uns geschenkt.«

»Ein unglaubliches Stück!«, sagt Koula, anscheinend völlig geblendet. »Darf ich ihn mir näher ansehen?«

»Aber sicher! Kommen Sie rein.«

Koula betritt die Wohnung, und ich folge ihr, denn jetzt habe ich begriffen, was für ein Spiel sie spielt. Sie betrachtet das Möbel von allen Seiten und stellt der Grauhaarigen ein paar Fragen, während ich geduldig warte, bis dank Koulas Schmeichelei das Eis schmilzt und ich einen zweiten Versuch mit meinen Fragen starten kann.

In diesem Moment erscheint am Ende des Flurs ein Mann, der etwas älter ist als die Frau. »Was gibt's, Theano?«, will er wissen.

Die Frage bringt Theano wieder zur Besinnung, und sie weiß wieder, warum wir da sind. »Sie sind von der Polizei«, erklärt sie ihrem Mann. »Sie wollten etwas über diesen Sotiropoulos wissen. Als die junge Frau den Vitrinenschrank gesehen hat, den uns Meri geschenkt hat, war sie hellauf begeistert und wollte ihn aus der Nähe sehen.«

»Wir wollten Ihnen ein paar Fragen zu Menis Sotiropoulos stellen, dem Journalisten, der gestern ermordet wurde«, erkläre ich dem älteren Mann.

»Bitte, kommen Sie nur herein«, sagt er und führt uns in ein Wohnzimmer, das mit alten Erbstücken möbliert ist. Der einzige neuere Gegenstand ist der Fernseher. Offenbar reichen die Großzügigkeit oder die Mittel der Tochter nicht aus, um das ganze Mobiliar zu modernisieren.

»Pantelis Telessidis.« Mit diesen Worten stellt sich der ältere Mann vor. »Was wollten Sie über Sotiropoulos wissen?«

»Ob Sie ihn kannten und was Sie von ihm hielten«, antworte ich.

»Ich kannte ihn und schätzte ihn sehr. Er war einer der Journalisten, die die Dinge beim Namen nennen.«

»Ach was!«, mischt sich seine Frau in verächtlichem Tonfall ein. »Er war ein Kommunist, der an allem etwas auszusetzen hatte. Nur seine Genossen waren die Guten und Anständigen. Alle anderen waren Strauchdiebe und korrupte Schweine.«

Der Mann würdigt sie keinen Blickes, sondern spricht

weiterhin nur mit mir. »Meine Frau konnte ihn nicht leiden, weil er die Goldene Morgenröte ins Visier genommen hatte«, erklärt er und verstummt. Er scheint mit sich zu ringen, doch schließlich fährt er fort. »Da heiraten Sie eine Frau, Herr Kommissar, und fünfzig Jahre lang führen Sie eine perfekte Ehe. Sie ziehen drei Kinder groß und stärken einander den Rücken. Aber mit siebzig wird Ihre Frau plötzlich Anhängerin der Goldenen Morgenröte. Sie tätowiert sich zwar weder ein Hakenkreuz auf den Arm, noch marschiert sie mit bei den Demos der Glatzen. Trotzdem ist sie ein treues und fanatisches Parteimitglied geworden.«

»Die Goldene Morgenröte ist die einzige Bewegung, die uns unsere Würde zurückgeben kann«, hält ihm seine Frau entgegen.

Der Mann ignoriert sie immer noch und wendet sich an mich. »Wie jetzt Hakenkreuz und Menschenwürde zusammenpassen, das weiß nur Theano allein.«

»Haben Sie an Sotiropoulos' Verhalten in der letzten Zeit etwas Auffälliges bemerkt?«, frage ich den Mann, um die Auseinandersetzung zu entschärfen und nicht in die Schusslinie zu geraten. »Machte er einen beunruhigten Eindruck? Sah er aus, als quälte ihn etwas?«

»Ganz und gar nicht«, antwortet er entschieden. »Zuletzt habe ich ihn gestern Abend gesehen, also kurz bevor er beseitigt wurde. Wir haben uns am Hauseingang getroffen und ein bisschen gequatscht. Er hat sogar gefragt, wie es mit Theanos Rheuma geht. Er hat sich immer nach ihr erkundigt, auch wenn er wusste, wen sie wählte.«

»Ein perfekter Heuchler eben«, zetert seine Frau.

»Ist Ihnen zufällig aufgefallen, ob er irgendetwas bei sich hatte?«, frage ich.

»Nichts außer seinen Rucksack, den trug er wie immer über der Schulter.«

»Warum sagen Sie, dass man ihn beseitigt hat?«, fragt Koula. »Wem stand er denn im Weg?«

»Meiner Meinung nach, junge Frau, kann ihn nur die Goldene Morgenröte auf dem Gewissen haben«, erwidert Telessidis. »Sie haben ihn abgeknallt, weil er ihre Machenschaften immer wieder angeprangert hat. Dafür haben sie ihn gehasst.«

»Die Anhänger der Goldenen Morgenröte sind Patrioten und keine Mörder«, ruft seine Frau.

Ich mache Anstalten zum Aufbruch, da wir nichts weiter herausbekommen werden und ich ungern zum Ohrenzeugen eines Ehekrachs werde.

Ich bitte Koula, die Personaldaten der beiden aufzunehmen. Danach treten wir in den Flur, ohne dass uns einer der beiden hinausbringt. Nur der imposante Vitrinenschrank blickt uns hinterher.

»Der Gedanke, dass ihn Anhänger der Goldenen Morgenröte exekutiert haben könnten, ist nicht aus der Luft gegriffen«, sage ich zu Koula, als wir die Stufen ins Erdgeschoss hinuntergehen. »Sotiropoulos hat mit seinen politischen Ansichten nicht hinterm Berg gehalten.«

»Durchaus möglich. Aber nur, wenn wir wissen, was der Mörder vom Rücksitz mitgenommen hat, können wir wirklich sicher sein.«

Vlassopoulos und Papadakis warten vor dem Wohnhaus auf uns.

»Habt ihr etwas Spannendes herausgefunden?«, frage ich sie.

»Ja, aber das sollten Sie mit eigenen Ohren hören«, erwidert Vlassopoulos.

Er übernimmt die Führung zum Kiosk, der dem Wohnhaus schräg gegenüberliegt.

»Bitte, erzählen Sie dem Kommissar, was Sie gesehen haben«, sagt Vlassopoulos zum Kioskbesitzer.

Der verlässt sein Kabuff und kommt zu uns heraus. »In den letzten Tagen habe ich einen Mann aus dem Nahen oder Mittleren Osten beobachtet, der sich hier auf der Straße herumgedrückt hat«, berichtet er. »Aus welchem Land er genau kam, kann ich nicht sagen. Die sehen ja alle gleich aus.«

»Was hat er genau getan?«, frage ich.

»Er hing hier ständig rum. Mal stand er vor dem Kiosk, dann auf dem Bürgersteig und hat sich umgesehen. Manchmal hat er mit einem alten Handy telefoniert. Eines Tages kam er zum Kiosk, um Taschentücher zu kaufen. Da habe ich ihn gefragt, was er hier mache. Er meinte, er würde auf jemanden warten, der ihm einen Job versprochen hätte. Als ich ihm sagte, dass der ihn aber schon sehr lange hinhalte und wohl nicht mehr auftauchen würde, meinte er: ›Wenn man keine Arbeit hat, gibt man nicht so schnell auf.‹«

»Wie lange ist das so gegangen, erinnern Sie sich noch?«, frage ich.

Der Kioskbesitzer überschlägt kurz den Zeitraum. »Bestimmt eine Woche«, sagt er dann. »Vielleicht auch zehn Tage, ich weiß es nicht mehr genau.«

»Wie war sein Griechisch?«, will Vlassopoulos wissen.

»Man hörte, dass er Ausländer war, aber er konnte sich gut verständigen.«

»Wann haben Sie ihn zum letzten Mal gesehen?«, fragt Papadakis.

»Gestern Nachmittag ist er wieder hier auf und ab gelaufen. Irgendwann ist er zum Kiosk herübergekommen und hat gesagt, derjenige, der ihm den Job versprochen hatte, würde bestimmt heute kommen. Als ich den Kiosk zugesperrt habe, war er nicht mehr da. Ob er von allein wieder gegangen ist oder ob die Person tatsächlich gekommen ist, kann ich nicht sagen.«

»Wann machen Sie Feierabend?«, fragt Koula.

»Gegen acht. Danach ist hier auf der Straße nichts mehr los.«

Nachdem wir uns bei ihm bedankt haben, kehrt er in sein Kabuff zurück.

Wenn der Mann etwas mit dem Mord zu tun hat, können es nicht die Anhänger der Goldenen Morgenröte gewesen sein. Die würden niemals mit einem Migranten kooperieren.

Immerhin wissen wir jetzt, dass Sotiropoulos stets mit dem Rucksack über der Schulter außer Haus ging. Und den hat der Mörder wohl vom Rücksitz mitgenommen. Was sich darin befand, wissen wir nicht mit Sicherheit, doch wahrscheinlich war es der Laptop.

27

Beim Nachhausekommen kann ich mich kaum mehr auf den Beinen halten. Die Trauer um Sotiropoulos, der aufreibende Tag und der fehlende Schlaf der letzten Nacht haben mich geschafft. Vor lauter Müdigkeit habe ich noch nicht mal Hunger. Ich möchte mich nur noch in die Horizontale begeben.

Zu meinem Befremden ist das Wohnzimmer leer. Da ich immer davon ausgehe, dass die Überraschungen, die das Leben für uns bereithält, zumeist unangenehm sind, wende ich mich, auf alles gefasst, Adrianis zweiter Heimat, der Küche, zu, wo sie gerade beim Bügeln ist. Sie hebt den Kopf vom Bügelbrett und blickt mich an.

»Heute Abend gehen wir essen«, verkündigt sie.

»Ausgerechnet heute?«, frage ich und lasse mich auf den Küchenstuhl fallen.

»Klingt es, als wäre der Vorschlag von mir? Die Idee stammt von Katerina. Sie will uns etwas mitteilen.«

»Was denn?«

»Woher soll ich das wissen? Wenn du aber meine Meinung hören willst: Sie wird uns sagen, dass sie schwanger ist.«

»Wie kommst du denn darauf?«, wundere ich mich.

»Ganz einfach. Zuerst wird geheiratet, dann sichert man

sich ein besseres Einkommen und eine größere Wohnung, und schließlich kommt der Nachwuchs.«

Bei diesen Worten kann sie ihre Freude kaum unterdrücken, doch genervt, wie ich bin, würde ich am liebsten sagen: Wer Hunger hat, träumt von Brotlaiben. Aber ich schlucke die Bemerkung hinunter, denn falls ihre Vermutung zutrifft, würde ich mich darüber nicht weniger freuen als sie.

Das Abendessen ist im selben italienischen Restaurant angesetzt, in dem wir uns schon beim letzten Mal getroffen haben. Kurz überlege ich, ein Taxi zu rufen, aber dann lasse ich es bleiben. Das würde Adriani nur misstrauisch machen, und die Sorge würde ihr den ganzen Abend vergällen. Ich werde mich also mit einem einzigen Gläschen Wein begnügen müssen, sonst laufe ich Gefahr, auf dem Nachhauseweg hinter dem Steuer einzuschlafen.

Adriani hat sich in Schale geworfen, da sie fest davon überzeugt ist, dass wir heute Abend Katerinas Nachwuchs hochleben lassen.

Als wir beim Italiener eintreffen, hat das Quartett aus Katerina, Fanis, Mania und Uli bereits um unseren Stammtisch Platz genommen.

»Papa, kanntest du diesen Sotiropoulos, der ermordet worden ist?«, fragt mich Katerina, nachdem ich dreimal umarmt und einmal per Handschlag begrüßt wurde.

»Ja, seit vielen Jahren. Er war ein schwieriger Zeitgenosse, aber ein sehr erfahrener Journalist. Obwohl er kein umgänglicher Mensch war, hat er einem immer geholfen, wenn man seine Hilfe brauchte.«

»Was steckt hinter dem Mord?«, will Uli wissen. »Mania

hat mir erzählt, dass er in Rente war. Wozu sollte man einen Journalisten im Ruhestand umbringen? Was hätte man davon?«

»Ich weiß es nicht«, antworte ich. »Vielleicht war es bloß ein Raubüberfall, vielleicht liegt der Tat aber auch etwas anderes zugrunde. Wir stehen erst am Anfang der Ermittlungen.«

Ich möchte das Thema gern abschließen, da es mir die Laune verdirbt. Ich schiele zu Adriani hinüber, aber unser Gespräch interessiert sie wenig, da sie sehnlichst darauf wartet, dass Katerina uns die große Neuigkeit eröffnet.

Als das Essen und der Wein serviert sind, wirft Fanis, bevor wir anstoßen, einen Blick zu seiner Frau hinüber, als wollte er sagen: »Komm schon, du hast die Leute lange genug auf die Folter gespannt.« Katerina versteht den Fingerzeig und blickt uns alle so lange beharrlich an, bis wir verstummt sind.

»Ich habe euch eingeladen, weil ich eine Möglichkeit habe, meine berufliche Karriere in ganz neue Bahnen zu lenken.«

Fehlanzeige, denke ich mir. Das Thema Schwangerschaft ist damit vom Tisch. Sie geht mit etwas anderem schwanger.

»Eine der Firmen, die sich kürzlich in Griechenland niedergelassen haben, hat mir vorgeschlagen, dort fest angestellte Justitiarin zu werden, und mir außerdem einen Extra-Bonus für die Vertretung des Unternehmens vor Gericht angeboten.«

Als sie verstummt, klatschen wir alle vor Freude in die Hände und rufen »Bravo!« und »Glückwunsch!«. Ganz unrecht hatte Adriani trotzdem nicht: Katerina hat sich ein besseres Einkommen gesichert, nur der Nachwuchs lässt noch auf sich warten.

Sollte Adriani von der Ankündigung enttäuscht sein, so zeigt sie es nicht. Sie springt auf und umarmt ihre Tochter. »Wie wunderbar, mein Schatz. Ich bin stolz auf dich, Gratulation!«, sagt sie und drückt ihr einen Kuss auf die Wange.

Sie verhält sich genau so wie in all unseren Ehejahren. Sie freut sich über das, was sie bekommt, auch wenn es nicht genau ihren Erwartungen entspricht. Sie kann die Hoffnung, Oma zu werden, schnell ad acta legen und sich über den beruflichen Erfolg ihrer Tochter freuen. Das ist eine ihrer großen Stärken, damit kann sie auch schwierige Zeiten gut überstehen, denke ich mir. Sie hat keine großen Ansprüche ans Leben, sondern arrangiert sich mit dem, was im Bereich des Möglichen liegt.

Nun bin ich an der Reihe, aufzustehen und meine Tochter zu küssen. »Wie kam es denn so plötzlich dazu?«, frage ich.

»Also das war so, Papa: Heute Morgen wurde ich, kaum war ich im Büro, von einem Herrn Avramidis angerufen, der mich zu einem Treffen am Sitz der Firma in der Anagnostopoulou-Straße einlud, da er mir eine Stelle anbieten wolle. Vor Ort hat er mich gleich zum Generaldirektor, einem gewissen Bolten, geführt, der mir auch meinen Lohn nannte.«

»Und was hast du geantwortet?«, frage ich.

»Ja, was wohl? Ich habe natürlich sofort zugesagt. Gut, ich engagiere mich wirklich wahnsinnig gern für die Probleme von Migranten und Asylbewerbern, aber ich bin ja nicht blöd.«

»Na, siehst du!«, ruft Mania triumphierend und schaut Uli dabei an. »Und du hast die neu zugezogenen Firmen auf dem Kieker!«

»Ich habe ja nie behauptet, dass sie nicht rechtmäßig und korrekt arbeiten«, erwidert Uli und sagt dann zu Katerina: »Hast du sie gefragt, wie sie auf dich gekommen sind?«

»Bolten hat mir erklärt, sie hätten ihre rechtlichen Angelegenheiten nicht einer großen Kanzlei mit vielen Mandanten anvertrauen wollen, sondern einem Justitiar, der exklusiv für sie arbeitet. Nach entsprechender Recherche seien sie auf mich gestoßen.«

»Spricht jetzt noch etwas dagegen, dass wir in eine größere Wohnung ziehen?«, meint Fanis lachend zu Adriani. »Katerina muss jetzt einfach auch von zu Hause aus arbeiten können.«

»Du hast recht, Fanis. Das habt ihr euch redlich verdient!«, antwortet Adriani glückselig.

Nun wenden wir uns dem Essen zu. Dabei vergesse ich sowohl Sotiropoulos als auch meine Müdigkeit und Erschöpfung. Und es bleibt auch nicht bei dem einen Gläschen, wie ich es mir vor unserer Abfahrt geschworen hatte.

»Jedenfalls lagst du voll daneben. Katerina ist nicht schwanger«, sage ich auf dem Nachhauseweg zu Adriani, um sie ein wenig zu piesacken.

»Du hast recht, ein Kind kriegen sie nicht, aber schwanger ist sie dennoch.«

»Was soll das denn nun wieder heißen?«, frage ich verdattert.

»Ihr neues Tätigkeitsfeld verkörpert eine Art geistiger Schwangerschaft und verspricht außerdem eine sichere Zukunft«, erwidert sie.

Ihre schlagfertige Art, auf alles eine Antwort zu finden, bringt mich zum Lachen.

Adriani bekreuzigt sich. »Heilige Jungfrau, möge der Herr Katerina und Fanis schützen.«

Heute Nacht werde ich bestimmt wie ein Murmeltier schlafen.

28

Eigentlich sollte ich glücklich sein und in Ruhe mein Croissant genießen. Endlich hat Katerina nach Jahren einen Arbeitgeber gefunden, der ihr ein festes Einkommen garantiert. Das Engagement für Asylbewerber und Zuwanderer ist zwar gut und schön, doch die freiberufliche Arbeit als Anwältin für eine Nichtregierungsorganisation ist ein hartes Brot. Ich kann mir vorstellen, wie schwierig es ist, nur mit Fanis' schmalem Salär über die Runden zu kommen. Von ihren Mandanten erhielt Katerina bisher nur ein symbolisches Honorar.

Trotzdem lässt mir die Sache keine Ruhe. Es ist, als freute ich mich über einen neuen Anzug, hätte aber gleichzeitig Angst, dass er von Motten zerfressen wird. Die Frage ist nur, was für Motten das sind. Dieselben wie die, denen Sotiropoulos zum Opfer gefallen ist? Die Motten könnte man mit Geld gleichsetzen: Sie zerstören die Kleider wie das Geld die Leute. Niemand kann mir ausreden, dass in den Mordfällen Chardakos und Sotiropoulos Geld die Hauptrolle spielt. Inwiefern dabei Schwarzgeld und legales Geld involviert sind, bleibt aufzuklären. Doch hier wird es haarig – einerseits, weil der Vizepolizeipräsident meinen Ermittlungen einen Riegel vorgeschoben hat, und andererseits, weil ich in Finanzfragen völlig unbeleckt bin und

Hilfe bräuchte, die mir aber keiner gibt, da alle, die sich damit auskennen, in Deckung bleiben wollen.

Während ich noch zwischen erfreulichen Neuigkeiten und unerfreulichen Schlussfolgerungen hin- und herschwanke, läutet das Telefon.

»Kyriasidis hier, guten Tag, Herr Kommissar.«

»Guten Tag«, antworte ich und ärgere mich gleichzeitig, dass ich nicht selbst darauf gekommen bin, mit Sotiropoulos' Kontaktmann aus dem Ministerium für Handelsmarine zu reden.

»Ich muss Sie sprechen, aber weder im Präsidium noch in Piräus«, sagt er. »Wollen Sie einen Ort vorschlagen, wo wir vor indiskreten Blicken geschützt sind?«

Ich denke nach und schlage ihm schließlich ein Café auf dem Kifissias-Boulevard in der Nähe des Rot-Kreuz-Krankenhauses vor.

Eine halbe Stunde später steige ich in den Trolleybus nach Ambelokipi. Zu Fuß gehe ich lieber nicht, um nicht auf einen Bekannten oder Kollegen zu treffen, dem ich dann Rede und Antwort stehen müsste.

Kyriasidis wartet bereits bei einem Cappuccino auf mich. »Ich habe mich krankgemeldet, damit wir dieses Gespräch führen können«, sagt er, als wir die Begrüßungsfloskeln hinter uns gebracht haben.

»Sie sind mir zuvorgekommen. Ich wollte Sie auch anrufen, aber ich musste zuerst die Ermittlungsformalitäten abwickeln«, erwidere ich. Schließlich muss ich mich ja irgendwie rechtfertigen, denke ich.

Kyriasidis kommt ohne Umschweife zur Sache. »Menis hat mich zwei Tage vor seiner Ermordung dringend um ein

Treffen gebeten. Er interessierte sich für Informationen zu den Havarien der West Shipping. Ich habe ihm erklärt, dass es aufgrund der derzeitigen Verhältnisse in der Ukraine sehr schwierig sei, dort Auskünfte einzuholen. Aber soviel wir wissen, ergaben sich auch im Unglücksfall in Thailand keine Verdachtsmomente. Er sagte, es müsse etwas gegen die West Shipping vorliegen, da seinen Informationen nach die Versicherung nicht zahlen wolle. Er bat mich, diesem Hinweis nachzugehen. Ich versprach ihm, mich darum zu kümmern, habe ihm aber erklärt, dass ich ihm im Fall Odessa nicht weiterhelfen könne. ›Nicht nötig‹, meinte er. ›Laut zuverlässigen Quellen wurde das Schiff von der ukrainischen und russischen Mafia gemeinsam versenkt.‹ Als ich fragte, wie es möglich sei, dass zwei Mafiaorganisationen zusammenarbeiten aus Ländern, die sich bis aufs Messer bekämpfen, lachte er auf. ›Komm schon, auch im Jugoslawien-Krieg haben alle Mafiosi der Gegend kooperiert, um das Embargo zu umgehen und Milošević unter der Hand Erdöl zu liefern, während sich gleichzeitig Serben, Bosnier und Kroaten gegenseitig abgeschlachtet haben‹, sagte er. Als ich wissen wollte, woher er die Information von der Versenkung von Chardakos' Schiff durch die russische und die ukrainische Mafia habe, wurde er ganz ernst und meinte nur: ›Frag lieber nicht. Sei froh, wenn du es nicht weißt.‹«

Kyriasidis macht ein Pause, als suche er nach der passenden Formulierung. »Er wirkte sehr beunruhigt, Herr Kommissar. Ich weiß nicht, was er entdeckt hatte, aber er machte einen besorgten Eindruck. Damit meine ich insbesondere den Ausdruck ›Sei froh, wenn du es nicht weißt‹.

Während des Gesprächs dachte ich noch, dass er vielleicht beruflich Stress hat. Aber im Nachhinein begriff ich, dass er nicht gestresst, sondern alarmiert war. – Leider kann man manche Dinge erst einordnen, wenn es zu spät ist«, fügt er mit einem Seufzen hinzu.

»Hat er vielleicht noch etwas anderes gesagt, das Ihnen seltsam vorkam?«, frage ich.

»Nein, das war der Wortlaut unseres Gesprächs.«

»Sind Sie dem Hinweis auf die Versicherung nachgegangen?«

»Ja, aber ich konnte nur in Erfahrung bringen, dass die Versicherungsprüfer den Vorfall noch immer untersuchen. Das ist nichts Ungewöhnliches, insbesondere bei Schiffsversicherungen, wo viel Schindluder getrieben wird. Eine offizielle Ablehnung der Versicherungsleistung liegt nicht vor. Warum Menis so sicher war, dass die Versicherung nicht zahlen würde, weiß ich nicht.«

»Wo ist die Versicherungsgesellschaft ansässig?«, frage ich.

»Firmensitz ist London, es ist ein britisches Unternehmen. Das beweist, dass alles mit rechten Dingen zugeht.«

»Bei unserer letzten Unterhaltung sagten Sie, die Reederei habe auf keinen Fall selbst das Schiff versenkt, um die Versicherung zu kassieren.«

»Hm, nach Menis' Tod halte ich mittlerweile alles für möglich. Aber so ein Vorgehen wäre wirklich sehr erstaunlich. Die West Shipping ist zu groß, um einen Versicherungsbetrug zu riskieren. Wenn das rauskommt, ist der Ruf des Unternehmens ruiniert.«

Es war nicht die Versicherung, die Sotiropoulos interessierte, denke ich mir. Er hatte ganz woanders betrügerische Machenschaften entdeckt. Und wenn die Versicherung die Zahlung verzögerte, dann bestätigte das einfach nur seinen Verdacht.

»Vielen Dank für die wertvollen Hinweise«, sage ich zu Kyriasidis. »Sie werden uns hoffentlich auf die Sprünge helfen. Im Moment kennen wir noch nicht einmal das Mordmotiv. Vielleicht handelt es sich ja auch um Raubmord, jedenfalls hat der Täter Sotiropoulos' Rucksack vom Rücksitz des Wagens mitgenommen. Da wir noch keine konkreten Anhaltspunkte haben, sind Ihre Auskünfte womöglich entscheidend.«

Als ich nach dem Kellner rufen will, hält er mich zurück. »Lassen Sie nur, ich bleibe noch. Hier ist meine Handynummer. Rufen Sie mich an, falls Sie weitere Informationen brauchen.«

Ich mache mich zu Fuß auf den Rückweg, da ich meine Gedanken etwas sortieren will. Offenbar hat Sotiropoulos etwas über die Hintergründe des Angriffs auf das Schiff der West Shipping in Odessa herausgefunden. Und das hatte ihn zur Mafia geführt. So erklären sich auch die Fragen, die er dem Minister für Handelsmarine und den Reedern auf der Pressekonferenz stellte. Andererseits kann ich mir nicht vorstellen, dass die Reeder mit der Mafia zusammenarbeiten. Kein Großunternehmen wäre so hirnrissig, eine für die russische oder ukrainische Mafia deklarierte Ladung zu befördern. Und keine Mafia der Welt wäre so hirnrissig, eine Ladung in die Luft zu sprengen, die für sie bestimmt war.

Sotiropoulos' Recherche bezüglich der Versicherung bezog sich eher auf das in Thailand versenkte Schiff. Das heißt, auch dort hatte er seine Zweifel. Laut Kyriasidis hat die Versicherung nicht offiziell die Zahlung verweigert, sondern nur bekanntgegeben, sie untersuche die Unfallursachen. Was wusste Sotiropoulos, dass er behauptete, die Versicherung würde nicht zahlen?

Dann gibt es noch eine andere offene Frage. Wenn Sotiropoulos' Behauptung über mafiöse Verstrickungen stimmen sollte, dann gibt es vielleicht eine Verbindung zwischen den Mordfällen Chardakos und Lalopoulos. Denn jedes Drogengeschäft setzt eine Connection zur Mafia voraus. Drogenhandel ist ohne führende Beteiligung der Mafia nicht denkbar.

Somit liegt die Schlussfolgerung nahe: Sotiropoulos muss eine heiße Spur verfolgt haben, wollte mit seinen Recherchen aber nicht zu mir kommen, weil er eine mediale Bombe hochgehen lassen wollte. Nur ist sie zu früh explodiert – und hat ihn möglicherweise das Leben gekostet.

Mit solchen Gedanken kehre ich an die Dienststelle zurück, wo auf meinem Schreibtisch ein ganzer Packen mit Berichten auf mich wartet. Die ersten drei sind Obduktionsberichte, sowohl zu Sotiropoulos als auch zu Lalopoulos und Chardakos, die man mir noch schuldig war. Aber die lasse ich alle beiseite, da sie das Bild kaum revidieren werden, das ich mir schon gemacht habe.

Der letzte Bericht ist das ballistische Gutachten. Sotiropoulos wurde mit einer Beretta Px4 Storm erschossen. Da Berettas weit verbreitet sind, sind sie als Waffentyp wenig aussagekräftig. Aus der Tatwaffe können wir demnach keine Rückschlüsse auf Sotiropoulos' Mörder ziehen.

Immer noch geistern mir die Auskünfte, die mir Kyriasidis gegeben hat, durch den Kopf. Ich überlege, wie ich mehr darüber erfahren könnte, aber mir fällt nichts ein. Wenn ich bei den Reedern aufkreuze, wird das bestimmt dem Minister für Handelsmarine zu Ohren kommen, und von dort ist es nicht weit bis zum Vizepolizeipräsidenten. Dann schwimmen mir die Felle davon.

Die am wenigsten riskante Vorgehensweise wäre ein Besuch bei Kleanthis Chardakos. Die Tatsache, dass der Junior aufgrund der Ermordung seines Vaters direkt in den Fall involviert ist, rechtfertigt meinen Schritt. So rufe ich Chardakos' Sekretärin an, die mir ein Treffen in einer Stunde in Aussicht stellt.

Diesmal mache ich mich ohne meine Assistenten auf den Weg zur Akti Kondyli – zum einen, damit sie nicht für meine persönlichen Entscheidungen mit haften, und zum anderen, weil ich den Eindruck eines persönlichen Meinungsaustausches und nicht den einer offiziellen Befragung erwecken möchte.

Als ich in den Büros der West Shipping eintreffe, herrscht ganz normaler Arbeitsalltag. Alle Angestellten sitzen an ihren Schreibtischen, und keiner misst meiner Ankunft Bedeutung bei. Der Mord am Unternehmensgründer scheint bereits vollkommen der Vergangenheit anzugehören.

Auch Chardakos' Sekretärin verhält sich dementsprechend. Sie grüßt mich mit einem professionellen Lächeln und einem Gesichtsausdruck, als sähe sie mich zum ersten Mal. Im Gegensatz zu meinem ersten Besuch führt sie mich jetzt allerdings nicht in das Büro des Seniors, sondern in den angrenzenden Raum, wo Chardakos junior residiert.

Kleanthis Chardakos erhebt sich und begrüßt mich mit

einem herzlichen Händedruck. Seine Miene verrät keinerlei Überraschung angesichts meines Besuchs.

»Gibt es etwas Neues, Herr Kommissar?«, fragt er mich, sobald wir Platz genommen haben.

»Haben Sie eventuell aus der Zeitung oder aus dem Fernsehen von der Ermordung des Journalisten Menis Sotiropoulos erfahren?«

»Ja, ich habe davon gehört. Hatte er auf der Pressekonferenz dem Minister für Handelsmarine nicht ein paar Fragen gestellt?«

»Ja, stimmt. Ich wollte Sie fragen, ob er Sie jemals aufgesucht hat.«

»Hat er, aber ich habe ihn nicht empfangen. Ich bin Unternehmer und spreche ungern mit Journalisten.«

»Können Sie sich vielleicht erinnern, ob dieser Besuch vor oder nach der Pressekonferenz mit dem Minister war?«

Er denkt kurz nach, kann sich aber nicht besinnen und ruft seine Sekretärin an. »Ourania, wissen Sie noch, wann der Journalist, der kürzlich ermordet wurde, wegen eines Interviewtermins vorgesprochen hat?« Nachdem er die Antwort gehört hat, gibt er sie mir weiter. »Es war nach der Pressekonferenz.«

Jetzt kommt der schwierige Teil meines Besuchs, und ich muss zusehen, wie ich ihm die Sache möglichst geschickt darstelle. »Von unseren Vernehmungen zum Sotiropoulos-Mord her zu schließen, interessierte er sich für die Havarien Ihrer beiden Schiffe in Thailand und in Odessa«, sage ich so neutral wie möglich.

»Und warum?«

»Soviel wir wissen, glaubte Sotiropoulos, dass Ihr Schiff

von der russischen und ukrainischen Mafia in Odessa versenkt wurde.«

Chardakos zuckt die Achseln. »Bisher wissen wir nicht, wer das Schiff mit der Waffenladung für die ukrainische Regierung angegriffen hat. In diesen Ländern hat die Mafia großen Einfluss. Kann sein, dass sie den Sabotageakt durchgeführt hat. Aber darüber wissen wir genauso wenig Bescheid wie über alles andere.«

»Und was ist mit dem Schiff in Thailand?«, frage ich.

Er mustert mich mit einem säuerlichen Blick. »Denken Sie, wir haben unsere eigenen Schiffe versenkt, um die Versicherung zu kassieren?«, lautet seine Gegenfrage.

»Herr Chardakos, wir sind nicht von einer Versicherungsgesellschaft, wir sind von der Polizei«, antworte ich. »Wir ermitteln in einem Mordfall und versuchen herauszufinden, ob die Vorfälle auf Ihren Schiffen etwas mit diesem Verbrechen zu tun haben könnten, da sich Sotiropoulos genau dafür interessierte. Falls nicht, dann wissen wir, dass wir nicht weiter in diese Richtung nachforschen müssen.«

Meine Antwort beruhigt ihn. »Das Schiff in Thailand wurde von Piraten versenkt«, erklärt er. »Sie haben *ransom* verlangt. Als wir das Lösegeld nicht bezahlt haben, haben sie das Schiff in Brand gesteckt. Sowohl das Schiff als auch die Ladung waren versichert. Wieso sollten wir also zahlen? Genau dafür gibt es doch Versicherungen. Nun sind allerdings drei Besatzungsmitglieder ums Leben gekommen, aber das ist ein *collateral damage*. Wie heißt das noch mal?«

»Kollateralschaden?«, frage ich zurück, da ich mir wegen meines schlechten Englischs nicht sicher bin.

»Genau, Kollateralschaden. Da kann man nichts machen«, erwidert er.

Hat dieser ›Kollateralschaden‹ auch seinen Vater das Leben gekostet, wie die beiden Georgier behaupten? Vielleicht, vielleicht auch nicht. Eine Antwort darauf steht noch aus.

»Haben Sie weitere Drohungen erhalten?«, frage ich Chardakos.

»Nein, absolut nicht«, lautet seine entschiedene Antwort.

Wenn die Drohungen nicht von den Piraten stammten, sondern von jemand anderem und etwas mit seinen Unternehmen zu tun hätten, würde er es mir gewiss nicht auf die Nase binden.

Ich habe keine weiteren Fragen mehr und breche auf. »Vielen Dank, dass Sie sich Zeit für mich genommen haben, Herr Chardakos«, sage ich zum Abschied.

Mit einem Nicken grüße ich die Sekretärin und verlasse unverrichteter Dinge und auch nicht klüger als zuvor die Zentrale der Reederei.

29

Es frustriert mich, dass ich im Mordfall Sotiropoulos nicht vom Fleck komme. Ständig reißen alle Fäden, die ich mühsam spinne. Ich sitze in meinem Büro und zerbreche mir gerade den Kopf, wie ich die Ermittlungen fortsetzen soll, als mir das Polizeirevier Ilioupoli die rettende Idee zuspielt.

»Herr Kollege, hier Papadias, Leiter des Polizeireviers Ilioupoli. Wir haben den Mann gefunden, der laut Aussage des Kioskbesitzers vor Sotiropoulos' Ermordung in der Gegend herumlungerte. Sie wollen ihn bestimmt vernehmen, vermute ich.«

»Da vermuten Sie richtig, Herr Kollege«, antworte ich. »Haben Sie ihn befragt?«

»Nein, das wollten wir den Fachleuten überlassen. Wir haben nur den Kioskbesitzer vorgeladen, damit er den Beschuldigten identifiziert, und seine Adresse eruiert. Er wohnt im Stadtteil Ajios Dimitrios.«

»Schön, ich lasse ihn mit einem Streifenwagen abholen.«

Im Anschluss an das Gespräch beauftrage ich mein Assistenten-Trio, den Mann ins Präsidium zu bringen. Ich nutze die Wartezeit für einen Anruf bei Stella, um Gikas zu benachrichtigen. Er sei gerade in einer Besprechung mit dem Leiter der Drogenfahndung und werde sich so bald wie möglich bei mir melden, erfahre ich von ihr. Als ich meinen Kaffee fertiggetrunken habe, ruft er mich zurück und lädt mich nach oben zum Gespräch.

Er sitzt, den Kopf in beide Hände gestützt, an seinem Schreibtisch. »Die Leute von der Drogenfahndung können einem ganz schön zusetzen«, sagt er. »Ihre einzige Sorge ist, die jungen Menschen vor der Drogenabhängigkeit zu bewahren. Und sie sehen nicht ein, dass wir die Stadt genauso vor Terroristen, Verbrechern und Verkehrssündern schützen müssen.« Dann wendet er sich mir zu: »Sie wollten mir etwas mitteilen?«

Ich berichte ihm, dass der Mann, der dem Kioskbetreiber in Ilioupoli aufgefallen war, gefunden worden und gleich zur Vernehmung da sei.

»Was erwarten Sie sich davon?«, fragt er.

»Meine größte Hoffnung ist, dass er mit ein paar Informationen herausrückt, die unsere Ermittlungen in die richtige Richtung lenken, denn momentan sind wir im Blindflug unterwegs.«

»Einverstanden, das heißt also, ich brauche den Vize nicht zu informieren. Meine Nerven liegen ohnehin blank, ich bin wirklich nicht in der Verfassung, um Herrn Schlaumeiers Ansichten zu lauschen.«

»Einen Anruf beim Vize würde ich auch um jeden Preis vermeiden.«

»Schön, dann sehen Sie zu, was Sie aus dem Kerl herauskriegen. Dann reden wir weiter.«

Als ich in mein Büro zurückkehre, gibt mir Dermitsakis Bescheid, dass der Mann im Verhörraum sitzt. Zuvor schaue ich noch bei meinen Assistenten vorbei und weise Vlassopoulos und Papadakis an, einen Schlosser der Spurensicherung mit zur Wohnung des Verdächtigen zu nehmen, dessen Adresse uns der Leiter des Polizeireviers Ilioupoli durchgegeben hat, während Koula und ich die Vernehmung machen.

Der Typ ist ein dünnes Männchen um die fünfzig mit orientalischen Gesichtszügen. Unter seiner billigen Jacke lugt ein Hemd hervor, und seine Hände stecken immer noch in Handschellen, was ihn nicht zu stören scheint, denn er lächelt mich an. Koula setzt sich mit ihrem Laptop an den Tisch.

»Nimm ihm die Handschellen ab«, sage ich zu Dermitsakis.

Das Männchen schüttelt die Arme aus, um die Muskeln zu lockern, und reibt sich die Handgelenke.

»Wie heißt du?«, frage ich.

»Mahmoud … Mahmoud Teraki.«

»Wo kommst du her?«

»Aus Irak. Ich Irak verlassen wegen Krieg, dann kommen über Türkei nach Griechenland.«

»Was arbeitest du?«

»Was kommt. Ein Tag ich habe Arbeit, dann zehn Tage nix.«

»Und was hast du in Ilioupoli gesucht?«

»Job.«

»Lass den Schmus«, meint Dermitsakis angriffslustig, der den Part des *bad cop* übernimmt. »Wer Arbeit sucht, findet sie dort, wo's welche gibt. Er spaziert nicht in einem Wohnviertel umher und wartet drauf, dass man ihm dort einen Job auf dem Silbertablett serviert.«

»Ein Mann hat telefoniert, er sagt, ich Parkett verlegen. Das ist gute Job. Deshalb ich warten. Aber er nicht kommen.«

»Wie hieß der Mann, der dir den Job versprochen hat?«, hakt Dermitsakis nach.

»Herr Pantelis.«

»Und du hast deswegen eine ganze Woche lang auf diesen Herrn Pantelis gewartet? Hältst du uns zum Narren?«

»Wenn man keine Arbeit hat, man wartet.«

»Kanntest du den Ermordeten?«, frage ich.

»Ich ihn sehen, ist rein und raus aus Wohnhaus.«

»Hast du gesehen, mit wem er gesprochen hat?«

»Mit Leute ... Hat zu Leute guten Tag gesagt ... Auch mit Mann am Kiosk geredet.«

»Du bist tagelang immer wieder im Viertel gewesen. Du hast gewusst, wer dort wohnt und wer nicht. Hast du vielleicht gesehen, ob er mit einem Fremden gesprochen hat?«

»Nein, er hat nur mit Leute von dort geredet.«

»Hast du einen Fremden gesehen, der sich dort wie du aufgehalten hat?«

»Nein, jede Tag ich sehen gleiche Leute.«

In diesem Moment läutet mein Handy. An der Nummer erkenne ich, dass es Vlassopoulos ist. »Wir haben die Pistole gefunden, Herr Kommissar«, verkündet er triumphierend.

»Bravo, dann warte ich auf euch.«

Dermitsakis wirft mir einen fragenden Blick zu, den ich jedoch ignoriere. »Wir behalten dich noch ein wenig hier, um deine Personaldaten abzugleichen. Dann kannst du gehen«, sage ich zu Mahmoud.

Die Pistole erwähne ich nicht, da ich seine Reaktion sehen will, wenn wir sie ihm präsentieren.

Ich schicke den Iraker bis zum Eintreffen der Pistole zurück in die Arrestzelle. Wir knöpfen ihn uns später wieder vor.

»Wirkt er auf Sie wie ein Mörder?«, fragt mich Koula, als wir den Verhörraum verlassen. »Sein ganzes Auftreten ist doch eindeutig das eines armen Teufels.«

»Die Pistole wurde bei ihm zu Hause gefunden. Der Anruf vorhin kam von Vlassopoulos.«

Sie klemmt den Laptop unter ihren linken Arm, während sie sich mit der Rechten bekreuzigt. »Wer hätte das gedacht! Unglaublich, wie viele Überraschungen die Arbeit auf dem Präsidium immer wieder bereithält!«

Zurück im Büro, setze ich mich an den Schreibtisch und überlege. Wenn die vorgefundene Pistole die Tatwaffe sein sollte, dann steht es so gut wie fest, dass es sich um Raubmord handelt. Ich sehe kein anderes Motiv, wieso das arme Würstchen Sotiropoulos hätte töten sollen. Die Aussage, dass ihm angeblich jemand einen Job in Aussicht gestellt und ihn tagelang hingehalten hat, ist ein Ammenmärchen. Er wollte das Viertel und seine Bewohner auskundschaften, um dann sein Opfer auszuwählen. Dabei hat er festgestellt, dass die Gegend abends ruhig und kaum jemand auf der Straße unterwegs ist. Und als er Sotiropoulos mit seinem Rucksack das Haus verlassen sah, hat er ihn umgebracht, um an den Rucksack zu kommen.

Da springt die Bürotür auf, und meine Assistenten kommen gutgelaunt herein. Vlassopoulos legt die in einer Plastikhülle steckende Pistole auf meinen Schreibtisch. Auf den ersten Blick stelle ich fest, dass es sich um eine Beretta handelt.

»Das war ganz schön turbulent!«, meint Vlassopoulos.

»Wieso?«

»Kaum hatte der Schlosser sich an der Tür zu schaffen gemacht, wurde sie von innen geöffnet. Eine Frau mit Kopftuch kam heraus und begann zu schreien. Wir haben ihr erklärt, dass wir von der Polizei sind – da schrie sie nur noch lauter. Er lebt mit seiner Frau und zwei Kindern in einer Zweizimmerwohnung, Herr Kommissar. Zum Glück waren die Kinder in der Schule.«

»Wo habt ihr die Pistole gefunden?«, frage ich.

»Das Ehepaar schläft auf Matratzen auf dem Boden. Die Waffe war im Spalt dazwischen versteckt. Anscheinend wusste seine Frau nichts davon, denn sie reagierte vollkommen überrascht und raufte sich die Haare. Dabei nahm sie sogar in Kauf, dass ihr das Kopftuch runterrutschte. Wir sagten ihr, dass wir von ihr gar nichts wollten, aber sie schrie und jammerte weiter. Schließlich haben wir eingesehen, dass wir gegen das Gezeter machtlos sind, und sind gegangen.«

»Sagt Dermitsakis, er soll den Angeschuldigten noch mal zum Verhörraum bringen.«

Ich lasse ein paar Minuten verstreichen, bis Mahmoud vor Ort ist, und begebe mich dann mit der Pistole zur Vernehmung. Alle meine Assistenten haben sich versammelt, um das Schauspiel mitzuerleben.

Ich lege die Beretta vor den Iraker hin. »Das haben wir bei dir zu Hause gefunden, zwischen den Matratzen in deinem Schlafzimmer«, sage ich zu ihm.

Er springt auf und ruft: »Meine Frau! Wo meine Frau und wo meine Kinder?«

»Zu Hause«, beruhigt ihn Vlassopoulos. »Mit deiner Frau und deinen Kindern haben wir nichts zu schaffen.«

Mahmoud lässt sich besänftigen, atmet tief auf und setzt sich wieder hin. Sein Blick springt zwischen der Pistole und mir hin und her, dann senkt er die Augen. Kein Laut dringt aus seinem Mund.

»Wir haben die Kugel gefunden, mit der das Opfer getötet wurde«, erläutere ich, um ihn zu einer Aussage zu bewegen. »Wir werden die Pistole überprüfen lassen. Wenn wir sehen, dass aus dieser Waffe geschossen wurde, steht fest, dass du ihn getötet hast. Wenn du aber vorher gestehst, können wir sagen, dass du mit uns kooperiert hast. Und das zählt vor Gericht. Ich rate dir deshalb, ein Geständnis abzulegen.«

Er schweigt weiter und starrt vor sich hin.

»Ich habe ihn getötet«, wispert er schließlich.

»Warum hast du das getan?«, fragt ihn Papadakis.

»Ich wollen Rucksack stehlen. Viele Tage ich warten auf Herr Pantelis, aber nie gekommen. Dann ich denken: Wenn auch heute Herr Pantelis nicht kommen, dann ich überfallen jemand, weil meine Kinder haben Hunger. Ich am Mittag weggehen, aber in der Nacht wiederkommen, so niemand sehen mich. Dann ich verstecken und warten. Ich sehen, wie Mann mit Rucksack rauskommen und zu Auto gehen. Er Tür aufmachen und Rucksack auf Sitz hinten legen. Dann einsteigen. Da ich zu ihm hinlaufen und sagen, ich will mit ihm sprechen. Er das Fenster runtermachen und dann ich schießen. Dann ich hintere Tür aufmachen und Rucksack nehmen und weglaufen.« Er hält inne, holt tief Luft und fügt hinzu: »Das Wahrheit.«

»Hast du denn gar nicht an deine Frau und die Kinder gedacht?«, meint Papadakis.

»Ich immer denken an sie, weil sie haben Hunger«, antwortet er.

»Wo hast du die Pistole her?«, fragt Dermitsakis.

»Gehört mir.«

»Wie, gehört dir? Hast du die geschenkt bekommen, oder wie?«, sagt Vlassopoulos.

»Ich kaufen.« Er verstummt und fügt halbherzig hinzu: »Ich noch andere Raub, und ich Waffe dabei für Notfall.«

»Wie viele Raubüberfälle waren das?«, frage ich.

»Zwei, jetzt drei. Aber zum ersten Mal jemand tot.«

Die Raubdelikte betreffen eine andere Abteilung und nicht uns. Wenn wir mit ihm fertig sind, können ihn die Kollegen übernehmen. Seine Darstellung klingt bisher glaubhaft. Er wartete auf einen Job, der nicht zustande kam, dann hat er aus Frust Sotiropoulos getötet, um dessen Rucksack zu rauben.

»Und warum bist du heute wieder zum Tatort gekommen?«, will Papadakis von ihm wissen.

»Ich wissen wollen, was los ist mit Mord und was die Leute wissen.«

»Hast du gar keine Angst gehabt?«

»Nein, weil alle wissen, dass ich wegen Job immer da war.« Er wiegt den Kopf. »Aber das Fehler, deshalb ich sitzen jetzt hier.«

»War Geld im Rucksack?«, frage ich.

»Dreihundert Euro. Damit ich leben zwei Monate.«

»Und was hast du mit dem Rucksack gemacht?«

»Wegwerfen, Rucksack, Geldbörse … alles.«

Der Fall ist glasklar und lückenlos geklärt, keine Spur von Schwarzgeld oder Weißgeld. Sotiropoulos – der Journalist, der allem hinterherschnüffelte und sich mit allen anlegte – ist der Kugel eines Raubmörders zum Opfer gefallen und wie ein Hund auf der Straße verreckt. Die Tatsache, dass Sotiropoulos im Fall Chardakos nach Schwarzgeld forschte, dürfte mit seiner Ermordung wohl doch nichts zu tun haben.

»Machen Sie die Aussage zur Unterschrift fertig«, sage ich zu Koula und dann zu den anderen: »Bringt ihn in der Zwischenzeit zum Raubdezernat, damit dort abgeklärt wird, wen er sonst noch überfallen hat.«

Ich überlasse meinen Mitarbeitern die Formalitäten und brause in die fünfte Etage hoch, um Gikas in Kenntnis zu setzen.

Er kühlt gerade sein Mütchen an Stella, die ihm mit hängendem Kopf zuhört.

Als er mich sieht, unterbricht er die Strafpredigt. »Ist etwas passiert?«

»Ja, wir haben Sotiropoulos' Mörder gefasst«, erwidere ich.

»Kommen Sie rein und berichten Sie.«

Ich folge ihm in sein Büro, während mir Stella einen dankbaren Blick zuwirft, da ich ihr den Rest der Leviten erspart habe.

Ich erzähle ihm von der Auffindung der Tatwaffe und dem Geständnis des Täters.

»Also handelt es sich doch um Raub«, schlussfolgert er.

»Es gibt keine Hinweise auf ein anderes Motiv.«

»Einerseits tut es mir für das Opfer leid, dass es einen so sinnlosen Tod sterben musste. Andererseits bin ich froh, dass die Lösung des Falles unkompliziert ist. Sonst hätten wir neben den Medien auch noch die Politiker am Hals«, meint er erleichtert. »Jetzt können wir dem Vize Bescheid geben.«

Er ruft ihn an und überbringt ihm die frohe Botschaft. Lächelnd lauscht er seinen Worten und reicht mir den Hörer weiter. »Er möchte Sie sprechen.«

»Guten Tag, Herr Vizepolizeipräsident«, sage ich.

»Glückwunsch, Herr Kommissar! Sie haben nicht nur den Mord aufgeklärt, sondern auch gleich ein paar Lästermäuler zum Schweigen gebracht. Es zirkulierten schon die wildesten Verschwörungstheorien unter Sotiropoulos' Kollegen.«

Ich lege mit Dankesworten für sein Lob auf. Auch ich fühle mich erleichtert. So nahe mir Sotiropoulos' Tod auch geht – ich bin doch froh, dass wir den Fall so schnell und ohne weitere Komplikationen gelöst haben.

30

Endlich ein ruhiger Abend und eine Nacht, in der ich wunderbar schlafen konnte! Adriani und ich haben mal wieder einen Abend in ehelicher Zweisamkeit verbracht. Meine Tochter hat einen Karrieresprung gemacht, und mein Schwiegersohn freut sich auf den angekündigten Geldsegen. Daher gibt es keinen Anlass mehr, unser Unglück im trauten Familienkreis wiederzukäuen und unser Schicksal zu beweinen.

Adriani und ich führten uns die neuesten Kapitel der *»success story«* zu Gemüte, die uns die Nachrichtensendungen am Fernsehen präsentierten. Stumm vor Staunen saßen wir da. Nach Jahren der Krise und der wirtschaftlichen Talfahrt jagt jetzt eine Errungenschaft der griechischen Regierung die andere, und die Lobeshymnen seitens der EU über das »griechische Wunder« reißen nicht ab.

Heute fühle ich mich erholt und gut gelaunt. Selbst die Reportermeute, die vor meiner Bürotür wartet, kann mir die Stimmung nicht verderben. Außerdem ist der Empfang, den sie mir bereiten, alles andere als feindselig.

»Glückwunsch zu Ihrem Erfolg, Herr Kommissar!«, sagt die Kurze mit den rosa Strümpfen.

»Wir sind so froh, dass Sie den Mörder von Sotiropoulos geschnappt haben!«, meint der junge Mann im T-Shirt.

»Ja, aber trotzdem ist es schwer zu ertragen, dass Menis ausgerechnet bei einem Raubüberfall sein Leben lassen musste«, bemerkt Merikas tieftraurig.

Die Einzige, die den Mund nicht aufmacht, ist die lange Dürre. Sie konnte Sotiropoulos nicht leiden, weil er sie immer wieder zusammengestaucht hat. Andererseits traut sie sich nicht, etwas zu sagen, denn die anderen würden über sie herfallen. Deshalb hüllt sie sich in Schweigen.

»Wie haben Sie ihn gefunden?«, fragt mich Merikas.

»Wir hatten Glück«, antworte ich und erzähle ihnen, wie wir den Iraker dingfest gemacht haben.

Nachdem sie mich erneut beglückwünscht haben, räumen sie das Feld, und ich betrete befriedigt mein Büro: Zum ersten Mal in meinem Leben haben mir Journalisten zu meiner Arbeit gratuliert.

Ich setze mich hin und genieße meinen Kaffee in der sicheren Annahme, dass heute nichts Dringendes ansteht. Aber der Mensch denkt, und Gott lenkt. Beim zweiten Bissen ins Croissant läutet das Telefon: Vellidis von der Abteilung für Computerkriminalität ist dran.

»Es gibt Neuigkeiten.«

»Gute oder schlechte?«, frage ich, zu Scherzen aufgelegt.

»Kommen Sie in Gikas' Büro, dann muss ich nicht alles zweimal erzählen.«

Der Vorschlag begeistert mich wenig, da ich mich auf einen gemütlichen Arbeitstag eingestellt habe. Ignorieren kann ich die Einladung aber auch nicht. Daher finde ich folgenden Kompromiss: Ich trinke meinen Kaffee in aller Ruhe aus, bevor ich in die fünfte Etage hochfahre.

Vellidis sitzt schon bei Gikas, und die umwölkten Mienen der beiden deuten darauf hin, dass es sich um etwas Unangenehmes handelt.

»Setzen Sie sich. Was jetzt kommt, wird Ihnen nicht gefallen«, bereitet mich Gikas vor.

»Hinter Poseidon 16 verbirgt oder, besser gesagt, verbarg sich Menis Sotiropoulos«, teilt mir Vellidis mit.

Mir verschlägt es die Sprache.

»Sind Sie sicher?«, frage ich, als ich sie wiederfinde.

»Über seinen Blog haben wir die E-Mail-Adresse gefunden, mit der er seinen Account in den sozialen Medien eröffnet hat. Alles war im Mailarchiv gespeichert.«

Er schlägt einen Aktenordner auf und legt uns Ausdrucke sämtlicher Postings von Poseidon 16 vor.

Egal, wie intensiv ich nach Poseidon 16 recherchiert hätte, auf Sotiropoulos wäre ich nie gekommen. Mein erster Gedanke ist, dass er mit den Postings einfach Versuchsballons gestartet hat. Sotiropoulos war nicht der klassische Nutzer Sozialer Medien. Offenbar hatte er es darauf angelegt, Reaktionen zu provozieren und dadurch Hinweise zu sammeln.

»Diese Entdeckung hat nach Sotiropoulos' Ableben allerdings nur theoretische Bedeutung«, bemerkt Gikas.

Plötzlich schnelle ich von meinem Sitz hoch. »Der Computer!«, rufe ich.

Beide starren mich an, als hätten sie es mit einem Wahnsinnigen zu tun.

»Welcher Computer?«, fragt mich Gikas erstaunt.

»Sotiropoulos' Laptop. Den konnten wir nirgends finden, weder bei ihm in der Wohnung noch im Auto.«

»Wo könnte er denn sonst sein?«, wundert sich Vellidis.

»Er war in dem Rucksack, den der Iraker mitgehen ließ. Offenbar fürchtete Sotiropoulos, jemand könnte in seine Wohnung einbrechen und den Laptop stehlen. Daher hat er ihn immer mit dabeigehabt. Der Iraker sagte uns, er hätte dreihundert Euro im Rucksack gefunden. Aber mit Sicherheit nicht nur die, sondern auch seinen Laptop! Und genau darauf hatte er es abgesehen!«, rufe ich ganz außer mir, da ich es nicht fassen kann, derart blind gewesen zu sein.

»Und was hat er damit gemacht? Ihn verkauft?«, wundert sich Gikas.

»Er hat ihn denjenigen ausgehändigt, die Sotiropoulos' Ermordung in Auftrag gegeben hatten«, antworte ich. »Das war kein Raubmord! Es muss jemand vor uns herausgefunden haben, dass er hinter Poseidon 16 steckte, und die wollten an seinen Computer. Ich habe den Verdacht, dass sie weniger an den Postings interessiert waren als an dem Material, das Sotiropoulos gesammelt hat. Über eines sollten wir uns im Klaren sein: Diejenigen, die Sotiropoulos im Visier hatte, arbeiten mit absoluten Computercracks zusammen und sind uns immer eine Nasenlänge voraus. Und der Iraker ist kein Raubmörder, sondern nur das Vollstreckungsorgan. Der Raub war nur vorgeschoben.«

Ganz außer Atem halte ich inne. Dann wende ich mich an Vellidis. »Bitte beschränken Sie sich nicht nur auf die Postings. Gehen Sie jeder Spur nach! Ich fürchte, man ist uns zuvorgekommen und hat schon alles gelöscht, aber es könnte ja sein, dass ihnen etwas entgangen ist.«

Nach diesen Worten wende ich mich zur Tür.

»Wo wollen Sie hin?«, fragt Gikas.

»Den Iraker noch einmal vernehmen, dann komme ich wieder«, erkläre ich ihm.

Ich habe keine Geduld, auf den Fahrstuhl zu warten, und nehme gleich zwei Stufen auf einmal die Treppe hinunter. Schnurstracks eile ich zum Büro meiner Assistenten.

»Holt mir sofort den Iraker her«, sage ich.

Sie reagieren ganz verdutzt und werfen sich fragende Blicke angesichts meiner plötzlichen Aufregung zu.

»Er hat seine Aussage unterschrieben und ist auf dem Weg zum Ermittlungsrichter«, meint Koula.

»Ist er noch in der Arrestzelle?«

»Das weiß ich nicht, da muss ich nachfragen.« Nach einem kurzen Telefonat teilt sie mir mit: »Er ist schon unterwegs ins Korydallos-Gefängnis.«

»Rufen Sie den Einsatzwagen zurück.«

Koula greift erneut zum Telefon, während mich meine Assistenten anstarren, als hätte ich den Verstand verloren. Mir ist klar, dass ich ihnen eine Erklärung schuldig bin, und so fasse ich ihnen das Gespräch mit Vellidis und Gikas kurz zusammen.

»Darauf wäre ich wirklich nie gekommen, dass Sotiropoulos Poseidon 16 sein könnte«, meint Papadakis.

»Ich auch nicht«, gebe ich zu. »Aber das ändert die Hintergründe seiner Ermordung vollkommen.«

Ich lasse ihnen noch ein bisschen Zeit, die Nachricht zu verdauen, und gehe in mein Büro, um umgehend Kyriasidis anzurufen. Als ich ihm die Geschichte von Poseidon 16 erzähle, ist auch er verdattert.

»Ja, aber wie ist er auf die Idee gekommen, dieses Spiel zu spielen?«, wundert er sich.

»Als Versuchsballon! Er hat abgewartet, ob sich vielleicht Hinweise aus den Reaktionen im Netz ergeben. Nur, dass es ihm möglicherweise das Leben gekostet hat. Wissen Sie, ob Sotiropoulos einen Laptop hatte?«, frage ich zum Schluss.

»Natürlich, einen Mac. Er hatte ihn immer bei sich. Auch bei unserem letzten Treffen hat er ihn hervorgeholt und darauf etwas nachgeschaut, bevor er mir seine Fragen gestellt hat.«

Kyriasidis' Versicherung lässt keinen Zweifel mehr, dass der Computer im Rucksack war und der Iraker ihn mitgenommen haben muss.

Vlassopoulos unterbricht mein Telefonat mit der Nachricht: »Er ist eingetroffen, Herr Kommissar.«

»Bringt ihn gleich in den Verhörraum.«

Ich verabschiede mich von Kyriasidis und mache mich sofort auf den Weg. Kurz danach treffen Vlassopoulos und Dermitsakis ein, die Mahmoud in Handschellen hereinführen.

»Was hast du mit dem Computer gemacht, der deinem Opfer gehört hat?«, frage ich, noch bevor er Platz nehmen konnte.

Er reagiert verwirrt und ist für einen Augenblick sprachlos. »Er keine Computer«, antwortet er dann, während ihn Vlassopoulos auf den Stuhl drückt.

»Lass die Spielchen. Wir wissen, dass Sotiropoulos seinen Computer im Rucksack hatte. Was hast du damit gemacht?«

»Ich dreihundert Euro aus Rucksack genommen«, beharrt er. »Keine Computer.«

»Hör mir gut zu«, sage ich. »Du willst uns das Märchen vom Raubüberfall auftischen, aber das stimmt nicht! Jemand hat dir den Auftrag gegeben, ihn zu töten und den Computer mitzunehmen. Sag uns, wer dein Auftraggeber ist und wem du das Gerät gegeben hast.«

»Ich nur klauen. Dreihundert Euro, keine Computer«, fährt er unbeirrt fort. »Rucksack hatte keine Computer.«

»Du Idiot, begreifst du nicht, worauf du dich da eingelassen hast?«, sagt Dermitsakis. »Rück heraus mit der Wahrheit, dann können wir beim Untersuchungsrichter ein gutes Wort für dich einlegen. Das würde vor Gericht für dich sprechen.«

»Ich nur klauen«, wiederholt der Iraker.

Es ist schwer, jemanden zu vernehmen, den man nicht mit Fakten unter Druck setzen kann. Notgedrungen ändere ich meine Taktik. »Also gut, angenommen, du hast tatsächlich einen Raub verübt«, sage ich zu ihm. »Du hast im Rucksack den Computer gefunden und ihn verkauft. Sag uns, an wen!«

»Ich nur Geld gefunden, ich schwören.«

»Hör mal, es bringt nichts, wenn du es leugnest. Es wird nicht lange dauern, dann finden wir heraus, wem du das Gerät gegeben hast. Und dann steckst du noch viel tiefer im Schlamassel.«

»Ich schwören!«, beharrt er.

Es hat keinen Sinn, denke ich mir, er wird nicht reden. Es war kein Raub. Er hat es wegen des Geldes getan, das er für den Auftrag bekommen hat. Und jetzt hat er Angst, dass er zu mehreren Jahren Gefängnis verurteilt wird, wenn er redet.

»Schickt ihn noch nicht weiter zum Untersuchungsrichter. Wir sind noch nicht mit ihm fertig«, weise ich meine Leute an.

Zurück im Büro versuche ich meine Gedanken zu ordnen. Der Lalopoulos-Mord hat, wie ich es auch drehe und wende, nichts mit dem Fall Sotiropoulos zu tun. Folglich müssen Poseidon 16 und der entwendete Computer mit dem Mord an Chardakos und seinen versenkten Schiffen in Verbindung stehen. Zwar sitzen Chardakos' Mörder nach ihrem Geständnis im Korydallos-Gefängnis. Was jedoch noch immer nicht aufgeklärt ist, sind die beiden geheimnisvollen Schiffshavarien, die Sotiropoulos so beschäftigten. Er war weniger an den Morden als vielmehr an den Unglücksfällen interessiert. Aber immer, wenn wir diese aufs Korn nehmen, stoßen wir auf eine Mauer des Schweigens.

31

Wir müssen Sotiropoulos' Laptop um jeden Preis finden! Er war mit Sicherheit im Rucksack des Opfers, aber an wen Mahmoud ihn weitergegeben hat, bleibt unklar.

Der Iraker wird nicht gestehen – einerseits weil er fürchtet, dass er sich noch tiefer verstrickt, andererseits weil er Angst vor seinen Auftraggebern hat. Ich habe nicht den geringsten Zweifel, dass der Computer im Zuge eines abgesprochenen Deals entwendet wurde. Wenn er ihn verkauft hätte, würde er es zugeben, denn der Hinweis auf den Käufer würde ihn entlasten.

Not macht erfinderisch, sagt das Sprichwort. Statt zu jammern, unternehme ich lieber den verzweifelten Versuch, Mahmouds Wohnung ein weiteres Mal zu durchsuchen. Nicht weil ich damit rechne, den Computer dort zu finden, aber ich könnte etwas anderes zutage fördern, das mir einen kleinen Hoffnungsschimmer verschafft.

Ich rufe Papadakis zu mir und bitte ihn, einen Streifenwagen bereitzustellen. Diesmal nehme ich Koula mit, denn die Anwesenheit einer Polizistin könnte beruhigend auf Mahmouds Frau und Kinder wirken.

Papadakis entscheidet sich – zu Recht, wie sich herausstellt – für die Route über Nea Smyrni. Es herrscht flüssiger Verkehr, und rasch gelangen wir zum Ajiou-Dimitriou-Boulevard.

Mahmoud wohnt in der Elassonos, einem kleinen Sträßchen in der Nähe der 6. Grundschule. Die Wohnung liegt im Souterrain, zur Eingangstür geht man ein paar Stufen nach unten.

Mahmouds Frau öffnet uns, und wie von Vlassopoulos beschrieben trägt sie Kopftuch. Ängstlich blickt sie uns an. Als sie Papadakis erkennt, beginnt sie wieder zu zetern, da sie begreift, dass wir von der Polizei sind.

Koula eilt sofort auf sie zu. »Keine Angst«, sagt sie so sanft wie möglich. »Wir tun Ihnen nichts. Wir suchen nur etwas, danach sind wir gleich wieder weg.«

Keine Ahnung, wie viel die Frau von Koulas Worten versteht. Vermutlich fühlt sie sich von ihrer freundlichen Miene beruhigt und bricht deshalb in ein lautloses Schluchzen aus, während sie »meine Mann ... meine Mann ...« stammelt.

Koula setzt sich neben sie und hält ihr wortlos die Hand. Sie kann ihr jetzt schwerlich offenbaren, dass kaum abzusehen ist, wann sie ihren Mann wiedersehen wird. Doch die Frau erwartet auch gar keine Antwort, sondern bringt bloß ihre Traurigkeit über seine Abwesenheit zum Ausdruck.

»Wie heißen Sie?«, fragt Koula.

»Fatima.«

»Können Sie Griechisch?«

»Bisschen. Kann sagen: Bäcker, Brot ... Kann sagen: Bohnen, Kartoffel ... Kann sagen: Tee ...«

»Fatima, wir suchen nach einem Laptop. Hat Ihr Mann einen Laptop mit nach Hause gebracht?«

Sie versteht nicht. »Lap-«, wiederholt sie, bringt das Wort aber nicht über die Lippen.

»Computer«, erklärt ihr Koula.

»No, no … Here computer no.«

»Gut, wir schauen uns nur kurz in der Wohnung um. Keine Angst, Ihnen passiert nichts.«

»Meine Mann … *prison*?«, fragt sie.

»Ja, Ihr Mann hat einen Menschen getötet und ist jetzt im Gefängnis«, erläutert ihr Koula, da es wenig Sinn macht, die Tatsachen länger zu verschweigen.

»Irak … bum!«, sagt die Frau, während sie mit einer Geste eine Explosion andeutet. »Griechenland … *prison*!« Bei diesen Worten bricht sie erneut in Tränen aus.

Wir lassen die Frau in Koulas Obhut und fangen mit der Durchsuchung an. Es ist, als lebte die Familie in einem Durchgangslager. Die einzigen Möbelstücke, ein Tisch und vier Stühle, stehen in der Küche. In den anderen beiden Räumen liegen nur je zwei Matratzen auf dem Boden. In dem einen Zimmer schläft das Ehepaar, im anderen die Kinder. Die Kleidung liegt auf dem Bett ausgebreitet oder hängt an Haken an der Wand.

Im Grunde bräuchten wir nicht länger als zehn Minuten, stünden da nicht drei Truhen über die Zimmer verteilt. Als Papadakis die erste öffnet, stößt er auf Hemden und Kinderunterwäsche. Die zweite enthält Männerkleidung und die dritte Frauenklamotten.

Papadakis lässt sich nicht so schnell entmutigen und forstet die Truhen systematisch durch. Am Boden der Truhe mit den Frauenklamotten hat er einen breiten Goldreif ertastet, den er mir jetzt entgegenhält. Obwohl wir keine

Fachleute sind, begreifen wir sofort, dass es ein wertvolles Stück aus 24-karätigem Gold ist.

»Fragen wir sie mal, wo sie das herhat«, meint Papadakis.

Koula ist mit der Frau in die Küche gegangen, damit wir die Zimmer in Ruhe durchsuchen können.

Papadakis legt den Armreif vor sie auf den Tisch. »Gehört das Ihnen?«, fragt er.

Die Frau blickt zuerst ihn und dann das Schmuckstück an. »Ja ... aus Irak ... meine Vater«, antwortet sie, weicht unseren Blicken aber aus. Man sieht ihr an, dass sie lügt.

Papadakis nimmt den Armreif wieder an sich und bedeutet mir, ins Nebenzimmer mitzukommen. »Dieses Schmuckstück stammt von hier«, sagt er. »Das hat sie nicht aus dem Irak mitgebracht.«

»Ich weiß, aber wie sollen wir das beweisen?«, halte ich ihm entgegen. »Wir müssten den Goldschmied finden, der es ihrem Mann verkauft hat. Selbst wenn uns ein anderer Goldschmied bestätigt, dass es hier angefertigt wurde, wie soll man beweisen, dass man solche Schmuckstücke nicht auch im Irak macht? Machen wir eine Befragung im Irak? Oder schicken wir es an die dortige Polizei zur näheren Untersuchung? Und an welche Polizei? An die schiitische, die sunnitische oder die kurdische? Aber selbst wenn, würde ein Gutachten der irakischen Polizei vor einem hiesigen Gericht Bestand haben?«

Papadakis wirft mir einen stummen Blick zu. »Verstehen Sie nicht, was er getan hat?«, fahre ich fort. »Das Geld für die Übergabe des Computers hat er in Gold angelegt. Hätten wir Bargeld in Euro in der Wohnung gefunden, hätte die Frau nicht behaupten können, es stamme aus dem Irak. Seiner Frau hat er jedoch eingeschärft, sie solle sagen, es sei ein Geschenk ihres Vaters. Und sie wird mit Sicherheit bei ihrer Aussage bleiben. Weil sie ihren Mann nicht verraten möchte, aber auch, weil es der einzige Wertgegenstand ist, den sie besitzt. Und vor allem, weil ihr Mann im Gefängnis sitzt und sie zwei Kinder durchbringen muss. Wenn sie in Not kommt, kann sie den Armreif verkaufen oder verpfänden.«

Wir kehren in die Küche zurück und legen das Schmuckstück wieder vor Mahmouds Frau auf den Tisch. »Wir sind fertig«, sage ich zu Koula.

Als die Frau sieht, dass wir ihr den Armreif nicht wegnehmen, fasst sie Mut. »Wann ich meine Mann sehen?«, fragt sie.

»Jetzt noch nicht«, antwortet ihr Koula. »Sobald es möglich ist, komme ich vorbei und gebe Ihnen Bescheid. Versprochen.« Und sie streicht ihr über den Rücken. Die Frau lächelt ihr mit Tränen in den Augen zu.

Bevor wir gehen, wendet sich Koula noch einmal an die Frau. »Was haben Sie den Kindern erzählt, wo der Vater ist?«

»Er ist Arbeit … Irak …« antwortet die Frau.

Koula nickt verständnisvoll.

Kaum sitzen wir im Streifenwagen, läutet mein Handy.

»Kyriasidis hier, Herr Kommissar. Ich wollte Ihnen nur rasch erzählen, dass noch zwei Reedereien ihren Sitz nach Griechenland verlegt haben. Beide hatten ihre Zentrale zuvor auf Zypern. Ich dachte, das könnte Sie interessieren.«

»Sehr sogar! Vielen Dank!«, sage ich. Dann kommt mir

blitzartig eine Idee. »Wissen Sie vielleicht noch, wie der Reeder hieß, der Sotiropoulos auf der Pressekonferenz zusammen mit dem Minister geantwortet hat?«

»Meinen Sie Filippos Sacharakis?«

»Genau. Und wie heißt sein Unternehmen?«

»Ionian Marine Enterprises.«

»Vielen Dank für Ihre Hilfe, Herr Kyriasidis«, sage ich.

Womöglich hat Chardakos junior mir gegenüber mit Auskünften gegeizt, weil er den guten Namen seines ermordeten Vaters schützen wollte. Filippos Sacharakis hingegen hindert nichts daran, etwas gesprächiger zu sein. Ein Besuch bei ihm würde sich lohnen.

Die Büros der Ionian Marine befinden sich in der Dimitriou-Gounari-Straße. Sofort suche ich in Sacharakis' Sekretariat um einen Termin an. Als die Sekretärin nachfragt, erläutere ich ihr bereitwillig den Grund meiner Anfrage. Sie verbannt mich kurz in die Warteschleife, dann gibt sie mir Bescheid, dass mich Sacharakis in einer Stunde erwartet.

So schlage ich – diesmal allein und mit meinem eigenen Wagen – den Weg nach Piräus ein. Heute ist ein Tag, an dem ich fast so regelmäßig wie die Stadtbahn zwischen Athen und Piräus hin- und herpendele. Ich könnte zwar auch die öffentlichen Verkehrsmittel nehmen, aber das macht wenig Sinn, da ich gleich anschließend nach Hause fahren möchte.

In Piräus gerate ich in einen Stau, der sich glücklicherweise an der Poulopoulos-Brücke auflöst. Die Gounari-Straße erreiche ich zehn Minuten vor meinem Termin mit Sacharakis.

Die Büros der Ionian Marine nehmen fast ein ganzes vierstöckiges Gebäude ein, nur im Erdgeschoss gibt es eine Ladenzeile. Als ich der jungen Rezeptionistin sage, dass mich Herr Sacharakis erwartet, schickt sie mich in die vierte Etage.

Die Sekretärin ist eine große, schlanke und ungeschminkte Sechzigjährige mit Kurzhaarschnitt. Sie benachrichtigt Sacharakis, dass ich da sei, und führt mich anschließend in sein Büro.

Sacharakis sieht in Wirklichkeit älter aus als im Fernsehen. Offenbar hatte man ihn geschminkt. Jetzt, da ich ihn direkt vor mir sehe, schätze ich ihn auf um die siebzig.

»Was verschafft mir die Ehre Ihres Besuchs?«, fragt er mit leisem Spott.

»Ich möchte Ihnen ein paar Fragen stellen, die sich aus unseren Ermittlungen zum Mord an Stefanos Chardakos ergeben haben. Ich werde mich kurzfassen«, versichere ich ihm, damit er nicht zappelig wird.

»Erinnern Sie sich noch an den Journalisten, der Sie auf der Pressekonferenz des Ministers für Handelsmarine befragt hat?«

»Natürlich«, antwortet er spontan. »Wie ich hörte, ist er einem Raubüberfall zum Opfer gefallen.«

»Genau. Im Nachhinein haben wir festgestellt, dass Sotiropoulos Recherchen zu den Hintergründen von Stefanos Chardakos' Ermordung angestellt hat. Das konnte man auch seinen Fragen bei der Pressekonferenz ablesen.«

»Ja, aber soviel ich weiß, wurde Stefanos von zwei Ausländern getötet, die von ihm eine Entschädigung für die Frau ihres Freundes erpressen wollten, der beim Brand auf dem Schiff der West Shipping in Thailand ums Leben gekommen war.«

Ich beeile mich, ihn zu besänftigen.

»Das glauben wir ja auch. Doch wie es scheint, war Sotiropoulos durch die von ihm gesammelten Informationen zum Schluss gekommen, dass die Havarien von Chardakos' Schiffen keine Unfälle waren, sondern durch Erpressung herbeigeführt wurden. Kleanthis Chardakos, mit dem ich darüber gesprochen habe, hat diese Möglichkeit, unter uns gesagt, vollkommen von sich gewiesen. Dazu würde ich mir aber gern die Meinung eines Fachmanns – wie Sie es sind – einholen, der nicht direkt in den Fall involviert ist.«

Sacharakis denkt kurz nach. »Dass Chardakos erpresst wurde, kann durchaus sein. Aber ich habe Verständnis für Kleanthis, denn ich würde so etwas auch nicht öffentlich zugeben.« Nach einer kleinen Pause fährt er fort: »Ich kann Ihnen aber sagen: Kein Reeder würde je auf eine Erpressung eingehen. Schiff und Ladung sind so abgesichert, dass auch im Fall von Sabotage gezahlt wird. Warum sollte sich also Chardakos einer Erpressung beugen? Ich würde es auch nicht tun.«

Jetzt komme ich zum heiklen Teil des Gesprächs und muss gut aufpassen, wie ich damit umgehe. »Wie ich erfahren habe, sind zwei weitere Reedereien nach Griechenland zurückgekehrt«, sage ich so harmlos wie möglich.

Sacharakis lächelt zufrieden. »Ja, jetzt sind wir schon zu fünft. Und ich freue mich, dass wir mit gutem Beispiel vorangegangen sind.«

»Erinnern Sie sich an die Frage, die Sotiropoulos stellte?«, frage ich. »Er wollte wissen, warum Sie sich so plötzlich zur Verlegung Ihrer Zentrale nach Griechenland entschlossen haben.«

»Ja, und ich weiß auch noch meine Antwort: Wir sind zurückgekehrt, um jetzt – unter den geeigneten Bedingungen – zum griechischen Aufschwung beizutragen.«

»Sotiropoulos hatte den Verdacht, die Rückkehr der Reedereien nach Griechenland sei Teil der Erpressung. Ich gebe Ihnen bloß seine Ansicht wieder, ohne sie zu teilen«, betone ich, um auf der sicheren Seite zu sein.

Sacharakis springt mit völlig verändertem Gesichtsausdruck auf. »Meine Zeit ist knapp, und ich kann mich nicht mit den Theorien irgendeines hergelaufenen Reporters befassen, Herr Kommissar. Ich habe Wichtigeres zu tun! Damit betrachte ich unser Gespräch als beendet.«

Mir bleibt nichts anderes übrig, als ihm zu danken und mich zurückzuziehen. Zunächst bleibe ich noch im Seat sitzen, um meine Gedanken zu sammeln, bevor ich losfahre. Eigentlich habe ich nichts erfahren, was ich nicht schon wusste. Und Sacharakis' in meinen Augen etwas übertriebene Reaktion ist vielleicht seine Art, sich aus der Affäre zu ziehen, um nicht auf vermintes Gelände zu geraten.

32

Zum zweiten Mal innerhalb weniger Tage hat Adriani gefüllte Tomaten gemacht, doch diesmal weil Fanis' Eltern aus Volos zu Besuch gekommen sind. Sie hatte sich sehr ins Zeug gelegt, um die beiden zu diesem Athenbesuch zu überreden. So feiern wir heute die Familienzusammenführung mit Adrianis Spezialgericht.

Auch ich geselle mich gern zur fröhlichen Runde. Sevasti springt auf, um mich zu umarmen, während Prodromos geduldig wartet, bis er an der Reihe ist.

»Ihr habt uns ja ganz schön warten lassen!«, sage ich fröhlich. »Adriani musste sich den Mund fusselig reden, damit ihr endlich kommt.«

»Spät, aber doch!«, meint Sevasti.

»Mit Geduld und Spucke gelingt alles«, kommentiert Adriani und bringt uns damit alle zum Lachen.

»Adriani, du redest wie eine Großmutter«, erklärt Fanis amüsiert.

»Ich fürchte, ich rede nur so, werde es aber nicht so schnell«, erwidert sie ernst.

»Warum?«

»Weil es nicht so aussieht, als würde ich bald Enkelkinder bekommen.«

»Das kannst du laut sagen. Meine Rede!«, ruft Sevasti.

»Wie soll Katerina jetzt, da sie Justitiarin geworden ist, von der Juristerei zur Windelwechselei übergehen? Das wird wohl etwas schwierig.«

Ich werfe einen Blick auf meine Tochter. Sie schaut unbeteiligt aus dem Fenster und tut so, als betreffe sie die ganze Diskussion nicht. Sie weiß, dass ihre Mutter auf die kleinste Reaktion von ihr lauert, um sie in die Enge zu treiben. Daher lässt sie die Anspielungen an sich abperlen.

»Wie läuft's eigentlich in Volos, Prodromos?«, frage ich, um das Thema zu wechseln.

»Die Stadt ist nicht wiederzuerkennen! Tagtäglich bete ich und zünde der Madonna eine Kerze an, damit diese Regierung im Amt bleibt. Neue Geschäfte schießen nur so aus dem Boden, eine ganze Schar von Firmen hat sich bei uns niedergelassen. Es gibt einen Interessenten, der meinen Laden, den ich als Souflaki-Bude vermietet habe, jetzt zusammen mit dem Gewerberaum nebenan kaufen und daraus ein Möbelgeschäft machen will.«

»Genauso ist es doch vor ein paar Jahren schon mal gelaufen, und wir alle wissen, wie es endete«, bemerkt Adriani.

»Mama, kannst du mir sagen, warum du die Entwicklung dermaßen negativ siehst?«, meint Katerina. Ihre erboste Reaktion speist sich zum Teil aus der Tatsache, dass sie die Bemerkung mit dem Enkelchen hinuntergeschluckt hat und nun eine Gelegenheit sieht zu kontern. »Alle sind zufrieden, nur du findest ständig Anlass zum Nörgeln. Manchmal glaube ich fast, du hast dich in der Krise wohler gefühlt als jetzt. Wie kann das sein?«

»Tja, ich bin eben aus Schaden klug geworden. Lambros

ist im Moment vermutlich der Einzige, der mich versteht«, fügt sie hinzu. »Früher hätte ich nie geglaubt, dass ich einmal bei einem Altkommunisten Verständnis und Unterstützung finden würde.«

Sie steht auf, um in die Küche zu gehen, bleibt jedoch an der Tür noch einmal stehen. »Am Fernsehen und im Radio bis hin zu meinen nächsten Angehörigen sind alle durch die Bank begeistert. Und da frage ich mich: Woher kommt das ganze Geld? Beim letzten Mal, wo wir draufgezahlt haben, wussten wir, woher es kam: zuerst aus EU-Subventionen und dann aus Krediten. Aber heute?«

Als Adriani in die Küche geht, bleibt die Frage im Raum stehen. Alle blicken ihr hinterher, aber keiner macht den Mund auf, da niemand eine Antwort darauf weiß.

»Irgendwo hat sie recht«, sagt Sevasti kurz darauf. »Wir sind gebrannte Kinder, da wird man vorsichtig.«

»Okay, wir mussten die Suppe auslöffeln, die andere uns eingebrockt hatten, aber hier liegen die Dinge anders«, hält ihr Katerina entgegen.

»Und wieso?«, frage ich.

»Das hier sind seriöse Leute. Das sage ich aus persönlicher Erfahrung. Sie wissen, was sie wollen. Sie hören zu, wenn man mit ihnen spricht. Und wenn man etwas braucht, ist es am nächsten Tag erledigt. Sie sind gut organisiert und effektiv. Das ist das Geheimnis ihres Erfolgs.«

Sie erhebt sich, um den Tisch zu decken, aber Sevasti kommt ihr zuvor. »Lass nur, ich übernehme das.«

»Nicht doch! Der Hausbrauch besagt, dass die Mutter das Essen kocht und die Tochter den Tisch deckt.«

»Komm schon, wir sind doch hier keine fremden Gäste«,

protestiert Sevasti und geht die Teller holen, worauf Katerina wieder Platz nimmt.

»Ich stimme Katerina zu«, meint Prodromos. »Ich sehe es ganz genauso: Griechenland kommt wieder auf die Beine. Vielleicht hat uns die Krise eines Besseren belehrt. Vielleicht hilft es auch, dass wir jetzt eine seriöse Regierung haben. Die Stimmung im Land hat sich jedenfalls gewandelt. Ich habe bei einer der neuen Bankniederlassungen ein Konto eröffnet. So einen raschen und freundlichen Service habe ich noch nie erlebt!«

»Was ist denn aus der Geschichte mit dem ermordeten Journalisten geworden?«, will Fanis nun plötzlich von mir wissen.

»Es war Raubmord«, antworte ich und gebe die offizielle Version wieder, ohne näher darauf einzugehen.

Bei mir zu Hause von Mord und Totschlag zu erzählen geht mir gegen den Strich. Die Fälle, die ich bearbeite, möchte ich auf der Dienststelle zurücklassen und mich zu Hause entweder vor dem Fernseher oder im Familienkreis erholen.

Zum Glück endet die Diskussion hier, da Adriani mit den Speisen eintritt und alle sich um den Esstisch scharen.

Adriani hat marinierte Sardinen und Calamari mit blanchiertem Amarant als ersten Gang vorbereitet.

»Die Vorspeise überspringe ich«, erklärt Sevasti. »Sonst schaffe ich die gefüllten Tomaten nicht mehr.«

»Also wirklich, Mama, wozu denn ein erster Gang? Die gefüllten Tomaten reichen doch.«

»Sardinen und Calamari passen gut zu den gefüllten Tomaten«, lautet Adrianis Verdikt.

»Ich werde jedenfalls alles probieren«, vermeldet Fanis. »Was bei Frau Adriani auf den Tisch kommt, wird gegessen!«

»Bravo, Fanis«, meint Adriani befriedigt. »Schön, dass du mich so vehement unterstützt.«

»Mama, wann verrätst du mir endlich das Rezept für die gefüllten Tomaten?«, fragt Katerina.

»Übe du zuerst, wie man grüne Bohnen in Öl zubereitet«, hält ihr Adriani entgegen.

»Ha«, mischt sich Fanis ein. »Ob du's glaubst oder nicht, die gelingen Katerina ausgezeichnet.«

»Somit lade ich euch alle zu uns zum Essen ein, um ein paar Lästermäuler zu stopfen«, erklärt Katerina.

»Einladung angenommen, ich lasse mich gern überraschen«, sagt Adriani, aber ich weiß jetzt schon, dass sie an der Zubereitung bestimmt irgendetwas auszusetzen hat.

Doch jetzt herrscht fressgieriges Schweigen, da sich alle eifrig auf die Vorspeise stürzen.

33

Bei einem Mokka grübele ich darüber nach, wie ich mit Sotiropoulos' Laptop doch noch auf einen grünen Zweig komme. Mahmoud erneut zu vernehmen hat keinen Zweck. Dadurch würde er merken, dass ich keinen Schritt vorangekommen bin, und bei seiner ursprünglichen Aussage bleiben. Es ist zum Verzweifeln: Selbst wenn ich den Computer finde, haben seine jetzigen Besitzer mit Sicherheit alle Spuren verwischt.

Da mir von nirgendwo eine Erleuchtung kommt, rufe ich Vellidis an, um zu erfahren, ob er etwas gefunden hat, das Licht ins Dunkel bringt.

»Tut mir leid«, sagt er. »Es gibt keine neuen Erkenntnisse seit unserem letzten Gespräch.«

Dann muss ich wohl klein beigeben, denke ich mir. Der Sotiropoulos-Mord wird als Raubüberfall mit tödlichem Ausgang ins Archiv wandern. Obwohl es überzeugende Verdachtsmomente gibt, kann ich nicht weiterermitteln, solange ich keine Fakten in der Hand habe.

Das Klingeln des Telefons reißt mich aus meinen Gedanken. »Das Sekretariat des Vizepolizeipräsidenten hat sich gemeldet, Herr Kommissar. Er möchte Sie sofort in seinem Büro sprechen.«

Ich frage mich, was er wohl von mir will. Die einzige

Erklärung, die mir in den Sinn kommt, ist: Gikas muss ihn über Sotiropoulos' Postings und den vermissten Laptop informiert haben.

Ich rufe bei Gikas an, um mich rückzuversichern und entsprechend vorbereitet zu sein, doch von Stella erfahre ich, er sei in einer längeren Besprechung.

So bleibt mir nichts anderes übrig, als beim Vize zu erscheinen, ohne zu wissen, worum es geht. Ich gebe meinen Assistenten Bescheid und mache mich mit dem Seat auf den Weg. Während der Fahrt versuche ich mir nicht zu viele Gedanken über den Grund des Treffens zu machen. Es kommt, wie es kommt, sage ich mir.

»Gehen Sie gleich hinein, die beiden Herren erwarten Sie schon«, sagt die oberste Vorzimmercharge.

Beim Betreten des Büros verstehe ich, was mit »die beiden Herren« gemeint war: Gikas sitzt dem Vize gegenüber. Er tut so, als habe er mein Eintreffen nicht bemerkt, und mustert die Wand gegenüber.

»Nehmen Sie Platz, Herr Kommissar«, sagt der Vize und wartet, bis ich sitze, bevor er in medias res geht. »Gestern haben Sie Filippos Sacharakis, dem Inhaber der Ionian Marine Enterprises, einen Besuch abgestattet.«

Ich falle aus allen Wolken, dass Sacharakis dem Vize von meinem Besuch berichtet hat.

»Jawohl«, antworte ich ruhig, während Gikas immer noch die Wand mustert.

»Darf ich den Grund Ihres Besuchs erfahren?«, fragt der Vize.

»Selbstverständlich.« Ich beschreibe ihm den Verlauf der Ermittlungen: von der Entdeckung, dass die Internet-Postings von Sotiropoulos stammten, bis hin zum Verschwinden seines Laptops.

»Sotiropoulos war kein Schaumschläger«, erläutere ich am Schluss. »Er hat recherchiert, weil er in Bezug auf die beiden Schiffshavarien einen bestimmten Verdacht hatte. Ich habe den Reeder einzig und allein deshalb aufgesucht, um seinen fachmännischen Rat zu Sotiropoulos' Verdacht einzuholen. Der Diebstahl des Laptops bestärkt die These, dass er einer heißen Sache auf der Spur war. Der Computer wurde entwendet, weil man erfahren wollte, was er sonst noch wusste.«

»Wie kommen Sie darauf, dass der Laptop gestohlen wurde?«, will er wissen.

»Zunächst einmal haben wir ihn nirgends finden können. Sotiropoulos führte einen persönlichen Blog, und das geht ohne Computer nicht. Außerdem gibt es Zeugenaussagen, dass Sotiropoulos einen Laptop von Apple besaß, den er immer bei sich trug. Daher muss das Gerät entwendet worden sein.«

»Und was haben Sie sich von dem Gespräch mit Herrn Sacharakis erhofft?«

»Nur eine Aussage darüber, ob ihm Sotiropoulos' Verdacht plausibel erscheint.«

»Wer hat die Befragung von Herrn Sacharakis genehmigt? Soweit ich weiß, haben Sie weder mich noch Ihren unmittelbaren Vorgesetzten um Erlaubnis gefragt.«

Ich starre ihn baff an.

»Ich wusste nicht, dass ich für eine Vernehmung in einem laufenden Ermittlungsverfahren eine Genehmigung brauche«, sage ich.

»Von mir jedenfalls braucht er so etwas nicht einzuholen.« Zum ersten Mal macht Gikas den Mund auf. »Ich bin damit einverstanden, dass er nach eigenem Ermessen ermittelt und mich im Anschluss über die Ergebnisse informiert.«

Es ist das erste Mal überhaupt, dass er mir offiziell Rückendeckung gibt. Doch der Vize ignoriert ihn.

»Meines Wissens hat Sotiropoulos' Mörder die Tat gestanden, ebenso wie die beiden inhaftierten Täter im Fall Chardakos. Daher verstehe ich nicht, wozu Sie weiterermitteln. Sie stützen sich einzig und allein auf die Verdächtigungen und Behauptungen eines Journalisten. Sie wissen doch, dass es in den Massenmedien tagtäglich nur um Hypothesen und Vermutungen geht. Ich muss Ihnen sagen, dass Ihr Vorgehen großen Schaden angerichtet hat. Während die Regierung alle Hebel in Bewegung setzt, um die Reeder zu einer Rückkehr nach Piräus und zur Mithilfe beim Wiederaufbau des Landes zu bewegen, versetzen Sie mit Ihrem unüberlegten Vorgehen alle in Angst und Schrecken. Hätten Sie mich oder Ihren Vorgesetzten zu Rate gezogen, wären wir keinesfalls einverstanden gewesen. Aber Sie haben auf eigene Faust gehandelt. Sacharakis hat mich, völlig außer sich, heute Vormittag angerufen. Nachdem er mir das Treffen geschildert hatte, wollte er wissen, ob das der Dank dafür sei, dass er seinen Unternehmenssitz so bereitwillig nach Griechenland verlegt habe. Er denke ernsthaft daran, wieder nach London zurückzukehren. Mit Ihren Aktionen ohne Sinn und Verstand torpedieren Sie die Bemühungen der Regierung.«

Einerseits begreife ich jetzt, woher der Wind weht, andererseits verstehe ich nicht, wieso um die Sache so ein Aufhebens gemacht wird.

»Ich habe doch nur Herrn Sacharakis ersucht, mir ein paar Dinge zu erläutern. Ich habe ihn weder unter Druck gesetzt, noch ihm gedroht«, wende ich ein.

»Sie sind vom Dienst suspendiert, Herr Kommissar. Ich werde ein Disziplinarverfahren wegen Amtsanmaßung gegen Sie einleiten. Bis zu seinem Abschluss haben Sie sich mit sofortiger Wirkung von der Mordkommission fernzuhalten.«

Ich kralle mich an den Sessellehnen fest, um nicht aufzuspringen und loszubrüllen. Ich bleibe wie festgenagelt sitzen – nicht, weil ich noch etwas zu sagen hätte, sondern, um meine Fassung wiederzuerlangen. Gikas und der Vize hüllen sich ebenfalls in Schweigen und warten meine Reaktion ab.

»Wie Sie meinen«, sage ich zum Vizepolizeipräsidenten, stehe von meinem Platz auf und gehe geradewegs zur Tür, öffne sie, trete hinaus, gehe durch das Vorzimmer und dann hinunter zu meinem Seat. Ich bin so aufgewühlt, dass ich keinen klaren Gedanken fassen, geschweige denn losfahren kann. Ich sitze im Wagen und atme tief durch, um mich zu beruhigen.

Schließlich gelingt es mir doch irgendwie, den Wagen zu starten, doch aus den erbosten Gesten und den Zurufen der anderen Verkehrsteilnehmer wie »Wo fährst du hin, Volltrottel?!«, »Wer hat dir den Führerschein geschenkt?« oder »Bist du blind?« wird mir klar, wie unsicher ich fahre.

Nach einer schier endlosen Tour gelange ich schließlich zum Präsidium und rufe meine Assistenten zu mir. Ich berichte vom Ausgang meiner Unterredung mit dem Vizepolizeipräsidenten, und sie hören mir stumm und betreten zu.

»Und wer übernimmt jetzt die Fälle?«, fragt mich Dermitsakis.

»Vermutlich bleiben sie in unserer Abteilung, und man wird Vlassopoulos als dienstältesten Mitarbeiter zu meinem Stellvertreter ernennen, bis sich die Sache geklärt hat.«

»Und all das, nur weil Sie dem Reeder einen Besuch abgestattet haben?«, wundert sich Papadakis.

»Ja, so wurde das Vorgehen begründet.«

»Herr Kommissar, warum lassen Sie die Sache auch nicht auf sich beruhen?«, meint Vlassopoulos. »Warum sollen wir nachbohren, wenn die Täter in beiden Mordfällen gestanden haben? Vor allem, wenn die vorgesetzte Behörde weitere Ermittlungen nicht gutheißt?«

Dermitsakis pflichtet ihm bei: »Letztendlich behandelt uns die neue Regierung doch gut. Wir bekommen unsere alten Gehälter wieder und können endlich aufatmen. Wenn die Regierungsvertreter bestimmen wollen, wann die Ermittlungen einzustellen sind, liegt die Entscheidung einzig und allein bei ihnen. Da haben wir nichts zu melden.«

»Ist es uns unter ihren Vorgängern, die ständig Gehälter und Renten gekürzt haben, besser ergangen?«, setzt Vlassopoulos wieder an. »Die früheren Regierungen haben befohlen und gespart, die neue befiehlt und zahlt. Das ist ein Unterschied wie Tag und Nacht.«

Die Einzigen, die den Mund nicht aufmachen, sind Koula und Papadakis. Verlegen starren sie auf den Fußboden.

»Jeder tut seine Arbeit, so gut er kann«, erkläre ich den anderen beiden ruhig. »Mich hat die Erfahrung gelehrt, dass man allen offenen Fragen nachgehen soll, damit die Sache nicht eines Tages nach hinten losgeht.«

Vlassopoulos erachtet eine Antwort als überflüssig und meint zu den anderen: »Ich sag euch nur eins, Leute: Mit mir als stellvertretendem Kommissar bleiben wir innerhalb der Grenzen, die man uns steckt, und überschreiten sie nicht.«

Das Läuten des Telefons enthebt mich der Verpflichtung, weiter Rede und Antwort zu stehen.

»Er will Sie sprechen«, höre ich Stellas Stimme.

»Ich muss hoch zu Gikas«, sage ich zu den anderen, die daraufhin mein Büro verlassen.

Nur Dermitsakis bleibt in der Tür stehen und ermuntert mich zum Durchhalten, die Übrigen entfernen sich ohne ein weiteres Wort.

Ich nehme mir die Zeit, die Treppe hochzusteigen, damit ich mich beruhigen und Gikas mit kühlem Kopf gegenübertreten kann.

Er empfängt mich im Stehen. »Ich hab's bis hier!«, sagt er. Und als würde ihm einmal nicht reichen, wiederholt er: »Bis hier!«

Daran zweifle ich nicht, aber der Verdruss ist anscheinend noch nicht groß genug, um sich für mich beim Vize einzusetzen.

»Und Sie, mein Lieber, haben mich nicht informiert«, beschwert er sich. »Sonst hätte ich Ihnen nämlich davon abgeraten.«

»Aber Sie haben doch vor dem Vize soeben selbst gesagt, dass ich Sie nicht über jeden meiner Schritte auf dem Laufenden halten muss.«

»Ja, aber wir haben es mit einem Vizepolizeipräsidenten zu tun, der uns ständig irgendwelche Fallen stellt. Deshalb sollten wir unser Vorgehen immer untereinander abstimmen. Wissen Sie noch, was ich Ihnen nach unserem ersten Treffen mit ihm gesagt habe? Halten Sie sich bedeckt, sonst kann ich Ihnen auch nicht helfen. Und sehen Sie, wie recht ich hatte! Diese Bürokraten sind einfach unberechenbar.«

Typisch Gikas, sage ich mir. Vor den hohen Herren zieht er den Schwanz ein, aber hinter ihrem Rücken zieht er über sie her.

»Meiner Meinung nach war das alles nur Theaterdonner. Außerdem habe ich auch noch meine Beziehungen. Ich schaue mal, was ich in der Sache tun kann.«

Zunächst einmal glaube ich nicht, dass es bloß Theaterdonner war. Ich bin sicher, dass meine Ermittlungen unerwünschte Dinge ans Licht bringen würden. Deshalb hat er mir die Flügel gestutzt. Was Gikas betrifft, so weiß ich, dass er zwar seine Beziehungen hat, doch lässt er sie nur spielen, solange er selbst dabei auf der sicheren Seite ist.

»Melden Sie sich jedenfalls, wenn Sie etwas brauchen«, meint er.

»Danke«, lautet meine kühle Antwort, bevor ich zur Tür gehe. Aber in Wahrheit stehe ich knapp vor einem Wutausbruch.

Koula wartet bereits auf dem Korridor auf mich. Sie fällt mir in die Arme.

»Sie können sich nicht vorstellen, wie leid mir das alles tut«, wispert sie. »Sie sind wie ein Vater für mich.«

»Ich weiß, dass es Ihnen leidtut, aber wir sollten den Patienten nicht beweinen, bevor er tot ist«, sage ich mit einem

Lächeln. »Bringen Sie mir jetzt eine Plastiktüte, damit ich meinen Schreibtisch leerräumen kann.«

Als sie sich entfernt, trete ich in mein Büro. Ich ziehe die Schubladen auf und suche meine Sachen zusammen. Zum Glück ist es nicht viel, und ich brauche nicht lang dafür. Trotzdem geht mir die ganze Prozedur an die Nieren.

Dann geht die Tür auf, und Papadakis kommt herein. »Hier ist die Tüte. Ich wollte sie Ihnen bringen, um Ihnen zu sagen, dass ich völlig fertig und gleichzeitig unglaublich wütend bin«, meint er. »Was hier passiert, ist ein großes Unrecht.«

»Das Leben ist ungerecht«, erwidere ich. »Warten wir's ab, wie sich die Dinge weiterentwickeln.«

Er verabschiedet sich mit einem Händedruck. Dann verstaue ich meine wenigen persönlichen Gegenstände in der Tüte, trete aus meinem Büro und ziehe die Tür hinter mir ins Schloss.

34

Beim erstbesten Café auf der Syprou-Merkouri-Straße halte ich an, parke den Wagen in einer Seitenstraße und nehme drinnen Platz. Ich muss dringend meine Gedanken sortieren – sowohl in beruflicher als auch in familiärer Hinsicht.

Wie man die Sache auch dreht und wendet, die Suspendierung und das Disziplinarverfahren treffen mich tief. Da nützt es wenig, so zu tun, als stünde ich über den Dingen. Zwar weiß ich um meine verdammte Marotte, jeder Sache auf den Grund gehen zu wollen. Ebenso ist mir bewusst, dass es deswegen immer schon Scherereien gab. Diese Manie hat dazu geführt, dass die oberen Etagen mich als »unkooperativ« betrachteten. In ihren Augen missachtete ich die Regeln und setzte einfach nur meinen Kopf durch. Genau das hielt mir auch Gikas immer vor, aber ich schlug seine Kritik in den Wind.

Kann schon sein, dass sie alle recht hatten. Da ich als Querkopf gelte, werde ich bei Beförderungen regelmäßig übergangen. Aber vom Ruf, ein Querkopf zu sein, der seine Arbeit gründlich macht, ist es noch ein Riesenschritt bis zu Suspendierung und Disziplinarverfahren. Und nicht nur dieser Schritt ist riesig, sondern auch die Ungerechtigkeit, mit der ich behandelt werde.

So viel zu meiner Person und meinen Charaktereigenschaften. Ich muss jedoch auch die objektiven Tatsachen Revue passieren lassen, wenn ich mir ein umfassendes Bild machen will. Ich kann schwerlich glauben, dass der Vize mich suspendiert und ein Disziplinarverfahren einleitet, nur um mich zur Vernunft zu bringen und mir zu zeigen, wo der Hammer hängt. Auch die offizielle Begründung, die mir der Vize serviert hat, überzeugt mich nicht: Die Reedereien könnten durch meinen Besuch bei Sacharakis in Panik geraten und eilig nach London oder Zypern zurückkehren. Ein kleiner Kommissar kann doch keine international angesehenen Unternehmen, die auf allen Weltmeeren zu Hause sind, in die Flucht schlagen! Die einzig logische Erklärung lautet daher: Die Unternehmen wollten mithilfe des Vizepolizeipräsidenten die Ermittlungen unterbinden.

Hier stellt sich erneut die Frage: Was steckt hinter den Havarien und Chardakos' Ermordung, das nicht aufgedeckt werden darf? Und was hatte Sotiropoulos herausgefunden, dass man so weit ging, ihn zu beseitigen und seinen Computer zu klauen? Ich kenne nur Sotiropoulos' Postings im Internet und weiß von seinen Gesprächen mit Kyriasidis. Mir ist klar: Damit kann ich nichts beweisen. Es sind erste Hinweise, denen man weiter nachgehen müsste. Und genau das habe ich getan. Harte Fakten sind es aber nicht, und genau darin liegt die Schwäche meines Ansatzes.

Was tue ich jetzt? Setze ich die Ermittlungen fort, obwohl ich suspendiert bin? Hier ist die Antwort ein entschiedenes Nein. Ich bin ein Querkopf, zugegeben, aber keine Knalltüte. Wenn ich weitermache, kann ich gleich freiwillig aus dem Polizeidienst ausscheiden.

Ich kann mir lebhaft ausmalen, welche Kommentare jetzt die Runde machen. Von »Hat Charitos noch alle Tassen im Schrank?« bis hin zu »Wer weiß, was er sonst noch ausgefressen hat …«. Ich hege keinen Zweifel, dass der Vize als Allerersterdie Schlammschlacht beginnt – zum einen, um seine Entscheidung zu rechtfertigen, und zum anderen, um den Boden für meine Bestrafung vorzubereiten. Also gibt es keine andere Lösung, als mich in mein Schicksal zu fügen und meine Niederlage einzugestehen, in der Hoffnung, dass ich mit einer Abmahnung davonkomme und nicht versetzt werde – was einer Degradierung gleichkommen würde. Im zweiten Fall ist alles möglich: Ich kann als Revierleiter oder im schlimmsten Fall auch im Polizeidepot enden, um Projektile zu zählen und Waffenregister anzulegen.

Was die Familie betrifft, stellt sich als Erstes die Frage: Sage ich es Adriani? Und wenn ja, wie bringe ich es ihr bei? Ich bezweifle nicht, dass sie meine Haltung verstehen und unterstützen wird. Möglich, dass sie uns immer wieder mit ihren Sprichwörtern und Spitzfindigkeiten nervt, aber auf ihren Mann und ihre Familie lässt sie nichts kommen.

Gleichzeitig weiß ich aber, dass ihr die Sache zu schaffen machen würde. Während der Krise hat sie sich abgerackert, um Haushalt und Familie über die Runden zu bringen. Wenn ich ihr die ganze Wahrheit sage, befürchtet sie vielleicht, sie müsse das alles noch einmal durchmachen.

Ich könnte natürlich auch den Mund halten und so tun, als wäre alles in bester Ordnung. Dann müsste ich nur einen Weg finden, um meine Tage fern vom Büro, aber auch fern von zu Hause zu verbringen.

Die Orte, an denen ich Zuflucht finden könnte, wären die Kanzlei meiner Tochter oder Sissis' Obdachlosenasyl. Was mir zugestoßen ist, kann ich vielleicht vor Adriani geheimhalten, aber nicht vor Katerina oder Lambros. Den beiden muss ich es erzählen, um weitere Vorkehrungen zu treffen.

Ich wäge ab, wo ich mich zuerst melden soll – bei meiner Tochter oder bei Sissis. Schließlich entscheide ich mich für meine Tochter, da es noch früh ist und – im Gegensatz zu nachmittags, wenn sie Sprechstunde hat – noch nicht viel los sein wird. Im Obdachlosenheim herrscht hingegen den ganzen Tag über derselbe Andrang. Es besteht zwar die Möglichkeit, dass meine Tochter bei Gericht ist, aber dann kann ich ja zu Sissis fahren.

Also steige ich in den Wagen und mache mich auf den Weg zu Katerinas Kanzlei. Als ich läute, öffnet mir zu meiner großen Überraschung eine junge Frau Mitte zwanzig die Tür.

»Ja, bitte? Wen möchten Sie sprechen?«, fragt sie.

»Frau Charitou.«

»Frau Charitou ist nicht da. Haben Sie einen Termin?«

»Ich brauche keinen Termin, wenn ich meine Tochter sehen will«, erwidere ich.

Ihre Miene verändert sich schlagartig.

»Entschuldigen Sie, aber wir kennen uns ja noch nicht.«

»Und wer sind Sie?«, frage ich, obwohl ich es mir zusammenreimen kann.

»Ich bin Lilian, die neue Sekretärin.«

»Können Sie Frau Mania sagen, dass ich hier bin?«

»Gerne.«

Schön, meine Tochter ist nun eine erfolgreiche Rechtsanwältin und hat eine Sekretärin eingestellt. Wenn ich das gewusst hätte, hätte ich sie gebeten, mir jetzt, da meine Zukunft im Ungewissen liegt, die Stelle freizuhalten. Immerhin kann ich doch auch ein paar Brocken Englisch.

Mania kommt mit besorgtem Gesichtsausdruck zur Tür. »Sie? Um diese Uhrzeit? Ist etwas passiert?«

»Nein, aber können wir reden?«

»Ja, gehen wir in mein Büro«, sagt sie, noch immer mit beunruhigtem Blick.

»Wo ist Katerina?«, frage ich, als wir ihren Praxisraum betreten.

»Sie hat eine Besprechung in der Firma, anschließend kommt sie hierher.« Sie kann sich nicht mehr beherrschen. »Sagen Sie mir jetzt endlich, was los ist?«

Ich beschreibe ihr haarklein, was bis heute Morgen vorgefallen ist.

»Und dieser Hornochse hat Sie vom Dienst suspendiert und ein Disziplinarverfahren eingeleitet, nur weil Sie Ihre Arbeit gemacht haben?«, ruft sie ganz außer sich, als ich zu Ende geredet habe.

»Meiner Meinung nach wollte er nicht, dass ich meine Arbeit mache, weil ich womöglich Dinge ans Tageslicht bringe, die besser unentdeckt bleiben.«

»Hm, Uli und Frau Adriani haben eben doch recht.«

»Wieso?«

»Mit ihrer ewigen Frage, woher das ganze Geld kommt«, antwortet sie. »In zwei Fällen muss man rasch handeln, bevor sich übler Gestank breitmacht: bei Toten und bei schmutzigen Geschäften. Wenn man die Toten nicht begräbt, riecht es bald unerträglich. Und auch Geld aus schmutzigen Geschäften fängt schnell an zu stinken.«

»Papa, was gibt's?«

Als ich mich umwende, steht Katerina ganz aufgeregt in der Tür. »Alles bestens, was die Gesundheit betrifft«, sage ich mit einem Lächeln. »Setz dich.«

Ich erzähle alles noch einmal von vorn. Als ich fertig bin, reagiert meine Tochter ganz anders als Mania.

»Papa, musst du immer alle riskanten Aufgaben selber übernehmen, ohne an die Folgen zu denken? Lass sie doch, wenn sie mit der Festnahme der Mörder zufrieden sind! Sollen sie sich doch ins Fäustchen lachen! Lass sie einfach!«

»Bist du noch bei Trost?«, ruft Mania. »Soll er einfach wegschauen, wenn er weiß oder auch nur den Verdacht hat, dass andere Dinge hinter dem Fall stecken? Dein Vater arbeitet bei der Polizei und nicht bei der Baubehörde, wo er bei Schwarzbauten ein Auge zudrücken könnte.«

»Ja, genau, er ist so blöd, ›für Glauben und Vaterland‹ den Kopf hinzuhalten, und ist trotzdem nie befördert worden«, hält ihr Katerina, immer noch ganz erbost, entgegen. »Er hätte es verdient, an Gikas' Stelle zu sein.«

»Beruhigt euch«, sage ich zu beiden, und dann zu meiner Tochter: »Du und ich, wir stehen auf verschiedenen Seiten«, erläutere ich. »Du bist von Amts wegen und auch moralisch verpflichtet, sogar Mörder zu verteidigen. Ich bin von Amts wegen und auch moralisch verpflichtet, Verbrechen aufzuklären, und nicht nur, die Mörder festzunehmen. Daher sehen wir beide ein und dieselbe Sache aus zwei ganz unterschiedlichen Blickwinkeln.«

»Und was tun wir jetzt?«, fragt sie, ohne auf meinen Einwand einzugehen.

»Ich habe darüber nachgedacht, und ich glaube, dass ich deiner Mutter nichts davon sagen sollte. Sie war schon in den Krisenjahren unter enormem Druck, deshalb möchte ich ihr keine unnötige Angst machen. Warten wir lieber ab, bis sich die Sache geklärt hat, bevor wir es ihr sagen. Da ich natürlich nicht zu Hause bleiben kann, muss ich in der Zwischenzeit tagsüber bei euch oder bei Lambros unterkommen.«

»Woher bist du so sicher, dass sie es nicht auf anderem Weg erfährt?«, fragt meine Tochter.

»Das kommt mir unwahrscheinlich vor. Adriani ruft mich selten in der Arbeit an, und wenn, dann immer nur auf dem Handy und nie auf der Dienststelle.«

»Papa, jetzt nimm endlich Vernunft an. Mama schaut doch Abend für Abend die Nachrichten. Glaubst du, die lassen sich die Neuigkeit des Disziplinarverfahrens gegen dich entgehen? Vor allem, wenn die Reporter vermuten müssen, dass es etwas mit der Ermordung ihres Kollegen Sotiropoulos zu tun hat?«

Ich kann mich jetzt nur auf den Schock der Suspendierung berufen, um zu erklären, warum ich so vernagelt war. Nicht allein, dass ich es vor ihr nicht geheimhalten kann, nein, ich muss es ihr schnellstmöglich sagen, bevor sie die böse Überraschung aus dem Fernsehen erfährt.

»Du hast recht«, sage ich zu Katerina. »Ich muss es ihr sagen, und am besten noch vor den Abendnachrichten.«

»Gut, ich rufe Fanis an. Wir kommen, damit ihr nicht allein seid. Bei Besuch macht sie auch nie den Fernseher an.«

Da schießt mir ein Gedanke durch den Kopf, der mich ganz durcheinanderbringt. »Und was ist mit den Schwiegereltern?«, frage ich. »Ich möchte die Sache nicht vor ihnen diskutieren.«

»Keine Sorge, sie sind heute zurückgefahren. Der Schwiegervater wurde benachrichtigt, dass er für den Verkauf seines Ladengeschäfts zur Vertragsunterzeichnung nach Volos kommen muss.«

In diesem Moment taucht Uli auf. Als er uns sieht, meint er lächelnd: »Na, tagt der Familienrat?«

»Nein, der Kriegsrat«, erwidert Mania und erklärt ihm kurz die Lage.

Uli wird augenblicklich ernst. »Das tut mir sehr leid, Herr Kommissar«, meint er.

»Und mir erst, aber das ändert nichts an den Tatsachen«, antworte ich.

»Und, freust du dich denn nicht?«, sagt Mania zu Uli.

»Warum sollte ich?«, wundert er sich.

»Weil du immer gesagt hast, dass an der Sache etwas faul ist. Dein Verdacht scheint sich gerade zu bestätigen!«

Mit ihren Worten will sie die Stimmung etwas auflockern, aber Uli geht nicht darauf ein, sondern sagt zu mir: »Wenn Sie im Internet nach Beweisen suchen wollen, helfe ich Ihnen gern.«

»Danke, Uli, aber den Vorwurf, den man mir anhängt, kann ich nicht durch Informationen aus dem Internet entkräften.«

»Was man Ihnen vorwirft, ist sehr allgemein und außerdem haltlos«, antwortet er. »Und das Internet hilft dabei, allgemeine Informationen zu sammeln.«

»Vielen Dank, ich behalte es im Hinterkopf«, sage ich dankbar. Gleichzeitig kommt mir eine Idee. »Wenn wir sowieso in einer größeren Runde zusammenkommen, muss ich auch Sissis Bescheid sagen. Er wirkt bestimmt beruhigend auf Adriani. Ich fahre gleich zu ihm.«

Gleichzeitig mit mir erhebt sich auch Katerina. Sie tritt auf mich zu und umarmt mich. »Ich mache mir um dich keine Sorgen, du schaffst das«, flüstert sie mir zu, aber ihre Augen sind ganz feucht, und sie ist drauf und dran, in Tränen auszubrechen.

35

Bis ich einen Parkplatz finde, habe ich für alle meine Sünden gebüßt. Jeder, der sein Kfz-Kennzeichen während der Krise abgegeben hatte, hat inzwischen seinen Wagen wieder in Betrieb genommen. Schließlich ergattere ich ganz oben an der Fokionos-Negri-Straße ein freies Plätzchen.

Sissis' Lieblingsplatz gleich am Eingang ist heute leer. Auch in der Cafeteria ist er nicht. Zwei alte Männer spielen dort Tavli, und drei Frauen sitzen um einen Tisch und unterhalten sich mit gesenkter Stimme.

»Wissen Sie vielleicht, wo Herr Lambros ist?«, frage ich in die Runde. Alle Bewohner der Obdachlosenunterkunft nennen Sissis »Herr Lambros«.

»Er repariert etwas in der Küche«, antwortet mir eine der Frauen.

Ich bitte sie, ihn zu rufen, und warte an der Tür auf ihn. Kurz darauf erscheint Sissis mit einem Handtuch, an dem er sich gerade die Hände abtrocknet.

»Schön, dich zu sehen«, sagt er. Doch mein Gesichtsausdruck spricht vermutlich Bände, denn er fragt besorgt: »Was ist denn los?«

»Suchen wir uns eine ruhige Ecke zum Reden«, schlage ich vor.

»Komm mit.« Er führt mich in den ersten Stock hoch und öffnet die Tür zu einem leeren Zimmer. »Hier sind wir ungestört.«

Er nimmt auf dem Bett Platz und überlässt mir den einzigen Stuhl. Zum dritten Mal leiere ich meine Geschichte, die ich schon auswendig kann, im gleichen Wortlaut herunter.

Als ich fertig bin, blickt er mich kurz an, bevor er den Mund aufmacht. »Bei unserem letzten Gespräch habe ich dir den Rat ›Bleib auf Linie, Genosse‹ mitgegeben. Aber du wolltest nicht auf mich hören. Du hast weitergemacht und die Linie verschieben wollen, damit alles revidiert wird. Dadurch bist du in die Kategorie der ›Revisionisten‹ übergewechselt. Und das ist aus meiner Sicht das Schlimmste, was dir passieren konnte.« Kopfschüttelnd hält er inne. »Wenn ich nicht wüsste, was du alles ertragen musst, hätte ich mir nie vorstellen können, dass die Organisationsstrukturen der Kommunistischen Partei und des öffentlichen Dienstes zum Verwechseln ähnlich sind. Bist du ein Abweichler, kannst du einpacken. Das gilt im einen wie im anderen Fall.« Unfreiwillig bricht er in ein bitteres Lachen aus, reißt sich aber gleich wieder zusammen und schüttelt ergeben den Kopf.

»Hm, wir haben wahrscheinlich auf ideologisch entgegengesetzten Seiten dasselbe durchgemacht«, sage ich. »Ich brauche deine Hilfe, aber nicht, um meine Dickköpfigkeit oder meinen ›Revisionismus‹, wie du es nennst, zu überwinden, sondern für etwas ganz anderes.«

Dann gehe ich zum nächsten Kapitel über und schildere ihm meine Überlegungen, wie ich Adriani die Neuigkeit beibringe, ohne sie unnötig in Angst und Schrecken zu versetzen. Dabei könnte er mir eine große Hilfe sein.

Er denkt kurz darüber nach und springt auf. »Warte hier«, meint er und stürmt aus dem Zimmer.

Ich habe keine Ahnung, was er vorhat, aber ich vertraue ihm. Seine Lebenserfahrung lässt ihn Lösungen finden, auf die kein anderer kommen würde.

Kurz darauf kehrt er mit einer Supermarkttüte zurück und winkt mich aus dem Zimmer. »Los, komm«, meint er und geht mit der Tüte in der Hand voran.

»Was hast du eingekauft?«, frage ich auf dem Weg ins Erdgeschoss.

»Ein paar Zutaten, damit ich Adriani zeigen kann, wie man Wildkräuterpitta macht«, antwortet er. »Deine Frau gehört zu der Sorte Hausfrauen, die vom Aussterben bedroht sind. Die kann man am besten dadurch beruhigen, dass man ihnen in ihrer Küche ein neues Kochrezept beibringt.«

»Habt ihr das in der Kommunistischen Partei Griechenlands so gelernt?«, frage ich aufgekratzt. Mein heiterer Tonfall soll jedoch eher meine innere Anspannung kaschieren.

»Nein, das habe ich von meiner Mutter gelernt.«

Während der Autofahrt wechseln wir kein einziges Wort, jeder hängt seinen Gedanken nach. Kann sein, dass bei Sissis durch mein Unglück seine eigene Vergangenheit wieder hochkommt. Ich jedenfalls bin in Sorge, wie Adriani mit der schlimmen Nachricht umgehen wird.

»Ach, wie schön!«, sagt Adriani fröhlich, als sie Sissis erblickt. »Du warst ja schon seit Ewigkeiten nicht mehr hier.«

»Dein Mann hat mir einen kleinen Besuch abgestattet, und da ist mir eingefallen, dass ich doch mal versprochen hatte, dir das Rezept für Wildkräuterpitta beizubringen«, antwortet Sissis fröhlich. »Heute Abend wäre doch eine gute Gelegenheit dazu, wenn ich schon als ungeladener Gast komme.«

Adriani schaut erst ihn an, dann bekreuzigt sie sich wortlos und richtet den Blick durch die Zimmerdecke zum Herrgott hoch.

»Katerina und Fanis kommen auch«, informiere ich sie.

Sissis ergreift die Gelegenheit, um einen weiteren Punkt zu klären. »Das hat er mir auch gesagt, und so dachte ich: Zwei Fliegen mit einer Klappe! Wenigstens haben wir dann gleich alle was zum Abendbrot.«

»Bist du hier je hungrig weggegangen, du Undankbarer?«, fragt ihn Adriani lachend. »Komm mit in die Küche.«

Während sich die beiden in die Küche begeben, lande ich im Wohnzimmer. Es juckt mich, die Fernbedienung zur Hand zu nehmen und zu hören, was man in den Nachrichten über meine Wenigkeit berichtet. Aber ich halte mich zurück, denn Adriani könnte jederzeit hereinkommen und von den Neuigkeiten wie von einem Blitzschlag getroffen werden. Die andere Möglichkeit, meine Angst zu bekämpfen, wäre die Beschäftigung mit dem Dimitrakos-Lexikon, aber ich halte es für richtiger, auf das Eintreffen von Katerina und Fanis zu warten.

Zum Glück muss ich nicht lange einsam und verlassen düsteren Gedanken nachhängen, denn nach zehn Minuten läutet es an der Tür, und ich gehe öffnen.

Meine Tochter gibt mir einen Kuss auf die Wange, und

Fanis drückt mir wortlos die Hand und klopft mir zur Ermutigung auf die Schulter. Katerina sieht, dass Adriani nicht vor dem Fernseher sitzt, und fragt wortlos mit einer besorgten Geste: »Wo ist sie?«

»Mit Sissis in der Küche«, erläutere ich leise. »Er zeigt ihr, wie man Wildkräuterpitta macht.«

Katerina bricht in Lachen aus, wird aber schnell wieder ernst. »Weiß sie es schon?«

»Nein. Ich wollte warten, bis alle da sind.«

»Früher hat man in Griechenland die Regimegegner verfolgt, sowohl nach dem Bürgerkrieg als auch unter der Militärjunta«, meint Fanis zu mir. »Seit den achtziger Jahren haben sich die Zeiten geändert. Jetzt gelten alle, die ihre Arbeit korrekt machen und nicht wegschauen wollen, als Regimegegner.«

Ich komme nicht dazu, ihm zu antworten, da Adriani ins Zimmer tritt. Wir unterbrechen das Gespräch und blicken uns verschwörerisch an.

Adriani wünscht ihrer Tochter und ihrem Schwiegersohn gar keinen guten Abend, sondern kommt direkt auf mich zu und umarmt mich. »Ich bin stolz auf dich«, sagt sie.

Ihre spontane Geste überrumpelt mich. »Warum bist du stolz auf mich?«, wundere ich mich.

»Du weißt schon, warum«, erwidert sie und löst sich aus der Umarmung.

Als ich mich umblicke, steht Sissis an der Wohnzimmertür und genießt das Schauspiel. »Hast du es ihr gesagt?«, frage ich überrascht.

»Schlechte Nachrichten sollte man nicht mit vollem Magen hören. Dann kippt man entweder um, oder es wird einem speiübel«, erklärt er mir. »Aber beim Kochen, was ja purer Genuss ist, kann man's leichter verdauen.«

»Onkel Lambros, du bist unschlagbar!«, sagt Katerina bewundernd zu Sissis.

»Was, ihr habt es auch gewusst?«, will Adriani von Katerina wissen.

Ich merke, dass sie kurz vor einem Wutausbruch steht, weil sie es als Letzte erfahren hat. Daher nehme ich alles auf meine Kappe. »Ich habe es Katerina und Lambros erzählt, weil ich wollte, dass sie dabei sind, wenn ich es dir sage. Allein hatte ich nicht den Mut dazu«, erläutere ich ihr.

»Das hast du gut gemacht«, erwidert sie ruhig. »Mir ist es auch lieber, dass wir alle zusammen sind. Geteiltes Leid ist halbes Leid!«

»Komm, wir machen die Wildkräuterpitta fertig«, meint Sissis zu ihr, worauf sie in die Küche gehen.

»Hast du Sissis gebeten, es ihr zu sagen?«, fragt mich Fanis.

»Nein, anscheinend hat er selbst die Initiative ergriffen, während sie in der Küche waren.«

»Wir können froh sein, dass sie es so gefasst aufgenommen hat«, sagt Katerina.

Gerade als ich ihr sagen will, dass wir uns lieber nicht zu früh freuen sollten, klingelt mein Handy.

»Papadakis, guten Abend, Herr Kommissar.«

»Einen Augenblick.«

Ich trete aus dem Wohnzimmer in den Flur, während ich mich frage, was Papadakis wohl von mir will. »Jetzt können wir reden.«

»Könnten wir uns morgen treffen, Herr Kommissar?«

»Papadakis, heute Vormittag war eigentlich schon alles gesagt. Nach meiner Suspendierung möchte ich keine dienstlichen Angelegenheiten mehr besprechen.«

»Es ist nichts Dienstliches. Ich möchte Sie in einer persönlichen Angelegenheit sprechen. Es wird nicht lange dauern.«

Innerlich fluche ich, da ich momentan überhaupt keine Lust habe, meine Assistenten oder sonst jemanden von der Dienststelle zu sehen. Andererseits mag ich Papadakis, und so bringe ich es nicht über mich, ihm abzusagen.

»Dann sagen wir morgen um zehn«, schlage ich vor und gebe ihm die Adresse des Cafés in der Spyrou-Merkouri-Straße, in dem ich heute Morgen Ordnung in meine Gedanken brachte.

Als ich ins Wohnzimmer zurückkehre, ist der Tisch gedeckt, und Sissis serviert gerade die Pitta.

»Mir dürft ihr nicht gratulieren, Lambros hat sie gemacht!«, verkündet Adriani. »Ich war die Schülerin, die dem Meister zuschauen durfte. Aber ich muss zugeben, dass Lambros ein guter Lehrer ist.«

Sie stellt den Tsipouro auf den Tisch, den nur Sissis trinkt, und für alle anderen eine Flasche Wein.

Dann wartet sie, bis sich alle gesetzt haben, und hebt das Glas. »Trinken wir auf unsere Gesundheit, auf unser Wohlergehen und auf unseren Zusammenhalt! Und unsere Feinde sollen platzen!« Dann wendet sie sich an mich. »Ich bin stolz auf dich, mein lieber Mann«, sagt sie.

Mir sitzt ein Kloß im Hals, und ich bringe kein Wort hervor. Nur mein Glas kann ich heben. Und während ich stumm und mit erhobenem Glas dasitze, erkenne ich plötzlich, dass Adriani und ich schon unser ganzes gemeinsames Leben lang zwischen Gezänk und Zärtlichkeiten hin- und herschwanken.

Der Rest des Abends vergeht unter Lachen und Scherzen. Kaum zu glauben, dass wir uns versammelt haben, um eine schwierige Situation zu meistern. Unser Gute-Nacht-Gruß klingt so gut gelaunt, als wäre nie etwas passiert.

»Leg dich schon hin. Ich räume den Tisch ab«, sagt Adriani zu mir.

»Soll ich dir nicht helfen?«

»Wieso? Wann hast du schon mal geholfen?«, meint sie abschätzig.

Doch statt den Tisch abzuräumen, lässt sie sich plötzlich auf einen Stuhl fallen und bricht in Tränen aus.

Ich eile zu ihr hin. »Aber nicht doch, wir haben doch schon Schlimmeres überstanden«, sage ich zu ihr. »Nimm es nicht tragisch. Sie können mich höchstens abmahnen oder versetzen. Es gibt nun mal keine Garantie, dass man ein Leben lang in der Mordkommission bleibt.«

»Deswegen weine ich ja gar nicht, sondern wegen der Ungerechtigkeit«, erkläutert sie. »Das macht mich ganz fertig! Ich habe noch nie verstanden, warum man in diesem Land bestraft wird, wenn man korrekt handelt.« Sie wischt sich über die Augen und steht auf. »Geh ruhig schlafen. Ich komme gleich nach, wenn ich aufgeräumt habe.«

Ich erhebe keinen Einspruch, da ich den Eindruck habe, dass sie vielleicht ein paar Minuten allein sein will. Ich hingegen bin jetzt wieder auf dem Boden der Tatsachen gelandet und werde die ganze Nacht bestimmt kein Auge zutun.

36

Papadakis wartet im Café in der Spyrou-Merkouri-Straße bereits auf mich. Als ich auf ihn zukomme, erhebt er sich zur Begrüßung.

»Guten Morgen, Herr Kommissar.«

»Guten Morgen.«

»Was möchten Sie trinken?«

Da ich zu Hause bereits einen süßen Mokka getrunken habe, ordere ich jetzt einen Espresso. Noch bevor die Bestellung eintrifft, komme ich zur Sache.

»Was ist denn so dringend, dass wir uns nur einen Tag nach meinem vorläufigen Ausscheiden treffen müssen?«, frage ich. Er blickt mich unsicher an, sagt aber nichts. »Da Sie mich sprechen wollten, müssen Sie ja etwas auf dem Herzen haben. Heraus mit der Sprache!«, beharre ich, da ich keine Lust auf Ziererei und Spielchen habe.

»Koula und ich haben Sie doch gebeten, unser Trauzeuge zu werden …«

»Ja, und?«

Wieder wirkt er in die Enge getrieben und weiß nicht, wie er sich verhalten soll. »Gestern Abend, nachdem alles diese Wendung genommen hatte, haben wir noch einmal darüber nachgedacht.« Er verstummt und ringt nach Worten. »Wenn Sie unser Treuzeuge sind, Herr Kommissar, fassen das die Oberen vielleicht als Provokation auf und glauben, dass wir eng befreundet sind. Dann erleiden wir dasselbe Schicksal wie Sie. Koula und ich haben niedrige Dienstgrade, man kann uns überallhin versetzen. Wenn sie schon bei Ihnen vor nichts zurückschrecken, werden sie bei uns noch weniger Rücksicht nehmen. Das verstehen Sie doch, oder? Nichts hindert sie daran, uns eins auszuwischen. Dann finden wir uns irgendwo in der Pampa wieder und streiten schon am ersten Tag unserer Ehe. Deshalb wollten wir Sie um Entschuldigung und um Verständnis bitten, dass jemand anderer unser Trauzeuge wird.«

Er blickt mich an und wartet auf eine Antwort. Als er sieht, dass von mir nichts kommt, fährt er fort: »Koula hat den ganzen Abend geweint. Sie hatte nicht den Mut, es Ihnen selbst zu sagen. Deshalb habe ich das übernommen. Glauben Sie mir, das ändert nichts an unserer Wertschätzung und an unseren Gefühlen Ihnen gegenüber. Nur wollen wir uns vorsehen, damit wir nicht als Kollateralschaden enden.«

»Tun Sie, was Sie für richtig halten«, sage ich. »Es ist nicht so wichtig, ob ich Ihr Trauzeuge bin oder nicht. Wichtig ist, dass Sie ohne Sorgen und Nöte glücklich werden.«

Ich fasse nach meiner Brieftasche, um zu zahlen, aber er hält mich zurück. »Nein, lassen Sie nur, ich übernehme das«, erklärt er – fest entschlossen, mir den Espresso als »Leichenschmaus« zu spendieren.

»Schöne Grüße an Koula.«

Unter all den Dingen, die mir zurzeit Kopfzerbrechen bereiten, rangiert die Trauzeugenschaft für Papadakis und Koula ganz unten. Ich bin mir sicher, dass sie die Sache nicht nur untereinander, sondern auch mit Vlassopoulos und Dermitsakis besprochen haben. Und die haben ihnen sicherlich geraten, mit einem Schaf, das aus der Herde ausschert, oder mit einem »Revisionisten«, wie es Sissis ausdrücken würde, am besten keine näheren Beziehungen einzugehen.

Ich kehre zu Fuß nach Hause zurück, um die Zeit rumzubringen und nicht nur in der Wohnung zu sitzen. Adriani und ich sind wegen der Vorfälle ohnehin schon seit vierundzwanzig Stunden auf Trab, daher sollten wir uns nicht auch noch ständig auf der Pelle hocken.

»Was wollte Papadakis von dir?«, fragt sie mich aus der Küche.

»Er wollte mir sagen, wie betroffen ihn das Ganze macht«, antworte ich. Über die Trauzeugenschaft verliere ich kein Wort, denn mir ist klar, dass es sie verletzen würde.

»Willst du einen Kaffee?«

»Nein, ich habe mit Papadakis schon einen getrunken.«

Dann klemme ich mir das Dimitrakos-Lexikon unter den Arm und mache es mir im Wohnzimmer bequem.

suspendieren: [aus lat. suspendere: aufhängen; in der Schwebe lassen; aufheben, beseitigen]: 1. a) [einstweilen] des Dienstes entheben; aus einer Stellung entlassen; b) zeitweilig aufheben; c) von einer Verpflichtung befreien. 2. (Teilchen in einer Flüssigkeit) fein verteilen, aufschwemmen (Chem.). 3. (Glieder) aufhängen, hochhängen, hochlagern (Med.).

Die Interpretation 1.a) trifft genau auf meinen Fall zu. Als Polizeioffizier kann ich aufgrund einer Suspendierung nach Gutdünken versetzt werden. Man kann mich zwar nicht aus dem Polizeikorps ausschließen, aber so lange kaltstellen, bis die nächste Beförderungsrunde bei der Polizei ansteht, und mich dann endgültig nach Hause schicken.

Die Etymologie des Wortes »aufhängen« passt wiederum perfekt zu meinem Zustand, weil es an eine Foltermethode erinnert. Diese Tortur hält so lange an, bis sich irgendetwas ergibt, das mich aus dieser unangenehmen Lage befreit.

Mein Schmökern im Dimitrakos-Lexikon heitert mich nur wenig auf. Denn nichts und niemand ist imstande, mich von dieser Mixtur aus Angst und Wut, die sich in mir festgesetzt hat, zu befreien.

Mit dem Dimitrakos auf den Knien starre ich abwesend auf den dunklen TV-Bildschirm, als mich das Handy aus dem geistigen Nirwana in die Wirklichkeit zurückruft.

»Kyriasidis hier. Guten Tag, Herr Kommissar.«

»Guten Tag, Herr Kyriasidis.« Ehe ich ihm sagen kann, dass ich mich nicht mehr mit dem Fall befasse, meint er: »Heute Morgen hat mich Sotiropoulos' Exfrau angerufen. Sie haben sich schon vor Jahren getrennt, waren aber immer noch freundschaftlich verbunden. Rena erzählte mir, dass Menis ihr etwas zur Aufbewahrung überlassen hatte. Und jetzt, nach seinem Tod, weiß sie nicht, was sie damit anfangen soll.«

Ich auch nicht, will ich ihm schon sagen, aber die persönlichen Manien verschwinden nicht von einem Tag auf den anderen.

»Worum handelt es sich denn?«, frage ich.

»Um einen Speicherstick, Herr Kommissar. Deshalb rufe ich Sie auch an. Bei unserem letzten Gespräch haben Sie mich gefragt, ob Sotiropoulos einen Computer hatte.«

Ich fühle, wie meine Hand zittert, und gleichzeitig presse ich die Lippen aufeinander, um nicht laut zu jubeln. »Sie kann ihn mir übergeben«, sage ich und versuche, so ruhig wie möglich zu klingen. »Wenn der Stick nichts mit den Ermittlungen zu tun hat, bekommt sie ihn wieder zurück. Andernfalls behalte ich ihn als Beweismittel und stelle ihr eine offizielle Bescheinigung darüber aus.«

»Schön. Sie heißt Rena Pantasidou und arbeitet als Kindergärtnerin in Patissia. Ich schicke Ihnen ihre Telefonnummer per SMS.«

Ich versuche mich nicht zu früh zu freuen, da mich eine Enttäuschung noch tiefer deprimieren würde. Wenn Sotiropoulos die Beweismittel, nach denen Vellidis vergeblich gesucht hat, auf dem Stick gespeichert hat, dann könnte sich die Situation dadurch grundlegend ändern. Eins ist sicher: Sotiropoulos hatte Angst. Und da er alles andere als naiv war, ist es durchaus glaubhaft, dass er seine Rechercheergebnisse auf einem Stick gespeichert und in sichere Hände gelegt hat. Diese neue Entwicklung könnte den ganzen Fall von Grund auf ändern.

Mein Handy meldet, dass eine neue Nachricht eingetroffen ist. Ich tippe auf die Nummer, die mir gesendet wurde.

»Ja, bitte?«, meldet sich eine Frauenstimme.

»Frau Pantasidou?«

»Am Apparat.«

»Kommissar Charitos. Herr Kyriasidis hat mich angerufen und mir gesagt, dass Sie mir etwas geben wollen.«

»Ja, wo und wann können wir uns treffen?«

»Ich weiß, dass Sie in einem Kindergarten in Patissia arbeiten. Ich kann gerne dorthin kommen, um Sie nicht allzu lange von Ihrer Arbeit abzuhalten.«

Sie schlägt mir ein Café am Amerikis-Platz vor, wo wir uns in einer Stunde treffen könnten. »Sie erkennen mich leicht: Ich bin blond, trage eine Brille und eine grüne Jacke.«

Da ich ganz kribbelig bin, stehe ich auf, um das Dimitrakos-Lexikon wieder ins Regal zu stellen und dann einen Zwischenstopp in der Küche einzulegen, um die Zeit bis zu meinem Aufbruch rumzukriegen. Adriani ist beim Bügeln.

»Es ist noch Pitta von gestern übrig, also muss ich nicht kochen«, erklärt sie. »Wenn es aber doch nicht reicht, dann mache ich einen Erbseneintopf dazu.« Dann erkundigt sie sich besorgt: »Wie geht es dir?«

»Keine Angst, ganz gut. Aber warte mit dem Mittagessen nicht auf mich.«

»Warum nicht?«

»Ich habe einen Termin, der möglicherweise ein neues Licht auf den Fall wirft.«

»Du meine Güte, das wäre schön!«

Ich frage mich, ob es richtig war, dass ich es ihr gesagt habe, aber die Hoffnung, die uns beiden neuen Lebensmut geben könnte, stirbt bekanntlich zuletzt.

Es ist zwecklos, noch länger zu Hause zu bleiben, und so fahre ich los. Eigentlich müsste ich die Strecke über den Alexandras-Boulevard nehmen, um dem Verkehrsstau im Zentrum auszuweichen, aber ich bringe es nicht über mich, am Präsidium vorbeizufahren. So fahre ich zum Syntagma-

Platz und von dort in die Panepistimiou-Straße. Problematisch wird es ab dem Omonia-Platz.

Ich ärgere mich, dass ich nicht früher aufgebrochen bin. Aber da hatte ich noch nicht daran gedacht, dass ich den Anblick meiner Dienststelle nicht ertrage. Zum Glück bessert sich die Verkehrslage bald, und ich komme gut voran. In der Mithymnis-Straße finde ich sogar sofort einen Parkplatz.

Ich werfe einen Blick auf die Tische vor und im Café, kann aber keine blonde Frau mit Brille und grüner Jacke entdecken. Daher nehme ich draußen Platz und bestelle den zweiten Espresso des Tages, den ich schlückchenweise genieße. Glücklicherweise muss ich nicht lange warten. Nach kaum fünf Minuten taucht eine Frau auf, auf welche die Beschreibung passt. Als ich ihren suchenden Blick bemerke, der über die Tische wandert, bin ich mir sicher, dass sie es ist.

»Frau Pantasidou?«, frage ich, während ich aufstehe.

»Ja! Guten Tag, Herr Kommissar.«

Ich frage sie, wozu ich sie einladen kann.

»Gar nichts, vielen Dank«, erwidert sie. »Ich habe nicht viel Zeit, ich muss gleich wieder in den Kindergarten zurück.«

Sie öffnet ihre Handtasche, holt den Stick heraus und übergibt ihn mir. »Das ist er. Ich freue mich, dass er doch noch in die richtigen Hände kommt.«

Sie kann sich gar nicht vorstellen, wie recht sie hat. »Haben Sie Zeit für ein paar Fragen?«

Sie blickt auf ihre Uhr. »In einer Viertelstunde muss ich los.«

»Gut. Wann hat Ihnen Menis den Stick gegeben?«

»Eine Woche, bevor er –« sie hat sichtlich Mühe, das Wort über die Lippen zu bringen, »bevor er gestorben ist«, sagt sie schließlich und bedeckt die Augen mit der Hand. »Er hat mir erzählt, ich solle ihn behalten, bis er ihn eventuell wieder zurückhaben will. Aber fragen Sie mich nicht, was drauf ist. Ich habe den Stick nicht angerührt.«

»War er bei der Übergabe anders als sonst? Beunruhigt oder verängstigt?«

Sie denkt nach.

»Verängstigt, würde ich nicht sagen. Beunruhigt? Ja, wenn man bedenkt, was er zu mir gesagt hat.«

»Was hat er denn gesagt?«

»Dass es Geheimnisse gibt, die besser an mehreren Orten versteckt werden, weil man nie wissen kann, was passiert.«

Ich weiß nicht, ob man das als »beunruhigt« bezeichnen kann, aber er hatte zumindest das Gefühl, vorsorgliche Maßnahmen treffen zu müssen.

»Vielen Dank, Frau Pantasidou. Sie haben mir zu einem ganz unerwarteten Zeitpunkt geholfen«, sage ich zu ihr und meine es auch so. Auch wenn sie nicht genau versteht, worauf ich anspiele.

»Das hoffe ich doch«, antwortet sie und steht auf. »Ich kann es noch immer nicht fassen, dass Menis bei einem Raubüberfall einen so sinnlosen Tod gestorben ist.«

Sie reicht mir zum Abschied die Hand und entfernt sich. Ich hätte ihr gern gesagt, dass es auch mir schwerfällt, dieses Ende zu akzeptieren, aber ich halte mich zurück.

Mein erster Gedanke ist, nach Hause zu fahren und den Stick in meinen Computer zu stecken. Doch ich weise diese

Idee gleich wieder von mir, da ich das Gerät nur einmal im Jahr anmache. Da kann es leicht passieren, dass ich mich dumm anstelle und eine Datei lösche.

Daher rufe ich in der Kanzlei meiner Tochter an und habe die Sekretärin am Apparat. »Charitos senior«, melde ich mich. »Ist Uli vielleicht da?«

»Ja, soll ich Sie verbinden?«

»Wenn er gerade nichts zu tun hat.«

Kurz darauf höre ich ein »Guten Tag, Herr Charitos«.

»Guten Tag, Uli. Gestern hast du gesagt, du würdest mir helfen, wenn ich etwas im Internet suche.«

»Natürlich.«

»Ich brauche nichts aus dem Internet, aber ich habe hier einen Stick, den ich mit deiner Hilfe durchsuchen möchte. Wann kann ich vorbeikommen?«

»Am besten gleich.«

Mit der vielleicht etwas voreiligen Überzeugung, dass mir ab jetzt das Glück wieder hold ist, fahre ich sofort los.

37

Ich gebe Adriani telefonisch Bescheid, dass ich in Katerinas Kanzlei bin. Sonst macht sie sich noch unnötig Sorgen.

Ich nehme mir einen Stuhl und setze mich neben Uli an den Computer. Uli drückt auf ein Symbol, worauf einige Dateiordner auftauchen, die Notizen, Fotografien und Videos enthalten.

»Wo soll ich anfangen?«, fragt Uli.

»Bei den Notizen, würde ich sagen. Es macht wenig Sinn, dass wir uns die Fotos und Videos anschauen, wenn wir nicht wissen, welche schriftlichen Informationen er gesammelt hat.«

Die erste Notiz stammt vom 14. Mai, dem Tag vor der Pressekonferenz mit dem Minister für Handelsmarine.

Wie kann einer nach zwei Schiffshavarien und der Ermordung des Firmeninhabers behaupten, er kehre nach Griechenland zurück, um beim Wiederaufbau des Landes zu helfen? Da muss man doch hellhörig werden. Die Mitarbeiter der Reederei sind aber offensichtlich auf beiden Ohren taub. Zugegeben, der Sohn wollte schon lange nach Griechenland zurück, konnte sich aber nicht gegen den Vater durchsetzen, solange der am Leben war. Und die anderen beiden Unternehmen? In den Jahren vor der Krise, als es Griechenland wirtschaftlich gutzugehen schien, haben sie keinerlei Anstalten gemacht, London zu verlassen. Woher also der plötzliche Patriotismus?

Ich müsste diese Havarien untersuchen, aber das ist nicht einfach. Wenn sich Sergej noch an mich und die alten Zeiten erinnert, könnte ich mit seiner Hilfe in Odessa nachhaken.

»Was meinen Sie dazu?«, will Uli von mir wissen.

»Zunächst einmal muss ich sagen, dass ich Sotiropoulos unrecht getan habe. Ich dachte, er fröne dem griechischen Nationalsport und wälze Verschwörungstheorien. Jetzt aber sehe ich, dass wir den gleichen Verdacht und die gleichen Fragen hatten«, antworte ich. »Auch mir passten ein paar Dinge nicht ins Bild, daher habe ich weitergesucht. Aber ich hatte dasselbe Problem: Ich wusste nicht, von welcher Seite her ich die Sache aufrollen sollte.«

»Dann schauen wir mal, ob Sotiropoulos dahintergekommen ist«, meint Uli und öffnet die nächste Notiz.

17.5.

Sergej hat sich umgehört und ist felsenfest überzeugt, dass die Havarie in Odessa auf das Konto der russischen und der ukrainischen Mafia geht. Könnten die prorussischen Separatisten dahinterstecken? Bestimmt, aber die Beteiligung der ukrainischen Mafia spricht dagegen. Dieser Meinung ist auch Sergej. Falls auch die Havarie in Thailand von außen herbeigeführt wurde, könnte das die Theorie im Fall Odessa bestätigen. Aber in Thailand kann ich auf keinen Sergej zurückgreifen und muss mich anderweitig umsehen. Hier könnte Kyriasidis helfen, aber ich möchte ihn nicht in die Sache hineinziehen.

Der nächste Eintrag erfolgt drei Tage später.

20.5.
Gerade habe ich die Nummer angerufen, die mir Kyriasidis gegeben hatte. Johnson ist Börsenmakler. Er hat mir bestätigt, dass bestimmt keine Piraten Chardakos' Schiff in Brand gesteckt haben. Er war sich vollkommen sicher: Piraten greifen nur auf dem offenen Meer an, niemals in einem Hafen. Seiner Meinung nach war es eine Aktion der asiatischen Mafia, wobei er zu deren Motiven nichts sagen konnte. Ich habe jedoch noch etwas anderes erfahren – möglicherweise ein Volltreffer: Johnson hat mir erzählt, dass Sacharakis kurz vor dem Konkurs stand und in höchster Not ein paar Schiffe verkaufen wollte. Zwar liefen die Geschäfte seiner Reederei nicht schlecht, aber er hatte ein paar Fehlinvestitionen gemacht. Er faselte etwas von schwimmenden Trockendocks für Schiffsreparaturen, aber von solchen Dingen habe ich keine Ahnung. Interessant daran ist, dass laut Londoner Gerüchteküche plötzlich Geld in der Firmenkasse war und Sacharakis unmittelbar danach den Sitz des Unternehmens nach Griechenland transferiert hat. Das als Anmerkung zu dem Märchen, das er mir über sei-

nen Beitrag zum Wiederaufbau des Landes auftischen wollte.

»Woher kommt das ganze Geld?«, frage ich Uli. »Du und Adriani, ihr habt doch andauernd diese Frage gestellt. Bitte schön, das ist deine Chance: Sag es mir!«

Er blickt mich an und lächelt. »Woher das Geld kommt, weiß ich nicht. Um das herauszufinden, müsste ich die Scheinfirmen durchchecken, in denen es verborgen ist. Vielleicht kommen wir weiter, wenn ich herauskriege, bei welcher Bank sie waren. Aber das braucht Zeit, und das mache ich besser allein. Zunächst einmal sollten wir zusammen prüfen, was Sotiropoulos sonst noch schreibt.«

Die nächste Notiz trägt das Datum vom 24.5. und klingt ganz anders als die vorherigen.

Seit drei Tagen werde ich beschattet. Anfangs konnte ich es kaum glauben. Ich dachte schon, ich leide langsam an Verfolgungswahn. Aber es stimmt! Man folgt mir auf Schritt und Tritt. Mal ist es ein kleiner roter Lieferwagen, der gleich hinter mir losfährt, dann wieder eine Suzuki, die mir auf den Fersen bleibt. Wer könnte geredet haben? Kyriasidis bestimmt nicht. Dann bleiben nur Sergej und der englische Börsenmakler. Sollte Sergej geplaudert haben? Könnte es sein, dass der Journalist der Iswestija zum Mann der Mafia mutierte und mir einen Köder zuwarf, um zu sehen, ob ich danach schnappe? Alles ist denkbar. Oder hat der Brite den Mund aufgemacht? Ich glaube nicht, dass er mit der Mafia zu tun hat. Aber vielleicht hat er irgendjemandem von unserer Unterredung erzählt. Eins steht jedenfalls fest: Ich werde beschattet.

»Jetzt geh mal in den Fotoordner«, sage ich zu Uli. »Vielleicht finden wir Bilder der Typen, die ihn beschattet haben.«

Uli öffnet den Ordner. Die ersten beiden Aufnahmen zeigen zwei Schiffe. Das eine heißt West Explorer und das andere West Cruiser. In großen Lettern steht der Firmenname zu lesen: West Shipping Co.

»Das müssen die gesunkenen Schiffe sein«, meint Uli.

»So sieht es aus. Mach weiter, die nächsten Bilder.«

Es folgt eine Aufnahme von Vater und Sohn Chardakos, die auf irgendeinem Empfang gemacht wurde. Sie halten Gläser in der Hand und lächeln in die Kamera.

Dann kommt ein Foto von Sacharakis und gleich darauf ein weiteres, auf dem ein Typ im Alter von Kleanthis Chardakos abgebildet ist, der mit einer dunkelhaarigen Schönheit an seiner Seite posiert. Die Aufnahmen von Chardakos und Sacharakis im selben Ordner deuten darauf hin, dass es ein weiterer jener Reeder sein könnte, die zum Wiederaufbau des Landes beitragen möchten.

Das Foto mit dem roten Kastenwagen folgt gegen Schluss. Es ist ein ganz gewöhnlicher Datsun, wie sie auf den Athener Straßen zuhauf unterwegs sind. Leider prangt weder auf der Fahrertür noch auf der Plane ein Firmensymbol oder eine Werbeaufschrift, die uns Aufschluss über den Inhaber geben könnte.

Ein weiteres Bild zeigt eine graue Suzuki, die in der Tritis-Septemvriou-Straße, Ecke Ioulianou geparkt ist.

Gleich danach folgt eine dritte Aufnahme, erneut mit dem Lieferwagen, nur diesmal stehen zwei Typen davor, die sich unterhalten. Einer ist kahlgeschoren und kräftig gebaut, trägt Jeans und ein kurzärmeliges T-Shirt. Der andere ist ein gepflegter Herr mit Anzug und Krawatte. Darunter hat Sotiropoulos notiert: »Der bullige Typ ist mein Verfolger. Aber wer ist der andere?«

Ich hadere mit Sotiropoulos' Eigensinn, da er mir nichts von seinen Verfolgern erzählt und keine Angaben zu Kastenwagen und Motorrad durchgegeben hat. Leider hat er auch nicht daran gedacht, die beiden Fahrzeuge von vorne oder hinten zu fotografieren, sonst wüssten wir jetzt das KfZ-Kennzeichen. Damit hätte ich sie in fünf Minuten ausfindig gemacht.

Ich ersuche Uli, zu den schriftlichen Notizen zurückzukehren. Vielleicht stoßen wir dort auf etwas, das uns weiterhilft.

Die beiden nächsten Einträge befassen sich mit seinen Verfolgern und diversen Hypothesen, die Sotiropoulos diesbezüglich aufstellt. Er versucht zu erraten, wer ihn wohl beschatten lässt, und zieht den Schluss, es müsse in irgendeiner Form die Mafia sein.

Der folgende Eintrag ist besonders interessant.

28.5.

Sie waren in meiner Wohnung. Der Verdacht kam mir sofort, als ich die Wohnungstür aufmachte. Ich schließe immer zweimal ab, aber diesmal ging die Tür nach der ersten Umdrehung des Schlüssels auf. Zuerst dachte ich, ich hätte wohl nur einmal abgeschlossen,

und kümmerte mich nicht weiter darum. Doch dann bemerkte ich, dass die Schlafzimmertür offen stand. Ich war aufs Höchste alarmiert, denn die mache ich immer zu. Und zu guter Letzt merkte ich, dass die Dossiers in meinen Schreibtischschubladen anders angeordnet waren als gewöhnlich. Wonach haben sie gesucht? Es müssen die von mir zusammengetragenen Informationen sein. Es könnte durchaus sein, dass sie auch hinter meinem Laptop her waren. Sie konnten ja nicht wissen, dass ich ihn immer dabeihabe.
Eigentlich müsste ich Charitos einweihen. Aber dann werden die Nachforschungen von der Polizei übernommen, und ich bin aus dem Spiel. Das möchte ich vermeiden. Nicht aus persönlicher Eitelkeit, sondern weil ich die leeren Floskeln von wegen Wiederaufbau und Aufschwung unerträglich finde und ihnen klarmachen will, dass man mich nicht für dumm verkaufen kann.

Er hat mich also nicht eingeweiht, weil er ihnen beweisen wollte, dass er ihnen ihre Floskeln nicht abnimmt. So konnten wir ihn nicht schützen. Und da er den Laptop immer dabeihatte, musste man ihn töten, um an den Computer heranzukommen. Wie man die Sache auch dreht und wendet: Er hat ein paar grundsätzliche Fehler gemacht, die ihn das Leben gekostet haben.

»Schauen wir uns jetzt die Filmaufnahme an«, sage ich zu Uli.

Uli drückt eine Taste und dreht den Ton an. Man sieht die Straße vor Sotiropoulos' Wohnhaus. Alles ist ruhig. Ich erkenne den Kiosk, an dem gerade ein Kunde einkauft. Ein Stückchen entfernt steht Mahmoud, der die Straße beobachtet. Sotiropoulos' Wagen steht nicht an derselben Stelle wie in der Tatnacht, sondern etwas weiter weg. Erst jetzt wird mir bewusst, dass Sotiropoulos gar nicht Mahmoud verdächtigte, ihn zu verfolgen, sondern den roten Kastenwagen und das Motorrad.

Während mir dieser Gedanke durch den Kopf geht, schwenkt die Kamera plötzlich zur Seite und nimmt den roten Kastenwagen ins Visier, der vom Ende der Straße heranfährt. Offenbar wurde der Film mit Sotiropoulos' Handy aufgenommen. Er scheint auf dessen Eintreffen gewartet zu haben, denn er folgt ihm mit der Kamera, bis er vor dem Kiosk zum Stehen kommt. Die Fahrertür geht auf, und der Typ, der sich auf dem Foto mit dem gepflegten Herrn unterhalten hat, steigt aus. Er schaut sich um, und sein Blick streift den etwas entfernt stehenden Iraker bloß. Dann steigt er wieder in den Kastenwagen ein.

Plötzlich kommt mir ein Gedanke. »Kannst du kurz zurückgehen?«, frage ich Uli.

Wortlos fährt Uli das Video zu der Stelle zurück, als der Kastenwagen auftaucht.

»Ja, ab hier.« Der Kastenwagen nähert sich. »Stopp!«, sage ich, und das Bild friert ein. »Kannst du das vergrößern?« Uli zoomt das Bild heran. »Das reicht!« Jetzt kann ich tatsächlich das Nummernschild des Kastenwagens erkennen. Ich greife nach dem Notizblock auf Ulis Schreibtisch und notiere mir das Kennzeichen.

»Sehr schön«, meint Uli zufrieden.

»Hör mal, kannst du mir einen Gefallen tun? Kannst du

mir Kopien der drei Ordner mit den Notizen, den Fotos und dem Video machen?«

»Klar, das ist in ein paar Minuten erledigt.«

In der Zwischenzeit rufe ich einen Bekannten bei der Verkehrspolizei an.

»Jannis, Charitos hier.«

»Was musste ich da hören?«, höre ich eine empörte Stimme. »Was sind das für haarsträubende Geschichten?«

»Tja, darüber reden wir ein andermal. Jetzt wollte ich Sie um ein kleines Entgegenkommen bitten.«

»Schießen Sie los.«

»Können Sie herausfinden, wem ein Kastenwagen mit dem amtlichen Kennzeichen IKI 5522 gehört?«

»Moment, bleiben Sie dran.« Ich sitze ein paar Minuten mit dem Hörer in der Hand da, bis ich wieder die Stimme meines Bekannten vernehme. »Inhaber ist die Firma Delta Hotelanlagen.«

»Vielen Dank, Jannis.«

»Keine Ursache! Wir sollten uns mal wieder treffen.«

»Auf jeden Fall«, bekräftige ich und lege auf.

»Sagt dir der Name Delta Hotelanlagen etwas?«, frage ich Uli.

»Ja, klar, das ist die Firma, für die Katerina als Justiziarin arbeitet«, antwortet er sofort.

»Denen gehört der Kastenwagen«, teile ich ihm mit, worauf er erstarrt. »Sag Katerina noch nichts davon. Lass mich das erst noch überprüfen, dann sehen wir weiter.«

Zum Glück fragt er nicht weiter nach, sondern steckt die DVD mit den kopierten Daten und dem Video in einen Umschlag und überreicht ihn mir.

»Vielen Dank, Uli. Jetzt bitte ich dich aber um noch einen Gefallen.«

»Aber gern.«

»Ich möchte, dass du den Stick behältst, du solltest ihn aber nicht hier, sondern an einem sicheren Ort aufbewahren.«

»Keine Sorge«, meint er mit einem Lächeln. »Ich gebe ihn einem deutschen Freund, der in der Botschaft arbeitet. Dort wird man wohl kaum danach suchen.«

»Danke dir, Uli, das ist eine tolle Idee«, sage ich im Brustton der Überzeugung.

Gerade als ich gehen will, kommt mir ein Gedanke, der mich zwingt, mich wieder hinzusetzen, damit ich ihn verdauen kann. Sotiropoulos wurde nicht von Mahmoud getötet, sondern von dem bulligen Kastenwagenfahrer. Es war kein Raubüberfall, sondern eine wahrhaftige Exekution, wobei der Laptop nur zufällig erbeutet wurde. Der Fahrer hatte ihn verfolgt, um über seinen Tagesablauf Bescheid zu wissen und den geeigneten Ort für den Auftragsmord zu finden.

Gut möglich ist, dass Mahmoud Sotiropoulos angesprochen hat, der daraufhin das Fenster herunterkurbelte. Dann kam der muskelbepackte Typ und hat ihn erschossen. Danach sind beide geflohen, und der Mörder übergab Mahmoud die Waffe, die der mit nach Hause nahm. Der Augenzeuge der Tat hat nur Mahmoud gesehen und in der Dunkelheit nicht bemerkt, dass ein anderer geschossen hat.

Es kann aber auch sein, dass der Iraker überhaupt nicht involviert war, sondern Sotiropoulos das Fenster herunterkurbelte, um den Muskelmann zu fragen, warum er ihn verfolge, worauf der ihn kaltblütig abknallte.

In beiden Fällen wäre der Iraker nur ein Komparse gewesen, der die Aufmerksamkeit vom Kastenwagen ablenken und den Raubmord danach auf sich nehmen sollte. Er trat an die Stelle des wahren Killers, da dieser um keinen Preis in die Hände der Polizei fallen durfte.

Bei den beiden vorangegangenen Mordfällen waren es die tatsächlichen Mörder, die gestanden haben. In Sotiropoulos' Fall bin mir ziemlich sicher, dass die Person, die sich zur Tat bekannt hat, nicht der Täter ist. Kann sogar sein, dass der Iraker nicht einmal am Tatort war und sich erst später mit dem Mörder getroffen hat, um die Beretta mit nach Hause zu nehmen.

Obwohl mein Gedankengang Hand und Fuß hat, weist er zwei Schwachstellen auf: Wie kann ich ohne Fakten beweisen, dass der Fahrer der wahre Mörder ist? Und wie kann ich Mahmoud überzeugen, sein Geständnis zu widerrufen, für einen Mord, den er gar nicht begangen hat?

Auf diese beiden Fragen weiß ich keine Antwort. Daher stehe ich endlich auf und verabschiede mich von Uli. Ich mach mich lieber auf den Weg, bevor die Ankunft meiner Tochter mich zwingt, mir Erklärungen und Rechtfertigungen aus den Fingern zu saugen.

38

Ich fahre sofort zur Katechaki-Straße. Hoffentlich ist der Vize in seinem Büro, damit ich die Sache schnell hinter mich bringen kann.

Seine drei Mitarbeiter starren mich erstaunt an, als ich ins Vorzimmer stürme.

»Ich muss den Herrn Vizepolizeipräsidenten sprechen«, erkläre ich.

»Er ist gerade in einer Besprechung mit dem Polizeipräsidenten, wird aber gleich zurück sein«, sagt einer der drei. »Sie können gern auf ihn warten.«

Nach ihren verwunderten Mienen zu schließen, haben sie nicht erwartet, dass ich es nach meiner Suspendierung wagen würde, im Büro des Vize aufzutauchen.

Ich nehme auf einem Stuhl Platz, den Umschlag mit der DVD auf den Knien, und warte ganz entspannt, als handele es sich um eine normale Dienstbesprechung. Es dauert eine halbe Stunde, bis der Vize erscheint. Auch er reagiert verblüfft, als er mich im Vorraum sitzen sieht.

»Was suchen Sie hier?«, fragt er in herrischem Ton.

»Ich muss Sie sprechen«, lautet meine gelassene Antwort. Die anderen Mitarbeiter lassen prompt ihren Griffel fallen, um die Szene zu verfolgen.

»Das geht jetzt nicht, ich habe etwas Wichtigeres zu

tun«, erklärt er kurz angebunden. »Wenn Sie mit mir reden wollen, machen Sie erst einen Termin mit meinen Assistenten aus.«

»Ich kann Sie zu dem Gespräch nicht zwingen«, erkläre ich ihm, immer noch ganz ruhig. »Ich fühlte mich bloß verpflichtet, zuerst mit Ihnen zu sprechen. Wenn Sie mich nicht empfangen wollen, entheben Sie mich dieser Verpflichtung.«

Er verharrt mit unentschlossenem Blick. »Kommen Sie, aber ich habe maximal zehn Minuten«, sagt er dann.

»Länger dauert es bestimmt nicht.«

Durch meine unerklärliche Gelassenheit fühlt er sich offenbar beunruhigt. Ich trete hinter ihm in sein Büro und spüre, wie sich der Blick der Assistenten in unsere Rücken bohrt.

Er nimmt Platz, fordert mich aber nicht zum Hinsetzen auf. »Ich höre.«

Ich lege den Umschlag mit der DVD auf seinen Schreibtisch.

»Was ist das?«, fragt er.

»Ein Dossier mit Hinweisen, aufgrund derer ich die Ermittlungen fortsetzen wollte«, erwidere ich. »Dort wird auch deutlich, dass der Mord an Sotiropoulos kein Raubüberfall gewesen sein kann.«

Er blickt mich wortlos an. Er wagt es nicht, die DVD einzulegen, kann mir aber auch nicht widersprechen, solange er es nicht tut.

»Am allermeisten stört mich, dass Sie mich unterschätzt haben«, sage ich und wende mich zur Tür.

Dort bleibe ich stehen. Der Vize sitzt immer noch reglos

auf seinem Platz. »Ah, ich habe versäumt, Ihnen zu sagen, dass das nur eine Kopie ist und dass ich die Daten an einem sicheren Ort verwahrt habe.«

Dann öffne ich die Tür, trete ins Vorzimmer und durchquere es, ohne die Wasserträger eines Blickes zu würdigen.

Zurück in meinem Wagen, atme ich tief durch. Der Gedanke, dass ich die anderen genauso in der Hand habe wie sie mich, bringt mir eine gewisse Befriedigung. Gikas habe ich ganz bewusst aus dem Spiel gelassen – sowohl, weil mich seine Haltung während der letzten Begegnung gestört hat, als auch, weil es sich um eine Auseinandersetzung zwischen mir und dem Vize handelt.

Was mir Kopfschmerzen bereitet, ist Katerina und ihre Rolle als Justitiarin für das neugegründete Unternehmen. Daher will ich mir eine Zweitmeinung einholen, die mir weder Mania noch Uli liefern kann, sondern nur Sissis.

Kurz darauf treffe ich im Obdachlosenheim ein. Sissis sitzt an seinem Stammplatz gleich am Eingang.

»Gibt es Neuigkeiten?«, fragt er bei meinem Eintreffen.

»Ja, aber können wir uns anderswo unterhalten?«

Er ruft eine ältere Frau herbei, damit sie die Stellung hält. »Gehen wir«, sagt er zu mir, nachdem er seine Vertretung instruiert hat.

In der Fokionos-Negri-Straße nehmen wir in einem ruhigen Café Platz und bestellen einen Tee für ihn und einen Kaffee für mich.

»Nun?«, fragt er.

Wie immer erzähle ich ihm alles ganz detailliert – von dem Speicherstick, dem Durchchecken von Sotiropoulos' Dateien bis hin zu meinem Besuch beim Vize. Erst ganz zum Schluss komme ich auf Katerinas Rolle in der Angelegenheit zu sprechen.

»Um mich selbst mache ich mir keine Sorgen, denn ich habe ein Ass im Ärmel«, sage ich. »Aber ich weiß nicht, was ich in Bezug auf Katerina tun soll. Ob ich es ihr sagen soll. Und vor allem, wie …«

Er lässt sich Zeit für seine Antwort. Er wartet ab, bis der Kellner die Getränke serviert hat, und nimmt dann erst mal einen Schluck Tee.

»Weißt du, was wir im Scherz über die Sowjets gesagt haben?«, fragt er.

»Wie sollte ich?«, antworte ich und denke mir, dass er schon wieder mit seiner kommunistischen Ideologie anfängt.

»Wir sagten damals, bei den Sowjets sei alles bis zu fünfhunderttausend Dollar ein Staatsgeheimnis. Alles darüber hinaus sei Verhandlungssache.«

Er hält inne und wartet auf einen Kommentar meinerseits, aber ich bleibe stumm, da mir noch nicht klar ist, worauf er hinauswill.

»Die Informationen, die du zusammengetragen hast, sind keine fünfhunderttausend Dollar wert. Daher sind sie ein Staatgeheimnis und dürfen nicht aufgedeckt werden«, erklärt er mir. »Das heißt, du sagst Katerina nichts davon und lässt sie ihre Arbeit tun. Die Firma, für die sie arbeitet, ist zweifellos sauber und funktioniert ganz legal. Katerina muss erst dann Stellung beziehen, wenn sie Unregelmäßigkeiten feststellt, aber das ist ihre Sache und nicht deine.« Nach einer kleinen Pause fährt er fort: »Wenn du morgen dahinterkommst, dass die Firma hinter dem Mord an

Sotiropoulos steckt, ist das etwas anderes. Dann musst du es ihr sagen. Aber auch in dem Fall könntest du sie nicht daran hindern, für das Unternehmen zu arbeiten. Das ist ihre Sache.«

Er verstummt und richtet seinen Blick auf eine Frau, die in ihr Handy spricht. »Siehst du die junge Frau dort auf der Straße?«, fragt er.

»Ja.«

»Was hat sie an?«

»Jeans und eine Bluse«, antworte ich, verstehe aber nicht, was er mit der Frage bezweckt.

»Ja, aber keine normalen Jeans«, korrigiert er mich. »Es sind zerrissene und löchrige Jeans. Früher haben nur die armen Schlucker solche Lumpen getragen. Jetzt werden sie von jungen Frauen mit Handys gekauft. Armut ist jetzt in, Kostas. Leute wie ich mussten ihr ganzes Leben dagegen ankämpfen, aber jetzt ist sie zu einer Modeerscheinung geworden und somit abgeschafft. Wozu sollten wir uns noch mit der Armut befassen? Du und deine Tochter aber, ihr werdet niemals schick, sondern bloß arm sein. Kein Schwein interessiert sich mehr für die Armen. Denk an meine Worte!«

Er hält inne und blickt wieder auf die junge Frau, die weiter telefoniert. »Fällt dir sonst noch etwas auf?«, fragt er mich.

»Nein, was denn?«

»Durch die Löcher und Risse sieht man ihre Schenkel. Armut ist nicht nur modisch, sondern auch sexy.« Er lacht auf, wird aber sofort wieder ernst. »Du kennst mich. Mein Leben lang habe ich gekämpft, war im Gefängnis und im Exil, der Hinrichtung bin ich nur knapp entronnen … Und jetzt philosophiere ich über die erotische Seite der Armut!«

Er nimmt einen Schluck Tee, um seine Bitterkeit hinunterzuspülen. Mir hingegen fällt keine Antwort auf seine Worte ein. »Deine Leute haben damals uns, den ›kommunistischen Banden‹, alles in die Schuhe geschoben«, fährt er fort. »Und meine Fraktion hat euch, die ›rechten Kollaborateure‹, für alles verantwortlich gemacht. Wir sind beide Verlierer, Kostas. Andere, die klüger sind, haben die Armut zur Mode und für sexy erklärt, und wir müssen jetzt mit unserer Niederlage leben. Und damit umgehen, so gut es geht. Deshalb solltest du Katerina weiter ihre Arbeit tun lassen.«

Er legt ein paar Münzen auf den Tisch und erhebt sich. »Es fällt mir nicht leicht, dir das zu sagen. Im Grunde mag ich über diese Dinge nicht reden. Du weißt, wie gern ich Katerina habe.«

Wir verlassen das Café und kehren ins Obdachlosenheim zurück. Er bleibt am Eingang stehen, drückt mir die Hand und legt mir die andere Hand auf die Schulter. Dann dreht er sich wortlos um und geht hinein.

Inzwischen ist es dunkel geworden. Ich starte den Seat und biege ein Stück weiter rechts in die Kypselis-Straße. Sissis hat mich mit seinen Worten beruhigt. Jetzt weiß ich, dass ich Katerina nichts davon zu sagen brauche. Es kann durchaus sein, dass sie von selbst dahinterkommt. Von mir wird sie es allerdings nicht erfahren.

»Wo treibst du dich bloß den ganzen Tag herum?«, fragt Adriani, als ich nach Hause komme.

»Ich habe reinen Tisch gemacht«, antworte ich fröhlich. »Das ist nicht nur dein Spezialgebiet als Hausfrau!«

An ihrem erschrockenen Blick sehe ich, dass sie besorgt ist. »Kostas, wir haben schon so viel überstanden. Wir lassen uns doch von den letzten Ereignissen nicht verrückt machen«, sagt sie sanft, fast mütterlich. »Das Leben geht weiter, wir werden eine Lösung finden.«

»Aber nein, reinen Tisch machte ich mit allen, die mir das Grab schaufeln wollten«, erkläre ich ihr. »Die Schaufel wird ihnen nämlich bald aus der Hand fallen!«

Sie atmet hörbar erleichtert auf und serviert mir eines ihrer Lieblingszitate. »Gott liebt die Einbrecher, aber auch den Hausbesitzer. Auch wenn man manchmal den Eindruck gewinnen könnte, er mag die Einbrecher lieber«, fügt sie lächelnd hinzu.

»Komm, lass uns essen«, sage ich, denn zu meiner Freude stelle ich fest, dass mein Appetit zurückgekehrt ist.

39

Es ist neun Uhr, und wir trinken gerade unseren Morgenkaffee, als mein Handy läutet.

»Herr Charitos?«

»Am Apparat.«

»Ich würde gern mit Ihnen reden, Herr Charitos.«

»Wer sind Sie?«

Es folgt eine Pause. »Leider kann ich Ihnen meinen Namen nicht nennen, aber ein Gespräch mit mir ist bestimmt interessant für Sie.« Er registriert mein Schweigen und fährt fort. »Sie glauben vielleicht, dass ich etwas Böses im Schilde führe. Daher schlage ich vor, dass wir uns im Café Sonars in der Panepistimiou-Straße treffen. Als Polizist wissen Sie, dass Ihnen morgens in einem Café in einer so belebten Straße nichts zustoßen kann. Wann können wir uns treffen?«

»In einer Stunde.«

»Wunderbar, dann erwarte ich Sie im Sonars.«

Ich weiß weder, wer er ist, noch, was er auf dem Herzen hat. Es muss mit Sotiropoulos' Dateien zu tun haben, die ich gestern dem Vize übergeben habe. Ich versuche meine Anspannung nicht durchscheinen zu lassen, um Adriani nicht zu beunruhigen. Doch natürlich habe ich die Rechnung ohne den Wirt gemacht.

»Wer hat dich gerade angerufen?«, fragt sie.

»Keine Ahnung, er hat seinen Namen nicht genannt.«

»Du triffst dich mit jemandem, der dir nicht einmal seinen Namen nennt?«, fragt sie halb verwundert, halb alarmiert.

Ich stehe auf und lächle sie besänftigend an. »Mach dir keine unnötigen Sorgen. Jetzt sind die anderen unter Zugzwang, nicht ich. Daher beeilen sie sich, die Sache zu klären.«

Mein erster Gedanke ist, den Bus zu nehmen, da ich im Zentrum nur schwer parken kann. Aber dann fällt mir der Parkplatz in der Kriesotou-Straße ein, und ich nehme doch den Seat.

Das Sonars ist sehr gut besucht. Ich lasse meinen Blick durchs Lokal schweifen und entdecke an einem der Tische den gepflegten Herrn, der sich vor dem Kastenwagen mit dem bulligen Typen unterhalten hatte. Auch er hat mich gesehen und winkt mir kurz zu.

»Guten Tag, Herr Charitos«, sagt er höflich und fragt, was ich trinken möchte. Da ich mich auf eine längere Unterhaltung einstelle, bestelle ich einen Filterkaffee, mit dem ich bis zum Schluss über die Runden komme.

»Es tut mir leid, dass ich Ihnen meinen Namen nicht nennen kann, aber wenn Sie hören, was ich Ihnen zu sagen habe, werden Sie verstehen, dass Namen hier keine Rolle spielen«, beginnt der gepflegte Herr.

»Ich höre.«

Nachdem die Bestellung eingetroffen ist, legt er los. »Ich komme gleich auf den Punkt, um Sie nicht lange auf die Folter zu spannen. Griechenland dient als Versuchslaboratorium, Herr Kommissar. Im Verlauf der Krise wurde hier getestet, wie lange ein Land und seine Bevölkerung mit immer weniger leben kann – mit immer niedrigeren Löhnen, mit immer kleineren Renten und mit Kürzungen, die selbst die Grundbedürfnisse der Menschen beschneiden. Fünf Jahre lang haben wir dieses Experiment aus nächster Nähe, Monat für Monat, verfolgt und sind zum Schluss gekommen, dass es sich auch für uns lohnt, Griechenland als Versuchslaboratorium zu benutzen. Nur, dass unsere Experimente andersgeartet sind.«

»Wen meinen Sie mit ›wir‹?«

Er lächelt und sagt in aller Seelenruhe: »Wir sind die Repräsentanten des Schwarzgeldes, Herr Kommissar. Wir wollten herausfinden, ob wir einem Land, dem auch der letzte Tropfen legales Geld abgedreht wird, zum Aufschwung verhelfen können. Wir fragten uns, ob wir das mit den subversiven und sogenannt dunklen Geschäften einer Schatten- oder Parallelwirtschaft erreichen könnten. Die ersten Anzeichen sind, wie Sie selber sehen können, ermutigend. Alle jubeln darüber, dass Griechenland die Krise überwunden hat und sich die Wirtschaft zu erholen beginnt. Alle beglückwünschen sich gegenseitig, dass das Spar- und Reformpaket greift. Niemand fragt sich, woher das Geld kommt, das Griechenland den Aufschwung bringt, weil sich niemand dafür interessiert. Es genügt, dass es da ist und als Erfolg vermarktet werden kann.«

Er hält inne und blickt mich mit einem befriedigten Lächeln an. Er geht davon aus, dass mir seine Aufrichtigkeit die Sprache verschlagen hat. Doch ich sage nichts, weil ich hören will, was er noch zu berichten hat.

Endlich fährt er fort: »Als Kommissar wissen Sie, dass es Weißgeld gibt und Schwarzgeld. Weißgeld ist legal versteuertes, Schwarzgeld ist unversteuertes Vermögen. Doch da gibt es Schnittmengen.«

»Und wo?«, frage ich.

»Das ist eine Frage der Transparenz, Herr Kommissar. Die Herkunft sowohl von Weißgeld als auch von Schwarzgeld ist undurchsichtig, und im Grunde will es auch niemand wissen. Wenn ich morgen ein Aktienpaket kaufe und der Athener Börse einen Anstieg des Börsenindex beschere, wird mich keiner nach der Herkunft des Geldes fragen, mit dem ich diese Geschäfte tätige. Alle werden den Anstieg des Börsenindex bejubeln. Und wenn ich morgen beschließe, meine Aktien zu verkaufen, und den Börsenindex wieder drücke, wird mich wieder kein Mensch danach fragen, wo mein Geld – egal, ob weiß oder schwarz – abgeblieben ist. Aber es gibt noch eine weitere Schnittmenge zwischen legalen und illegalen Finanzen.«

»Da bin ich aber gespannt«, sage ich.

»Nicht nötig, Sie kennen die Antwort doch schon. Es sind die Steueroasen wie die Kaimaninseln und die Jungferninseln. Dort nutzen Banken und Offshore-Unternehmen Weiß- und Schwarzgeld gleichermaßen für illegale Transaktionen. Natürlich dringt immer wieder mal ein Skandal aus einer dieser Steueroasen ans Licht. Aber auch dann stehen nur die Namen der Prominenten im Fokus, die darin verwickelt sind. Was mit den anonymen Konten passiert, um die es dabei vorwiegend geht, interessiert niemand. Man lässt dieses Geld in aller Ruhe weiterarbeiten.«

Er macht eine Pause, um einen Schluck von seinem Kaffee zu trinken. Er muss mir ansehen, dass es mir die Sprache verschlagen hat, denn er fährt fort: »Überall ist die Rede von Geldwäsche. Doch niemand spricht aus, dass Geldwäsche immer auch Investition bedeutet, Herr Kommissar. Denn das ist der sicherste Weg, Schwarzgeld zu legalisieren. Dann ist nicht mehr von Geldwäsche die Rede, sondern alle Welt spricht nur noch von Investitionen. Diese Erkenntnis liegt dem Experiment zugrunde, das in Griechenland durchgeführt wird. Durch Investitionen soll Schwarzgeld legalisiert werden. Ich kann es Ihnen anhand eines Zitats erklären, das Sie bestimmt kennen: ›Beim Kämpfen Freunde, beim Fressen Feinde.‹ Für uns gilt hier: ›Bei undurchsichtigen Geschäften Freunde, vor dem Gesetz Feinde.‹ Aber Geldwäsche durch Investitionen macht uns sogar vor dem Gesetz zu Freunden.«

Die große Tasse Filterkaffee habe ich mir ganz umsonst bestellt, denn ich habe noch keinen einzigen Schluck davon getrunken. Mein Gesprächspartner genießt meine Reaktion sichtlich und lächelt befriedigt, bevor er weiterspricht.

»Die Leute glauben, wir arbeiten am liebsten mit Diktaturen und Schurkenstaaten zusammen, um unseren Geschäften ungestört nachzugehen. Das ist ein großer Irrtum! Solche Staaten werden mit Argusaugen überwacht, jede Aktion wird überprüft und kommentiert. So geraten auch wir leicht ins Visier und können nicht länger im Verborgenen bleiben, was unser natürliches Habitat ist. In einem ganz normalen Land hingegen, mit einer gewählten Regierung, mit einem Parlament und mit rechtmäßigen Institutionen, wird sich keiner mit uns beschäftigen, da sich, wie gesagt, niemand für die Herkunft des Geldes interessiert. Es genügt, dass es existiert und den Aufschwung sichert.«

Er pausiert, um zu sehen, was für einen Eindruck das Gesagte auf mich macht. Wie es scheint, stellt ihn das Ergebnis zufrieden, denn erneut überzieht ein Lächeln sein Gesicht.

»Ich war ganz offen und aufrichtig zu Ihnen, Herr Kommissar. Ich hoffe, Sie verstehen jetzt, warum ich meinen Namen nicht nennen kann.«

Ich hege keinen Zweifel, dass er mir tatsächlich alles gesagt hat. Die Frage ist nur, warum. Hat er noch etwas anderes im Sinn, mit dem er nur noch nicht herausrückt? Die andere Frage, die sich stellt, ist: Wie will er mir die Morde erklären? Ich beschließe, bei der zweiten Frage anzusetzen, in der Hoffnung, dass sich die erste dann von selbst beantwortet.

»Sie haben in der Tat mit größter Offenheit gesprochen«, sage ich. »Würden Sie mir auch einige Fragen beantworten?«

»Natürlich. Mir ist klar, was Sie wissen wollen«, sagt er bereitwillig.

»Warum musste Chardakos sterben?«

»Aus zwei Gründen. Der erste Grund ist ein wirtschaftlicher. Es geht nicht an, dass wir unser Geld in ein finanziell desolates Land stecken und sich der mächtigste Wirtschaftszweig dieses Landes nicht an seinem Aufschwung beteiligt und seine Tätigkeit nur im Ausland entfaltet. Der zweite Grund hat mit Prestige zu tun. Während der ganzen Krise haben sich alle innerhalb und außerhalb Griechenlands gefragt, warum die griechischen Reeder im Ausland bleiben und ihr Land nicht unterstützen. Ihre Rückkehr wäre ein überzeugendes Signal dafür gewesen, dass der Wiederaufbau des Landes auf gutem Weg ist. Und so kam es ja dann auch. Ich brauche Ihnen nicht zu schildern, wie positiv diese Geste in Europa aufgenommen wurde. Chardakos war ein Sturkopf. Wir haben ihm erklärt, warum er seinen Firmensitz nach Griechenland verlegen sollte, aber er war unnachgiebig, ganz anders als sein Sohn, der immer nach Griechenland zurückwollte. Auch unsere Warnungen, die wir ihm mit den Havarien seiner beiden Schiffe haben zukommen lassen, hat er in den Wind geschlagen. Daher waren wir gezwungen, den Vater loszuwerden, um den Sohn handlungsfähig zu machen.«

»Sacharakis hingegen war kooperativ«, sage ich und warte auf seine Reaktion.

»Sacharakis wollte den Firmensitz nach Griechenland verlegen, hatte aber finanzielle Probleme. Wir haben ihm unter die Arme gegriffen, und so konnte er zurückkehren.« Er verstummt und blickt mich an. »Fragen Sie mich nicht nach Sotiropoulos, denn darüber wissen Sie Bescheid«, meint er. »Obwohl, er war fähiger als erwartet. Aus diesem Grund sitzen Sie jetzt auch hier, und ich muss Ihnen Erklärungen liefern.«

»Und Lalopoulos?«, frage ich.

Er lächelt. »Die meisten Leute glauben, wir operierten am liebsten in einem Zustand der Recht- und Regellosigkeit. Das Gegenteil ist der Fall! Wir wünschen rechtliche Ordnung, sowohl von staatlicher als auch von unserer Seite. Recht- und Regellosigkeit erregen die Aufmerksamkeit des

Auslands, was unseren Interessen zuwiderläuft. Wir wollen weiterhin an den Rändern operieren. Wir wollen nicht ins Zentrum, sondern an der Peripherie verbleiben. Lalopoulos war ein kleiner Fisch, der sich unter die Raubfische mischen wollte. So jemand genießt keine Sympathien. Er hatte eine kleine Organisation aufgebaut, aber das genügte ihm nicht. Er forderte ringsum Schmiergelder, sogar von uns. Dem musste ein Riegel vorgeschoben werden. Es geht nicht an, dass ein kleiner Fisch die Raubfische herausfordert.«

Dieser Vergleich amüsiert ihn, aber rasch wird er wieder ernst.

»Wie gesagt, wir wollen, dass Ordnung herrscht, Herr Kommissar. Dafür brauchen wir Sie. Wir wissen, dass Sie ein sehr fähiger Polizeibeamter sind, und wir wollen, dass Sie im Polizeidienst bleiben. Ich versichere Ihnen, keiner wird Ihnen Steine in den Weg legen. Wir ersuchen Sie nur, dass Sie – wenn wir Ihnen in bestimmten Fällen den Täter liefern – ihn einfach festnehmen und nicht weitersuchen. Das wollte Ihnen der Herr Vizepolizeipräsident vermitteln, aber auf, sagen wir, etwas ungeschickte Art und Weise. Ich kann Ihnen versichern, dass solche Fälle umso seltener vorkommen werden, je schneller sich der wirtschaftliche Zustand des Landes normalisiert. Und wir werden Sie nie mit einem unaufgeklärten Verbrechen im Regen stehen lassen.«

Als alles gesagt ist, verstummt er. Dann trinkt er einen Schluck Kaffee und blickt mich an. Auch ich nehme einen Schluck, aber wenn er eine Reaktion von mir erwartet hat, muss ich ihn enttäuschen.

»Ihre Suspendierung wird aufgehoben, Sie können an Ihre Dienststelle zurückkehren«, sagt er.

Ich begreife, was für ein Spiel er spielt. Er sagt mir, dass mir seine Leute diese Rückkehr ermöglichen. Wenn ich jetzt meinen Posten verlieren will, weil ich stur an meinen Ermittlungen festhalte oder die beleidigte Leberwurst spiele, ist das mein Problem.

»Und noch etwas zum Abschluss«, meint der gepflegte Herr. »Ihre Tochter ist eine sehr kluge und tüchtige Juristin.«

Ich bin drauf und dran, aufzuspringen und ihm entgegenzuschleudern, dass er meine Tochter aus dem Spiel lassen soll. Aber er kommt mir zuvor.

»Wir sind sicher, dass Sie dahintergekommen sind, welcher Firma der Kastenwagen gehört. Aus diesem Grund wollen wir Ihnen versichern, dass Ihre Tochter bei einem vollkommen sauberen Unternehmen tätig ist, Herr Kommissar. Der Kastenwagen hatte nichts mit der endgültigen Lösung des Problems Sotiropoulos zu tun. Das Unternehmen ist legal und wird es auch bleiben. Und die justitiarische Tätigkeit Ihrer Tochter hat ausschließlich mit rechtskonformen Aktivitäten zu tun. Fallen Sie ihr nicht in den Rücken, denn sie macht einen großartigen Job.«

Das ist die zweite Botschaft: Wenn du uns Schwierigkeiten machst, entlassen wir deine Tochter.

Der gepflegte Herr erhebt sich.

»Wir wollen, dass Sie an Ihre Dienststelle zurückkehren, Herr Kommissar. Aber ich erwarte nicht, dass Sie sich sofort entscheiden. Denken Sie darüber nach.«

Dann nickt er mir zum Abschied noch einmal zu.

40

Das Einzige, wonach ich den gepflegten Herrn nicht gefragt habe, ist die Rolle von Mahmoud, dem Iraker. Da er den Sotiropoulos-Mord nur am Rande streifte, war es mir schlicht nicht in den Sinn gekommen. Im Fall Mahmoud muss ich allein Licht ins Dunkel bringen.

Ich gehe zum Parkplatz, steige in meinen Wagen und fahre über die Akadimias-Straße zum Syntagma-Platz. Ziel meiner Fahrt ist ein Besuch bei Mahmoud im Korydallos-Gefängnis.

Ich denke immer noch an das Gespräch mit dem gepflegten Herrn. Zugegeben, er war sehr offen und hat nichts verschwiegen. Vielleicht aufgrund des Vertrauens, das er zu mir hat, wie er wiederholt erklärte. Vielleicht aber auch, weil er nichts zu befürchten hat, da er weiß, dass ich nicht an ihn herankomme. Andererseits hat es mich erleichtert zu hören, dass Katerina in einer rundum legalen Firma arbeitet. Damit hat er mir sozusagen Sissis' Meinung bestätigt. Alle übrigen Fragen, die mit mir selbst zu tun haben, lasse ich erst einmal beiseite.

Auf dem Schistou- und Grigoriou-Lambraki-Boulevard wird der Verkehr immer dichter, aber ich bin so in Gedanken versunken, dass ich mich gar nicht darüber ärgere. Ich muss über andere, weitaus ernstere Dinge nachdenken.

Beim Gefängnis angekommen, bitte ich den Wachposten um einen Termin beim Direktor, den ich seit Jahren kenne.

Bei meinem Eintreten erhebt er sich.

»Stimmt, was ich in den Nachrichten gehört habe?«, fragt er.

»Ja, es stimmte, als Sie es gehört haben, aber jetzt nicht mehr«, antworte ich, ohne zu schwindeln. »Meine Suspendierung ist noch nicht offiziell aufgehoben. Daher gehe ich bei meiner Bitte an Sie nicht den amtlichen Dienstweg. Ich würde gern Mahmoud, den Mörder von Menis Sotiropoulos, sprechen. Mir ist klar, dass ich formal gesehen kein Recht dazu habe. Aber ich versichere Ihnen, dass meine Suspendierung vom Tisch ist, nur die offizielle Bestätigung fehlt noch.«

»Ich glaube Ihnen. Das können wir unter uns regeln«, sagt er.

»Ich möchte Sie noch um einen weiteren Gefallen bitten. Ich würde gern allein mit ihm reden, dann wird er offener zu mir sein.«

»Kein Problem.«

Er ruft nach einem Wärter, der mich in den Besucherraum führt. Fünf Minuten später geht die Tür auf, und Mahmoud tritt herein. Er trägt dieselben Kleider wie am Tag seiner Verhaftung.

Mein Anblick überrascht ihn, aber er sagt nichts. Er kommt auf mich zu und setzt sich mir gegenüber hin.

»Wie geht es dir?«, frage ich.

»Ich Gefängnis, nicht gut«, lautet seine äußerst logische Antwort.

»Ich wollte dir nur eine einzige Frage stellen. Danach gehe ich. Wer hat den Journalisten Sotiropoulos getötet?«

»Das war, wie gesagt, ich«, antwortet er.

»Nein, du warst es nicht. Der Verfolger mit dem roten Kastenwagen hat ihn getötet. Darüber möchte ich mehr wissen. Wer war das?«

»Ich«, beharrt er. »Ich ihn umbringen und dreihundert Euro nehmen.«

»Es war aber kein Raubmord, sondern ein Auftragsmord. Da bin ich mir ganz sicher. Ich weiß nur nicht, wer ihn getötet hat.«

»Ich.«

Als ich merke, dass wir so nicht weiterkommen, ändere ich meine Taktik.

»Mahmoud, warum hast du einen Mord auf dich genommen, den du nicht begangen hast?«, frage ich.

»Weil ich ihn töten.«

»Hör mir zu. Ich weiß nicht, wer der tatsächliche Täter ist, aber auch wenn ich es wüsste, kann ich nichts tun, solange du dich zu der Tat bekennst. Ich will einfach wissen, warum du einen Mord gestehst, den du nicht begangen hast.«

Diesmal blickt er mich schweigend an.

»Vertraust du mir?«, frage ich ihn.

»Ja. Meine Frau erzählen, dass Ihre junge Kollegin sehr nett und ihr helfen, mich besuchen.«

»Also gut, nur wir zwei sind in diesem Raum. Keiner hört, was wir hier besprechen. Ich werde alles für mich behalten. Niemand erfährt davon. Ich will nur wissen, was dich dazu gebracht hat, den Mord zu gestehen.«

Erneut wirft er mir einen stummen Blick zu und fragt dann: »Haben Sie Frau und Kinder, Herr Kommissar?«

»Ich habe eine Frau und eine erwachsene Tochter, die Rechtsanwältin ist.«

»Ich haben Frau und zwei Kinder, die in Schule gehen. Sie zu mir kommen …« Er bricht ab und sagt ängstlich: »Fragen Sie nicht, wer das war.«

»Nein, das frage ich nicht. Das interessiert mich nicht.« Ich muss ihm ja nicht sagen, dass ich es ohnehin weiß.

»Sie zu mir kommen und sagen: Wenn ich sage, dass ich Mann töten, dann meine Frau Geld bekommen, wenn ich in Gefängnis. Und meine Kinder Schule gehen und danach *university,* wenn sie wollen. Wenn nicht, sie haben Arbeit und werden Griechen.«

Er verstummt und blickt mich an. Auch ich schweige und warte auf die Fortsetzung.

»Ich bin Mann, muss auf meine Familie schauen, Herr Kommissar, das ist … *my duty*. Kein Problem, wenn ich in Gefängnis sitzen, wenn Familie gut leben, Kinder Schule gehen, Arbeit haben, Griechen werden. Ich Gefängnis, aber kein Problem. Wenn ich nicht Gefängnis, einen Tag Essen, zwei Tage kein Essen.«

So einfach ist das, denke ich mir. Sie haben sein Geständnis durch das Versprechen erkauft, seine Familie durchzubringen.

»Wie kannst du so sicher sein, dass sie ihr Wort halten?«, frage ich.

»Diese Leute, wenn sie sagen, sie töten, dann sie töten. Wenn sie sagen, sie bezahlen, dann sie bezahlen«, antwortet er mit entwaffnender Logik.

»War der goldene Armreif, den wir bei dir zu Hause gefunden haben, die Anzahlung?«, frage ich.

»Geld war Anzahlung. Armreif ich gekauft.«

Da ich keine Fragen mehr habe, stehe ich auf.

»In Ordnung, Mahmoud. Du hast mein Wort. Das Gespräch bleibt unter uns, niemand wird davon erfahren.« Bevor ich gehe, strecke ich ihm die Hand entgegen. »Respekt, du bist ein guter Familienvater.«

Als er meinen Händedruck erwidert, überzieht ein breites Lächeln sein Gesicht.

Ich schaue noch kurz im Büro des Direktors vorbei, um ihm zu danken, dann trete ich auf die Straße.

Im Seat bleibe ich sitzen, ohne den Wagen zu starten. Zu Lebzeiten meines Vaters, des Gendarmerieoffiziers, suchte man immer nach einem Kommunisten, dem man die Schuld zuschieben konnte. Dann war die Sache erledigt. Heutzutage schiebt man die Schuld den Zuwanderern zu, und die Sache gilt als erledigt. Es hat sich also nichts geändert, nur die Sündenböcke sind heute andere.

Schön, meine Tochter wird weiterhin Justitiarin sein und ein regelmäßiges Einkommen haben. Adriani wird aufatmen, wenn sie erfährt, dass meine Suspendierung aufgehoben ist. Mahmoud wird zufrieden sein, da Frau und Kinder abgesichert sind, auch wenn er selbst unschuldig im Gefängnis versauert. Meine Assistenten werden weiter ihre Arbeit tun und ein höheres Gehalt dafür bekommen. Und das Land wird stolz auf den Aufschwung sein.

Und es ward also Licht?

Personenverzeichnis

Ananiadis	Assistent von Gerichtsmediziner Stavropoulos
Aristidis	Sohn von Pavlos Lalopoulos
Arvanitou, Kalliopi	Zeugin
Avramidis	Angestellter der Firma Delta Hotelanlagen
Bakri, Abdul	Pakistaner
Bolten	Generaldirektor der Firma Delta Hotelanlagen
Buchashwili, Samir	Georgier
Chardakos, Stefanos	Reeder, Inhaber der West Shipping
Chardakos, Kleanthis	Sohn von Stefanos Chardakos
Charikakis	Stellvertretender Leiter des Amtes für Geldwäschebekämpfung
Charitos, Kostas	Hauptkommissar bei der Mordkommission der Polizeidirektion Attika
Charitou, Adriani	Ehefrau von Kostas Charitos, Hausfrau
Charitou, Katerina	Tochter von Kostas und Adriani, Rechtsanwältin, betreibt ein Büro zusammen mit der mit ihr befreundeten Psychologin Mania Lagana
Dermitsakis	Assistent von Kostas Charitos
Dimitriadis, Kanellos	Vizepolizeipräsident
Dimitriou	Leiter der Spurensicherung
Felekidis, Paschalis	Zeuge
Fotiadou, Koula (Angeliki)	Assistentin von Kostas Charitos
Frangakis, Periklis	Generaldirektor der griechischen Niederlassung der West Shipping
Gikas, Nikolaos	Leitender Kriminaldirektor an der Polizeidirektion Attika

Gonatas	Leiter der Antiterrorabteilung
Kleomenous, Effi	Angestellte in der Griechischen Fremdenverkehrsbehörde
Köhler, Uli	deutscher Ehemann von Mania
Konstantinidis	Leiter der Drogenfahndung
Kosmidis	Angestellter in der Griechischen Fremdenverkehrsbehörde
Kyriasidis, Lefteris	Angestellter im Ministerium für Handelsmarine
Lagana, Mania	ehemalige Polizeipsychologin, jetzt Partnerin in der Bürogemeinschaft mit Katerina
Lalopoulos, Pavlos	Abteilungsleiter bei der Griechischen Fremdenverkehrsbehörde, zuständig für Yachthäfen
Lambrou, Sissis	Altkommunist, Kostas und er kennen sich aus der Juntazeit, als Kostas Gefängniswärter im Folterzentrum der Machthaber war, mittlerweile ist Sissis Teil der Familie
Merikas, Grigoris	Journalist
Ogden, Jane	Exfrau von Pavlos Lalopoulos
Ousounidi, Sevasti	Ehefrau von Prodromos, Mutter von Fanis, Hausfrau
Ousounidis, Fanis	Ehemann von Katerina, Kardiologe am Allgemeinen Staatlichen Krankenhaus Athen
Ousounidis, Prodromos	Vater von Fanis, Besitzer eines kleinen Ladens in Volos
Pantasidou, Rena	Exfrau von Menis Sotiropoulos
Papadakis, Jorgos	Assistent von Kostas Charitos
Petrakis, Ehepaar	Zeugen
Sacharakis, Filippos	Reeder, Inhaber der Ionian Marine Enterprises
Sidi, Mohamad	Afghane
Sotiropoulos, Menis	pensionierter Journalist
Spyridakis	Mitarbeiter der Steuerfahndung
Stavropoulos	Gerichtsmediziner
Stella	Sekretärin von Gikas

Sterjadis, Nikos	Mitarbeiter der Hellenischen Küstenwache Piräus
Telessidis, Pantelis	Zeuge
Telessidi, Theano	Zeugin
Teraki, Mahmoud	Iraker
Verlemi, Ourania	Sekretärin von Stefanos Chardakos
Vlassopoulos	Assistent von Kostas Charitos
Wachnadse, Simon	Georgier

Petros Markaris im Diogenes Verlag

Hellas Channel

Ein Fall für Kostas Charitos

Roman. Aus dem Neugriechischen von Michaela Prinzinger

Er liebt es, Souflaki aus der Tüte zu essen, dabei im Wörterbuch zu blättern und sich die neuesten Amerikanismen einzuverleiben. Seine Arbeit bei der Athener Polizei dagegen ist kein Honigschlecken.
Besonders schlecht ist Kostas Charitos auf die Journalisten zu sprechen, und ausgerechnet auf sie muss er sich einlassen, denn Janna Karajorgi, eine Reporterin für *Hellas Channel*, wurde ermordet. Wer hatte Angst vor ihren Enthüllungen? Um diesen Mord ranken sich die wildesten Spekulationen, die Kostas Charitos' Ermittlungen nicht eben einfach machen. Aber es gelingt ihm, er selbst zu bleiben – ein hitziger, unbestechlicher Einzelgänger, ein Nostalgiker im modernen Athen.

»Eine Entdeckung! Mit Kommissar Charitos ist eine Figur ins literarische Leben getreten, der man ein langes Wirken wünschen möchte.«
Hans W. Korfmann/Frankfurter Rundschau

Nachtfalter

Ein Fall für Kostas Charitos

Roman. Deutsch von Michaela Prinzinger

Kommissar Charitos ist krank. Eigentlich sollte er sich ausruhen und von seiner Frau verwöhnen lassen. Doch so etwas tut ein wahrer Bulle nicht. Eher steckt er bei Hitze und Smog im Stau, stopft sich mit Tabletten voll und jagt im Schritttempo eine Gruppe von Verbrechern, die die halbe Halbwelt Athens in ihrer Gewalt hat.

Charitos nimmt den Leser mit durch die Nachtlokale, die Bauruinen und die Müllberge von Athen. Keine Akropolis, keine weißen Rosen weit und breit.

»Mit Witz, Charme und Ironie erzählt Markaris eine reizvolle, geschickt verwobene Kriminalgeschichte mit überaus lebensnahen Figuren.«
Christina Zink/Frankfurter Allgemeine Zeitung

Live!

Ein Fall für Kostas Charitos

Roman. Deutsch von Michaela Prinzinger

Ein in ganz Griechenland bekannter Bauunternehmer, dessen Geschäfte olympiabedingt florieren, zückt mitten in einem Interview eine Pistole und erschießt sich vor laufender Kamera. Natürlich ruft ein solch spektakulärer Abgang Kostas Charitos auf den Plan. Seine Ermittlungen führen ihn zu den Baustellen des Olympischen Dorfs, zu den modernen Firmen hinter Fassaden aus Glas und Stahl, zu den Reihenhäuschen der Vororte, wo die Bewohner noch richtigen griechischen Kaffee kochen und Bougainvillea im Vorgärtchen blüht. Mit der ihm eigenen Bedächtigkeit irrt Kostas Charitos durch das Labyrinth des modernen Athen, unter der prallen Sonne – und dem Schatten der Vergangenheit.

»*Live!* ist ein Krimi, ein Geschichtsbuch, ein Migrantenroman, die Geschichte einer Ehe und ein Reiseführer durch Athen.« *Avantario Vito/ Financial Times Deutschland, Hamburg*

Balkan Blues

Geschichten. Deutsch von
Michaela Prinzinger

›Go to Hellas!‹ – neun Geschichten über Athen. Die Fußballeuropameisterschaft ist gewonnen, die Olympiade steht an. Mit neuerwachtem Patriotismus feiern die Griechen ihre Feste, derweil die Einwanderer aus Albanien, Bulgarien und Russland sich durchs Leben schlagen, so gut es eben geht. Auch im Einsatz: Kommissar Charitos.

»*Balkan Blues* erzählt keine traurigen Geschichten, sondern mit feinem Witz und hohem Tempo von der anhaltenden Trauer einer Stadt.«
Neue Zürcher Zeitung

»Petros Markaris erweist sich als kluger und scharfsichtiger Beobachter der modernen griechischen Gesellschaft und ihrer zahlreichen östlichen Einwanderer. Er folgt ihren Geschichten voller Empathie, aber doch ganz ohne falsches Mitleid.«
Brigitte, Hamburg

Der Großaktionär

Ein Fall für Kostas Charitos

Roman. Deutsch von Michaela Prinzinger

Der Traum von einer gerechteren Welt – in seinem Namen wird Gutes getan, aber auch getötet und Gewalt ausgeübt. Dies bekommt Katerina zu spüren, als sie in die Hände von Terroristen fällt. Ihr Vater Kostas Charitos dreht fast durch. Er, der Kommissar, muss jetzt stillhalten, Geduld haben, Nerven beweisen. Ein Roman über Terror und Gewalt. Und über eine Familie, die damit umgehen muss.

»Mit Witz und Biss erzählt Markaris von einem modernen Griechenland, in dem die Vergangenheit unter der Junta leider noch immer lebendig ist.«
Buchkultur, Wien

»Markaris gelingt etwas Erstaunliches: Speziell griechische Chancen, Wunden und Sünden vereint er mit internationalem Wiedererkennungseffekt.«
Frankfurter Allgemeine Zeitung

Die Kinderfrau

Ein Fall für Kostas Charitos

Roman. Deutsch von Michaela Prinzinger

Was in Istanbul geschah, ist nun viele Jahrzehnte her. Und doch findet die neunzigjährige Kinderfrau keine Ruhe – sie hat noch alte Rechnungen zu begleichen. Kommissar Charitos folgt ihren Spuren: Sie führen nach ›Konstantinopel‹, in eine Vergangenheit mit zwei Gesichtern – einem schönen und einem hässlichen.

»In seinem Kriminalroman *Die Kinderfrau* wendet sich Petros Markaris der heiklen griechisch-türkischen Vergangenheit zu. Als Istanbuler Grieche armenischer Abstammung beschreibt der Kosmopolit dabei ein Stück seiner eigenen Geschichte.«
Geneviève Lüscher / NZZ am Sonntag, Zürich

Auch als Diogenes Hörbuch erschienen,
gelesen von Tommi Piper

Faule Kredite

Ein Fall für Kostas Charitos

Roman. Deutsch von Michaela Prinzinger

Die Krise legt Griechenland lahm. Doch in der Finanzwelt herrscht höchste Alarmstufe. Mehrere Banker wurden innerhalb weniger Tage brutal ermordet. Und ganz Athen ist seit neustem mit Plakaten tapeziert, auf welchen die Bürger zur Verweigerung der Rückzahlung von Krediten aufgefordert werden.
Die Krise mit ihren Auswüchsen beschert Kostas Charitos und der Athener Polizei mehr Hektik denn je zuvor. Und auch privat wird es nicht einfacher: Gerade haben Kostas und Adriani noch die Hochzeit ihrer einzigen Tochter Katerina ausgerichtet und sich zum ersten Mal seit dreißig Jahren ein neues Auto geleistet – und nun wissen sie nicht mehr, wie sie die Raten abzahlen sollen.

»Selten war ein Krimi so brennend aktuell. Interessanter noch als die solide Krimihandlung sind die Skizzen eines Landes, dessen Volksseele kocht.«
Britta Heidemann / Westdeutsche Allgemeine Zeitung, Essen

Zahltag

Ein Fall für Kostas Charitos

Roman. Deutsch von Michaela Prinzinger

Reiche Griechen zahlen keine Steuern. Arme Griechen empören sich darüber, oder sie verzweifeln ob ihrer aussichtslosen Lage. Im zweiten Band der Krisentrilogie tut ein selbsternannter »nationaler Steuereintreiber« weder das eine noch das andere: er handelt. Mit Drohbriefen, Schierlingsgift und Pfeilbogen – im Namen des Staates.

»Petros Markaris hat einen weiteren Krimi zur Griechenland-Krise verfasst, böse, ironisch und mit viel Einblick in den griechischen Nationalcharakter und die Schwächen des politischen Systems.«
Der Spiegel, Hamburg

»Böse, komisch, traurig: Pflichtlektüre in finsteren Zeiten.« *Tobias Gohlis / Die Zeit, Hamburg*

Abrechnung

Ein Fall für Kostas Charitos

Roman. Deutsch von Michaela Prinzinger

Wir schreiben das Jahr 2014. Griechenland ist zur Drachme zurückgekehrt. Es geht ums schiere Überleben: Stellen werden gestrichen, Löhne nicht ausbezahlt – und ein Serienmörder hat es auf einige prominente Linke abgesehen, die nach dem Aufstand gegen die Militärjunta eine steile Karriere hinlegten. Wer steckt dahinter? Ein Rechtsextremer? Oder jemand, der sich für längst vergangene Verfehlungen rächt? Kommissar

Charitos verfolgt mit der ihm eigenen Beharrlichkeit die eloquenten Spuren des Täters – und das, obwohl er drei Monate lang ohne Gehalt auskommen muss.

»Der knorrig-charismatische Kostas Charitos ist einer der originellsten Kommissare der heutigen Kriminalliteratur.«
Achim Engelberg / Die Tageszeitung, Berlin

Zurück auf Start

Ein Fall für Kostas Charitos

Roman. Deutsch von Michaela Prinzinger

Der Deutschgrieche Andreas Makridis wird erhängt in seiner Athener Wohnung aufgefunden. Kurz darauf behauptet ein Schreiben, es handle sich um Mord. Unterzeichnet: »Die Griechen der fünfziger Jahre«. Was wie ein schlechter Scherz aussieht, ist blutiger Ernst: Weitere Tote folgen. Wer verbirgt sich hinter dieser ominösen Gruppierung? Verrückte alte Leute, die eine Rückbesinnung auf die Werte von damals fordern?
Der neue Fall führt Kostas Charitos kreuz und quer durch eine Stadt, die von Tag zu Tag gefährlicher wird. Das muss der Kommissar auch privat erfahren: Seine Tochter Katerina wird von einem Neonazi der »Goldenen Morgenröte« zusammengeschlagen – mitten im Zentrum, am helllichten Tag.

»Der Krimi als Gesellschaftsroman – in und für Griechenland hat ihn Markaris erfunden.«
Christine Müller-Lobeck / Tageszeitung, Berlin

Der Tod des Odysseus

Geschichten. Deutsch von
Michaela Prinzinger

Sieben Geschichten über Irrfahrer und Glückssucher in Griechenland, Deutschland und in der Türkei. Über Verbrechen aus Hass, Neid und Angst gegen-

über von Rivalen und Fremden. Auch Kommissar Charitos tritt auf und beweist einmal mehr, dass finstere Zeiten nur mit Humor und Zusammenhalt zu überstehen sind.
Der große griechische Krimiautor Petros Markaris – selbst ein Grenzgänger zwischen den Kulturen – gibt sich hier sehr persönlich.

»Selten segelt Literatur so hart am Wind der Aktualität wie in den Büchern von Petros Markaris.«
Monika Willer / Westfalenpost, Hagen

Wiederholungstäter

Ein Leben zwischen Istanbul, Wien und Athen

Deutsch von Michaela Prinzinger

Petros Markaris über seine Liebe zu Istanbul, seine Hassliebe zu Athen und seine besondere Beziehung zur deutschen Kultur. Der Autor erzählt von seiner Kindheit, seinem Alltag heute, von der Zusammenarbeit mit Theo Angelopoulos und seiner Tätigkeit als Brecht- und Goethe-Übersetzer. Dabei beschränkt er sich nicht aufs Autobiographische: Wenn er von der griechischen Gemeinschaft in Istanbul schreibt, so ist ihm das einen Exkurs zum Thema »Minderheiten« wert. Spricht er von seinen armenischen Wurzeln, geht es bald um »Heimat«. Schildert er die Entstehung seiner Figuren Kostas und Adriani, so greift er die Themen »Gleichberechtigung« und »politische Korrektheit« auf. Autobiographisches, Historisches und Politisches vermischen sich dabei auf brillante und liebenswürdige Weise.

Finstere Zeiten

Zur Krise in Griechenland

Die moderne griechische Tragödie spielt sich in den Läden und Büros, Straßen und Wohnblocks ab. Petros Markaris beobachtet und kommentiert die einzelnen

Akte in zwölf Artikeln, die er für deutschsprachige Medien wie *Die Zeit*, *Die Wochenzeitung*, *Die Tageszeitung* und die *Süddeutsche Zeitung* seit 2009 geschrieben hat.

»Der weltbekannte Krimi- und Drehbuchautor Petros Markaris ist einer der profiliertesten Kommentatoren der Griechenlandkrise.«
Sebastian Ramspeck / SonntagsZeitung, Zürich

Quer durch Athen

Eine Reise von Piräus nach Kifissia

Mit 24 Kartenausschnitten. Deutsch von Michaela Prinzinger

Nimmt man die alte Stadtbahn, von Einheimischen liebevoll »die Elektrische« genannt, kann man Athen in einer Stunde durchqueren. Es ist eine Reise durch alle gesellschaftlichen Schichten: von der verrufenen Hafenstadt Piräus durch die früheren Arbeiterviertel bis ins Zentrum und von dort durch die ärmeren Vororte bis ins noble Kifissia, wo einst das Königshaus seine Sommerresidenz hatte. Wie in einer Zeitmaschine findet sich der Passagier mal in die Antike, mal in die Zeit der Bayernherrschaft und dann wieder in die Gegenwart versetzt. Und will er dem Rummel entfliehen, so findet er unter Petros Markaris' kundiger Führung auch verborgene Winkel, wo die Zeit stillsteht und noch einfache Garküchen oder Kafenions zu finden sind.

»Athen ist ein Moloch mit schönen Ecken. Petros Markaris erzählt, wie man sie findet.«
Stefan Berkholz / Der Tagesspiegel, Berlin